I0694426

SUSAN MALLERY

UN *beso* INESPERADO

Editado por Harlequin Ibérica.
Una división de HarperCollins Ibérica, S.A.
Núñez de Balboa, 56
28001 Madrid

Este libro está dedicado por una de mis lectoras favoritas:

Para mis amigas, que añadís sabor y risas a mis días. Para los amigos que comparten diversión, risas y comidas maravillosas. Dicen que la amistad es garantía de una larga vida... ¡A lo mejor llegamos todos a los cien!

Con todo mi amor,

Nancy

Capítulo 1

Zane Nicholson creía en su intuición. A las nueve cincuenta y cinco de la mañana, las entrañas le decían que aquel no iba a ser un buen día.

Miró por la ventana hacia las ondulantes colinas que conformaban el rancho Nicholson y se preguntó si habría sido más fácil ser granjero. Las cosechas no rompían cercas ni se escapaban en medio de la noche. Los cultivos no intentaban nacer de nalgas. Podría dedicarse a cultivar maíz. O trigo. El trigo era patriótico. Todos aquellos campos ambarinos ondeando como banderas.

Volvió a fijar la atención en el papeleo que tenía delante y sacudió la cabeza. ¿A quién pretendía engañar? Pertenecía a una quinta generación de ganaderos. Lo más cerca que estaba de ser granjero era el huerto para la cocina del rancho que tenían detrás de la barraca de los peones.

—¡Eh, jefe!

Zane observó al capataz cuando este entró en su despacho. Frank Adelman se quitó el sombrero vaquero, lo golpeó contra su muslo izquierdo y se sentó en la dura silla de plástico que Zane tenía delante de su mesa. Una visita de Frank antes de las nueve no podía llevarle buenas noticias.

—¿Qué ha pasado? —preguntó Zane, más resignado que enfadado.

El rancho Nicholson había sido anexionado a principios de año por la ciudad de Fool's Gold, California. Aquello significaba que, desde entonces, dependía de la jurisdicción del casco urbano, una decisión que, según la alcaldesa, le beneficiaría. La alcaldesa le había asegurado que de aquella manera se beneficiaría de los servicios de la alcaldía, pero, hasta entonces, solo le había supuesto un incremento del papeleo. Zane no entendía qué había ganado, aunque su hermano estaba encantado porque había aumentado la velocidad de Internet gracias a que habían extendido el cable hasta allí.

—En la barraca de los peones se ha estropeado una tubería —dijo Frank—. Debajo del fregadero. Todos los chicos están fuera con el ganado. He cortado el agua, pero vamos a tener que arreglarla hoy. ¿Quieres que ponga a alguien a arreglarla o llamo a un fontanero?

Zane dejó caer el bolígrafo encima de la mesa y se frotó las sienes. Un par de semanas sin una sola crisis. Aparentemente, era pedir demasiado.

Sopesó sus opciones. Frank no podía ocuparse de aquella tubería porque esperaban la llegada de unos compradores al cabo de una hora aproximadamente y Frank iba a tener que llevarlos a ver a los cabritos. Lo más fácil sería llamar a un fontanero de Fool's Gold, pero era posible que no hubiera ninguno disponible.

—Pídeles a un par de chicos que se ocupen de ello —contestó al final. Sacudió después la cabeza—. Es lunes, ¿verdad? Los lunes siempre surge algún problema.

Frank gruñó mostrando su acuerdo y se levantó. El teléfono sonó antes de que hubiera llegado a la puerta.

Así iba a ser imposible terminar a tiempo todo aquel papeleo, se lamentó Zane mientras alargaba la mano hacia el teléfono.

—Rancho Nicholson —contestó—. Soy Zane.

—¡Hola! —contestó una mujer de voz grave y amistosa—.

Llamo para hablar con alguien acerca del alojamiento. ¿Podría ayudarme?

Zane parpadeó ante aquella pregunta.

–¿Alojamiento? ¿Se refiere a alojamiento para caballos? No, no ofrecemos ese servicio, señora. Pero puede intentar hablar con Reilly Konopka. Tengo entendido que aloja caballos en su rancho. O al rancho Castle. Pregunte por Rafe.

La mujer soltó una carcajada.

–No. No me refiero a alojamiento para caballos. Lo pedía para mí y para mi marido. Vamos a ir a la conducción de ganado y quería saber si tienen spa en el racho. Últimamente hemos estado muy estresados y estaba pensando que un par de masajes podrían ser una forma agradable de comenzar las vacaciones. Un masaje de tejido profundo, quizá. O con piedras calientes. ¿No es lo que está ahora más de moda?

¿Masajes? ¿Vacaciones? ¿Conducción de ganado?

–Señora, no tengo la menor idea de a qué se refiere –contestó Zane.

Su genio iba creciendo mientras se le hacía un nudo en las entrañas. Unas entrañas que le estaban diciendo que la cosa se estaba poniendo muy fea.

–¡Ah! –pareció desilusionada–. En la web no dicen que haya spa, pero tenía la esperanza de que lo hubiera. ¿Puede recomendarme un hotel con spa en Fool's Gold? Llegaremos a primera hora del día. Necesito descansar antes de ir a la conducción de ganado del sábado.

–Señora, ¿le importaría hablarme de esa conducción de ganado a la que piensa asistir?

–¿Perdón? ¿No es usted uno de los empleados del rancho?

Se suponía que él era el propietario. ¿Qué estaba pasando allí?

–Sí, señora –mintió.

–¡Ah! Muy bien. Mi marido y yo vamos a ir a la conducción de ganado.

Continuó hablando, dando detalles, incluyendo la web en la que había encontrado aquel destino vacacional. Mientras ella continuaba hablando, Zane encendió el ordenador y tecleó la dirección de la web. Y cuando apareció, se quedó boquiabierto. Casi ni se acordó de despedirse antes de colgar.

En menos de dos minutos había explorado aquel sitio web en el que se detallaban todas las maravillas de unas vacaciones siguiendo al ganado en el norte de California. En el rancho de Zane. Solo una persona podría haberse atrevido a hacer algo así: su hermano.

La rabia hirvió en su interior hasta convertirse en algo a lo que Zane ni siquiera era capaz de poner un nombre. Le invadió hasta un punto en el que supo que iba a explotar.

Chase ya la había fastidiado antes en incontables ocasiones, pero, comparado con aquella jugada, lo demás había sido cosa de niños. Le entraron ganas de golpear algo, de tirar algo, de romper algo. Si iba a buscar a Chase en aquel momento, terminaría haciendo y diciendo muchas cosas de las que ambos se arrepentirían. Sabía que el muchacho le veía como una combinación del diablo en persona y el peor ser humano que había existido desde Scrooge. También sabía que Chase ya era casi un adulto y que si el adolescente no se enderezaba, iba a pasar el resto de su vida metiendo la pata y viviendo para arrepentirse.

Arrepentirse. Aquella palabra bastó para calmar su genio. Él había convivido con el arrepentimiento desde que tenía la edad de Chase. El arrepentimiento tenía una manera muy particular de devorar a un hombre por dentro. De hacerle desear salir huyendo para alejarse del pasado. Pero el mundo no funcionaba así. Una vez hacías algo, no podías deshacerlo. Y él no quería algo así para su hermano.

Desde que Chase era un niño que le seguía caminando con dificultad alrededor del rancho e imitaba todos sus movimientos, Zane le había querido tanto que a veces le resultaba doloroso. Ya entonces se había prometido cuidarle y protegerle incluso de sí mismo.

De modo que, en vez de ir a buscar a Chase, regresó a su escritorio y pensó cuál sería la mejor manera de actuar. Estaba decidido a enseñarle a su hermano de una vez por todas a ser responsable. Quería que se convirtiera en un hombre que pudiera respetarse a sí mismo. Un hombre que no tuviera que vivir con el fantasma de la culpa.

—He decidido no meterla en prisión señorita Kitzke —dijo la jueza Haverston, mirándola por encima de sus gafas—. Creo que lo hizo con la mejor de las intenciones —se interrumpió—. Pero ya sabe lo que dicen del infierno.

—Sí, Su Señoría.

—No habrá indemnización por daños y prejuicios y el dinero será devuelto lo más rápidamente posible —la jueza alzó la mirada de la documentación que tenía sobre la mesa y dio un golpecito con el martillo—. Creo que puedo dar por terminada la sesión.

Phoebe Kitzke continuó de pie mientras todo el mundo se levantaba en aquel pequeño tribunal de Los Ángeles. La jueza Haverston cruzó la puerta que conducía a su despacho, o a lo que quiera que los jueces tuvieran. Al mundo secreto de las leyes, pensó Phoebe, intentando poner algo de humor, pero incapaz de sentir nada que no fuera un terror indestructible. Esperaba que llegara pronto el alivio.

No ir a prisión era una buena noticia, se recordó a sí misma. Había visto muchas películas sobre cárceles cuando se quedaba despierta hasta tarde delante de la televisión en la época en la que trabajaba de canguro, cuando todavía estaba en el instituto. Sabía la clase de cosas que ocurrían. Era mucho mejor permanecer del lado de la ley.

Phoebe le estrechó la mano al abogado de la empresa y le dio las gracias por la ayuda. Después, se volvió y descubrió a su jefa, April Keller, esperándola. April era más alta que ella, ¿y quién no?, y la clase de rubia con el pelo aclarado por el sol típica de California. Phoebe siempre se había sentido un poco fuera de lugar en Los Ángeles, con aquel cuerpo tan curvilíneo y los ojos y el pelo tan oscuros.

—¿Estás bien? —le preguntó April

Phoebe se encogió de hombros.

—Estoy contenta porque no tengo que ir a la cárcel. No tengo un pasado con el que triunfar en prisión. En cuanto a todo lo demás, todavía estoy bastante bloqueada.

April suspiró.

—Lo siento —le dijo, aliviada y triste al mismo tiempo—. Siento todo lo que ha pasado. Realmente, me has salvado.

Phoebe no quería seguir por allí. Si pensaba en lo que había pasado, terminaría enfadándose y diciendo cosas que podían echar a perder una relación importante para ella.

—¿Y mi trabajo? —preguntó en cambio—. ¿También he conseguido salvar mi trabajo?

April apretó los labios y evitó su mirada.

—Genial —dijo Phoebe. Pasó por delante de ella y se dirigió hacia la puerta—. Déjame imaginar, me han despedido.

—Has quedado suspendida de empleo.

April la siguió al pasillo. La gente deambulaba a su alrededor, todo el mundo enfrascado en asuntos legales. Phoebe deseó que los que fueran inocentes tuvieran más suerte que ella. Se detuvo al lado de un baqueteado tablón de anuncios y miró a su jefa.

—¿Durante cuánto tiempo? —preguntó.

—Un mes —April posó la mano en su brazo—. Mira, voy a compensarte por todo esto, te lo juro. Te pagaré el salario de mi propio bolsillo.

Phoebe tomó aire.

—¿Me han suspendido de empleo y sueldo?

April asintió.

Perfecto. Sencillamente, perfecto. Phoebe retrocedió un paso y cuadró los hombros.

—Supongo que te veré dentro de un mes —se despidió, y se dirigió hacia la puerta.

April corrió tras ella.

—¡Phoebe, espera! Sé que estás enfadada conmigo. Y tienes derecho a estarlo.

Phoebe se detuvo.

—En realidad, con quien estoy enfadada es conmigo.

A April se le llenaron los ojos de lágrimas.

—Si no me hubieras ayudado, no sé lo que habría pasado.

—Lo sé, y me alegro de que estés bien —Phoebe miró el reloj—. Mira, ahora tengo que irme.

—De acuerdo, pero llámame dentro de un par de días, ¿vale? Puedes gritarme todo lo que quieras. Me lo merezco.

Phoebe asintió y se dirigió después hacia el ascensor para bajar al aparcamiento. Intentó decirse a sí misma que, si contemplaba la situación desde una perspectiva más amplia, había hecho una buena acción. Desde una perspectiva cósmica, acababa de aumentar sus posibilidades de fama y gloria en su próxima vida ayudando a alguien que lo necesitaba. En el caso de que hubiera otra vida. Porque si no la había, acababan de suspenderla de empleo y sueldo en un trabajo que adoraba por un error que no había sido culpa suya.

De momento, no podía decir que aquel fuera el mejor lunes de su vida.

—¿Phoebe?

La voz sonó tras ella, pero la reconoció. La reconoció y supo que el lunes estaba a punto de empeorar. Tomó aire, se volvió y vio a Jeff Edwards de pie en el sucio pasillo. El mismo Jeff del que había estado enamorada, con el que había prometido casarse, con el que había estado a punto de irse a vivir… hasta que le había descubierto en la cama con una chica en prácticas de dieciocho años a la que Phoebe estaba preparando como parte de un programa de formación laboral para adolescentes que superaban la edad para estar en un hogar de acogida.

Jeff Edwards era un hombre alto, atractivo y con éxito que se había atrevido a pedirle que le devolviera todos sus DVD cuando ella había dado por terminada su relación. Jeff Edwards, de la Agencia Californiana de Muebles Inmuebles.

—Esta vez sí que la has hecho buena —dijo Jeff, tendiéndole un sobre de aspecto oficial—. La Junta Directiva está considerando la posibilidad de quitarte la licencia.

Phoebe parpadeó delante de él, incapaz de creer que aquello estuviera ocurriendo de verdad. Era como verse en medio de un accidente de coche cuando todo lo demás parecía ir a cámara lenta. Cuando no había tiempo para detener el curso de unos acontecimientos que cambiarían su vida para siempre, cuando no había forma de evitar el impacto.

En un mundo perfecto, habría sido capaz de pensar algo ingenioso, de hacer algún comentario mordiente que le pusiera en su lugar. Pero como su mundo parecía estar girando en la misma dirección durante todo el día, le quitó el sobre de las manos sin decir una sola palabra. Con el primer golpe de suerte de aquella mañana, las puertas del ascensor se abrieron en ese momento y avanzó a su interior con toda la dignidad que fue capaz de reunir. Su única victoria, por pequeña que fuera, fue la mirada de sorpresa de Jeff mientras las puertas se cerraban lentamente, dejándole solo y hablando consigo mismo.

Chase tecleaba a toda velocidad. Sus dedos se movían siguiendo el ritmo de la canción que sonaba en sus auriculares. En la pantalla, una pequeña ventana situada en una esquina mostraba un montaje de fotografías perfectamente sincronizado con la música. Ignoró la mayor parte de ellas, excepto las de los bañadores que había descargado de *Sports Illustrated* la semana anterior. Aquellas atractivas mujeres consiguieron capturar su atención. Cuando el programa comenzó a mostrar fotografías de grupos de rock, coches y alienígenas, desvió la mirada hacia la ventana del chat que se había abierto en medio de la pantalla y hacia el mensaje que allí le esperaba.

—*El gato robot fracasó a la hora de atacar a los ratones, aunque se cayó encima de uno.*

Chase leyó la frase dos veces, soltó una maldición, sacó una libreta desgastada y comenzó a pasar páginas.

—*¿Y mostró algún interés?* —tecleó—. *¿Puedes confirmar que los sensores funcionan?*

Porque en la última prueba, los sensores habían funcionado perfectamente. Por lo menos habían registrado los datos. ¿Pero entendía el robot lo que estaba viendo? Era en ese punto en el que Peter y él tropezaban A lo mejor un gato mecánico era un objetivo demasiado ambicioso, pensó por enésima vez. A lo mejor debería haber empezado con el ratón. A lo mejor...

El martilleo de los auriculares cesó de pronto. Chase alzó la mirada y vio a Zane al lado de su mesa. Tenía en la mano la clavija que conectaba los auriculares con el ordenador.

Pulsó tres teclas en rápida sucesión, activando el macro que enviaba el mensaje a Peter para decirle que, debido a la interferencia de un adulto, la comunicación debía cesar inmediatamente. Todos sus amigos tenían mensajes de emergencia similares. Algunos bastante divertidos. Pero al ver el semblante enfadado de Zane y la furia que ardía en sus ojos, a Chase le entraron pocas ganas de reír.

Intentó recordar qué podía haber hecho mal últimamente. Había roto accidentalmente un par de platos la noche anterior, pero Zane ya le había regañado por eso. Además, el nivel de enfado que irradiaba de él superaba al de dos platos rotos. Aquello significaba que había hecho mal otra cosa. Tenía que ser algo importante. Pero no eran ni las doce de la mañana. Y, excepto para desayunar, ni siquiera había salido de la habitación.

A menos que Zane hubiera averiguado que…

Zane no decía nada. En cambio, se acercó a la mesa, se inclinó y tecleó una dirección de Internet. Para cuando tecleó la cuarta letra, Chase supo que estaba total y completamente perdido.

Observó cómo se descargaba la web en cuestión de segundos. Una fotografía panorámica de Fool's Gold asentada en medio de Sierra Nevada llenó la pantalla. Los textos se sucedían en la parte inferior: *Ven a conocer la naturaleza del norte de California y disfruta de unas vacaciones únicas.*

La fotografía se desvaneció y fue sustituida por otra en la que aparecían varias personas montando a caballo. Era un gran fotografía, pensó Chase, recordando que la había copiado de otra web.

—Ya puedes comenzar a hablar —gruñó Zane mientras se enderezaba y miraba a Chase con firmeza.

Cuando era pequeño, Chase se refería a aquella mirada como «la mirada mortal». Era una mirada que le aterraba. Pero entonces era un niño y todavía no tenía del todo claro cómo funcionaban las cosas. En aquel entonces, Zane era su hermano mayor y la mejor parte de su vida. Era demasiado pequeño como para saber que, aunque él siempre consideraría a Zane como su hermano, su familia, Zane solo le veía como una molestia que se interponía constantemente en su camino.

—¿Y bien?

Chase se levantó de la silla y se dirigió hacia la cama. Aunque el rayo mortal de su mirada ya no le hacía salir corriendo, prefería mantener una pequeña distancia entre su hermano y él.

—No es para tanto —se defendió Chase—. Peter Moreno y yo diseñamos una web para clase de informática. El señor Hendrix nos puso un sobresaliente. Dijo que algún día íbamos a ser mejores informáticos que él.

Zane sacó la silla que Chase había dejado libre y se dejó caer en ella. Frotándose los ojos, sacudió la cabeza.

—Sí, has tenido un sobresaliente en Informática, en Física, en Matemáticas y en todas las asignaturas que te gustan. Ignoraremos el suficiente en Inglés y el insuficiente en Historia.

Chase se tumbó en la cama. ¡Vaya! ¿Iban a tener que pasar por aquello otra vez? En el MIT, el Massachusetts Institut of Technology, a nadie iba a importarle que no le hubiera ido bien en Historia. No era de esa clase de universidades. Por supuesto, si Zane se salía con la suya, jamás iría al MIT. Se pasaría el resto de su vida recogiendo estiércol de vaca y dando de comer a las cabras.

—Hace una media hora he recibido una llamada de teléfono.

El tono cuidadosamente controlado de su voz hizo que Chase se incorporara lentamente. Aquella voz queda era mucho más aterradora que el rayo mortal de su mirada. Significaba que Zane estaba haciendo todo lo posible para dominar su genio antes de explotar y arrasar con cualquiera que se encontrara de allí a Sacramento.

—Una mujer quería saber si podría recibir un masaje antes de ir a la conducción de ganado.

—¡Ah! Eso.

—Sí, eso. ¿Por qué no me has hablado de ello?

Chase tragó saliva al recordar lo que habían hecho Peter y él. Había sido una broma que se les había ido de las manos. Miró a Zane y vio temblar un músculo en su mandíbula. No era precisamente una buena señal.

—No tienes por qué asustarte —le dijo rápidamente—. Lo tengo todo bajo control.

—Dime cuál es el plan.

Zane tenía el aspecto de estar conteniendo su genio con todas sus fuerzas. Chase no estaba seguro de durante cuánto tiempo conseguiría dominarse. Comenzó a hablar a toda la velocidad que pudo.

—Como te he dicho, era el proyecto de Informática. Teníamos que hacer una página web y colgarla en Internet.

—En el servidor del Instituto —dijo Zane con los dientes apretados—. Pero tú has colgado la tuya en un servidor al que tiene acceso todo el mundo.

—Eh… fue un accidente. Reese Hendrix lo hizo de broma.

Zane apretó los puños.

—¿De broma? Has anunciado una conducción de ganado. Has hecho reservas y has aceptado dinero.

—Solo fueron unos días —protestó Chase—. Mira, yo sé lo que hago.

Su hermano se levantó y se acercó a la ventana.

—Así que va a empezar a llegar gente el sábado esperando pasar seis días conduciendo ganado. ¿Ese era el plan?

—No. No te preocupes. Ya me he ocupado de todo. Fue un error. Cuando empezó a llegar el dinero, Peter y yo no sabíamos qué hacer.

Sí, más adelante, había comprendido que devolver el dinero y enviar una carta explicando el error habría sido lo más inteligente, pero en aquel momento no se les había ocurrido.

—Peter y yo estamos trabajando en nuestro robot y necesitamos algunas piezas. Peter ya ha puesto su parte del dinero, pero tú no estás dispuesto a prestarme dinero ni a pagarme nada.

—¿Has utilizado dinero de personas a las que no conoces para tu proyecto? —rugió Zane, volviéndose para mirarle—. ¡Eso es robar! Toda esa web es un fraude y encima pueden acusarnos de robo.

Chase se levantó de un salto.

–Yo no he robado. Jamás he robado ni he hecho nada parecido.

–¿Entonces dónde está el dinero?

–Aquí –Chase se acercó al escritorio y comenzó a teclear rápidamente–. Peter y yo hicimos algunas inversiones. Pensamos que solo nos quedaríamos el dinero durante algún tiempo. Haríamos algunas inversiones y después les devolveríamos el dinero y nos quedaríamos con los beneficios. Lo cual fue una gran idea hasta que estuvimos a punto de perderlo todo.

Zane hizo un sonido grave con la garganta. Chase continuó tecleando y metiéndose en su cuenta de acciones.

–Sé lo que estás pensando. Que la hemos fastidiado, ¿verdad? Pero resulta que oímos a unos turistas en Fool's Gold en la fiesta del Cuatro de Julio hablando de una compañía informática que iba a anunciar un nuevo tipo de placa base. Dijeron que sus acciones iban a ponerse por las nubes. Compramos todas las que pudimos con el dinero que nos quedaba. El anuncio lo harán dentro de cinco días. Venderemos las acciones y devolveremos los depósitos. Le diremos a todo el mundo que el rancho se ha quemado o algo parecido para que no aparezcan por aquí.

Se arriesgó a mirar a su hermano.

–Así que ya lo tengo todo cubierto. Incluso he escrito a todo el mundo una carta pidiéndoles que no vengan ese día y asegurándoles que les devolveremos el dinero por correo urgente. Está bastante bien, ¿verdad?

La expresión de Zane era inescrutable.

–Les has robado su dinero, lo has perdido invirtiendo en bolsa, piensas recuperarlo utilizando información privilegiada y les vas a cancelar las vacaciones avisándoles con menos de una semana de antelación. ¿Y crees que eso está bastante bien?

Iba elevando la voz con cada palabra. Chase tenía la

sensación de que estaba intentando controlarse, pero no le estaba saliendo demasiado bien.

–Esa gente espera disfrutar de unas vacaciones. Han pedido unos días libres, han comprado los billetes de avión. ¿Tienes idea de por cuántas cosas podrían denunciarte?

–La verdad es que no –musitó Chase.

En aquel momento, apareció en la pantalla su cuenta de inversiones. Bajó la pantalla para ver la cantidad total y estuvo a punto de desmayarse al ver que eran menos de dos dólares.

–¡No! –gritó.

Pulsó varias veces la flecha del ratón sobre el código de la compañía en busca de los últimos artículos sobre ella. Apareció un enorme titular en la pantalla del ordenador.

Presidente de empresa detenido por robar información a sus rivales.

Sintió, más que vio, que su hermano se acercaba. Zane tocó la pantalla.

–Parece que ha surgido un problema en tu plan.

Chase no sabía qué decir. La situación era mala. Realmente mala. Probablemente, aquello era lo peor que había hecho nunca. Sintió náuseas. No podía pensar. La gente iba a llegar para asistir a la conducción de ganado. No tenía dinero para devolver lo que habían pagado y si Zane no estaba dispuesto a pagar su fianza, probablemente terminaría en la cárcel. O algo peor.

–Esta vez sí que he metido la pata –dijo, más para sí que para su hermano.

–Eso parece.

El calor incendió las mejillas de Chase. Fijó la mirada en el suelo, en la madera rayada que tenía bajo los pies y los rasguños de sus gastadas botas de vaquero.

–Lo siento.

–¿Lo sientes? –Zane soltó una maldición–. Habías hecho tonterías en el pasado, pero jamás habías ido tan lejos.

Esperaba algo mejor –apretó los puños, como si estuviera reprimiendo las ganas de golpear algo, o a alguien–. Siempre he esperado algo mejor de ti. Tenía la esperanza de que, después de todo este tiempo, hubieras aprendido algo.

Ningún castigo, ni siquiera una buena paliza, podría haberle dolido más que aquellas palabras. Hicieron que Chase se sintiera pequeño, asustado. Se le tensaron la garganta y el pecho. Por primera vez desde hacía años, pensó que iba a llorar.

–¿Y ahora qué? –preguntó Chase.

Zane se acercó a la puerta.

–Buena pregunta. ¿Tienes algún plan?

Chase negó con la cabeza.

–Su-supongo que… –se le quebró la voz y tuvo que aclararse la garganta antes de continuar–. Supongo que tendré que pedir un préstamo para devolverle el dinero a toda esa gente.

Zane no dijo nada durante un largo rato. Cuando finalmente habló, Chase supo que no le esperaba nada bueno.

–Pedir un préstamo sería demasiado sencillo –contestó Zane–. Voy a llamar a Raúl y a Pia para contarles lo que habéis hecho Peter y tú. Después, intentaré averiguar lo que voy a hacer contigo. Este no va a ser un castigo fácil. Voy a enseñarte una lección que no vas a olvidar nunca.

Salió de la habitación sin decir una sola palabra. Chase le observó marcharse. Por primera vez en su vida, se preguntó si Zane iba a echarle de casa. Intentó decirse que no sería tan grave. Él odiaba aquel rancho. Quería marcharse, estudiar todo lo posible sobre ordenadores, rayos láser y todo tipo de cosas geniales. No dedicarse a criar ganado.

Pero vivir tal y como a uno le apeteciera y que le echara de casa el único pariente vivo que le quedaba eran dos cosas muy distintas. Se hundió en la cama, sintiéndose solo, asustado, y mucho más pequeño que los diecisiete años que tenía.

Capítulo 2

Dos horas después de que hubieran dictado sentencia, Phoebe había recogido su escritorio, había dejado los asuntos pendientes en el escritorio de April, había comprado una considerable cantidad de dulces y chocolate en See's y había conducido hasta el alto rascacielos de Century City en el que su mejor amiga, Maya Farrow, trabajaba como productora de un nuevo programa de noticias sobre el mundo del espectáculo.

Sonrió a la asistente que Maya compartía con otros dos productores. Estaba sentada tras una mesa en un enorme vestíbulo. Phoebe tamborileó ligeramente en la puerta y entró después en un diminuto despacho con un ventanal que iba desde el suelo hasta el techo.

Maya estaba hablando por teléfono, pero le hizo un gesto a Phoebe para que se sentara enfrente de su mesa. Sin embargo, Phoebe se acercó antes a la ventana y fijó la mirada en aquella vista de la zona norte de la ciudad. Hacia el este estaba el Pacífico, hacia el oeste, los rascacielos apenas visibles del centro de Los Ángeles. Y, en alguna parte, al norte, San Francisco Valley, una meca suburbana que todo el mundo solía ridiculizar, pero que a Phoebe le encantaba visitar de vez en cuando. La neblina había desaparecido, dejando tras ella un cielo de un azul radiante como solo era posible en el sur de California. Nueva York podría ser la ciudad de ritmo frenético que nunca dormía, pero Los Ángeles era una ciudad puntera y fresca.

—Zane —dijo Maya con la voz tensa—, todavía es pequeño. Ha hecho una estupidez, pero…

Zane. Eso significaba que Maya estaba hablando con su exhermanastro. Por lo que Phoebe sabía, nunca habían tenido una relación fácil.

—¿Cuándo empezó? —Maya garabateó algo en un bloc de notas—. De acuerdo. Iré para allá. No, no, claro que voy a ir. No puedo salir de aquí en todo el día, pero me acercaré. Tú intenta tranquilizarte.

Dejó de hablar, como si Zane hubiera colgado y miró hacia el teléfono haciendo una mueca.

—Una habitación con vistas —dijo Phoebe, sentándose enfrente de su amiga—. No había visto tus nuevos aposentos desde que te mudaste. Felicidades.

Maya se reclinó en su silla y sonrió.

—Gracias, pero espero no tener que estar aquí durante mucho tiempo. Me ha surgido un trabajo en una cadena de televisión. Delante de la cámara y hablando de noticias auténticas, no de esas menudencias de Hollywood. Si tengo que volver a escribir una noticia sobre el nuevo peinado de una actriz… —dejó de sonreír al fijarse en la cara de Phoebe—. Cuéntame cómo te ha ido en el juzgado. No he recibido ninguna llamada histérica, así que supongo que estás bien. Si necesitas pagar una fianza, todavía tengo dinero.

Phoebe sabía que lo decía en serio. Maya estaría a su lado pasara lo que pasara.

—No tengo pena de cárcel ni tengo que pagar daños y prejuicios —suspiró suavemente—. Tengo que devolver el dinero y me han suspendido de empleo y sueldo durante un mes. Aunque April dice que me pagará de su bolsillo.

—Y es lo que tiene que hacer —Maya soltó una palabrota–. Déjame imaginar, April se ha limitado a observar y no ha dicho ni una sola palabra en el juicio.

Phoebe asintió.

–Soy una idiota. De verdad pensaba que diría algo.

–¿Te refieres a que contaría la verdad?

–Habría estado bien.

–¿Cómo estás?

Phoebe sonrió con pesar.

–Tengo una caja de medio kilo de bizcochos de mantequilla de See's en el coche. Y estaba pensando en comprarme una botella de vino de camino a casa.

–Azúcar y alcohol. Así que estás bastante mal.

–Es lo más cerca que estaré en toda mi vida de cometer un delito –Phoebe apoyó los codos en las rodillas y se cubrió el rostro con las manos–. Tendría que haberlo sabido. Eso es lo que me está matando de todo esto. ¿Qué problema de personalidad tengo, que me obliga a comportarme siempre como si tuviera que ganar mi lugar en el mundo? ¿Cuántas veces tendré que quemarme antes de dejar de ayudar a todo el mundo? Cada vez que lo hago, termino buscándome problemas –pensó en el inesperado encuentro con Jeff en los juzgados–. ¡Ah! Y la Agencia de Muebles Inmuebles está considerando revocarme la licencia. Jeff me ha dado personalmente la información.

–¿Y no le has dado una patada en los huevos?

–No se me ha ocurrido. ¡Qué pena! –miró a Maya–. ¿Por qué soy tan tonta?

–Eres una buena persona y te gusta ayudar a los demás. ¿Qué piensas hacer ahora?

–No lo sé. Tengo un mes libre. Pero si al final me retiran la licencia…

No sabía qué pasaría entonces. Ni siquiera quería pensar en ello. Cuando había terminado los estudios, no tenía la menor idea de qué quería hacer con su vida. Había sido entonces cuando había dado con la venta de inmuebles y, por primera vez en su vida, había tenido la sensación de haber encontrado un lugar al que pertenecía. Le encantaba enseñar casas y ayudar a la gente a conseguir financiación, le gustaba ver cómo se les iluminaba la cara cuando se mudaban a su casa nueva. Aquello se había convertido en su vida.

—April es una perra —dijo Maya.

Phoebe suspiró.

—Es una madre divorciada con tres hijos. Y una de sus hijas tiene una enfermedad crónica.

—La estás excusando.

—Te estoy diciendo la verdad. April no miente. Si se hubiera pedido más días libres para quedarse en casa con Beth, la habrían despedido. Así que me pidió que me encargara yo de la documentación de los Bauer. Mi error fue hacerle caso. Sabía que aquella documentación no estaba bien.

Phoebe se había enfrentado a su jefa y una frustrada April había terminado ordenándole que hiciera lo que le ordenaba y presentara aquella estúpida documentación. Y aquello era lo que había hecho Phoebe, aun a sabiendas de que no debería. Pero, por culpa de una serie de desgraciados acontecimientos, lo que debería haber sido solamente un error, había terminado en una demanda y la consiguiente investigación, a causa de la cual había terminado ella en los juzgados. En vez de contar la verdad, April había dejado que cargara ella con la culpa con la excusa de que Phoebe podía permitirse el lujo de tener problemas en el trabajo. Si a April la despedían, tenía tres niños detrás. A Phoebe no se le había ocurrido ningún argumento con el que refutar aquel.

—No creo que la Junta se implique en un problema surgido por una confusión en el papeleo —dijo Maya.

Phoebe pensó en la carta que llevaba en el bolso. La carta que había leído mientras se consumía cuatro trufas de almendra y un doble *latte* en Starbucks.

–No. Pero los Bauer eran clientes de April y fui yo la que hice todo el papeleo. Ahora me acusan de querer atribuirme el mérito y quedarme con el dinero de la venta.

Maya abrió los ojos de par en par y miró a su amiga con expresión compasiva.

–Cosa que no es cierta.

–¿Pero quién va a creerme?

–April sabe la verdad.

–Pero no se va a arriesgar a contarla.

–¿Entonces qué va a pasar? Podrías llevarla a ella a los tribunales. Yo podría dar a conocer el caso.

–Gracias, pero prefiero otras alternativas –aunque no podía decir cuáles–. Supongo que ahora cuento con un mes para encontrar otro trabajo –y, dependiendo de lo que pasara con su licencia, quizá una nueva carrera profesional–. Me encanta ser agente inmobiliaria. No quiero dejar de hacer eso.

Maya negó con la cabeza.

–No, lo que te encanta es ayudar a la gente. Eres la única agente inmobiliaria de Beverly Hills que conozco especializada en encontrar la primera casa para personas que no tienen una situación económica boyante. Podrías estar ganando dinero a espuertas con estrellas de cine y antiguas glorias de Hollywood, pero, en cambio, prefieres trabajar con recién casados, madres solteras y presupuestos que no dan ni para comprar una caravana.

Phoebe pensó en protestar, pero sabía que su amiga tenía razón.

–Entiendo lo que es estar desesperada por arraigar en algún lugar –dijo.

Había vivido con aquella sensación durante la mayor parte de su vida. Algún día, se prometía. Algún día encontraría ese lugar y entonces nunca lo abandonaría.

–¡Oh, espera! –Phoebe se animó–. Tengo un cliente que es una estrella de cine, pero Jonny Blaze no quiere comprar una casa en Hollywood. Está buscando una casa para pasar unas vacaciones paradisíacas, con lugar suficiente como para que pueda aterrizar un helicóptero.

–¿Podrías por lo menos acostarte con él para olvidarte de todos tus problemas?

Por primera vez en el día, Phoebe soltó una carcajada.

–Me encantaría. Pero estoy segura de que se limitaría a revolverme el pelo y me miraría como si fuera su hermanita pequeña.

–Eso es un rollo.

–Dímelo a mí –Phoebe se levantó–. Tengo unas tabletas de chocolate reclamando mi presencia y tú tienes que dedicarte a investigar a personajes ricos y famosos. Voy a dejarte en paz.

–De ningún modo –Maya se levantó, rodeó su mesa y le dio a Phoebe un abrazo–. No voy a dejarte sola. Vamos a comer a un mexicano.

–¿Estás segura de que tienes tiempo?

–¿Para ti? Siempre.

Maya había dicho que necesitaba terminar de cerrar algunos asuntos en el trabajo, así que Phoebe tomó deliberadamente el camino más largo para dirigirse a su restaurante mexicano favorito. Como no le gustaba esperar sola en un bar, se sentó en el vestíbulo y observó a las familias y a las parejas que entraban en aquel restaurante tan popular. De vez en cuando entraba algún hombre solo. Cuando eso ocurría, Phoebe tenía cuidado de desviar la mirada. El último tipo al que había conocido en un restaurante no solo había intentado que le prestara cinco mil dólares en su segunda cita, sino que también le había mentido y no le había dicho que estaba casado. Todavía estaba dolida por la amenaza de tener que pasar algún tiempo en la cárcel y preocupada por lo que iba a pasar con su licencia, lo último que necesitaba era una relación indeseable.

Aunque tener una relación buena con alguien no estaría mal, pensó con nostalgia. Ella no buscaba al hombre perfecto, solo un hombre bueno que la quisiera, que quisiera tener hijos y una vida normal llena de cosas tan sencillas como unas vacaciones en coche y reuniones del AMPA. Una familia propia. Desgraciadamente, no parecía ser capaz de conocer a hombres normales y estables. Parecía atraer a tipos como Jeff el Infiel, o a hombres casados que querían su dinero. A lo mejor, en vez de buscar un hombre que, evidentemente, no existía en aquel planeta, debería pensar en hacerse con un perro.

Antes de que pudiera empezar a pensar en tamaños y razas, se abrió la puerta del restaurante y entró Maya caminando con energía. Tenía un aspecto distinguido y elegante con un traje negro que acariciaba sus curvas y hacía resaltar el rubio de su pelo. Phoebe estaba antes tan absorta en sus propios problemas que ni siquiera se había fijado en su atuendo.

—¿Es nuevo? —preguntó mientras se levantaba y sonreía—. ¡Es precioso!

Maya sonrió de oreja a oreja y giró para que pudiera ver el traje también por la espalda.

—Ni siquiera estaba de rebajas, pero no fui capaz de contenerme. ¡Me encanta! Es el traje que me compré para la entrevista con la cadena de televisión y tengo otro verde, a juego con mis ojos, para la prueba de cámara.

—Vas a hacer una entrevista genial —le aseguró Phoebe con lealtad—. Y estarás guapísima.

—Eres un encanto, gracias.

Phoebe no envidiaba el maravilloso guardarropa de su amiga. Ella compraba en los *outlet* o en las rebajas de Macy's. Con excepción de alguna estrella del cine como Jonny Blaze, a sus clientes no les gustaría ver que el dinero que tanto les costaba ganar se destinaba a comprar ropa de diseño, de modo que ella estaba completamente conforme con la situación.

–Me muero de hambre –dijo Maya–. Y tú necesitas una margarita.

Siguieron a la empleada que las recibió a través de un laberinto de mesas de madera cargadas de bebidas, patatas fritas y fuentes enormes de fajitas, enchiladas y tacos. El olor de la carne de ternera y el pollo chisporroteando hizo que a Phoebe se le hiciera la boca agua.

Apareció el camarero y pidieron las margaritas y, sin mirar siquiera la carta, el plato número tres. El ayudante del camarero llegó tras él y les dejó la salsa y las patatas fritas.

Phoebe miró las patatas fritas calculando mentalmente las calorías. No era que le importara. Para cuando llegó la segunda margarita, ya había lanzado la dieta por la ventana. Por la mañana, intentaba deshacerse de algunas calorías con el StairMaster, con un mínimo éxito, y saltándose el almuerzo. Llevaba batallando contra aquellos cuatro kilos tres años. Hasta el momento, ganaban los kilos.

–Tengo algo que anunciar –Phoebe dio un sorbo a su bebida–. Me he dado cuenta de que cada vez que ayudo a alguien, termino teniendo problemas. No sé por qué, pero es algo que ocurre. Así que, a partir de ahora, no volveré a ayudar a nadie. Jamás. Me pidan lo que me pidan.

Maya abrió los ojos como platos.

–¡Vaya! Es impresionante. No me lo creo ni por un segundo, pero es impresionante.

Phoebe se echó a reír.

–Yo tampoco estoy segura de creérmelo, pero voy a intentarlo.

–¿Te importaría esperar un poco todavía? Porque tengo que pedirte un gran favor. Aunque creo que también es algo bueno para ti. Algo en lo que todo el mundo puede salir ganando y todo eso. Tienes un mes libre y, reconozcámoslo, si alguien necesita unas vacaciones, esa eres tú.

Phoebe frunció el ceño.

–Pero ahora no puedo pagármelas.

—Precisamente por eso es tan perfecto. En realidad, estoy hablando de algo que puede resultar una enorme distracción.

—¿Qué clase de distracción?

La expresión de Maya se tornó traviesa.

—La clase de distracción que tiene de por medio un vaquero rudo y atractivo.

Phoebe mordió una patata. Y mientras masticaba, miró a su amiga.

—A ti no te gusta organizar citas a ciegas —le recordó cuando tragó saliva—. Te he oído despotricar sobre el tema más de una vez.

Maya se echó a reír.

—Tienes razón, pero esto no es una cita. Te estoy ofreciendo un escenario en el que aparece un hombre atractivo, no una posible relación —arrugó la nariz y desapareció de su rostro el buen humor—. Sinceramente, no sé si Zane es capaz de mantener una relación. Su pasión parece limitarse a llevar su rancho y a ser perfecto.

—¿Te refieres al que era tu hermanastro? ¿Estás hablando de ese Zane? —¿el mismo con el que su amiga había estado hablando antes por teléfono?

—Al mismo —Maya tomó una patata, pero no se la comió—. Justo antes de que llegaras a mi despacho, Chase me ha llamado histérico.

—¿Tu otro exhermanastro?

—Exacto. Es el medio hermano de Zane. Tiene diecisiete años, es un absoluto encanto, un loco de los ordenadores y una decepción constante para Zane. Por supuesto, cualquiera que no alcance su ideal de perfección puede resultarle decepcionante. Zane estuvo a punto de sufrir un ataque al corazón cuando aparecí yo después de que su padre se casara con mi madre, que había sido una vedette.

Phoebe asintió. Aunque no conocía los detalles de los años que Maya había estado viviendo en el rancho Nicholson, puesto que aquello había sido antes de que se conocieran, tenía alguna información.

–En cualquier caso, Chase ha vuelto a liarla una vez más. Parece que se está convirtiendo en un profesional. Pero esta vez, aunque odie decirlo, estoy de acuerdo con Zane. Él me ha llamado poco después que Chase –Maya dio un sorbo a su bebida–. Chase y un amigo suyo crearon una web para una de las asignaturas del instituto. Ofrecían unas vacaciones acompañando la conducción del ganado. Y, de alguna manera, lo que era un proyecto para el instituto terminó colgado en Internet. No me preguntes cómo. Zane traslada el ganado cada primavera, para él es algo así como una vuelta a las raíces. Lo hace a la vieja usanza, en vez de utilizar un camión. Solo se lleva a dos vaqueros con él, preferiblemente aquellos que no dicen más de dos palabras seguidas. Jamás se llevaría a Chase ni, Dios no lo quiera, a un turista. Preferiría plantarse desnudo encima de un hormiguero.

Phoebe imaginó inmediatamente el posible problema.

–¿Y hubo gente que se apuntó para acompañar la conducción de ganado?

–Exacto. Y lo que es peor, Chase y su amigo recibieron dinero. Quinientos dólares por cabeza. Chase utilizó el dinero y lo invirtió en bolsa.

–¿Lo invirtió en bolsa? ¿Es que está loco?

–Tiene diecisiete años y se cree inmortal. Ya sabes cómo éramos a esa edad. Lo perdió todo por culpa de una compañía que se hundió. Yo no soy capaz de comprenderlo. El caso es que su hermano mayor se niega a pagar ese dinero. Zane dice que tiene que aprender de una vez por todas que los actos tienen consecuencias.

–Déjame ver si lo entiendo. ¿Estás diciendo que Chase vendió un paquete falso de unas vacaciones conduciendo el ganado y que la gente le envió dinero?

Las dos mujeres se miraron en silencio durante un largo rato. Phoebe sintió un cosquilleo en los labios. Cuando vio arrugarse las comisuras de los ojos de Maya, no pudo seguir aguantándose. A las dos les entró un ataque de risa que llamó la atención de otras mesas, lo que las hizo reír todavía más.

–¿A quién se le ocurre hacer algo así? –preguntó Phoebe cuando pudo hablar otra vez.

–¡Lo sé! Es terrible, pero graciosísimo. Es un verdadero genio –dijo Maya, secándose una lágrima–. ¡Ya está bien! Tengo que dejar de reír. Sé que está mal lo que hizo, pero me parece genial. Y eso es lo que Zane no comprende. Algún día, cuando Chase sea un inventor famoso, esto se convertirá en una magnífica anécdota.

En aquel momento apareció el camarero con la comida y Maya esperó a que se fuera para continuar.

–Zane y yo hemos estado dándole vueltas durante cerca de media hora. La gente está esperando con ganas unas vacaciones y Chase ha jugado con sus vidas. Hemos hablado de todas las posibilidades, desde enviar a Chase a un campamento militar a meterle algún tiempo en un reformatorio. En realidad, me resulta curioso que Zane quiera saber mi opinión.

–¿Y qué habéis decidido?

Maya sonrió.

–Algo que jamás habría imaginado. El sábado por la mañana, un grupo de urbanitas aparecerá en ese lugar sagrado que es el rancho Nicholson. Zane se los va a llevar a la conducción de ganado, con Chase. Y le dejará al chico los trabajos más desagradables para que aprenda la lección.

Phoebe analizó la información. Por una parte, comprendía la frustración de Zane. Pero, por otra, se identificaba con Chase. Ella también había sido un desastre durante toda su vida.

–¿Y Chase quiere que acudas en su rescate?

–Sí, y me he visto obligada a decirle que no. Pero hemos llegado a un acuerdo y he aceptado acompañarles durante la conducción del ganado. Cuando se lo he dicho a Zane, se ha puesto realmente contento.

–¿Por qué?

–Yo casi siempre me pongo del lado de Chase. Creo que quiere que le vea tal y como es, o alguna tontería de ese tipo –Maya se encogió de hombros y sus ojos verdes se oscurecieron–. Lo que Zane no parece comprender es que conozco perfectamente a Chase. Soy absolutamente consciente de sus defectos. Pero eso no hace que le quiera menos. Supongo que eso es algo que Zane no es capaz de comprender. En cualquier caso, te cuento toda esta historia para invitarte a acompañarnos. Te encantan los animales y te mereces unas vacaciones.

–¿Conduciendo ganado?

–¿Por qué no? Siempre dices que te gusta estar en el campo y, siempre y cuando no abra la boca para hablar, Zane es muy agradable a los ojos –Maya agarró una patata–. Trabajas mucho. Tienes que hacer algo por ti. Y te dejaré utilizar los puntos que tengo de regalo para el billete de avión.

La oferta era tentadora, pensó Phoebe. Tenía un par de semanas hasta que se reuniera la Junta y acababa de prometer que no volvería a preocuparse por los demás.

–La idea es tentadora, pero mi idea de pasar el tiempo al aire libre es regar las plantas. En mi vida he estado cerca de un caballo. Lo único que sé es que son muy grandes y apestan.

–No huelen ni la mitad de mal que las vacas, pero podemos intentar colocarnos siempre en contra del viento –Maya sonrió–. Creo que nos divertiremos. Además, después de todo lo que has pasado, te vendrá bien un descanso. A lomos de un caballo te resultará más fácil pensar.

A Phoebe no se le habría ocurrido ni en un millón de años ir a una conducción de ganado. Pero se había prometido a sí misma que iba a intentar cambiar y probar cosas nuevas. Iba a reinventarse a sí misma. Y, a lo mejor, la nueva Phoebe Kitzke disfrutaba montando a caballo.

–De acuerdo –dijo–. Iré.

–No te arrepentirás –le prometió Maya–. Yo ya tengo un billete para el viernes por la tarde. No puedo ir antes porque tengo que editar unos vídeos. Pero esperaba que a ti no te importara salir mañana. Es solo para distraer a Zane. Está tan enfadado con Chase que tengo miedo de que terminen peleándose.

Phoebe se quedó mirando fijamente a su amiga.

–Estás loca.

–Sé que es mucho pedir, pero si estás tú allí, Zane tendrá que comportarse.

–No voy a presentarme dos días antes. Ni siquiera conozco a ese hombre. No puedo presentarme en su casa sin avisar.

–¡Oh, yo le avisaré! –le prometió Maya.

Phoebe negó con la cabeza.

–No, iré contigo el viernes. No pienso ir antes.

Además, no hacía ni una hora que se había prometido no volver a ayudar a nadie. No podía romper tan pronto su promesa.

Maya se encogió de hombros.

–De acuerdo. No importa. No debería habértelo pedido. Es solo que estoy preocupada por Chase. Era muy pequeño cuando su madre murió. Zane prácticamente le dejó crecer solo. Además, ahora mismo es particularmente vulnerable, se pasa el día pensando en la universidad e intentando comprender a las chicas. Y Zane es la única familia que tiene.

Phoebe tomó otra patata e intentó no sentirse como si acabara de patear a un gatito. Las tácticas de Maya eran completamente transparentes. Estaba intentando hacerla sentirse culpable para inducirla a hacer lo que ella quería. Pero no le iba a funcionar. ¡De ningún modo!

Capítulo 3

El avión de Phoebe aterrizó en Sacramento poco después de las tres de la tarde del miércoles. Había pasado la mayor parte del vuelo llamándose de todo, y también a Maya. Le parecía increíble haber cedido tan fácilmente. Un par de protestas y se había mostrado tan firme como un flan.

Y pronto iba a tener que explicarle su presencia a un hombre al que apenas conocía. Al no saber qué tiempo haría en las montañas en junio, se había llevado cantidad de ropa para poder ponerse muchas capas, además de varios vaqueros y unas botas que había desenterrado del fondo del armario.

Mientras esperaba a que llegara el equipaje, dejó sus auriculares en el carrito. Cuando no había estado insultando a Maya y regañándose a sí misma, había estado escuchando un audiolibro sobre superación personal e intentando meditar. Desgraciadamente, el primero tendía a adormecerla y lo último implicaba una técnica de respiración que la había hecho toser. Algo poco agradable para sus compañeros de asiento.

Miró a su alrededor y vio a varios hombres, pero ninguno de ellos encajaba con la descripción que tenía de Zane. Maya le había dicho que se parecía a Adam Levine. Uno de los hombres más sexys del planeta, según la revista *People*.

Phoebe se sentía escéptica y más que ligeramente nerviosa. ¿Qué iba a decirle a un vaquero parecido a Adam Levine durante el trayecto al rancho? Había intentado alquilarse un coche, pero Maya había insistido en que jamás encontraría el camino.

Cinco minutos más tarde, Phoebe acababa de sacar sus dos bolsas de la cinta de equipajes y las estaba colocando en el carrito para poder salir. Continuaba sola. Muy bien, le daría a Zane media hora más, después intentaría encontrar un autobús que la llevara a Fool's Gold y, una vez allí, intentaría pensar el próximo movimiento. Al fin y al cabo, siempre podría...

Las puertas de cristal se abrieron y entró un hombre a la zona de equipajes. Un hombre alto, de pelo oscuro, con unos hombros increíblemente anchos, sombrero vaquero y una mirada tan penetrante que Phoebe pensó que probablemente podría adivinar hasta el color de sus bragas.

Caminaba con la zancada y la determinación de un hombre que jamás dudaba, que jamás se sentía confundido y siempre estaba a cargo de todo. Era maravilloso. Como Adam Levine. Por supuesto.

Cualquier vestigio de confianza que pudiera haber cultivado en sus libros de autoayuda desapareció como un insecto asustado. Intentó sacudirse las migas de cacahuete de la camiseta amarilla y deseó, por enésima vez en su vida, ser alta, rubia, tener los ojos azules y un cuerpo espectacular. Aunque, en realidad, en aquel momento se habría conformado con cualquiera de aquellas cuatro cosas.

—¿Phoebe Kitzke?

El hombre se había detenido delante de ella. Tenía una voz bonita, profunda, que hizo que le temblaran los muslos. Al estar tan cerca, pudo distinguir la multiplicidad de tonos azules que conformaban sus ojos. No sonreía. La impresión general era que parecía todo lo lejos de la felicidad que se podía estar estando vivo.

–Sí, soy Phoebe –contestó, temiendo sonar tan insegura como se sentía.

¿Por qué Maya no se lo habría advertido? Decir que Zane era atractivo era como decir que en verano hacía calor en el desierto.

–Soy Zane.

Le tendió la mano. Phoebe no estaba segura de si quería estrecharle la suya o le estaba pidiendo el equipaje. Se decidió por las buenas maneras y descubrió sus dedos envueltos en su mano.

No la sorprendió el calor que la envolvió, y tampoco la sensación de estar derritiéndose. Todo le estaba yendo mal en la vida, era normal que su cuerpo también la traicionara.

Desvió la atención de sus traicioneros muslos y se fijó en lo grande que tenía la mano. Intentó no pensar en lo que solía decirse al respecto. Intentó no pensar en nada, excepto en el hecho de que iba a matar a Maya la próxima vez que la viera.

–Encantada de conocerte –le dijo cuando la soltó–. Maya me dijo que el rancho está bastante lejos del aeropuerto y te agradezco que hayas venido a buscarme.

La única respuesta de Zane fue levantar el equipaje. No se molestó en utilizar el carrito. Llevaba las bolsas como si pesaran tanto como un cartón de leche. Vaya, vaya. Ella había estado a punto de destrozarse la espalda solo para subirlas en el carro. Aunque en el pasado nunca había tenido el menor interés en tipos musculosos, de pronto fue capaz de comprender el atractivo de unos bíceps bien desarrollados.

Zane se dirigió al aparcamiento y Phoebe fue tras él. No parecía ser muy hablador. Y aquello podía hacer que el camino hasta el rancho se hiciera muy largo.

Tenía una camioneta, algo que no la sorprendió, aunque sí lo hizo el hecho de que le abriera la puerta. Cuando apoyó el pie en el escalón metálico, la agarró del codo y la empujó ligeramente para ayudarla a subir a la cabina. Después de dejar el equipaje detrás de su asiento, él también subió.

Se cernió sobre ella mientras se sentaba, cuando todavía no había tomado asiento. Phoebe se ató el cinturón de seguridad y le dirigió después una mirada fugaz. El corazón hizo el salto mortal en su pecho al ver su perfil. Tenía un perfil tan perfecto que podría haber aparecido en una moneda.

Mientras Zane conducía hacia la salida, Phoebe buscaba frenética un tema de conversación. Pero no se le ocurría nada brillante. Se mordió el labio inferior mientras consideraba la posibilidad de arriesgarse a decir la verdad. Y como no se le ocurrió nada mejor, decidió lanzarse en aquellas aguas infestadas por la presencia de aquel vaquero.

—Todo esto es bastante raro, ¿verdad?

Zane la miró, pero no dijo nada.

Phoebe se aclaró la garganta.

—Me refiero al hecho de que esté yo aquí. Al fin y al cabo, no me conoces de nada y voy a estar sola en el rancho durante un par de días. A lo mejor deberíamos intentar conocernos un poco mejor para que la situación no sea tan violenta.

—Si te sientes violenta, ¿por qué has venido?

Phoebe dedicó tres largos segundos a embelesarse en el sonido de su voz antes de procesar el significado de sus palabras. Aquello no era precisamente una bienvenida.

—Eh, bueno, por varias razones —dijo, y se calló al no ser capaz de pensar una sola. Suspiró—. Maya me hizo sentir que debía venir.

—¿Qué te dijo? ¿Que tenía a Chase encerrado en una torre a pan y agua?

Phoebe esbozó una mueca.

—No exactamente.

—Pero casi.

—Mm, es posible.

Zane se aferró con fuerza al volante.

—Siempre ha tenido debilidad por Chase.

—Debe de ser realmente inteligente. Debes de estar muy orgulloso de él. Desde luego, yo no sería capaz de diseñar una web y convencer a la gente para que se pasara unas vacaciones conduciendo ganado.

La boca perfecta de Zane se tensó.

—Mintió, robó y defraudó. No es nada de lo que pueda sentirme orgulloso.

Phoebe se hundió en el asiento.

—Si lo miras de ese modo —farfulló, y desvió la atención hacia el paisaje.

Las señales de civilización pronto dieron paso a una agreste soledad. Una señal en la carretera indicaba que Fool's Gold estaba a sesenta y cinco kilómetros de allí.

Phoebe había estado leyendo alguna información sobre aquella pequeña ciudad la noche anterior. El eslogan con el que se anunciaba era «Un destino para el amor». Miró a Zane de reojo. No creía que aquel eslogan pudiera convertirse en realidad en su caso. Aquel hombre no había mostrado ningún interés en ella.

Las cumbres de las montañas aparecieron en la distancia. Distinguió la espuma blanca de un arroyo que corría entre la espesura de los árboles, en paralelo a la carretera. Sin lugar a dudas, aquella era una zona rebosante de naturaleza. A Phoebe le gustaban las criaturas del bosque tanto como a cualquiera, siempre y cuando no tuviera que preocuparse de que se cruzaran en la carretera o aparecieran en una fuente de servir.

¿Cómo sería la vida en un rancho? Ella nunca había estado en uno. Ni siquiera había visto un rancho, salvo en la televisión o en el cine.

—Así que habrá montones de vacas —comentó, incapaz de reprimirse—. En el rancho, quiero decir.

Zane no se tomó la molestia de mirarla.

—Algunas.

—¿Unas veinte?

Zane la miró entonces, y después volvió a fijar la mirada en la carretera.

—Tenemos varios miles de cabezas de ganado. Algunas de ellas terminan en tus barbacoas. Y tengo unos cientos dedicadas a la cría.

—¿Y no tienes toros? —preguntó, incapaz de evitar una sonrisa.

Zane suspiró con infinita paciencia.

—Una docena más o menos.

—¿Solo una docena para cientos de vacas?

Don Cachas con Sombrero, que había dejado el sombrero entre los asientos al subir a la camioneta, rio entre dientes.

—Sí.

—Aquí tenemos otro ejemplo de esta sociedad patriarcal, que ignora los derechos de las vacas.

—¿Te preocupan los derechos de las vacas? —parecía entre incrédulo y divertido—. ¿Eres abogada?

—No. Y no me preocupan los derechos de las vacas. Por supuesto, quiero que reciban un trato humano, como lo querría cualquier persona civilizada, pero no estoy loca.

—¿Entonces qué eres?

—¿Qué?

Zane la miró.

—Si no eres abogada, ¿a qué te dedicas?

—¡Oh! —por un instante, había pensado que se estaba refiriendo a su estado mental—. Trabajo como agente inmobiliaria.

Afortunadamente, Zane no hizo ninguna pregunta sobre su carrera profesional. No creía que fuera a mejorar la opinión que tenía sobre ella si le contaba que la habían suspendido de empleo y sueldo. Pero por lo menos estaban hablando. Intentó pensar en otra pregunta relacionada con el ganado.

–¿Cuánto tiempo llevas dedicado al rancho?

–Toda mi vida.

Silencio. Nicholson no era precisamente un charlatán. ¿Sería por culpa de ella o aquel era un rasgo de su personalidad?

–¿Alguna vez vendes ganado para algo que no sea comida?

Zane cambió de postura en su asiento. Si se hubiera tratado de otra persona, Phoebe habría dado por sentado que la pregunta le había hecho sentirse incómoda. Pero era un hombre demasiado seguro de sí mismo como para reaccionar de aquella manera. Además, ¿qué podía tener aquella pregunta de embarazoso?

–A veces, cuando tenemos demasiadas vacas, nos vemos obligados a venderlas.

–Tiene sentido. ¿Y los toros? ¿Alguna vez tenéis demasiados toros?

–Casi todos se convierten en cabestros.

Phoebe no quería pensar en ello.

–¿Entonces los cabestros son vacas macho?

–Exacto.

–¿Y qué te lleva a decidir quién se merece disfrutar de una buena vida y quién va a terminar convertido en hamburguesa?

–Varios factores. He estado trabajando en mejorar genéticamente la ganadería.

–Así que un ternero recién nacido con características favorables permanecerá en la manada hasta convertirse en toro.

Nicholson asintió.

–Suena interesante –dijo Phoebe, porque realmente lo era.

¿Quién habría imaginado a los rancheros preocupados por la genética?

–Supongo que no os preocupáis por cosas como el color de los ojos –dijo sin pensar.

Nicholson ni siquiera elevó los ojos al cielo.

—La verdad es que no.

—Me lo imaginaba.

—Trabajo con varias universidades. Hacemos experimentos de cría. También vendo a otros rancheros.

—¿Toros?

Volvió a moverse incómodo en el asiento.

—No.

¿Toros no?

—¿Vacas?

—Esperma.

Phoebe parpadeó.

—¿De los toros?

Él asintió.

—¿Vendes esperma de toros?

Volvió a asentir.

¡Caramba!, realmente, había infinitas maneras de ganarse la vida. ¿Y cómo conseguiría exactamente el esperma? Sacudió la cabeza. Había cosas que prefería no saber, decidió. Aunque estaba intrigada por qué tipo de campaña de mercadotecnia sería la más efectiva. Pero había temas en los que era preferible no adentrarse y, definitivamente, aquel era uno de ellos.

Intentó pensar en algo que decir. Cualquier cosa, en realidad, ¿pero cómo podía rematar alguien una conversación con un comentario sobre el esperma de los toros?

A lo mejor era preferible no intentarlo siquiera.

Abandonaron la autopista y Phoebe se irguió en su asiento, ansiosa por ver Fool's Gold. Zane había bajado la ventanilla varios kilómetros atrás y el aire limpio y fresco de la montaña había inundado la camioneta. Unos años atrás, se había rodado un *reality show* en aquella ciudad. Maya y ella se citaban regularmente para verlo juntas. A Phoebe le costaba creer que fuera un lugar tan pintoresco como parecía en televisión, pero Maya siempre insistía en que lo era incluso más.

Bienvenidos a Fool's Gold, proclamaba un letrero con forma de corazón rodeado de exuberantes flores amarillas y rojas.

Zane giró por un camino que conducía al mirador del lago y Phoebe contuvo la respiración.

—¡Es precioso!

A su izquierda, el lago Ciara resplandecía bajo el sol del mediodía. A la derecha, los niños jugaban en un enorme parque bajo la mirada vigilante de sus madres y de las montañas que se elevaban tras ellos. Un viejo roble, enorme, brindaba su sombra a una pareja tumbada en una manta blanca junto a su bebé.

Y, justo tras pasar el parque, se elevaba el centro de Fool's Gold, aunque, la verdad fuera dicha, no se elevaba en exceso. Phoebe apenas vio ningún edificio que tuviera más de cuatro pisos de altura. Las tiendas eran limpias y ordenadas. Había banderas de los Estados Unidos en cada esquina y cestas de flores colgadas en las farolas. Una enorme pancarta colgada a lo ancho de la calle anunciaba La Feria de Verano al cabo de dos semanas.

Zane aparcó delante de un edificio azul de dos pisos con un toldo amarillo. En el escaparate de la tienda había un letrero blanco con letras de molde que decía: *Mitchell Tours*.

—Tengo que entrar unos minutos para ocuparme de la recogida de los huéspedes que vendrán el fin de semana —le dijo—. ¿Quieres esperar en la camioneta o prefieres darte una vuelta?

—Me gustaría ver la ciudad.

Para cuando Phoebe terminó de quitarse el cinturón de seguridad, Zane ya le estaba abriendo la puerta. Ella se sofocó ligeramente cuando la ayudó a bajar. Ser baja tenía sus ventajas, pensó. Aunque, a lo mejor, a Zane no le hacía ninguna gracia que estuviera allí, la caballerosidad era algo que tenía bien arraigado, y Phoebe tuvo que admitir que le gustaba.

—Quedamos aquí dentro de quince minutos —le propuso Zane antes de girar hacia la tienda.

—¿No vas a cerrar la camioneta?

—No hace falta.

La puerta se cerró tras él y Phoebe se quedó sola en la acera, preguntándose si le habría oído bien. ¿No hacía falta cerrar la camioneta, aunque tuviera las maletas en el asiento de atrás y estuviera la ventanilla bajada? Había oído hablar de lugares como aquel, pero siempre había asumido que la gente que vivía en ellos o eran personajes de ficción... o eran idiotas. Zane no parecía ningún idiota y la persistente reacción de su cuerpo a su contacto le confirmaba que era muy real.

Giró a la izquierda en Frank Lane y tuvo la agradable sorpresa de encontrar una librería a mitad de la manzana. Tenía sentido comprarse un libro impreso para cuando estuvieran conduciendo el ganado, en vez de confiar en la tecnología, que habría que recargar.

—Bienvenida a la librería de Morgan —un hombre delgado de pelo gris y primorosamente cortado la recibió con una sonrisa. Llevaba una camisa marrón algo más oscura que su piel y unos pantalones con una raya perfecta en cada pernera—. Soy Morgan. Por favor, si necesitas ayuda, házmelo saber. En caso contrario, puedes mirar todo lo que quieras.

—Visitar librerías es uno de mis deportes favoritos —contestó Phoebe con una sonrisa.

—Ya me caes bien.

Phoebe localizó rápidamente la última novela de misterio de Liz Sutton y se emocionó al ver en la cubierta una pegatina que decía: *Firmada por una autora local*.

¿Una de sus escritoras favoritas vivía en aquella pequeña ciudad? Se llevó aquel tesoro bajo el brazo mientras iba a revisar la sección de libros de ficción. Cuando miró el reloj, se sorprendió al ver que habían pasado ya doce minutos.

De alguna manera, tenía la sensación de que a Zane no le haría ninguna gracia que le hiciera esperar. Pagó el libro, prometió volver a visitar la librería antes de irse y corrió hacia la camioneta.

Zane no había llegado todavía. Pero había dos mujeres. Debían de rondar los setenta años, ambas tenían la misma altura, el mismo pelo blanco y la misma piel rosada y apergaminada. La más delgada, con el pelo rizado y ni una gota de maquillaje, iba vestida con un chándal de color verde intenso y unas resplandecientes zapatillas blancas de deportes mientras que la más rellenita iba completamente maquillada, con pestañas postizas incluidas, y llevaba un elegante vestido y tacones. Curiosamente, las dos estaban sentadas en el capó de la camioneta de Zane. La que iba en chándal estaba grabando con la cámara de vídeo el escaparate de Mitchell Tours.

Tras unos segundos de vacilación, Phoebe abrió la puerta de la camioneta. Las dos mujeres corrieron hacia ella.

—Esta camioneta es de Zane Nicholson —dijo la del vestido de flores.

—Ya lo sé.

—¿Estás con Zane?

Phoebe miró a la mujer del traje, que la estaba grabando en aquel momento con la cámara. Como estaba a solo medio metro de distancia, podía imaginar perfectamente cómo aparecía su rostro en la pantalla.

—En realidad no me importa —dijo la mujer—. Tú sigue hablando como si yo no estuviera. Como si no estuviera rodando.

—¿Estás con Zane? —repitió la otra.

—Eh… sí, supongo. Algo así.

—¡Tenemos una exclusiva! —la que iba con chándal lanzó el puño al aire.

—¿Eres su novia?

Phoebe miró a su alrededor, esperando que en cualquier momento los cuidadores de aquellas ancianas se acercaran a ella con las batas blancas para pedirle disculpas, pero, aunque aquello era un hervidero de gente, nadie parecía estar prestándoles ninguna atención. ¿Debería llamar a la policía? ¿Al hospital? A lo mejor aquella era la razón por la que Zane no había cerrado la camioneta con llave, porque sabía que aquellas mujeres se la cuidarían.

Sin estar muy segura de qué hacer, les aclaró:

—Estoy aquí para la conducción de ganado.

Las dos mujeres intercambiaron una significativa mirada y sonrieron de oreja a oreja. De alguna manera, aquello hizo que Phoebe se sintiera incluso más incómoda.

Justo en aquel momento, se abrió la puerta de Mitchell Tours y salió Zane. Cuando vio a las dos mujeres mayores, pareció trastabillar un instante, pero fue todo tan rápido que Phoebe ni siquiera estaba segura de haberle visto vacilar.

La mujer que iba con el chándal verde corrió hacia la parte delantera de la camioneta, enfocando con la cámara a Zane.

—¿Qué puedes decirnos de la conducción de ganado?

Zane miró a Phoebe. Esta se encogió de hombros con expresión de impotencia.

—Lo siento, señoras, pero ahora no tengo tiempo para hablar. Tengo que volver al rancho.

Aliviada, Phoebe subió a la camioneta. Zane no se acercó a ayudarla en aquella ocasión, pero incluso después de un intercambio tan corto con aquellas mujeres, ella comprendía que aquel era el momento propicio para huir. Mientras se colocaba en el asiento de pasajeros, pudo jurar que la cámara estaba rodando el trasero de Zane cuando este subió para sentarse tras el volante.

—¿Quiénes son? —preguntó Phoebe en voz baja.

—Eddie y Gladys —musitó Zane. Le dirigió después una

mirada sombría–. ¿Les has contado lo de la conducción de ganado?

–Me han tendido una emboscada, y no. En realidad, ya lo sabían –por lo menos, eso era lo que le había parecido. Aunque, a lo mejor, estaba equivocada–. ¿Quiénes son? –preguntó.

–Solo una pareja de ancianas que viven en la ciudad.

–¿Y la cámara?

Zane dejó escapar un fuerte suspiro.

–No tengo ni idea. En lo que se refiere a esas dos, cuanto menos tengas que ver con ellas, mejor.

–¿Les tienes miedo?

–Digamos que sé cuándo hay que enfrentarse al peligro y cuando es preferible evitarlo. Y, cuando andan esas dos por medio, es preferible evitarlo.

Curvó la comisura del labio. Su rostro se transformaba cuando sonreía, incluso cuando esbozaba una media y poco entusiasta sonrisa. ¡Vaya! Un vaquero sexy y con sentido del humor podía resultar peligroso. Y, aunque, por alguna razón, Phoebe siempre había evitado el peligro, en aquella ocasión se descubrió deseando acercarse a él un poco más.

Aquello era jugar con fuego, se recordó. Pero terminar quemándose un poco le parecía un pequeño precio a pagar.

Capítulo 4

—Prepárate, Tommy —le ordenó Lucy Sax a su hermano.
Mantenía la voz baja, como siempre le decía que hiciera
la señora Fortier, pero, en aquella ocasión, no lo hacía para
evitar que el señor Fortier se pusiera de los nervios. Hablaba
tan bajo para que nadie pudiera oírles.

Su hermano negó con la cabeza.

—No quiero.

Lucy puso los brazos en jarras y le fulminó con la mirada.

—Tienes que hacerlo. Yo no sé y a ti se te da muy bien.
Eres el mejor. Tommy. Y sabes que necesitamos el dinero.

Tommy, un niño de diez años y dos años mayor que
Lucy, negó con la cabeza.

—Pero no está bien.

Lucy ya sabía que los niños eran supuestamente más importantes, más especiales, que las chicas, pero ella no se
lo tragaba. Desde su punto de vista, los chicos no eran tan
inteligentes. Lo de querer o dejar de querer no tenía ninguna
importancia. La cuestión era que necesitaban hacerlo.

Permanecían juntos al lado de las máquinas expendedo-
ras de la bolera. Estallaban todo tipo de sonidos a su alrededor, desde el estruendo de las bolas estrellándose contra los

bolos hasta los pitidos y los zumbidos de los videojuegos y las risas nerviosas de los niños.

Lucy miró por encima de su hermano hacia aquellas parejas que jugaban a los bolos con niños a los que no conocían y a los que jamás adoptarían. Odiaba aquel tipo de reuniones. ¿Qué sentido tenían? Nadie iba a adoptarles ni a ella ni a Tommy.

Durante mucho tiempo había albergado la esperanza de conseguir unos nuevos padres. Había aceptado ponerse su mejor vestido, sonreír y ser educada. Hasta que un día había oído hablar a unos adultos sobre Tommy y ella.

—Mestizos —había dicho el hombre—. No son ni blancos ni negros ni hispanos.

Se había vuelto hacia su mujer, una mujer atractiva de piel muy blanca y le había recordado que ellos querían adoptar un niño blanco o hispano.

Lucy había reprimido las lágrimas hasta que se había metido en la cama, donde nadie podía verla. Después, se había entregado a la tristeza. Durante la siguiente reunión, se había concentrado en encandilar a las parejas afroamericanas, pero tampoco ellas parecían muy interesadas en unos niños mestizos. Había sido entonces cuando se había dado cuenta de que Tommy y ella no iban a encontrar nunca un hogar. Pero se tenían el uno al otro y eso era lo único que importaba.

Fulminó a su hermano con la mirada.

—Voy a empezar a hacer volteretas laterales ahora mismo —le dijo—. Mientras todo el mundo me mira, tú vas a agarrar el dinero.

Tommy la miró con expresión de tristeza. Durante un segundo, Lucy se sintió mal por estar obligando a su hermano a robar, pero pensó entonces en todas las veces que la señora Fortier les mandaba a la cama sin cenar. Era uno de sus castigos favoritos. Lucy la había oído hablar con una de sus amigas en una ocasión, diciéndole que, al final del día, le gustaba estar tranquila y en paz.

Así que Lucy y Tommy necesitaban dinero para comida y, a veces, para ropa. Lucy rastreaba cada penique y jamás lo gastaba en golosinas o juguetes. Además, estaba ahorrando para que cuando fueran mayores pudieran marcharse de casa.

Pero aquello sería más adelante. De momento, tenía un plan.

Después de atusarse el pelo, avanzó hacia la parte en la que estaban los carriles de las boleras. Esperó a que Tommy estuviera colocado, esbozó una sonrisa tan ancha que le dolió la cara y comenzó a hacer volteretas laterales. Todo el mundo se volvió para mirarla. Al dar la tercera, se cayó intencionadamente. Pero calculó mal la distancia y se golpeó realmente la rodilla contra el duro suelo de madera. No le resultó difícil forzar las lágrimas.

Inmediatamente la rodearon los adultos. Lucy hizo el esfuerzo de su vida para parecer pequeña y dolorida. Por el rabillo del ojo, vio a Tommy dirigiéndose hacia los bolsos.

—Hola, preciosa.

Phoebe miró a su alrededor y bajó de la camioneta de Zane. Al lado de la puerta de pasajeros había un adolescente alto con mirada brillante, ojos curiosos y sonrisa de bienvenida. Se parecía lo suficiente a Zane como para que le resultara fácil adivinar su identidad.

—Tú debes de ser Chase —le dijo Phoebe.

—El mismo. Y tú eres Phoebe —la recorrió con la mirada de la cabeza a los pies y suspiró—. Maya me dijo cosas muy buenas sobre ti, pero no mencionó que eras una diosa.

Lo exagerado de aquel cumplido la hizo sonreír.

—No sé yo —contestó, consciente de que con el pelo castaño, los ojos del mismo color y aquellas facciones tan normales era poco más atractiva que la media.

—El corazón me late a más de mil pulsaciones por minuto —dijo Chase, acercándose a ella—. ¿Quieres sentirlo?

La puerta del conductor se cerró de un portazo.

–¿No tienes nada que hacer? –gruñó Zane.

Chase retrocedió un paso y su sonrisa decayó en un cincuenta por ciento.

–Ya está todo hecho. Hasta las tareas extra que me dejaste. He madrugado para terminar pronto y poder darle la bienvenida a Phoebe –desvió la mirada de su hermano y abrió los brazos–. Aquí lo tienes, miles de hectáreas del rancho de la familia Nicholson. Estas tierras han pertenecido a los Nicholson durante cinco generaciones.

Phoebe miró a su alrededor, contemplando las redondeadas colinas que se alejaban en el horizonte. Estaban a un cuarto de hora de Fool's Gold, pero las únicas señales de civilización que se veían eran los dos molinos situados sobre unas colinas a kilómetros de distancia. A su izquierda se extendía la casa del rancho, un edificio de dos pisos, y a la derecha había establos y corrales. Los árboles coronaban la colina más cercana y a lo lejos se veía el ganado. Una gran cantidad de ganado.

–Es asombroso –dijo con sinceridad.

–Si tantas ganas tienes de hacer de anfitrión –dijo Zane con expresión fiera y distante al mismo tiempo–, dejaré que seas tú el que te ocupes de su equipaje y de enseñarle su habitación.

Se puso el sombrero, se despidió de Phoebe con un gesto de cabeza y se alejó caminando.

Phoebe se le quedó mirando durante un segundo. Era tan atractivo por detrás como por delante. Las hormonas de Phoebe lanzaron vítores de admiración aunque, afortunadamente, él no podía oírlas. Pero, por impresionante que pudiera parecerle Zane, era evidente que los sentimientos no eran mutuos. Prácticamente le salía humo de las suelas, tal era su precipitación por irse.

Chase sonrió de oreja a oreja en el instante en el que Zane desapareció.

–¿Qué tal ha ido el viaje? –le preguntó a Phoebe mientras rodeaba la camioneta y sacaba las maletas del asiento del conductor, que era donde Zane las había dejado.

–Bien.

–¿Zane te ha hablado?

Phoebe le miró sin estar muy segura de qué le estaba preguntando en realidad.

Chase cargó con el equipaje con la misma facilidad que había demostrado anteriormente Zane y comenzó a caminar hacia la casa.

–No es muy hablador –le explicó Chase mientras caminaba–. Todavía no he averiguado si es que el acto de pronunciar palabras le resulta físicamente doloroso o es que no tiene nada que decir.

Phoebe pensó en el trayecto desde el aeropuerto hasta allí.

–La cosa ha empezado bien –admitió–. Pero después hemos tenido una especie de parón de unos veinte minutos.

Sí, no había nada como preguntar por el esperma de toro para zanjar una conversación.

–Veinte minutos, ¿eh? –Chase la miró por encima del hombro y sonrió–. Estoy impresionado. La mayor parte de la gente no habría conseguido nada más que un gruñido. Debes de caerle realmente bien.

Phoebe volvió a soltar una carcajada.

–Sí, le he impresionado tanto que no podía esperar a marcharse.

Siguió a Chase hasta los escalones de un amplio porche que parecía rodear toda la casa.

Aunque al adolescente todavía le quedaba un largo camino por recorrer antes de convertirse en un hombre tan atractivo como su hermano mayor, era bastante impresionante. Guapo, divertido y sociable.

–Creo que me han engañado –musitó más para sí que para que él lo oyera.

–¿Qué quieres decir?

–Maya me convenció para que viniera insinuando que estabas tristemente solo y sin nadie que te atendiera. Yo creía que venía a rescatar a un niño abandonado.

Chase le guiñó el ojo.

–Y lo soy. ¿No te has dado cuenta? Zane me tiene prácticamente encadenado a mi habitación.

–Sí, claro. Me rompe el corazón ver que han destrozado tu espíritu.

Chase se echó a reír y la condujo al interior de la casa. Entraron en un espacioso vestíbulo que se abría a un enorme salón suficientemente alto como para albergar una conferencia internacional. Los muebles, unas butacas con un tapizado de flores y un sofá color rojo oscuro a juego, no eran nuevos, pero tenían un aspecto cómodo y cuidado. Había otras habitaciones que daban al vestíbulo, pero Chase la condujo hacia las escaleras y Phoebe se vio obligada a seguirle. Se dijo a sí misma que ya tendría tiempo de sobra para explorar más adelante y que por una casa así merecería la pena esperar.

Lo poco que pudo ver le pareció increíble. Jamás había visto nada como el intrincado tallado de la barandilla de madera, y ella había estado en mansiones de millones de dólares. Había fotografías antiguas colgadas a lo largo de la pared de la escalera y pudo echar un rápido vistazo a numerosas fotografías en blanco y negro de múltiples generaciones de hombres que parecían casi tan atractivos como Zane.

Al final de las escaleras, el descansillo se abría a la derecha y a la izquierda. Chase se dirigió hacia la derecha y se detuvo delante de una puerta que había al final del pasillo.

–Te vas a alojar en la antigua habitación de Maya –le explicó–. Tiene dos camas. Normalmente, no tendrías que compartir habitación, pero como va a venir tanta gente, estamos un poco escasos de espacio.

Por segunda vez desde que le había conocido, Phoebe reconoció el humor que destilaba de la mirada de Chase. Curvó ligeramente los labios.

—Si a Maya no le importa, a mí tampoco. Además, he llegado yo antes que ella, así que elegiré la mejor cama, ¿te parece bien?

Chase le devolvió la sonrisa.

—Me parece bien.

Abrió a puerta y metió las maletas. Phoebe le siguió. La habitación era grande y luminosa y estaba decorada en diferentes tonos lavanda. Las paredes estaban forradas de un papel con estampado de pensamientos desde el techo hasta una moldura blanca situada a media pared. Desde allí hasta el suelo, el papel era de color lavanda. Había dos camas colocadas a ambos lados de una enorme ventana cubierta con unas cortinas de un blanco reluciente; una cómoda con una televisión apoyada en una pared, dos puertas en otra de las paredes y una segunda ventana en la tercera.

—Ahí tienes un cuarto de baño —dijo Chase, dejando el equipaje encima de una de las camas—. La otra puerta es un armario.

—Genial.

—¿Quieres ver mi dormitorio?

Chase podría tener diecisiete años, pero, en aquel momento, aparentaba diez. Phoebe asintió.

—Me encantaría.

—Perfecto.

Chase la condujo de nuevo al pasillo y desde allí a una habitación que estaba justo al lado de la escalera. Phoebe entró en una habitación desordenada con una cama grande, un ordenador enorme y el equipo electrónico más grande que había visto nunca fuera de Best Buy. Los diales resplandecían, las luces destellaban y salían pitidos de algunas cajas. Había placas base esparcidas por doquier, a modo de juguetes abandonados.

Chase se sentó en la única silla que había en el dormitorio y comenzó a deslizar las manos por el teclado.

–Un par de amigos míos y yo estamos trabajando en unos efectos especiales realmente magníficos para el ordenador. Ya sabes, para webs. También estamos trabajando en un robot, pero no es tan bueno. Creo que el principal problema está en el programa, pero es difícil decirlo porque todo lo demás también nos está dando problemas.

Terminó de teclear y apartó la silla del escritorio. Phoebe dio un paso adelante y vio un objeto en tres dimensiones girando en la pantalla. Chase le tendió unas gafas 3-D. Cuando Phoebe se las puso y fijó la mirada en la pantalla, aquella extraña forma pareció saltar hacia ella.

–Me gusta –dijo al tiempo que le devolvía las gafas.

–Tengo una pelota de béisbol que conseguí cuando Zane me llevó a San Francisco hace un par de años. Fue una pelota lanzada desde la tercera base. El partido era de los Dodgers contra los Giants.

Tomó la pelota de una estantería que había encima de la cama y se la tendió.

–¡Hala!

–También tengo…

–No creo que Phoebe tenga interés en ver ahora mismo toda tu colección de tesoros.

Al oír la voz de Zane, ambos se sobresaltaron y se volvieron hacia la puerta. Phoebe tuvo la sensación de que tenía un aspecto culpable, principalmente porque era así como se sentía. Lo cual era una locura. Ella no había hecho nada malo.

Zane estaba apoyado contra el marco de la puerta con los brazos cruzados sobre el pecho. Parecía fuerte, inamovible. Lo que había dicho Maya sobre el espíritu quebrantado de Chase no se sostenía cuando se veía la personalidad extrovertida de aquel adolescente, pero Phoebe no pudo evitar preguntarse por lo que estaba pensando Zane mientras miraba a su hermano.

–¿Te gusta tu habitación? –le preguntó Zane.

Phoebe asintió.

–Sí, es perfecta.

–Maya quiere que te lleve a cenar esta noche a la ciudad –miró el reloj.

«El amor está en el aire», pensó Phoebe, sin estar muy segura de si debería hacer algún comentario sobre su falta de amabilidad.

–No tienes por qué hacerlo.

–No me importa.

–¿Podemos ir a Margaritaville? –preguntó Chase–. Yo pediré unos nachos.

–Lo que puedes hacer es quedarte en casa y terminar de limpiar las habitaciones de los huéspedes. Tienes una pizza en el congelador. Elaine Mitchell irá a recoger a los excursionistas y a Maya el viernes y les traerá después al rancho en su furgoneta. Hasta que lleguen todos aquí, tienes trabajo más que de sobra.

–Pero…

Zane le interrumpió con una mirada y se volvió después hacia Phoebe.

–Nos vemos en el piso de abajo dentro de una hora.

Phoebe sabía percibir un rechazo cuando lo oía. Y debido a que era una desconocida que se había presentado en aquella casa sin que nadie la invitara, y avisando con un mínimo tiempo de antelación, comprendió que no estaba en posición de quejarse.

Le dirigió a Chase una sonrisa fugaz y se dirigió hacia la puerta. Zane se apartó de su camino para que pudiera salir. Al pasar a su lado, Phoebe sintió que se le erizaba el vello de la nuca y se mecía a modo de saludo.

Cuando Phoebe salió del dormitorio una hora después, oyó a Chase cantando en un dormitorio del final del pasillo y sonrió. Era un muchacho muy alegre, un joven de corazón puro. Aunque estuviera obligado a quedarse en casa a terminar sus tareas, eso no iba a impedirle divertirse.

Sin embargo, ella estaba un poco nerviosa ante la perspectiva de pasar a solas la velada con su hermano mayor. ¿De qué iban a hablar?

Zane estaba esperándola al final de la escalera. Phoebe se detuvo en el último escalón, de manera que, cuando él se volvió, quedaron ambos a la misma altura.

—Siento no haber traído nada más elegante —se disculpó Phoebe.

Se había puesto unos vaqueros blancos y una blusa de color violeta con un escote con adornos.

Zane la recorrió con la mirada de la cabeza a los pies y la miró de nuevo a la cara. A Phoebe le pareció percibir una cierta admiración en su forma de arquear las cejas.

—Estás bien.

Todo un cumplido. Al menos, tratándose de él.

—Dame unos segundos para que pueda regodearme en mi triunfo —musitó mientras pasaba por delante de él para salir al porche y dirigirse después hacia la camioneta.

Zane se le adelantó. No le resultó difícil teniendo en cuenta lo largo de sus zancadas. Se inclinó hacia ella. Él también se había cambiado de ropa. Se había puesto unos vaqueros de color azul oscuro y una camiseta ajustada que marcaba sus duramente forjados músculos. Todavía tenía el pelo húmedo. En la mente de Phoebe apareció la imagen de Zane en la ducha con el agua cayendo sobre sus anchos hombros.

Zane le abrió la puerta y la ayudó a subir. La masculina esencia del jabón y el champú llegó hasta ella cuando se sentó a su lado y sintió que las piernas se le derretían sobre el asiento.

Aquello parecía una cita. No lo era, pero aun así… Phoebe suspiró. Maya le había prometido distracción y, desde luego, Zane lo era. Lástima que a él no pareciera gustarle lo más mínimo.

Phoebe sintió un cierto alivio al ver que Zane no aparcaba fuera de Margaritaville. Después de que Chase hubiera mencionado los nachos, le habría parecido mezquino cenar allí. En cambio, entraron en un lugar llamado The Fox and the Hound.

Era un restaurante con numerosas mesas y taburetes de madera oscura. Había cuadros de cacerías inglesas en las paredes. Qué pintoresco, pensó Phoebe feliz, siguiendo a la encargada hacia una de las mesas.

Mientras se sentaba, se dijo a sí misma que el ligero temblor que sentía por dentro se debía al hambre, que no tenía nada que ver con el hombre que estaba sentado enfrente de ella. Después, se sintió mal por mentirse a sí misma.

Tomó la carta que le ofrecieron, pero no la abrió. Cuando se quedaron a solas, miró a Zane.

—¿No te caigo bien o es solo tu estilo?

Zane le sostuvo la mirada con firmeza. Parecía casi un rayo láser. A Phoebe le entraron ganas de retorcerse en la silla, pero no lo hizo. Tampoco desvió la mirada.

—Me caes bien —dijo Zane por fin.

El tono grave de su voz era muy agradable, pensó Phoebe, antes de asimilar lo que acababa de decirle.

—¿De verdad?

Zane suspiró.

—¿Por qué te sorprende tanto?

—No puedo decir que me hayas dado precisamente la bienvenida. Sé que estás haciendo todo esto para darle una lección a Chase y que no me has invitado a venir, pero no tenías que traerme a cenar solo porque Maya te lo haya pedido.

—Tú tampoco tenías que haber aceptado.

–Tengo hambre.
–Yo también.

Zane sabía que él y Phoebe ya no estaban hablando de lo mismo. Por lo menos en lo que se refería al hambre. Seguramente ella estaba pensando en patatas fritas y hamburguesas y él tendía más a asuntos relacionados con la desnudez.

Quería decirse a sí mismo que era simplemente porque él era un hombre y ella una mujer, pero sabía que había algo más que eso. Como ya había admitido, le caía bien. Era una mujer guapa y divertida. Cuando miraba aquellos enormes ojos castaños, le entraban ganas de agarrar a Tango y montar con su caballo hacia la puesta del sol para poder ofrecérsela. Menuda idiotez. Apenas la conocía.

Pero había algo especial en Phoebe Kitzke. Su inocencia, quizá. No, no era eso exactamente. Era lo confiada que parecía. Una estupidez por parte de ella. O de él.

Tampoco importaba. Querer no era tener. Ella estaba allí como amiga de Maya. Seguramente para vigilarle y evitar que pudiera hacer ningún daño a Chase. Porque Maya no confiaba en él.

–Pareces enfadado –le dijo Phoebe.

Tenía el pelo largo y lo llevaba suelto. Muy sexy. Zane desvió intencionadamente sus pensamientos del rumbo que estaban tomando.

–Me pone furioso pensar en mi hermana.

–¿Porque piensa que eres demasiado duro con Chase?

–Maya habla demasiado.

–Menos de lo que tú crees –le tranquilizó Phoebe–. Se calla más de lo que cuenta. Pero está preocupada por Chase.

–Todo el mundo está preocupado por Chase.

Phoebe arrugó la nariz.

–También está preocupada por ti.

Zane arqueó una ceja.

–Lo dudo.

Phoebe irguió los hombros y los dejó caer.

–Muy bien. A lo mejor no me lo ha dicho nunca con esas palabras, pero sé que lo está. Somos amigas.

–¿Ser su amiga te permite saber lo que piensa?

–Por supuesto. No es como ser un familiar, pero se le parece.

–La familia puede llegar a ser insoportable.

–A lo mejor, pero siempre es mejor que estar solo.

A lo mejor, si no se sintiera tan responsable de Chase, él también podría disfrutar de su hermano. En la situación en la que se encontraba, transitaba por la delicada frontera entre ser un padre y un hermano. Pasaba la mitad del tiempo enfadado con él por las estúpidas decisiones que tomaba y la otra mitad preocupado por lo que iba a hacer con su vida.

–Tú eres una optimista.

–Lo dices como si fuera algo malo.

–Es importante ser realista.

Phoebe se inclinó hacia él.

–Es importante tener sueños. Ser capaz de ver las oportunidades.

Zane también lo había creído en otro tiempo, se recordó a sí mismo. Antes de que hubiera destrozado algo que era muy importante para su padre. Antes de que hubiera comprendido que había cosas imperdonables. Por mucho que un niño intentara hacer las cosas bien.

Llegó el camarero para tomar nota de las bebidas. Phoebe pidió una copa de vino y Zane una cerveza. Cuando se quedaron de nuevo a solas, Phoebe se inclinó hacia él.

–Háblame de Fool's Gold.

–¿Qué quieres saber?

Esperaba que le preguntara sobre el turismo, o la historia. Pero ella le sorprendió preguntando:

–¿Qué es lo que más te gusta de vivir aquí?

–Es lo único que conozco.

Phoebe asintió lentamente.

—Porque has vivido aquí durante toda tu vida. Eso lo entiendo. Estás íntimamente unido a este lugar y al ritmo de las estaciones. Y probablemente tienes amigos a los que conoces desde que eras muy pequeño.

Zane se la quedó mirando fijamente.

—No me necesitas para mantener esta conversación, ¿verdad?

Phoebe se echó a reír.

—Lo siento. A veces me dejo llevar por el entusiasmo.

—No pasa nada.

—¿Entonces tienes amigos desde que eras pequeño?

—Claro.

Phoebe desvió la mirada hacia la ventana.

—Me gustan las macetas de las ventanas.

—Deberías ver Fool's Gold en Navidad.

A Phoebe se le iluminó la mirada.

—¿Lo decoran todo?

—Hasta el último centímetro.

—¡Eso me encanta! —saltó ligeramente en su asiento—. ¡Oh! ¿Y nieva? ¿Estamos a suficiente altura como para que nieve?

—Casi siempre disfrutamos de unas Navidades blancas.

No tenía idea de por qué estaba intentando venderle la ciudad. Aunque a él le gustaba mucho, no tenía ninguna intención de sumarse a la comisión de turismo o como quiera que se llamara. ¿Qué más le daba que a Phoebe le gustara o no Fool's Gold? Sin embargo, se descubrió a sí mismo queriendo que pensara que era un lugar especial.

Lo cual le convertía en un imbécil y, aunque le fuera en ello la vida, no habría sido capaz de decir por qué estaba tan molesto.

C.J. Swanson se negó a mirar a su marido, Thad. En cambio, fijó la mirada en la ventana e ignoró sus palabras.

Él no lo entendía. Nunca lo comprendería. Sí, el problema era de los dos, pero era ella la que se sentía culpable. Como si tuviera algo malo.

—Solo son niños —estaba diciendo Thad—. ¿Por qué quieres dejarles sin estas vacaciones?

—¿Por qué tiene que ser responsabilidad mía? —contestó antes de poder contenerse—. ¿Por qué siempre tengo que ser yo la mala de la película? Yo no tengo la culpa de que la pareja que iba a ir con ellos sufriera una muerte en la familia. No es culpa de nadie.

—C.J... —Thad alargó el brazo para acariciarle el dorso de la mano.

Ella se apartó de nuevo.

—No puedo. Me pides demasiado. ¿Qué sentido tendría? No tenemos ningún interés en ellos. Son horribles. El niño es un ladrón, Thad, ¿o es que lo has olvidado? Y su hermana es tan mala como él. Es posible que ella no agarrara el dinero, pero estoy convencida de que fue ella la que le metió en ese lío.

—Son solo niños —respondió su marido con voz serena, intentando mostrarse razonable.

Normalmente, ella apreciaba su disposición a analizar las cosas con tranquilidad, sin dejarse cegar por los sentimientos, pero aquel día la estaba poniendo histérica.

—Unos estafadores, querrás decir.

C.J. intentó no sonar amargada, pero no creía que hubiera tenido éxito. Después de tantos años intentándolo, después de tantas decepciones, tenía la sensación de haber llegado al final del camino.

Thad y ella nunca tendrían hijos. Ni propios ni adoptados. Ellos se querían. Disfrutaban de un matrimonio sólido y con buena salud. Aquello debería ser suficiente. Ella conseguiría que lo fuera.

Thad, que estaba a su lado, le giró la mano y entrelazó los dedos con los suyos.

—A mí me caen bien —dijo suavemente.

C.J. sintió una opresión en el pecho. Por supuesto que le caían bien. Porque era un buen hombre. Porque siempre apoyaba a los más débiles, tanto en los juzgados como en su vida privada. Tras pasar quince años trabajando como jurista, había conseguido convertir el banquillo en el lugar en el que podía poner en práctica sus ideales. Su marido, el hombre del que se había enamorado nada más verle diecisiete años atrás, era perfectamente capaz de querer a un ladrón de diez años y a la experta estafadora de su hermana.

Volvió la cabeza para estudiar sus familiares facciones. La firme mirada de sus ojos azules, el pelo rubio y fino, cortado con un estilo muy conservador, y no porque él lo fuera, sino porque tenía unos rizos que le hacían parecer una antigua estrella del rock. Dibujó con la mirada las arrugas de las comisuras de sus ojos y la firmeza de sus labios llenos. Era un buen hombre. Un hombre generoso. Un hombre que la quería y que nunca la había culpado. La conocía mejor que nadie, sabía lo que le estaba pidiendo. ¿Cómo iba a decirle que no?

—Muy bien —dijo suavemente—. Acompañaremos a Lucy y a Tommy a la conducción de ganado. Una semana, Thad. Eso es lo único que estoy dispuesta a ofrecerles. Por favor, no me pidas nada más.

Thad se inclinó hacia delante y le dio un beso.

—No te arrepentirás.

C.J. no contestó. Rezó en silencio para que tuviera razón. Ya habían tenido demasiadas cosas de las que arrepentirse a lo largo de su vida.

Capítulo 5

—¿Cabras? —preguntó Phoebe mientras clavaba la mirada en los enormes rediles. Algunas cabras con buena cornamenta se desayunaban mordisqueando el grano y el heno—. ¿No dijiste que en el rancho Castle también tenían cabras?

—Esas son cabras de granja. Heidi se dedica a hacer queso.

Phoebe se encogió de hombros.

—¿Y qué diferencia hay?

—Estas son cabras de cachemira —Chase sonrió de oreja a oreja—. Pero imagínate lo horrible que sería para un ganadero que se descubriera que cría cabras. Las cabras son el secreto más vergonzoso de Zane.

Phoebe supuso que en el Viejo Oeste las cabras no tenían el mismo valor que el ganado vacuno, pero, por lo que a ella concernía, tratándose de animales de cuatro patas que se dedicaban a pastar, le parecían prácticamente iguales.

Y, desde luego, había visto muchos a lo largo de aquel recorrido. El rancho Nicholson era enorme. Si hubieran hecho el recorrido a pie, apenas habrían visto una pequeña parte. No sabía el precio del ganado antes de que pasara por el matadero, o el valor de una hectárea de tierra en aquella zona, pero, por lo que había podido apreciar, ningún Nicholson iba a morir en la pobreza.

Y, además, la tierra había sido propiedad de la familia durante generaciones. Phoebe se preguntó por lo que se sentiría al tener unas raíces como aquellas, toda una historia, un lugar al que pertenecer. Una familia.

—Si no le gustan las cabras, ¿por qué las tiene? —preguntó.

Antes de que Chase pudiera contestar, apareció un hombre a caballo sobre una de las colinas de la propiedad. Un minuto antes no se veía nada más que el verde de los pastos y el cielo azul y al siguiente apareció la esbelta silueta de Zane. Phoebe le miró hipnotizada. Su única experiencia montando a caballo consistía en las lentas y tranquilas vueltas del tío vivo. No era precisamente lo mismo que enlazar el ganado en campo abierto.

Mientras Phoebe le observaba, se acercó a ellos. Se movía con facilidad a lomos del caballo. Se elevaba, se mecía, hacía cuanto fuera necesario para que el caballo y él parecieran un solo cuerpo. Era impresionante.

A medida que se fue acercando, fueron haciéndose más nítidas sus facciones y se aceleró el ritmo de la respiración de Phoebe. Chase podía ser el más simpático de los hermanos, pero Zane Nicholson poseía una cualidad especial.

A su lado, Chase gimió.

—Va a pedirme que ayude a Frank a reunir todo el equipo para la conducción de ganado.

—¿Qué equipo?

Chase esbozó una mueca.

—Todo lo que vamos a necesitar: tiendas de campaña, utensilios de cocina, el botiquín de primeros auxilios y ese tipo de cosas. Tenemos que llevarlo todo y eso me convierte, básicamente, en el esclavo de Frank.

Phoebe quería preguntar quién era Frank. Y también consideró la posibilidad de señalar que si Chase no se hubiera quedado con el dinero de aquellos clientes ingenuos nada de aquello habría sucedido. Pero antes de que hubiera podido decir nada, Zane agarró las riendas de su caballo y desmontó. Desde el instante en el que puso los pies en el suelo, Phoebe supo que le iba a resultar imposible formular una frase coherente.

Zane la ignoró y se volvió hacia su hermano con expresión de desaprobación.

—Frank te está buscando.

—Ahora voy —Chase le dio la espalda a su hermano—. Estaba enseñándole las cabras a Phoebe.

—Frank te está esperando. La gente llegará mañana. Tenemos que estar preparados. Si nos falta algo, tendrás que ir a comprarlo a la ciudad.

Chase musitó algo para sí, pero no se enfrentó abiertamente a Zane.

—Llévate a Tango —le pidió Zane, tendiéndole las riendas del caballo a su hermano.

Chase las agarró y se volvió hacia Phoebe. La rebelión oscurecía su mirada y tensaba su expresión.

—Siento tener que dejarte aquí. A lo mejor mi hermano te acaba de contar todo sobre las cabras —parte de su enfado desapareció y asomó una sonrisa a sus labios—. Ocupan un lugar muy especial en su corazón.

Y, sin más, se marchó. Zane le observó alejarse y después, se acercó al borde del redil y apoyó los brazos en la cerca.

La cena con Zane no había ido tan bien como Phoebe había esperado. Todo había empezado bien, pero Zane no había tardado en quedarse callado. Quería decirse a sí misma que era porque Zane tenía muchas cosas en la cabeza, pero, en el fondo de su corazón, tenía la sensación de que, sencillamente, no la encontraba interesante. Lo cual era una pena, porque a ella le parecía el hombre más cautivador que había conocido jamás.

—Crees que soy demasiado duro con el chico.

Las palabras de Zane tenían tan poco que ver con lo que

ella estaba pensando que tardó varios segundos en comprenderlas.

—No, a no ser que te dediques a pegarle en secreto.

Phoebe no estaba segura, pero tuvo la sensación de que Zane curvaba una de las comisuras de los labios.

—Pienso en esa posibilidad de vez en cuando.

Phoebe hizo rápidamente un listado de las últimas infracciones de Chase y admitió la posibilidad de que hubiera sido un niño problemático durante toda su vida.

—No es lo mismo pensar en algo que hacerlo.

La respuesta de Zane fue un quedo gruñido. Phoebe intentó averiguar si aquello era mejor o peor que un gruñido más alto. Como no fue capaz de llegar a ninguna conclusión, se volvió hacia el redil que tenían delante.

—Háblame de las cabras —le pidió.

—¿Qué quieres saber?

Como si supiera algo.

—Dime diez cosas sobre las cabras —era la lista que necesitaba completar—. ¿Son cariñosas?

Zane le dirigió una mirada que no fue especialmente agradable o halagadora. Muy bien, pues si no le gustaban sus preguntas, que le proporcionara directamente la información.

—Pueden llegar a ser domadas. Aunque lleva tiempo y esfuerzo.

De alguna manera, ella dudaba de que Zane estuviera dispuesto a invertir ninguna de las dos cosas en las cabras.

—Chase ha insinuado que para un ranchero de ganado vacuno es problemático tener cabras. ¿Eso es verdad?

Zane cambió el peso de pie a pie con cierta incomodidad y se apartó de la cerca.

—Vamos —le dijo, mientras comenzaba a caminar.

Phoebe imaginó que podía elegir seguirle o no. Pero, aunque se dijo a sí misma que Zane no era un hombre muy sociable y que era evidente que no le gustaba tenerla a su alrededor, sus hormonas entraron en acción, enviando instrucciones a sus piernas. Antes de que hubiera podido decidir si quería seguir a Zane o no, se descubrió a sí misma siguiéndole obediente.

Rodearon un establo y pasaron por varios rediles con más cabras. Había docenas y docenas de animales cornudos y peludos. Toda una colonia de cabras. Una especie de ciudad caprina dentro del rancho Nicholson.

Zane se detuvo delante de un redil lleno de cabritos. Inmediatamente, el corazón de Phoebe, amante de todo tipo de cachorros, se encogió al verlos. Eran muy pequeños y tenían un aspecto muy dulce con aquellos ojos enormes y aquellos hocicos oscuros que todavía tenían que crecer.

Se agachó delante de la cerca y suspiró. Su hasta ese momento silencioso reloj biológico le ofreció un tenue, pero significativo tic.

—Acaban de destetarlas —le explicó Zane.

—Son una monada.

—Las vamos a vender.

Phoebe le miró boquiabierta.

—¿Vas a permitir que unos desconocidos separen a estas familias? —en cuanto salieron aquellas palabras de su boca se dio cuenta de lo estúpidas que sonaban—. No era eso lo que quería decir —añadió precipitadamente, mientras se levantaba—. En realidad, las cabras no tienen una estructura familiar que pueda verse afectada por una separación ni nada parecido. Y si han sido destetadas, supongo que estarán bien solas.

La expresión de Zane continuó siendo inescrutable durante todo el monólogo, algo que Phoebe agradeció. Cuando terminó, Zane dejó que se prolongara el silencio. Una estrategia con la que consiguió que las palabras continuaran resonando en el cerebro de Phoebe y pareciéndole más ridículas con cada repetición.

Al final, Zane le preguntó:

–¿En qué me dijiste que trabajabas?

–Soy agente inmobiliario.

–¿Y dónde exactamente?

–En Beverly Hills.

–¿Has visto algún caballo en tu vida?

–Solo de madera.

Zane se volvió. Phoebe creyó oírle decir algo para sí. Como había sonado como algo parecido a un «maldita sea», no le pidió que lo repitiera.

–¿Por qué te pidió Maya que vinieras? –le preguntó.

A Phoebe no le pareció que le apeteciera oírle explicar que Maya esperaba que fuera algo así como una distracción, una posible pareja.

–Necesitaba unas vacaciones –contestó.

Desgraciadamente, la frase salió de sus labios más como una pregunta que como una afirmación.

Zane gruñó.

Pero hasta enfadado y monosilábico continuaba pareciendo atractivo. A Phoebe le gustaba su manera de entrecerrar los ojos ante la brillante luz del sol. Se formaban arrugas en sus comisuras, lo que le daba la apariencia de ser más sabio de lo que indicaban sus años. Probablemente no era cierto, pero, vaya, el ataque de atracción era suyo y podía darle la orientación que quisiera, siempre y cuando no fuera tan tonta como para hacer algo al respecto.

–Chase ha insinuado que odias las cabras –le dijo para cambiar de tema y evitar que siguiera recayendo en ella la atención–. ¿Por qué las tienes entonces?

Esperaba que dijera que para ganar dinero o algo así. Teniendo en cuenta la cantidad que había pagado ella por su único conjunto de cachemira, tenía que ser cierto. O a lo mejor estaba haciendo algún tipo de experimento genético para algún programa de cría.

Pero, en cambio, Zane contestó:

–Las compró mi padre. Era una manera de diversificar la

producción. Quería terminar teniendo el rebaño más grande de todos los Estados Unidos.

¡Oh, Dios! A Phoebe le entraron ganas de dar una patada sobre la suave hierba y lanzar su propia versión de un taco. No había derecho. Maya siempre le había presentado una imagen de Zane como un hombre de corazón frío, taciturno y sin humor. En su cabeza había sido más un robot que una persona real. Lo cual hacía que aquella instantánea y, de alguna manera, mortificante atracción física fuera algo interesante, pero nada de lo que tuviera que preocuparse. Porque no había una persona real tras aquel atractivo interior. Pero si Zane resultaba ser humano y amable, podría llegar a tener verdaderos problemas. Al fin y al cabo, un hombre que conservaba un rebaño de cabras porque a su padre le gustaban no podía ser del todo malo, ¿no?

—¿Tu padre y tú estabais muy unidos? —le preguntó.

—No.

Phoebe estuvo a punto de soltar una carcajada. Por un instante, había estado completamente segura de que había abierto una ventana al verdadero Zane Nicholson. El corazón se le había derretido al pensar en la posibilidad de conocer mejor a aquel hombre. Pero hasta allí había llegado su teoría.

Comenzó a preguntar por qué, si su padre y él no habían estado muy unidos, se había tomado la molestia de conservar las cabras, pero antes de que hubiera podido hacerlo, uno de los cabritos se acercó hasta la cerca y comenzó a frotarse contra el poste de la esquina.

Phoebe se puso inmediatamente de rodillas.

—Eh, pequeño, ¿cómo estás?

Metió los dedos a través de la cerca metálica para acariciarlo. La suavidad de la piel, o de la lana, o del pelo, o de lo que quisiera que fuera, le pareció deliciosa. Justo antes de que unos dientes sorprendentemente fuertes le rodearan los dedos.

Gritó. Aquel sonido tan estridente asustó al animal, que la soltó inmediatamente. Phoebe apartó rápidamente la mano. Antes de que hubiera podido analizar el daño, Zane la agarró del brazo y la hizo levantarse. Le tomó la mano y analizó la herida.

A Phoebe se le ocurrieron varias cosas al mismo tiempo. En primer lugar, que nunca habían estado tan cerca. Zane era tan alto, tan grande, y tenía los hombros tan anchos, que, a su lado, ella parecía extremadamente delicada. En segundo lugar pensó que, para ser un hombre que había pasado toda la mañana montando a caballo, olía realmente bien. A limpio y a campo. En tercer lugar, en el instante en el que sus dedos la tocaron, el dolor se desvaneció. Aquello sí que fue asombroso.

—No ha dañado la piel —dijo mientras le giraba la mano—. Si te duele, dímelo.

Le movió los dedos hacia delante y hacia atrás. El calor que emanaba de su cuerpo desató un sensual cosquilleo que se deslizó por todo su cuerpo. A pesar de aquel calor, algo les estaba ocurriendo a sus pulmones, porque le resultaba imposible respirar. Zane continuó tocándola con mucha delicadeza, como si no quisiera hacerle daño.

La parte más lógica del cerebro de Phoebe le advirtió cínicamente que solo estaba preocupado porque aquella urbanita pudiera denunciarle. El lado más romántico de su personalidad comprendió de pronto todas esas canciones country sobre los vaqueros. ¿Qué era lo que cantaba aquella estrella del country, Lacey Mills? Ah, sí, «adelante, vaquero. Enlázame». Se produjo una breve disputa. Salió victorioso su lado más romántico.

Cualquiera que hubiera sido la distancia emocional que había sido capaz de mantener hasta entonces se perdió en el instante en el que Zane le apretó ligeramente la mano y sonrió. Jamás le había visto sonreír. Si hubiera sido capaz de respirar, la habría dejado sin respiración en ese mismo instante.

–Creo que sobrevivirás –le aseguró Zane–. Pero procura mantenerte lejos de las cabras.

–De acuerdo.

Fue la mejor respuesta que se le ocurrió en aquellas circunstancias. Zane continuaba mirándola. E, incluso mejor, continuaba sosteniéndole la mano y acariciándole los dedos hacia arriba y hacia abajo. Una y otra vez. Hacia arriba y hacia abajo. Era un movimiento muy rítmico. Y sexual.

Los muslos de Phoebe parecieron adquirir vida propia. Subió su temperatura y comenzaron a temblar ligeramente. Se le secó la boca y sus senos comenzaron a mostrarse celosos de la atención que estaban recibiendo sus manos mientras sus hormonas cantaban a coro el *Aleluya*. Evidentemente, necesitaba una terapia intensiva… O, a lo mejor, solo sexo.

Los ojos de Zane se oscurecieron. Los músculos de su rostro se tensaron mientras la observaba con mirada de halcón. Si se hubiera tratado de cualquier otro hombre, Phoebe habría jurado que acababa de adquirir conciencia física de la situación. Era algo que crepitaba entre ellos, como si estuvieran generando rayos eléctricos. La opresión del pecho cedió lo suficiente como para permitirle tomar aire, y fue verdaderamente bueno, porque, al segundo siguiente, volvió a olvidarse de respirar cuando Zane la besó.

Así, sin más. Sin ninguna advertencia previa, Zane Nicholson inclinó la cabeza y reclamó sus labios.

No fue un beso perfecto de película. No se fundieron automáticamente el uno con el otro. En cambio, chocaron sus narices y, de alguna manera, la mano que Zane continuaba sosteniendo entre la suya quedó atrapada entre ambos. Pero todo ello resultó insignificante comparado con el calor intenso y sensual que generó la presión de sus labios sobre los suyos.

Aquella parte fue perfecta. La presión no resultó ni excesivamente dura ni excesivamente blanda. Cuando Zane volvió a moverse contra ella, el deseo se desató en todo su cuerpo. Si hubiera sido capaz de respirar, habría gemido. Si Zane hubiera intentado separarse de ella, se habría tirado a sus pies y le habría suplicado que no se detuviera.

De alguna manera, Zane consiguió soltarle la mano y liberar la suya. La envolvió con los brazos y la estrechó contra él para presionar todo su cuerpo contra el suyo. Aquel hombre era una roca. Una roca enorme, inflexible y caldeada por el sol. Ella quería estrecharse todavía más contra él. De hecho, quería desprenderse de la ropa y darles algo de lo que hablar a las cabras. Quería…

Zane le lamió el labio inferior.

Aquel inesperado calor húmedo la hizo gemir mientras un fuego la atravesaba. Cada una de sus terminales nerviosas vibraba de deseo. Su masculina esencia, acompañada de un ligero aroma a pino, la rodeó. Actuando solamente por instinto, entreabrió los labios y le permitió deslizar la lengua en su interior. Apenas tuvo un instante de preparación antes de recibir el impacto de su lengua acariciando la suya. Después, Zane barrió con ella el interior de su boca y la hizo perder por completo la cabeza.

Fue como estar en el interior de un transbordador espacial acabado de despegar. Phoebe podría no tener ninguna experiencia personal con los vuelos espaciales, pero sí era capaz de imaginárselos. La poderosa fuerza que había entre ellos la dejó debilitada y aferrándose a sus hombros. Temblaba, le deseaba y le anhelaba con igual intensidad.

Él rozó su lengua. Zane sabía a café, a menta y a algo maravillosamente dulce y sensual. Su boca parecía diseñada para besar. A lo mejor por eso era tan poco conversador. A lo mejor hablar en exceso minaba la capacidad de un hombre para besar. No lo sabía y tampoco le importaba. Lo único que le importaba era su manera de acariciarla, de tocarla, de provocarla. Le tomó la cabeza con una mano y deslizó la otra por su espalda. ¡Ojalá no terminara nunca aquel momento!

Pero acabó. Un fuerte ladrido procedente de algún lugar en la distancia bajó a Phoebe a la tierra con un duro golpe. De pronto, fue consciente de estar siendo presionado contra un desconocido verdaderamente atractivo, de estar besándole delante de un redil. Aparentemente, Zane tuvo un despertar idéntico a la realidad porque retrocedió al mismo tiempo que ella. Por lo menos también él parecía tener problemas para respirar. Phoebe odiaría pensar que ella era la única afectada.

—Muy bien —dijo cuando se dio cuenta de que, a pesar de sus sentimientos, todavía era capaz de respirar.

Zane continuó mirándola fijamente.

Phoebe tragó saliva.

—¿Querías decir algo?

Cualquier cosa le valdría. Cualquier reacción. Siempre y cuando no dijera que todo había sido un error. Aquello la enfadaría de verdad. O a lo mejor estaba dando demasiada importancia a algo que no la tenía. A lo mejor Zane había besado a montones de mujeres allí mismo, delante de las cabras.

—Tengo que volver al trabajo. ¿Sabes volver sola a la casa?

Phoebe pestañeó. ¿Eso era todo? Muy bien. De acuerdo. Siempre y cuando no intentara andar con aquellas piernas todavía temblorosas, podía fingir que no pasaba nada.

—Claro —musitó—. Sin ningún problema.

Zane asintió, después se agachó y recogió su sombrero. Phoebe se encogió de hombros. ¿Cuándo se le había caído exactamente? Zane se enderezó, abrió la boca y la cerró después. Phoebe ni siquiera se sorprendió cuando giró y se marchó sin decir una sola palabra. Le pareció algo típico de un hombre.

Cuando se quedó a solas, intentó dejarse llevar por la indignación. Como no lo consiguió, decidió tomárselo con humor. Por lo menos tenía que concederle a Maya el mérito de haber cumplido su promesa de proporcionarle distracción. ¡Ah! Y también tenía que recordar que, en cuanto averiguara que alimento ocupaba el primer lugar de la lista de golosinas preferidas de un cabrito, se aseguraría de enviarle un regalo de agradecimiento.

Zane imaginó que aquella mañana había aprendido una lección. Si una sola urbanita podía causar problemas por el mero hecho de dar un paseo por el rancho, ¿qué clase de problemas podrían causar diez novatos durante una conducción de ganado? Mientras se dirigía hacia el establo principal, pensó en el potencial de piernas rotas, ganado saliendo en estampida y violentas reacciones al roble venenoso. Con un poco de suerte, aquello sería lo peor. No quería considerar siquiera lo que podía llegar a pasar si no tenía suerte.

Durante la mayor parte del tiempo, no se permitía los arrepentimientos. Los consideraba una pérdida de tiempo. Pero, por una vez en su vida, se preguntó si habría tomado la decisión correcta al seguir adelante con aquella excursión, en vez de limitarse a devolver el dinero y hacer que Chase se lo devolviera con un verano de duro trabajo físico.

Aquel muchacho iba a acabar con él.

Abrió bruscamente la puerta del establo y se dirigió a grandes zancadas hacia su despacho. Pero en vez de entrar, pasó por delante y pasó por el archivo, una zona abierta con docenas de archivadores en los que guardaba la información para la cría, informes del rancho y los historiales médicos de todos los ejemplares de Black Angus, toros o vacas, que habían puesto una pezuña en el rancho Nicholson. Se acercó hasta la pared de atrás y allí estudió un mapa de la zona en el que estaban incluidos su rancho, el rancho Castle al este y Konopka al oeste y, por supuesto, también la cercana ciudad de Fool's Gold.

Normalmente, la ruta que habría elegido era una ruta de

unos doscientos cuarenta kilómetros que iba de un extremo del rancho al otro. Eran dos semanas de una monta tranquila, en espacios abiertos y con tiempo suficiente como para olvidar las preocupaciones del día a día. También era un recorrido que le permitía alejarse todo lo posible de los edificios principales del rancho y de la cobertura de la antena de telefonía móvil que había instalado siete años atrás. Se llevaba a unos cuantos hombres de confianza, algo de comida y a Tango, su mejor caballo. La palabra «primitivas» no servía siquiera para comenzar a describir las condiciones en las que viajaban. Aquellas eran sus dos semanas favoritas del año.

Pero no aquel año. No con diez veraneantes que, al igual que Phoebe, probablemente no habían subido nunca a lomos de un caballo. Debería...

Phoebe.

La realidad que había estado intentando ignorar con todas sus malditas fuerzas chocó contra él con la sutileza de un toro después de haber estado con una vaca. El deseo se inflamó, poniéndole a cien, caliente, incómodo. Soltó una maldición al recordar lo bien que besaba y volvió a maldecir.

¿En qué demonios estaba pensando? Una pregunta muy estúpida, en realidad, porque no estaba pensando en nada. Estaba reaccionando. Había pasado de estar preocupado por la posibilidad de que Phoebe hubiera perdido un dedo por culpa de un cabrito curioso a sentir la suavidad de Phoebe cerca de él, había mirado su boca y ¡zas! La había besado. Como un idiota. Como un hombre que no había besado a una mujer desde hacía mucho tiempo.

Lo último era cierto, pero lo ignoró, al igual que ignoró el deseo ardiente y su palpitante erección. Era una amiga de Maya, una mujer a la que apenas conocía y que no quería que le gustara. Él no se dedicaba a ir besando a mujeres al menor impulso. Él no hacía nada por impulso. Cuando comprendía que había llegado el momento de aliviar cierto picor, encontraba a alguien apropiado con quien hacerlo. Alguien que comprendiera su mundo y respetara sus posibilidades. No una urbanita de pelo castaño con ojos enormes y sonrisa tímida. No mujeres de Los Ángeles. Y, desde luego, nada de amigas de Maya.

Sabía que su exhermanastra había enviado a Phoebe al rancho para que le vigilara hasta que ella llegara y pudiera hacerlo por sí misma. Maya ya había dejado muy claro que le consideraba un potencial maltratador de niños que tenía ganas de vérselas con su hermano. La visión idealista de Maya sobre Chase le frustraba, al igual que su necesidad de ponerse siempre de su lado. Aquel chico era un desastre, simple y llanamente. Si alguien no le enderezaba pronto, no haría nada bien durante el resto de su vida.

Zane conocía aquel peligro. Maya pensaba que él no quería a su hermano, pero no era cierto. Le quería lo suficiente como para comportarse como un canalla con él. Y, si por él fuera, que Chase le odiara todo lo que quisiera, siempre y cuando el chaval tuviera al final la posibilidad de vivir sin arrepentimientos.

Zane clavaba la mirada en el mapa sin verlo. La sinceridad le obligó a admitir que había algo que Chase hacía bien. Sabía cómo tratar a las mujeres. Desde el segundo en el que había aprendido a hablar, había sido capaz de seducirlas para que le dieran una galleta de más o le permitieran acostarse más tarde. En aquel momento, era un adolescente. Y, probablemente, dedicaba sus citas a seducir a las chicas. Zane le había echado charlas sobre el sexo seguro más veces de las que podía recordar y le suministraba preservativos regularmente. Lo último que querían los dos era un embarazo no deseado.

Zane todavía no había conocido a una mujer que no cayera rendida ante la facilidad de palabra de su hermano, ante su abierta sonrisa. A diferencia de él, Chase siempre sabía encontrar la proporción exacta entre la sinceridad, el halago y el encanto. Él no besaría a una mujer atractiva y después se marcharía sin decir una sola palabra. Aunque tampoco se podía decir que él hubiera hablado mucho antes de besar a Phoebe.

Era capaz de hablar con los vaqueros de la cuadrilla, explicar el linaje de cualquiera de sus preciados toros a un comprador potencial y enfrentarse al más duro negociador de aquel lado del Misisipi, pero en lo relativo a las mujeres, especialmente a mujeres como Phoebe... se quedaba más callado y más tenso que una virgen en la iglesia.

El sonido de unos pasos le distrajo. Volvió a prestar atención al mapa que tenía delante cuando Frank entró en la habitación.

—He enviado a Chase a la ciudad a por suministros —dijo Frank, un hombre ya mayor—. Tengo malas noticias.

Zane se preparó para lo que iba a escuchar.

—Necesitamos dos tiendas más, y nos faltan sillas.

Zane esbozó una mueca. Las tiendas de campaña no eran caras, pero las sillas de montar sí.

—A lo mejor Clay Stryker puede prestarnos alguna. Si no, averigua cuánto tendremos que invertir en ellas. Se lo descontaré a Chase de lo que gana en verano.

—Claro, jefe.

Zane se acercó un poco más al mapa.

—No podemos organizar una verdadera conducción de ganado. Seguiremos el río hasta el extremo del rancho que limita con los Stryker. Después giraremos aquí —señaló un punto en el mapa.

Frank se quitó el sombrero y se frotó la cabeza con la mano libre.

—¿Quieres ir en círculo?

—Un círculo muy amplio. No nos llevará más de cuatro horas montar desde aquí hasta el rancho de los Stryker o a la zona de Reilly Konopka.

La expresión de Frank se tensó por la sorpresa.

—No sabía que habías vuelto a hablarte con él.

—No lo he hecho —si por él fuera, nunca lo haría—. Tenemos que permanecer alerta. Si surge alguna emergencia, no quiero arriesgarme a estar demasiado lejos como para pedir ayuda.

Sabía que podía contar con los hombres de Stryker y que, aunque Reilly Konopka fuera un viejo irascible e insoportable al que no le importaría dejar a Zane congelándose de frío, jamás le daría la espalda a un desconocido que necesitara ayuda.

—Organízalo todo de manera que nos lleven provisiones cada día. Tendrás que organizarles un calendario a los hombres. Y dile a Cookie que se encargue de hacer un menú.

Frank abrió los ojos como platos.

—Jefe, no estarás pensando en llevarte a Cookie.

Era más una súplica que una pregunta.

—No tenemos a nadie más que sepa cocinar. ¿Cómo se supone que voy a darles de comer?

—Pero sin Cookie, alguno de los hombres tendrá que cocinar para todos los demás.

—Hay suficiente comida congelada como para comer durante toda una semana.

—¡Vaya, hombre! —dejó caer los hombros—. ¿Por qué tienes que llevarte a Cookie?

Zane ignoró la pregunta. Frank sabía que tendría que quedarse en el rancho. Estando Zane fuera, él se quedaría a cargo de todo.

—Me llevaré dos radios. Con la nueva antena de telefonía, podrás localizarme en cualquier momento.

Frank continuaba farfullando por tener que quedarse sin el cocinero del rancho durante una semana.

—¿Quieres que intercambiemos el trabajo?

El capataz apretó los labios. Los dos sabían que diez novatos a caballos en una falsa conducción de ganado en medio del campo iban a constituir un auténtico infierno. Normalmente, el tiempo en junio era bueno, pero siempre había alguna posibilidad de que estallara una tormenta, hubiera una considerable riada, de que el ganado se asustara, apareciera algún oso, alguien sufriera una picadura de serpiente o terminara con llagas de tanto montar.

Frank le dio un golpe en la espalda.

—Intenta pasarlo bien, jefe. Los chicos y yo continuaremos haciéndonos cargo del rancho.

—No sé por qué, pero sabía que ibas a decir eso.

Capítulo 6

Phoebe se estiró en la cama mientras iba cambiando los canales de la televisión. Aunque había un maratón de películas de ciencia ficción en uno de los canales, estaban echando *Alguna cosa para recordar* en otro y en la *Teletienda* estaban vendiendo unos pendientes de diamantes falsos realmente magníficos, no era capaz de interesarse en nada. Se dijo a sí misma que era porque aquel lugar no le resultaba familiar. O a lo mejor era el hecho de que, a excepción del vaquero que le había llevado la cena a las seis y media, no había vuelto a ver a ningún otro ser vivo. Bueno, bípedo. Por la ventana podía ver incontables vacas, varios caballos e incluso un par de perros.

Pero sabía que nada de aquello era realmente importante. La razón de que estuviera inquieta, tensa y poco más que un poco nerviosa no tenía nada que ver con la falta de compañía y estaba completamente relacionada con el beso que le habían dado aquella mañana, que le había removido hasta el alma. Se suponía que un hombre desconocido no tendría que despertar en ella aquel tipo de respuesta. Ella siempre había sido de las que esperaba a besar en la segunda cita y retrasaba el sexo hasta el tercer o cuarto mes. Más de un novio potencial había terminado frustrado y había puesto fin a la relación porque ella no estaba dispuesta a desnudarse a la cuarta semana.

La primera vez que había ocurrido, le habían roto el corazón. La segunda, se había resignado. En su mundo, hacer el amor tenía que ser un acontecimiento significativo. Ella estaba interesada en la conexión emocional, no solo en el sexo. Aquello la alejaba de muchos de los tipos que conocía en Los Ángeles, pero no le importaba. No iba a encontrar la sensación de pertenencia que tan desesperadamente deseaba saltando de cama en cama cada quince minutos. Todo ello muy interesante, pero no la ayudaba lo más mínimo a explicar el por qué de su reacción con Zane.

Si la hubiera tirado al suelo y hubiera comenzado a quitarle la ropa, en vez de indignarse, ella le habría ayudado. Y se habría acostado con él allí mismo, delante de Dios y de las cabras. La gran pregunta era, ¿por qué?

Una llamada a la puerta interrumpió el curso de sus pensamientos. Apagó la televisión y se sentó en la cama. Ya había llevado la bandeja de la cena a la cocina, así que no era probable que fuera nadie con intención de llevarse los platos. Solo quedaban dos posibilidades: podían ser Chase o Zane.

En su mente, tampoco cabían muchas dudas. Cruzó los dedos, caminó hasta la puerta y la abrió, esperando ver a Chase en el pasillo, porque así era su suerte últimamente. Sin embargo, el hombre que tenía delante de ella era un hombre alto, atractivo y tenía una boca que, sabía por experiencia propia, podía reducir a cualquier mujer adulta y conocedora del mundo a un charquito de deseo líquido.

Pestañeó y se preguntó cuándo habría comenzado a funcionar realmente la técnica de cruzar los dedos.

—Buenas noches —dijo Zane.

Un saludo de lo más locuaz tratándose de él.

Phoebe se preguntó si debería invitarle a entrar y decidió que sería lo mismo que ofrecerle que se acostara con ella. De modo que en vez de retroceder un paso y señalar la cama, que era lo que realmente le apetecía hacer, salió al pasillo, cerró la puerta tras ella e hizo el mayor de los esfuerzos por no parecer impresionada.

–Hola, Zane. ¿Cómo van los preparativos?

Zane le dedicó uno de sus gruñidos y después se encogió de hombros. Phoebe tradujo aquel gesto como un «muy bien, gracias por preguntar».

No estaban muy cerca, pero Phoebe era intensamente consciente de su presencia. A pesar de que probablemente se había levantado al amanecer y ya eran cerca de las diez, Zane continuaba oliendo muy bien. No llevaba el sombrero vaquero, de modo que Phoebe podía verle el pelo oscuro. Una sombra de barba definía su mandíbula. Phoebe quería acariciar aquel vello hirsuto y, quizá, después rodearle la cadera con la pierna y restregarse contra él como la estúpida hambrienta de sexo que estaba resultando ser.

–Maya llegará mañana –le dijo él–. Elaine Mitchell la traerá al rancho en un autobús turístico.

Phoebe tuvo que aclararse la garganta para poder hablar.

–Maya me ha llamado hace una hora para decirme que estará aquí cerca de las tres.

Zane cruzó los brazos sobre su ancho pecho y se apoyó contra el marco de la puerta, al lado de Phoebe. Estaban muy cerca. Phoebe fijó la atención en su fuerte cuello y en un lugar, justo detrás de su mandíbula, que sintió una repentina urgencia de besar. ¿Estaría caliente? ¿Sentiría latir su pulso contra sus labios?

–No tiene por qué saber lo que ha pasado –dijo Zane.

Phoebe no encontró sentido a aquellas palabras y Zane debió de leer la confusión en sus ojos. Estaban solos, era de noche y un hombre se cernía sobre ella en el pasillo. Phoebe jamás habría pensado que disfrutaría viendo a alguien cerniéndose sobre ella, pero la verdad era que le resultaba realmente agradable. Tenía la sensación de que si de pronto veía un ratón o algo parecido podría lanzar un grito y saltar y él la agarraría. Por supuesto, pensaría que era una idiota, pero eso era una cuestión aparte.

—Entre nosotros —continuó Zane—. En los rediles. Maya no tiene por qué saber lo que ha pasado.

Una oleada de rubor tiñó su rostro al darse cuenta de que Zane se arrepentía de haberla besado. Retrocedió instintivamente, pero solo consiguió golpearse la cabeza contra la puerta cerrada del dormitorio. Antes de que tuviera tiempo de avergonzarse por su falta de elegancia o sofisticación, Zane gruñó, la agarró por las caderas y la atrajo hacia él.

—Y tampoco necesita saber esto.

Tomó sus labios con delicadeza, pero con una autoritaria confianza. Phoebe posó las manos sobre el fuerte cuello de Zane que segundos antes estaba contemplando. Tenía la piel tan caliente como había imaginado. Sus músculos se movieron contra sus dedos cuando inclinó la cabeza para tener un mejor ángulo.

Tenía las manos quietas, a excepción de los pulgares, con los que le acariciaba las caderas, lentamente y con firmeza. Sus dedos se extendían sobre la parte más estrecha de su cintura, llegando casi hasta su espalda. Phoebe deseó sentir las yemas de sus dedos contra su piel, pero la delgada blusa de algodón se interponía en su camino.

Zane mantenía a Phoebe a una frustrante distancia de su cuerpo. De hecho, cuando intentó acercarse, la mantuvo alejada, aunque prolongó el beso. Labios sobre labios ardientes y anhelantes. Ella esperó a que profundizara el beso, pero no lo hizo y Phoebe no fue capaz de reunir el valor suficiente como para hacerlo ella misma. Al final, fue él el que retrocedió y apoyó la frente contra la suya durante un largo momento.

—Hazme un favor —le pidió—. Intenta ser un poco más resistible. No creo que pueda soportar otra semana así.

Después, giró sobre sus talones, se dirigió hacia una puerta situada al final de un largo camino y se metió en su dormitorio. Phoebe permaneció donde estaba, presionando los dedos contra sus todavía cosquilleantes labios. Pasó más de un minuto antes de que se diera cuenta de que estaba sonriendo.

Phoebe se colocó ligeramente detrás de Zane, delante de la casa del rancho, para contemplar a un autobús pintado de colores alegres resoplando en la ancha carretera de la entrada. Cuando se acercó, el sonido de la música procedente del altavoz que habían colocado en el techo aumentó de volumen. Parecía una furgoneta de venta de helados. Chase permanecía junto a los corrales de las cabras, lejos del alcance de su hermano. Phoebe no podía culparle por estar nervioso. El enfado de Zane por culpa de aquella falsa conducción de ganado aumentó a medida que el autobús se acercaba.

Phoebe intentó no fijarse en lo guapo que estaba Zane con el sombrero y los pantalones vaqueros, pero no pudo evitar analizar sus maravillosas facciones.

De acuerdo, el primer día aquella atracción había resultado curiosa. El segundo día, hasta graciosa, pero aquel era el tercer día. Necesitaba superarlo ya. La atracción sexual nunca había jugado un papel importante en su vida. Por supuesto, disfrutaba de los aspectos físicos de una relación romántica tanto como cualquiera, pero nunca los había buscado. Para ella la conexión emocional era mucho más importante que el acto sexual. Pero entonces, ¿por qué prácticamente tenía un sofoco cada vez que se acercaba Zane?

Tenía la sensación de que Maya podría ofrecerle un consejo sensato. El único inconveniente era que, para empezar, tendría que admitir el problema. Y Zane no solo era el exhermanastro de Maya, lo que hacía que la situación ya fuera extraña, sino que había sido Maya la primera en proponer a Zane como una forma de distracción. Si Phoebe admitía aquella atracción, Maya alardearía de haber tenido razón y le gastaría bromas sin piedad. A lo mejor era más fácil permitir que sus preguntas continuaran sin respuesta.

Antes de que pudiera decidirlo, el autobús paró delante de ellos. En uno de los laterales del autobús habían pintado en colores primarios el centro de Fool's Gold. El nombre de Mitchell Adventure Tours estaba pintado justo encima de las ventanas. La puerta de delante se abrió con un siseo.

Una niña bajó del autobús gritando

—¡Son ellos! ¡Son vaqueros de verdad!

Zane le susurró a Chase, que se había acercado a ellos.

—¿También has metido a niños en este lío?

Tras ella desembarcaron otro niño y sus padres. Los padres parecían rondar los cuarenta años mientras que los niños debían de tener menos de doce. Phoebe se descubrió a sí misma haciendo de anfitriona. La reticencia de Zane no fue una sorpresa, pero Chase normalmente era mucho más sociable. Quizá estuviera empezando a asumir la realidad de lo que había hecho.

—Somos Thad y C.J. Swanson —se presentó a sí mismo el hombre, que era alto y rubio—. Y estos son Lucy y su hermano Tommy.

Los niños no se parecían nada a sus padres, ambos rubios. Tommy era increíblemente delgado, con largas piernas y pelo oscuro y greñudo. Lucy compartía el color de ojos y pelo con su hermano, pero en vez de ser una niña de piernas largas era pequeña y de aspecto delicado, con una boca redonda de labios llenos. La piel de ambos niños era del más precioso color caramelo.

—Supongo que estaréis encantados de que vuestros padres os hayan traído —comentó Phoebe.

Lucy negó con la cabeza.

—No son nuestros padres. No tenemos padres. ¿Vamos a comer pronto? Tommy y yo no hemos desayunado ni comido nada hoy.

Phoebe miró el reloj. Eran más de las dos. Involuntariamente, se volvió hacia los Swanson, que parecían tan sorprendidos como ella.

—Hemos ido a buscarles a las diez, antes de ir al aeropuerto —dijo C.J., obviamente incómoda—. No nos han dicho que no habían desayunado. Solo vamos a tenerlos con nosotros durante una semana. Las personas que se suponía que tenían que traerles se echaron atrás en el último momento. Ha habido una defunción en la familia. Pero había galletas saladas en el avión... —se le quebró la voz.

Phoebe volvió a centrar su atención en los niños. La rotundidad con la que Lucy había pronunciado la frase «no tenemos padres» había evocado demasiados recuerdos. Ella había perdido a sus padres cuando tenía aproximadamente la misma edad que Lucy. Al no tener ningún pariente que pudiera hacerse cargo de ella, había tenido que pasar por diferentes hogares de acogida. Aunque no le había pasado nada malo en ninguno de ellos, jamás olvidaría lo que era estar sola en el mundo.

—¿Queréis comer algo? —les preguntó.

Lucy y Tommy se miraron el uno al otro. Después la miraron a ella. Ambos asintieron.

Zane dijo entonces:

—Chase, llévales a la cocina.

Los cuatro salieron detrás de Chase, dejando a Phoebe momentáneamente sola con Zane. Unos nervios repentinos la hicieron desear secarse el sudor de las manos en los vaqueros. Pero, en cambio, se aclaró la garganta e intentó adoptar un tono neutral.

—Parecen muy simpáticos.

Zane arqueó las cejas.

—Sí, claro. Unos niños esqueléticos y hambrientos. Apenas puedo esperar a que aparezcan los próximos visitantes. A lo mejor tenemos una estrella de rock. O a algún ejecutivo que quiere llevarse el portátil para poder trabajar mientras cabalga.

Phoebe no estaba segura de qué contestar a eso, de modo que se limitó a ignorar su comentario.

–Gracias por dejar que los niños vayan a comer algo.

Zane la miró con los ojos entrecerrados.

–¿Qué es lo que te ha contado Maya de mí?

De lo único que se acordaba Phoebe era de que le había dicho que se parecía a Adam Levine.

–Eh, ¿qué quieres decir?

–Pareces sorprendida de que no haya querido dejar a los niños pasando hambre. Imaginaba que te había contado que soy un imbécil, pero tengo la sensación de que también te ha dicho que soy malo con los niños.

–En absoluto –Phoebe retrocedió un paso–. Lo único que cree es que eres un poco rígido.

La expresión de Zane se endureció y Phoebe deseó poder retirar sus palabras.

–Pero no en el mal sentido.

–Sí, claro.

Zane volvió a prestar atención al autobús. Phoebe tuvo un mal presentimiento cuando vio desembarcar a una pareja con sandalias viejas, camisetas teñidas y unos gorros de tela.

–¡Hola! –saludó el hombre–. Me llamo Martin Lagarde y esta es mi esposa, Andrea.

La mujer, morena, de unos treinta y tantos años con pecas y gafas, le estrechó la mano a Zane.

–Estamos encantados de poder estar aquí. A Martin y a mí nos encanta estar en el campo. Hemos hecho excursiones por todo el mundo y el año pasado estuvimos en un retiro, meditando en Hawái durante una semana, pero nunca habíamos hecho nada parecido –continuó estrechándole la mano mientras su expresión se tornaba entusiasta–. Estamos deseando tener una oportunidad de fundirnos con la tierra. De conocer diferentes modos de vida. El Viejo Oeste –le soltó por fin la mano–. Somos vegetarianos. Espero que eso no represente ningún problema.

Zane lo consideró un instante y dijo después:

—Para mí no —señaló con la cabeza el departamento del equipaje que la conductora acababa de abrir en el autobús—. Recoged vuestras cosas y pasad dentro de la casa. Chase os enseñará dónde vais a pasar la noche.

—Sí, claro —dijo Martin.

Alzó la mano para chocarla con la de Zane. Como este se limitó a mirarle fijamente, Martin agarró la muñeca de Zane y la alzó hasta dejarla a la altura de su hombro, después, chocó la mano contra la suya.

Cuando se alejó, Zane se volvió para mirar a Phoebe.

—Dios niños hambrientos y dos abraza-árboles vegetarianos. Voy a matar a Chase.

Phoebe apenas podía culparle. A pesar de su falta de experiencia en la conducción de ganado, hasta ella podía ver los problemas potenciales. La aparición de una figura familiar al lado del conductor reclamó su atención y la saludó con la mano. Maya, sonriendo de oreja a oreja, le devolvió el saludo.

—¡Es Maya! —anunció Phoebe.

Zane se volvió y siguió el curso de su mirada.

—Sencillamente, perfecto —musitó mientras su exhermanastra caminaba hacia ellos.

—Estás muy serio, Zane —dijo Maya alegremente cuando estuvo a su lado—. ¿Quién se ha muerto? —sonrió—. ¡Ah, se me olvidaba! Solo estás siendo tan encantador como siempre —le apretó el brazo—. Me has echado de menos, lo sé.

Zane la miró con los ojos entrecerrados.

—Como a los hongos en los pies.

Maya soltó una carcajada y se volvió hacia Phoebe.

—Todavía estás viva. Veo que Zane no se ha convertido en un aburrimiento mortal.

—En absoluto —Phoebe abrazó a su amiga.

Maya señaló hacia la conductora del autobús, una atractiva mujer de unos cincuenta años.

—Phoebe, esta es Elaine Mitchell.

–¿Eres la misma para la que Maya trabajaba en el instituto? –preguntó Phoebe.

–Exacto.

Maya le pasó el brazo por los hombros a Phoebe.

–Y esta es Phoebe, mi mejor amiga.

–Bienvenida a Fool's Gold –dijo Elaine con una sonrisa.

En vez del traje y los tacones habituales, Maya iba vestida con unos vaqueros, una camisa de manga larga y botas. Se había recogido la melena rubia en una coleta.

–Pareces de aquí –señaló Phoebe.

–Hablando de gente de aquí –comenzó a decir Maya con una nota de advertencia en la voz.

–¡No, mierda! –dijo Zane antes de que Maya pudiera continuar.

Phoebe miró hacia el autobús e inmediatamente comprendió por qué Zane había palidecido. Las dos mujeres que la habían acorralado en la camioneta cuando habían llegado a la ciudad acababan de bajarse del autobús. Eddie y Gladys, si no recordaba mal. La más delgada llevaba unos pantalones ajustados de color azul oscuro y una camisa de cuadros con botones de perlas. La más rellenita, que continuaba con el aspecto de haberse maquillado con todo un mostrador de cosméticos, llevaba también vaqueros y unos zahones de cuero con flecos en los costados. Las dos llevaban sendos sombreros vaqueros cubriendo sus rizos blancos.

Al lado de Phoebe, Zane musitó algo para sí. Phoebe fue capaz de distinguir algunas palabras como «viejas», «huesos rotos» y una referencia a Chase colgado de una farola en mitad de una tormenta.

–Eddie, Gladys –dijo, dando un paso adelante–, me temo que no tenemos suficientes tiendas ni sillas de montar que nos permitan incorporaros al grupo.

–Ya he intentado detenerlas –le dijo Elaine–, pero han insistido –se volvió hacia Phoebe–. Eddie y Gladys son famosas por su cabezonería.

–Entre otras cosas –añadió Maya con ironía–. Esta es Eddie, y esta es Gladys –dijo, señalándolas.

–No nos vamos a incorporar como nuevas, sino como sustitutas –explicó Eddie

Gladys buscó en el enorme bolso negro que llevaba colgado del antebrazo y sacó una chequera.

–Ayer por la noche conocimos a una pareja encantadora en el Ronan's y en cuanto les ofrecimos comprarles su plaza en la conducción de ganado aceptaron inmediatamente.

–Dijeron que iban a quedarse en la ciudad y darse un masaje de piedras calientes cada día.

–Pero...

–Ya hemos pagado –le interrumpió Eddie–. Quinientos dólares cada una. Pensamos que merecería la pena si podíamos ver a algunos vaqueros atractivos. Hemos aprendido a montar con Shane Stryker, pero él se niega a quitarse la camisa para nosotras. Espero que tú no seas tan cabezota.

Phoebe pensó que Zane iba a poner fin a todo aquello, pero lo único que hizo fue musitar:

–De acuerdo. Id pasando hacia dentro. Yo llevaré vuestras cosas.

Phoebe suponía que los novatos representaban un pequeño desafío y que aquellas mujeres lo supondrían aún mayor, pero, para ella, aquellas dos mujeres eran deliciosamente singulares.

–Estamos emocionadas con esta excursión –dijo Gladys–. Eddie está deseando participar en una conducción de ganado desde que vio *Cowboy de cuidad* –le guiñó el ojo–. Pero ninguna de nosotras está deseando ayudar en ningún parto. Me pareció una auténtica asquerosidad.

Phoebe estaba encantada.

Eddie metió la mano en el bolso y sacó una cámara.

–No llegaste a presentarte el otro día, jovencita. ¿Eres una auténtica vaquera?

Gladys sonrió a su amiga.

—Una vaquera muy guapa.

Phoebe inclinó la cabeza al oír aquel cumplido

—Gracias, pero soy tan nueva en esto como todos los demás.

—Nosotras te cuidaremos —le prometió Eddie.

Las dos mujeres se dirigieron hacia la casa.

—¿Dónde está Chase? —preguntó Maya—. Quiero que me ayude a sacar mi equipaje.

Zane exhaló un suspiro de infinita paciencia.

—¿Cuántas maletas traes?

—Cuatro, pero dos son muy pequeñas.

—Has venido a una conducción de ganado, no a recorrer las capitales de Europa.

Maya se inclinó hacia Phoebe.

—Siempre se pone de mal humor cuando la gente invade su precioso rancho. Mm, en realidad, casi siempre está de mal humor.

El ceño de Zane no pareció afectar a Maya, que agarró a Phoebe del brazo y utilizó su mano libre para lanzarle a Zane un beso. Justo en aquel momento, salió Chase y corrió hacia Maya con un grito de alegría. Maya abrió los brazos y le estrechó contra ella.

—¡Hola, hermanita! —dijo Chase, levantándola en brazos y girando con ella—. Estás guapísima.

—Y tú has crecido —respondió Maya, evidentemente feliz—. Estás más alto.

Chase la dejó en el suelo y le dio un beso en la mejilla.

—Y te has olvidado de decirme que estoy más guapo.

Maya le sonrió a Zane.

—Tú debes de haber salido a tu madre.

Sus bromas parecían molestarle. Phoebe vio que apretaba la mandíbula mientras ellos continuaban con su cháchara. Maya siempre había dicho que a Zane no le gustaba la relación tan especial que tenía con Chase, pero Phoebe no estaba segura de que fuera cierto. Observar a Zane la llevó a preguntarse si, más que enfadado por la intimidad de su relación, no se sentiría solo y excluido. Sabía que en su caso sería así.

Metió las manos en los bolsillos traseros del pantalón y consideró aquella posibilidad. Sinceramente, costaba imaginar a alguien como Zane sintiéndose solo y desplazado, o sintiendo cualquiera de las emociones experimentadas por los simples mortales. A lo mejor estaba asumiendo la existencia de un tierno corazón allí donde no lo había.

Se despidieron de Elaine, agarraron el equipaje que esta había dejado en el suelo y lo metieron en el interior de la casa. Los huéspedes se habían reunido en el enorme cuarto de estar. Phoebe advirtió que Eddie y Gladys estaban ocupándose de los niños y se preguntó si tendrían nietos con los que se relacionaban regularmente.

–¿Tenemos camas suficientes para todo el mundo? –le preguntó Maya a Zane con voz queda–. Phoebe y yo podemos irnos a un hotel y sumarnos al grupo mañana por la mañana.

–No deberíamos tener ningún problema –contestó él–. Además, si alguien tuviera que dormir fuera esta noche, sería Chase.

–Pobrecillo –Maya se acercó a Chase y le abrazó con un gesto protector.

Phoebe sabía que estaba bromeando. Pero, aun así, no estaba de acuerdo con aquel tipo de bromas. Zane podría ser firme y tener un carácter difícil, pero, en aquella ocasión, tenía razón. Chase había causado un problema serio al dar publicidad a unas vacaciones conduciendo ganado. Por su culpa, Zane se había convertido en el responsable de todas aquellas personas. Phoebe deseó decir algo para mostrarle su apoyo, pero no se le ocurrió nada que no sonara estúpido. O demasiado obvio. Y lo último que necesitaba en aquel momento era que Maya se diera cuenta de que se sentía más que un poco atraída por Zane.

De modo que se conformó con intercambiar con él una mirada empática. Los ojos azules oscuros de Zane le parecieron más intensos de lo habitual, pero quizá fuera por su cercanía. Phoebe se descubrió bajando la mirada hacia sus labios y su mente rememoró todos los besos que habían compartido. Intentó decirse a sí misma que besar bien no significaba nada. Aquel tipo de destreza no decía gran cosa sobre un hombre, excepto que había besado a muchas mujeres, o que tenía un talento innato. Aunque intentó cambiar de tema mentalmente, se descubrió a sí misma recordando que Jeff besaba pésimamente, casi como un sapo, y se preguntó si Zane tendría aquel talento de forma natural o lo habría adquirido con la práctica.

Charles Elvis Monroe, conocido también como Cookie, miró a Zane furioso.

—¿Vas a llevar a los niños? —preguntó con incredulidad.

Zane no se molestó en contestar. No iba a llevar a nadie voluntariamente. Se veía obligado a hacer de anfitrión y cuidador, y todo para darle a Chase una lección.

—Imaginaba que querrías saberlo —dijo, y se apartó mientras Cookie abría la nevera y sacaba una lechuga.

—Niños —musitó—. Me preguntaba en qué estabas pensando cuando decidiste seguir adelante con todo esto, pero supongo que no estabas pensando en nada en absoluto —exhaló un pesado suspiro—. Me aseguraré de llevar comida que les guste —frunció sus pobladas y grises cejas—. ¿Algo más?

Zane pensó en Andrea y Martin Lagarde. Se aclaró la garganta y retrocedió un paso para estar más cerca de la puerta.

—Ha venido una pareja de San Francisco. Son vegetarianos.

Cookie dejó la lechuga en el mostrador con un golpe y se volvió para fulminar a Zane con la mirada.

—¿Qué has dicho, muchacho?

Zane se acordó entonces del día que había conocido a aquel hombre. Le habían llamado para que fuera a Sacramento y pagara la fianza de unos cuantos vaqueros. Al parecer, la juerga habitual de los sábados por la noche se les había ido de las manos. Cuando había terminado la fiesta, habían estado entreteniéndose con unas adolescentes que estaban en la delicada frontera de los dieciocho años.

Después de escuchar la lista de cargos y las explicaciones de sus hombres, Zane había despedido a dos vaqueros en el acto, al tercero le había dado una segunda oportunidad y había dejado al último, ya en libertad condicional por culpa de una pelea, encarcelado para que cumpliera su condena. Cookie estaba en la celda del último. Cuando Zane había terminado de abroncar a sus hombres, el viejo cocinero se había enderezado y le había preguntado a Zane dónde estaba su rancho. Zane le había dado la dirección. Seis semanas después, había aparecido Cookie en el rancho. En vez de llevar un currículum, había horneado dulces, había cocinado carne a la plancha y había preparado un bizcocho de chocolate suficientemente bueno como para derretir el hielo. Tras comprobar que no tenía ningún asunto pendiente con la justicia, Zane había contratado inmediatamente a aquel hombre.

Aquello había sido diez años atrás. Zane nunca había llegado a enterarse del motivo de su estancia en prisión. Cookie no hablaba nunca del pasado, pero Zane raramente se metía en las vidas de los demás. Cookie era un hombre gruñón, testarudo y cabezota no solo en lo referente a su trabajo, sino también a la calidad de la comida y desaparecía tres semanas al año sin decir a dónde iba.

Zane permaneció donde estaba. El hecho de que Cookie nunca hubiera iniciado una pelea no significaba que no pudiera llegar a sentirse empujado a ello.

—Vegetarianos.

Cookie musitó algo para sí.

—No pienso cocinar tofu. Antes dejo el trabajo.

—Por mí, estupendo, puedes cocinar lo que te apetezca. Solo quería que lo supieras.

—Vegetarianos —Cookie se lavó las manos y después atacó la lechuga.

Frank entró en aquel momento en la cocina.

—Ya está todo organizado, jefe. Tiendas, sillas, comida... La carreta de Cookie está cargada, solo falta la comida fresca. Hemos organizado un calendario. Te llegará un pedido cada tarde.

Zane asintió.

—¿Has echado un vistazo a los que han venido?

Su segundo al mando hizo todo lo posible por mantener una expresión neutral, pero Zane vio que se tensaba una de las comisuras de sus labios.

—¿Te refieres al hecho de que vas a tener que aguantar la lengua afilada de Maya, a un par de ancianas y a dos niños?

Cookie levantó un cuchillo de aspecto letal y alargó la mano hacia los tomates.

—Te has dejado la mejor parte, Zane. Háblale de esos malditos devoradores de cacahuetes.

Cuando Frank le miró confundido, Zane se encogió de hombros.

—Vegetarianos.

En aquella ocasión Frank estiró la boca entera, pero consiguió controlar su diversión.

—Parece interesante.

—Las tetas son interesantes, muchacho —gruñó Cookie—. Los vegetarianos son unos estúpidos. Si la gente quiere comer hojas y alpiste, deberían vivir en el bosque, ponerse a escarbar con todos esos cerdos horribles que se dedican a buscar trufas y alejarse de mi mesa.

—¿A qué hora es la cena? —preguntó Zane.

Cookie emitió un sonido burlón, se acercó a la puerta de atrás y asomó la cabeza.

–Billy, ¿tienes preparada la barbacoa?

–Sí, las brasas ya están calientes y grises. Las querías grises, ¿verdad, Cookie?

–¿Qué tono de gris?

Se produjo una pausa.

–Un gris intermedio.

–Vale –Cookie cerró la puerta y le sonrió a Zane–. Le tomo el pelo porque me lo pone muy fácil. La cena puede estar lista dentro de media hora.

Zane miró el reloj.

–Muy bien. Para entonces ya estará todo el mundo en el comedor.

–¿Y qué hago con esa gente? –Cookie prácticamente escupió las dos últimas palabras.

Zane sabía de quién estaba hablando. ¿Qué iban a cenar Martin y Andrea?

–Deja que se las arreglen ellos.

Salió de la cocina con Frank pisándole los talones.

Zane les había dado un par de horas a sus huéspedes para que se instalaran y les había pedido que se reunieran en el cuarto de estar a las cinco y media. Entró en aquella enorme habitación y les descubrió hablando los unos con los otros.

Las dos mujeres mayores estaban jugando con los niños mientras aquellos padres temporales les observaban con cierta inquietud. Los abraza-árboles estaban admirando los cuadros de la zona y Maya se había servido una copa. Y Phoebe... Zane se abrazó a sí mismo ante la inexplicable, pero muy real, atracción que sentía hacia ella. Su cerebro podía saber que no era una mujer para él, pero su sexo continuaba señalando en su dirección.

Estaba sentada en el sofá, al lado de Maya. Cuando Zane entró con Frank, fueron cesando gradualmente las conversaciones. Zane se esforzó al máximo por brindarles una cálida sonrisa de bienvenida, pero después se preguntó por qué preocuparse. Lo de encandilar a la gente era tarea de

Chase. Él era el hermano duro, el que se preocupaba de organizar los horarios y pagar las nóminas. Estaba siempre tan ocupado que no tenía tiempo para trabajar su carisma.

Aun así, quería que todo el mundo se sintiera cómodo antes de ofrecerles la oportunidad de renunciar a lo que podría ser el desastre de su vida.

—Tengo algunas cosas que comunicaros —dijo en cuanto capturó su atención—. En primer lugar —miró a los niños—, nuestros vecinos nos han traído un par de sillas para los niños. Son viejas, pero todavía están en condiciones de ser utilizadas. Sin embargo, el plan es cabalgar durante seis días. Es un ritmo duro incluso para jinetes experimentados. Me preocupa que los niños no sean capaces de aguantarlo.

Al oírle, el niño se mostró un poco preocupado, pero su hermana adoptó una expresión obstinada que Zane reconoció porque la había visto muchas veces en Maya. Los padres de acogida se movieron incómodos, pero no dijeron nada.

Una vez plantada la semilla, abordó la siguiente cuestión. Intentando adoptar una expresión de disculpa, se volvió hacia Martin y Andrea.

—No sabíamos que íbamos a tener vegetarianos en la conducción de ganado. En este momento, no podemos ofreceros un menú especial. La comida se servirá en fuentes colectivas, de manera que cada uno pueda elegir lo que le apetece comer, pero no habrá platos específicamente vegetarianos.

Martin pareció satisfecho con la información, pero Andrea, que Zane sospechaba era la que llevaba los pantalones en la pareja, se mostró indignada.

Dio un paso hacia él.

—¿Eres consciente de los estragos que causa tu ganado en el medio ambiente? ¿Y los cerdos? El noventa por ciento del maíz cultivado en este país se dedica a alimentar a los cerdos. Si los americanos redujeran el consumo de carne de cerdo en un cincuenta por ciento, podríamos enviar la mitad de la cosecha de maíz a otros países...

Andrea se interrumpió bruscamente cuando su marido le tocó ligeramente el brazo. Miró a su alrededor. Todo el mundo la estaba mirando fijamente. Apretó entonces los labios.

—Yo no como carne.

—Lo comprendo —contestó Zane—. Pero no estamos en condiciones de ofrecer un menú vegetariano. Estoy más que dispuesto a devolverte el dinero que has pagado por estas vacaciones, incluyendo el dinero de los billetes de avión, y a conseguirte un vuelo para mañana por la mañana —se volvió hacia la pareja que estaba a cargo de los niños—. Y estaré encantado de hacer lo mismo por vosotros.

Esperaba que, de aquella manera, desapareciera la mitad del grupo. Y, seguramente, Gladys y Eddie se sentirían incómodas si se quedaban solas. Aunque no podía decirse que fueran conocidas por adoptar conductas muy previsibles.

Maya estiró las piernas e hizo girar el contenido de su copa.

—Zane, qué generoso. Y yo que pensaba que estabas completamente comprometido con este proyecto.

Zane la ignoró.

—Lo único que tenéis que hacer es decírmelo.

Eddie se levantó.

—Un momento, Zane —dijo con una sonrisa—. No hay ningún motivo para ponerse nerviosos porque Andrea no coma carne. Estoy segura de que tu cocinero puede cocinar un poco más de verdura para Martin y para ella. En cuanto a los niños —les sonrió con cariño—, Gladys y yo estaremos encantadas de ayudar. Nos encantan los niños.

Se agachó delante de Tommy y de Lucy.

—Vosotros dos vivís en una gran ciudad, ¿verdad?

Tommy todavía parecía preocupado, pero asintió.

—¿Habéis montado alguna vez a caballo?

El niño negó con la cabeza.

–¿Alguna vez has querido ser un vaquero?

A los labios del niño asomó una sonrisa.

Eddie se levantó y miró a Zane.

–¿Lo ves? Quiere ser un vaquero. Este jovencito y su hermanita necesitan pasar más tiempo al aire libre.

Gladys le dio a Zane una palmadita en la espalda.

–Demuestras ser muy buena persona al preocuparte por todo el mundo, pero yo digo que sigamos adelante. Todos hemos venido en busca de aventura y tú eres el hombre que va a proporcionárnosla.

Andrea parecía más apaciguada.

–Queríamos probar algo nuevo –le dijo a su marido–. Supongo que podremos arreglárnoslas con la comida.

–A mí me gustaría intentarlo –contestó Martin.

Hasta los padres temporales de acogida parecían más tranquilos que minutos antes.

Zane era capaz de comprender cuándo había sido derrotado y ni siquiera intentó discutir. Por lo menos lo había intentado.

–Volveremos a reunirnos después de la cena y Frank os explicará lo que debéis llevaros y lo que tenéis que dejar en la casa. Después os aconsejo que os vayáis pronto a la cama. Mañana saldremos al amanecer.

Capítulo 7

–¿No te importa compartir el dormitorio? –preguntó Phoebe cuando Maya y ella se retiraron a su habitación después de la cena.

–Claro que no –Maya se sentó en la cama que había al lado de la ventana y miró a su alrededor–. Me resulta raro estar otra vez aquí. A lo mejor esa es la razón por la que no vengo muy a menudo. Todo se me hace demasiado extraño.

Phoebe pensó en su falta de raíces y en lo mucho que le gustaría tener un lugar al que volver. Se sentó en su cama.

–Si yo fuera tú, vendría cada vez que tuviera oportunidad.

–Te creo –Maya se tumbó en la cama y clavó la mirada en el techo–. Cuando miro hacia atrás, me doy cuenta de que era demasiado joven. Me consideraba una persona formada y madura, pero solo era una niña –miró a Phoebe–. Esta fue la primera casa en la que me sentí a salvo.

Phoebe sabía que su amiga había crecido en Las Vegas. La madre de Maya era entonces una *stripper* que estaba buscando constantemente un hombre que la rescatara. Y entonces había aparecido el padre de Zane. Después de un vertiginoso noviazgo, se habían casado y Maya y su madre se habían mudado a Fool's Gold, al rancho Nicholson.

–Es bonito sentirse a salvo –apuntó Phoebe.

–Sí –Maya suspiró–. Me ha gustado ver a Elaine, la mujer que nos ha traído hoy. Elaine Mitchell. La conocí entonces y trabajé para ella durante un verano antes de ir a la universidad. Seguimos en contacto desde entonces.

–Mitchell Adventure Tours –dijo Phoebe, e inclinó la cabeza–. Espera un momento. ¿Mitchell como Del Mitchell?

Maya gimió.

–No pronuncies ese nombre. Sí, Del, mi único y verdadero amor –arrugó la nariz–. Por lo menos eso era lo que pensaba entonces. La primera vez que le vi, te juro que oí una banda sonora. Estábamos convencidos de que nuestra relación iba a durar eternamente.

No había sido así, Phoebe lo sabía. Y, desde entonces, Maya rara vez salía con el mismo hombre durante mucho tiempo. Entregar su corazón no era una opción. Phoebe conocía sus razones. Y aunque tenían sentido, lo lamentaba por su amiga. Por lo menos una de ellas debería sentir la llamada del amor.

–¿Cuándo viste a Del por última vez? –le preguntó.

Maya volvió a sentarse.

–Hace casi diez años. Él viaja constantemente. Elaine rara vez lo menciona en los correos que me envía. Cada vez que vengo, me aseguro de ir a verla, pero nunca he coincidido con él.

–A lo mejor ya no es tan guapo.

Maya soltó una carcajada.

–No estaría mal, pero sospecho que continúa siendo muy atractivo. Aunque no para mí, por supuesto.

–Por supuesto –musitó.

Se preguntó si su amiga todavía conservaría parte de aquellos sentimientos que habían compuesto aquella banda sonora. Por supuesto, Maya jamás lo admitiría. Miró el reloj y gimió.

–Tenemos que preparar el equipaje.

Maya tomó las dos bolsas de lona y unas alforjas que había dejado a los pies de la cama y le arrojó una de cada.

Phoebe sacudió la cabeza.

—He traído demasiadas cosas.

Maya señaló la maleta abierta y el montón de cosméticos, vaqueros y camisetas que tenía a su lado.

—Yo también. Pero me temo que vamos a tener que conformarnos con el protector solar y la máscara de ojos. Y una loción limpiadora si no quiero terminar pareciendo un mapache —miró a Phoebe—. Tú, por supuesto, no tienes por qué preocuparte por llevar nada para las pestañas. Ya las tienes suficientemente oscuras y pobladas. Si no fueras tan buena amiga, te odiaría.

Mientras reunía su propia ropa y los artículos de aseo, Phoebe no se molestó en señalar que renunciaría encantada a aquellas pestañas a cambio de medir cinco centímetros más y tener un pelo rubio como el suyo. O unos pechos más grandes. Eso también estaría bien.

—¡Pobre Zane! —dijo Maya mientras doblaba una camiseta—. Casi lo siento por él. Eddie y Gladys, como poco, son difíciles de manejar, ¿y qué me dices de los niños?

Phoebe colocó en una pila la ropa que tenía que llevarse y dejó la que pensaba dejar en otra. El problema eran aquellas cosas que no sabía si iba a necesitar. Aquella conformaba la pila más alta.

—¿Qué problema tienes con los niños? A mí me han parecido encantadores.

—Estoy de acuerdo, pero están completamente fuera de su elemento.

—En eso estoy igual que ellos.

Phoebe se sentía tan insegura como Tommy ante la perspectiva de pasar seis días en el campo. Le gustaba el rancho y había disfrutado de aquellas vistas maravillosas, pero tenía la sensación de que no estaba en absoluto preparada como para montar durante tanto tiempo.

–¿Y esa pareja que va con ellos? –preguntó Maya–. C.J. y Thad no parecen en absoluto unos padres.

–Yo tampoco lo entiendo –admitió Phoebe–. En realidad, no son los padres de acogida de los niños. C.J. ha dicho que las personas que supuestamente debían traerles habían tenido una emergencia familiar y les habían llamado para que les echaran una mano –pensó en el tiempo que había pasado yendo de familia de acogida en familia de acogida–. Espero que Lucy y Tommy se diviertan.

–Lo harán. Eddie y Gladys parecen dispuestas a adoptarlos, aunque solo sea durante una semana. Pero ya está bien de hablar de los niños. Me sorprende que Zane haya cedido con tanta elegancia y esté dispuesto a liderar la conducción de ganado. El intento que ha hecho en el último momento para cancelarla ha sido impresionante. Supongo que ha decidido que no merecía la pena tanto sufrimiento para darle a Chase una lección.

–¿Y le culpas por ello? –preguntó Phoebe–. Está asumiendo muchas responsabilidades.

Su amiga arqueó las cejas.

–¿Le estás defendiendo? ¡Ah, eso me gusta! –apartó la ropa y se tumbó boca abajo en la cama–. Zane, ese hombre grande y malo, te está gustando, ¿eh? Cuéntame todo lo que ha pasado.

Phoebe estaba debatiéndose entre un jersey grueso y una camisa de franela, intentando decidir cuál debía guardar en la bolsa.

–No me gusta. Sencillamente, no creo que sea la encarnación del demonio, que es como tú le has descrito.

–Eso no es cierto.

Phoebe elevó los ojos al cielo.

–Dijiste que era un hombre sin corazón y que no tenía sentimientos normales. Por lo que he visto, quiere de verdad a Chase, e incluso a ti.

Maya soltó un grito.

–¿A mí? Me odia, cuando se molesta en pensar en mí. Le saco de quicio.

Phoebe no estaba de acuerdo, pero no tenía sentido discutir.

–Por lo menos reconoce que es guapo.

Phoebe sonrió de oreja a oreja.

–Un auténtico Adam Levine, como me prometiste.

–Supongo que eso ya es algo. Y que el plan de que terminarais acostándoos fue un deseo inalcanzable por mi parte.

–Eso no va a ocurrir.

Phoebe se alegró de que su voz sonara normal. No tenía sentido que Maya se enterara de los tórridos besos que habían compartido Zane y ella. No solo no quería que los analizara, sino que tenía la sensación de que había sido algo que ocurría solamente una vez en la vida. Bueno, dos. Era como una alineación improbable de planetas, o como que le tocara la lotería. No tenía ningún sentido mencionar que la fantasía de Maya se había convertido en la suya propia.

–Yo solo sé que si se dejara llevar, sería un tipo realmente divertido –dijo Maya mientras se sentaba y alargaba la mano hacia otra camiseta–. De acuerdo, a lo mejor lo de divertido es un poco exagerado, pero podría ser menos serio. Necesita una mujer. Aunque, por supuesto, cuando tuvo una, no supo muy bien qué hacer con ella.

Phoebe estuvo a punto de dejar caer los vaqueros que estaba doblando.

–¿De qué estás hablando?

–Zane estuvo casado. ¿No te lo había contado?

¿Zane casado? ¿Por qué la sorprendía tanto? ¿Y por qué la afectaba tanto?

–No. Se te olvidó comentarlo.

–Seguramente porque no tuvo ninguna importancia.

–Supongo que la tuvo para Zane –y, desde luego, la tenía para ella, aunque no podía decir por qué.

–A lo mejor –Maya vació el contenido de su bolsa de maquillaje y comenzó a ordenarlo encima de la cama–. Pero la verdad es que no estaba enamorado de ella. Zane se casó con ella para darle una madre a Chase. Es un idiota. Se lo dijo abiertamente cuando llevaban un año casados.

–¿Chase? –preguntó Phoebe con el ceño fruncido.

–No, Zane. Nunca he sabido los detalles, pero creo que Sally le estaba presionando para que tuvieran hijos. Zane se negó y, al final, le explicó que se había casado con ella para que Chase creciera con cierta estabilidad. Desde luego, no puede decirse que sea una declaración suficientemente romántica como para hacer que se conmueva el corazón de una mujer. Sobre todo cuando ella creía que se habían casado por amor. Se separó de él. Zane tuvo miedo de perder el rancho, pero lo único que pidió Sally fue una compensación por las tareas realizadas. Por lo visto, calculó el salario equivalente al tiempo que había pasado casada con Zane y se lo presentó como una factura.

Maya se echó a reír, como si la situación le pareciera divertidísima, pero Phoebe no pudo evitar pensar en lo triste que sonaba todo aquello. Zane se había casado con una mujer de la que no estaba enamorado para darle una madre a su hermano. Se había equivocado con la mejor de las intenciones. ¿Cuántas veces había hecho ella eso mismo y había terminado quemándose?

–Supongo que la culpa no es del todo suya –reconoció Maya a regañadientes–. Sé que lo pasó muy mal cuando murió su padre.

–¿A qué te refieres?

–El que fue mi padre adoptivo estaba muy enamorado de la madre de Zane y nunca se recuperó de su muerte. Por lo que he oído decir, apenas le prestaba a Zane ninguna atención. Se casó varias veces, intentando olvidarla, pero no funcionó. Y lo único que consiguió fue convertir la vida de todo el mundo en un infierno.

El tierno corazón de Phoebe se encogió al pensar en el dolor de Zane.

—Ha tenido que enfrentarse a muchas cosas –musitó.

—Me lo imagino. Pero se comporta como si se hubiera tragado el palo de una escoba. Mira cómo trata a Chase.

—Siempre hablas de él como si no quisiera a su hermano, pero ¿no crees que el hecho de que se casara con Sally demuestra lo mucho que le preocupa su hermano? –le preguntó–. ¿Y qué me dices de la conducción de ganado? Lo está haciendo para enseñarle a Chase algo importante. Tú quieres a Chase, deberías alegrarte de que Zane esté dispuesto a enseñarle a ser un buen hombre.

Maya abrió los ojos como platos.

—¡Ay, Dios mío! Creo que hay alguien que se ha enamorado.

Phoebe negó con la cabeza.

—Te equivocas.

—¿De verdad?

—Completamente.

Maya no estaba del todo convencida, ¿y quién podía culparla? Phoebe no se había enamorado, pero estaba a punto de hacerlo.

Eran casi las doce cuando Phoebe se dio cuenta de que no iba a ser capaz de dormir. Maya había caído rendida poco después de las diez. Sin lugar a dudas, porque había estado trabajando veinticuatro horas a la semana para poder disponer de unos días libres. También ella debería estar cansada, pero la verdad era que se sentía inquieta.

Se puso los vaqueros encima de los pantalones cortos del pijama, agarró la cazadora y, descalza, recorrió el pasillo y bajó las escaleras.

La casa estaba en silencio, con aquella susurrante cualidad que surgía cuando todo el mundo dormía. Phoebe advirtió que habían dejado algunas lámparas encendidas, seguramente para garantizar la seguridad de cualquier invitado que tuviera que salir de su habitación en medio de la noche.

Como le había ocurrido el día que había llegado, la altura de los techos de la planta baja la impresionó. Aunque los muebles quedaban bien, podía imaginar otros estilos que encajaran con las molduras del techo y los suelos de madera. En las zonas más baratas de Beverly Hills, una casa como aquella podría costar tres millones de dólares. En las calles más exclusivas, el precio sería el doble.

Una vez en la puerta de la calle, se detuvo para comprobar la alarma, pero se acordó entonces de dónde estaba y rio quedamente. No creía que Zane invirtiera mucho dinero en sensores de movimiento o alarmas.

Abrió la puerta y salió al porche. Allí la noche era todavía más serena, y fría. Le sorprendió no ver el vaho de su aliento. Seguramente hacía más calor en Fool's Gold, porque el rancho estaba en una zona más elevada. Curvó los dedos de los pies al sentir el frío de la madera pintada, pero no se retiró. Caminó hasta la barandilla y miró hacia aquella población de cuento que descansaba a orillas de un pequeño lago. Después, alzó la mirada hacia la negra noche.

Había miles de estrellas. Ni siquiera en la noche más despejada de Los Ángeles podían verse tantas.

—Debería haber prestado más atención en las clases de Astronomía —musitó, y después sonrió—. Mejor dicho, debería haberme apuntado a clases de Astronomía.

Inclinó la cabeza en un intento de encontrar algo fácil, como la Osa Mayor o la Estrella Polar. Encontró la primera, pero no fue capaz de recordar si la Estrella Polar estaba al final de la Osa Mayor o tenía que mirar a la Osa Menor. Después, mientras se embebía de aquel mar infinito de luces titilantes, fue consciente de... una presencia.

Una milésima de segundo antes de volverse, oyó una pisada. Si hubiera estado en cualquier otra parte que no fuera el rancho de Zane, habría sentido pánico. Unos pasos desconocidos en medio de la noche no presagiaban nada bueno en la gran ciudad. Pero aquello era diferente. A pesar de no estar familiarizada con aquella zona, se sentía segura. Además, había muchas posibilidades de que supiera quién estaba allí fuera con ella.

Se volvió y vio a Zane acercándose. Bajo la tenue luz del porche, era poco más que una silueta en sombras, pero aquello aumentaba incluso más su atractivo. Llevaba una gruesa cazadora de cuero desabrochada. A diferencia de ella, iba con la misma ropa que había utilizado durante el día. Era un hombre imponente, parecía alguien completamente fuera de su alcance. Probablemente debería haber salido huyendo hacia las colinas o, por lo menos, a su habitación. En cambio, se abrazó a sí misma y se preguntó si habría estado suficiente tiempo en la cama como para que el pelo se le hubiera disparado de la forma más extraña.

—¿No podías dormir? —le preguntó Zane, y se detuvo a su lado en la barandilla.

Phoebe negó con la cabeza.

—Supongo que estoy muy emocionada por la conducción de ganado.

—A mí tampoco me está dejando dormir. Pero no por la emoción, precisamente.

Aquella sencilla confesión la pilló desprevenida. Con muy pocas palabras, había expresado una vulnerabilidad que hizo que se le encogiera el corazón, a pesar de que sus hormonas habían empezado a tararear una canción de Dixie Chicks sobre los vaqueros y la posibilidad de fugarse con uno de ellos.

Era la noche, se dijo a sí misma. O quizá fuera él. En cualquier caso, ¿no sería aquel un buen momento para mostrarse ingeniosa y encantadora? Maravillosa, incluso. Se conformaría con parecer maravillosa, ni siquiera necesitaba ser divertida, siempre que no tuviera que hablar mucho.

–Sé que es una gran responsabilidad –dijo al ver que ni se transformaba en una supermodelo ni se le ocurría nada brillante que decir–. Pero pareces estar arreglándotelas muy bien. Estoy segura de que todo irá perfectamente.

Zane suspiró.

–¿Puedes garantizármelo por escrito?

–¿Serviría de algo?

–No –alzó la mirada hacia el cielo–. No he conseguido convencerles de que se vayan.

–Pero lo has intentado.

Zane gruñó. Phoebe imaginó que, en su mundo, intentar algo y no conseguirlo no servía de nada. Otro punto en su contra. No paraba de estropearlo todo.

–Por lo menos todo el mundo parece muy agradable –señaló.

Zane se volvió y clavó la mirada en la casa. Su rostro quedaba bajo la luz en aquel momento y Phoebe pudo ver la sonrisa de diversión que le hacía arrugar las comisuras de los ojos.

–¿Incluso Andrea?

Phoebe pensó en la fuerte personalidad de aquella mujer.

–Bueno, no creo que sea una persona fácil, pero estoy segura de que, en cuanto la conozcamos mejor, nos parecerá encantadora.

Zane la miró entonces a ella.

–Eres de las que ven la botella medio llena, ¿verdad?

–Intento serlo.

Se apoyó en la barandilla imitando su postura, colocando los codos sobre la barandilla y mirando hacia delante.

–Creo que es importante adoptar una actitud positiva en la vida –le explicó–. Aprovechar las oportunidades que nos brinda.

–Tú estás demasiado ocupada pensando en los sentimientos de los demás como para poder distinguir una opor-

tunidad a medio kilómetro –la miró con los ojos entrecerrados–. ¿Cómo es posible que Maya y tú seáis amigas?

Phoebe le miró parpadeando. Apenas habían pasado
cuarenta y ocho horas desde que se habían conocido y habían pasado menos de una de esas horas hablando. Y, sin
embargo, había conseguido resumir su carácter en una sola
frase. Y lo más sorprendente era que tenía razón. ¿Cómo lo
habría hecho?

Estaba demasiado ocupada ayudando a los demás como
para progresar en su trabajo. A menudo tomaba decisiones
dejándose llevar por los sentimientos en vez de por el deseo
de seguir progresando. Por lo que había averiguado hasta
entonces, aprovechar las oportunidades muchas veces significaba ser despiadada y ella no era capaz de actuar antepo-
niendo sus propios intereses a los de los demás. No, si para
ello tenía que pisar a alguien.

Sacudió la cabeza y volvió a fijar la atención en Zane.

–¿Qué me habías preguntado?

–¿Cómo es posible que Maya y tú os hayáis hecho amigas? No os parecéis nada.

–¿Te refieres a que ella es una productora de televisión
de primer orden y yo no?

Zane se encogió de hombros.

–Estaba pensando más en términos de personalidad.

–Eso también.

Phoebe se frotó el pie derecho contra la pantorrilla izquierda, intentando ignorar el frío que la penetraba. ¿Qué
eran unos cuantos escalofríos comparados con una conversación a media noche con el hombre de sus sueños?

–Nos conocimos en la universidad, cuando las dos éramos nuevas. Maya siempre estaba hablando con un montón
de gente. Ya la conoces. Siempre es el centro de atención
–se interrumpió, pero Zane no dijo nada, así que continuó–.
Tenía un vaso enorme de café en la mano y, sin querer, me
lo tiró encima. Insistió en llevarme a su casa para que pu-

diera lavarme. Empezamos a hablar y, para cuando terminó la mañana, ya éramos amigas.

Phoebe no habló de lo sola que se había sentido en la universidad. Aunque las casas de acogida no habían sido lugares idílicos, tras la muerte de sus padres, eran lo único que había conocido. A los dieciocho años, había tenido que abandonarlas y aquello había sido como perder de nuevo a su familia.

—Yo no tenía a nadie —le explicó Phoebe— y Maya me acogió y me hizo sentirme parte de todo. Siempre ha sido una buena amiga.

—Todavía no te he dado las gracias por lo que has hecho hoy —le agradeció Zane—. Pensaba que Chase se encargaría de hablar con nuestros huéspedes cuando llegaran. Normalmente es difícil hacerle callar. Pero hoy no ha dicho una sola palabra.

—A lo mejor estaba abrumado por lo que había hecho.

Zane arqueó una ceja.

—Si fuera tú, yo no apostaría por ello.

—¿No crees que esté arrepentido?

—Todavía no, pero lo estará —Zane se interrumpió y sacudió la cabeza—. Él no es el único que no piensa lo que hace. Yo soy igualmente culpable. Obligarle a hacerse cargo de la conducción de ganado que él mismo había organizado me pareció la mejor manera de darle una lección, pero ahora que está aquí todo el mundo y vamos a salir mañana por la mañana...

—Esto no se parece en nada a lo que habías imaginado —terminó Phoebe por él.

Zane la miró. A Phoebe se le ocurrió pensar que quizá no debería haber terminado la frase. Estuvo a punto de disculparse, pero él asintió.

—Exacto.

Phoebe volvió a estremecerse, pero en aquella ocasión aquella reacción involuntaria no tuvo nada que ver con el frío, sino que estuvo directamente relacionada con el cosquilleo que recorría su cuerpo. ¿Qué tenía aquel hombre que la afectaba tanto? Estaba en medio de la noche, completamente helada, probablemente con el aspecto de un gato despeluchado y, sin embargo, no podía evitar pensar que no había ni un solo lugar ni ninguna otra persona con la que le apeteciera más estar.

—Necesito que me vea un psiquiatra —musitó para sí sin poder contenerse.

—¿Por qué?

Phoebe se echó a reír.

—Por todo en general. Vengo de Los Ángeles. Allí todos necesitamos ese tipo de cosas.

El sonido de la risa de Phoebe flotó en medio de la noche. Era extraña la capacidad que tenía para filtrarse en el interior de Zane y poner todo su cuerpo en tensión. Y no solo su entrepierna, aunque en aquel momento estaba completamente excitado. Sentía también una opresión en el pecho, y en las entrañas.

—Llamó una mujer para preguntar si dábamos masajes con piedras calientes —le explicó Zane.

Phoebe alzó la mirada hacia él y sonrió.

—¿Y qué le dijiste?

—Que se había equivocado de lugar. Como Frank dijo ayer, ¿a quien le apetece darse un masaje con una piedra?

—Son muy populares. Creo que es algo que tiene que ver con el calor. Relaja los músculos.

—Quieres decir que es algo muy popular en Los Ángeles.

—La mayoría de las cosas buenas vienen de allí.

—Ah, así que eres una de esas, ¿eh? Una admiradora de ese mundo de ensueño.

Phoebe arrugó la nariz.

–No lo llamamos así. Y puedes reírte todo lo que quieras, pero hasta que no has vivido allí, no eres capaz de comprender su atractivo.

–No creo que el vivir allí me ayudara a apreciarlo.

Phoebe volvió a reírse, que era lo que él quería. Le gustaba cómo le atravesaba su risa y le hacía desearla todavía más. Se sentía como uno de sus toros, dispuesto a destrozar la cerca para conseguir a la hembra elegida. Le gustaba desearla, aunque aquel deseo no se pareciera a nada de lo que había experimentado hasta entonces. Aunque le pareciera peligroso.

¿Qué tenía aquella mujer para desencadenar en él tan profundo deseo? ¿Era su forma de sonreír, de una manera casi inocente? ¿La forma de su rostro? ¿Su olor? ¿La forma en la que su pelo oscuro acariciaba sus mejillas cada vez que movía la cabeza? ¿La alegría con la que se enfrentaba a la vida? ¿Una alegría que le hacía sentirse tan viejo como el mundo?

Incluso allí, en el porche, la deseaba. Apretó los puños al sentir la fuerza con la que necesitaba acariciarle las mejillas. Quería dibujar su perfil, acariciar la seda de su pelo, bajar la cabeza y besarla.

Pero no se detendría allí. Un beso, otro después, y sus manos recorrerían su cuerpo entero, le desgarraría la ropa, la desnudaría, la presionaría contra la pared y...

Cerró la puerta a aquel pensamiento, rechazando mentalmente aquella imagen erótica. Fue consciente entonces del silencio de la noche y del sonido de su propia respiración. Consciente de las chispas que saltaban entre ellos. Pero las ignoró.

–Es tarde –dijo en cambio–. Mañana tenemos que madrugar.

Phoebe asintió y se volvió hacia la casa. Sin embargo, antes de entrar, le miró.

–Estarás bien, ¿verdad?

Aquella pregunta le dejó estupefacto. Nadie se había tomado la molestia de preguntárselo. Todos lo daban por sentado. Era Zane Nicholson, un hombre que siempre se hacía cargo de todo. El hombre que siempre se hacía cargo de todo.

–Sí, claro que estaré bien.

Phoebe le dirigió una de sus sonrisas y retrocedió después hasta la casa.

–Hasta mañana.

–Buenas noches.

Zane la observó marcharse, consciente de que volvería a verla en el instante en el que cerrara los ojos.

Lucy se tumbó boca abajo y presionó la esponjosa almohada que tenía bajo la cabeza. Era grande, casi tanto como ella. Y le gustaba que fuera blanda y firme a la vez. Le gustaba aquella casa, y las sábanas, le gustaba todo lo que había en aquella habitación. Tommy y ella tenían hasta un dormitorio para ellos.

–¿Has olido las toallas? –le preguntó.

Su hermano se volvió hacia ella y la miró fijamente.

–No –su expresión indicaba que no sabía por qué tendría que querer olerlas.

–Yo sí. Huelen muy bien. A flores, pero no igual. No huelen como las toallas de allí.

El «allí» en cuestión era la casa de la señora Fortier, pero Tommy ya lo sabía. Allí, las toallas y las sábanas olían de manera extraña. No mal, como la vez que se metió un gato enfermo y murió debajo del porche, pero era un olor viscoso, espeso. Como si hubieran estado envolviendo algo viejo durante mucho tiempo. Además, ni las toallas ni las sábanas eran tan suaves. Lucy volvió a frotar la cara contra la almohada. Casi le hacía cosquillas.

–Me gusta esta casa –dijo Tommy–. Es grande, pero muy bonita.

–Sí –Lucy se tumbó de espaldas en la cama y miró el blanco techo.

Era tarde y deberían estar dormidos, pero todo les resultaba demasiado extraño.

Tommy se volvió para mirarla a la cara. Las camas estaban muy juntas, pero no demasiado. A Lucy le gustaba.

–Zane es muy grande –dijo su hermano.

–Da miedo.

Tommy intentó negarlo, pero después asintió rápidamente, como si no quisiera que le descubriera llevándole la contraria.

–Chase me cae muy bien –dijo Lucy–. Sonríe mucho.

–C.J. dice que son hermanos.

Lucy no quería que pensara en C.J., ni en nada de lo que pudiera decir. Aquella mujer la hacía sentir frío, se estremecía cada vez que les miraba a Tommy a ella. Thad era diferente. Parecía que le caían bien, pero era evidente que C.J. no quería tenerles allí.

Lucy estuvo a punto de decírselo a su hermano, pero sabía que no la creería. Nunca se creía nada de lo que le decía sobre los adultos que conocían. Él siempre decía que eran buenos y amables y que estaban buscando unos hijos como ellos, pero ella sabía que no era verdad.

–Zane y Chase parecen hermanos –dijo en cambio–, pero Zane es mucho mayor. Me pregunto por qué.

–De todas formas, son una familia –repuso Tommy.

Lucy fulminó a su hermano con la mirada. Había vuelto a adoptar aquella actitud estúpida, como si estuviera pensando que también ellos podrían llegar a formar parte alguna vez de una familia.

–Olvídalo –le advirtió–. No vamos a encontrar a nadie que quiera adoptarnos.

–A lo mejor, sí.

–No.

Lucy odiaba decirlo, odiaba cómo la hacía sentirse, pero

sabía que alguno de ellos tenía que ser consciente de la verdad. Querer algo, desearlo, ya daba suficiente miedo, pero creer en ello era lo peor. Creer en ello la hacía sufrir por dentro.

Parpadeó rápidamente para que Tommy no se diera cuenta de que, de pronto, le habían entrado ganas de llorar.

–La cena estaba muy rica –comentó para distraerle–. A lo mejor conseguimos pasar toda la semana sin que nos envíen a la cama sin cenar.

–¿Tú crees?

–A lo mejor.

Tommy se tapó con las sábanas.

–¿Qué te parecen Thad y C.J.?

–Ella nos odia.

–No, no es verdad.

–Nos mira como nos miraba la señora Fortier. Como si hubiéramos hecho algo malo, aunque no hayamos hecho nada.

–Pero Thad...

–No –se alejó de su hermano–. Nada de eso importa. ¿Qué más da que sea bueno y que le caigamos bien? Es posible que los niños sean más especiales que las niñas, pero tú ya sabes quién decide en las familias. Siempre es ella, no él. Y a ella no le caemos bien.

Capítulo 8

Phoebe se plantó el sombrero Stetson en la cabeza y se volvió para mirarse en el espejo. Vaqueros, botas, sombrero. Lo único que le faltaba era un revólver para parecer Jesse James… bueno, casi.

Una semana atrás, si alguien le hubiera dicho que iba a encabezar una auténtica conducción de ganado se habría echado a reír con total incredulidad. Pero estaba realmente allí y apenas podía reprimir las ganas de bailar. Hasta aquel momento, todo lo que había visto en el rancho era demasiado maravilloso como para expresarlo con palabras, y eso sin contar con el factor Zane.

Agarró las alforjas y la bolsa de lona que había preparado la noche anterior y salió al pasillo. Maya había bajado minutos antes, quejándose del poco equipaje que les permitían llevar.

A Phoebe también le habría gustado poder llevarse algunas cosas más, pero podría arreglárselas perfectamente sin ellas durante unos días. Solo tendría que...

Salió a la claridad de la mañana e inmediatamente se detuvo. Todo el mundo estaba reunido delante de la casa. Eddie y Gladys estaban junto al redil, grabando a los vaqueros mientras estos trabajaban. Los hombres parecían estar disfrutando de su atención, incluso exhibiéndose un poco. C.J.,

Thad y los niños estaban juntos, pero no hablaban entre ellos. Maya sonrió a un vaquero atractivo y algo mayor, pero nada de aquello le importaba a Phoebe.

Sin previa advertencia, sin saber por qué, sin saber lo que significaba ni cómo evitarlo, aunque hubiera querido hacerlo, se descubrió mirando directamente a Zane. Como si hubiera sabido dónde encontrarle en ese preciso instante. Como si Zane tuviera algún poder mágico para hacerla centrar su atención en él. Como si fuera el norte magnético para su brújula.

Se interrumpió, deseando que Zane alzara la mirada y la viera, pero él estaba concentrado en una conversación con uno de los vaqueros. En fin, ya habría una próxima vez.

Eddie y Gladys llamaron a uno de los vaqueros que estaban montado a caballo para que saliera del corral. Él les sonrió y, fuera lo que fuera lo que le dijeron, le llevó a animar a su caballo a levantarse, apoyándose en las patas traseras. Las dos mujeres aplaudieron.

Chase permanecía al lado de Maya. Se les veía bien juntos, pensó Phoebe. Los dos eran altos y atractivos. El pelo y los ojos oscuros de Chase contrastaban con la piel clara y el pelo rubio de Maya. Chase dijo algo que Phoebe no pudo oír y Maya se echó a reír. Le acarició el brazo en un gesto de cariño y apoyo. Como si siempre hubieran sido familia.

Una punzada de incomodidad pilló a Phoebe completamente por sorpresa. Y no porque ella no quisiera que su amiga tuviera una familia. Era solo que no podía evitar desear lo mismo para ella misma. Se volvió para ver si Zane había sido testigo de aquel intercambio y se quedó estupefacta ante la crudeza de su mirada. Por un instante, creyó verle hasta el alma. La soledad que vio en ella, la necesidad de encajar, de formar parte de algo más que de su propia soledad, la pilló completamente por sorpresa. También Zane lo comprendía, se dijo a sí misma. También él lo quería.

Pensó en todo lo que Zane había tenido que soportar con su familia y no la sorprendió.

Pero entonces Zane parpadeó y aquellos sentimientos desaparecieron de sus ojos como si nunca hubieran existido.

¿Habrían sido imaginaciones suyas? ¿Habría proyectado sus propias necesidades y deseos en él porque le encontraba sexualmente embriagador y quería que tuvieran algo significativo en común?

—Todavía es demasiado pronto para albergar pensamientos tan profundos —musitó para sí.

El sonido de los cascos de los caballos le llamó la atención. Se volvió y vio a dos mulas tirando de una carreta. A Phoebe le entraron ganas de frotarse los ojos para estar segura de que no eran imaginaciones suyas, pero allí estaba, como si acabara de salir del canal de Historia. Una auténtica carreta cubierta y tirada por mulas.

El hombre que conducía aquel artilugio encajaba perfectamente. Llevaba una camisa vieja de color rojo y unos pantalones raídos. Un baqueteado sombrero vaquero cubría su pelo cano. Una de las mejillas sobresalía más que la otra. Todas las ideas románticas de Phoebe sobre el Viejo Oeste se transformaron en una horrorizada arcada cuando le vio volverse y escupir tabaco en el suelo.

—Aquí tenemos otro vaquero —dijo Gladys.

—No le quiero. Es viejo —contestó Eddie—. Puedes quedártelo tú.

—¡Yo tampoco le quiero!

Disimulando una sonrisa, Phoebe desvió rápidamente la atención hacia las mulas, que estaban encantadoras alzando las orejas. Advirtió que habían añadido dos más al carruaje. El nuevo par cargaba con algunas bolsas y sacos de tela. Con aquellos ojos enormes y sus dulces rostros, tenían un aspecto enternecedor.

—Lo único que les falta son unos sombreros de paja con lazos o una corona de flores —comentó.

Desgraciadamente, Zane pasó por allí justo en aquel momento y le dirigió una mirada que indicaba que no solo la había oído, sino que pensaba que era estúpida. Phoebe quiso salir corriendo tras él y explicarle que pensar que las mulas estarían monísimas con unos gorros de paja no era lo mismo que querer ponérselos de verdad, pero no lo hizo. Seguramente, para él era tan terrible pensarlo como comprarles esos sombreros.

—Este es Cookie —le explicó Zane al grupo—. Como habréis imaginado por su nombre, será el responsable de la comida mientras estemos fuera. Anoche pudisteis probar su comida.

Thad se palmeó el estómago.

—En ese caso, creo que vamos a estar más gordos al final de esta semana. Espero que a los caballos no les importe.

—Bueno, ya nos encargaremos nosotros de que adelgacéis —contestó Cookie con una sonrisa. Después, desapareció su buen humor—. Bueno, no os quedéis mirándome —gritó—. Agarrad vuestras cosas. No tenemos todo el día. Poneos las pilas.

Maya se agachó y levantó su bolsa de lona. Phoebe la siguió.

—¡Eh, qué buena estás! —le dijo Cookie a Eddie mientras Chase le subía el equipaje a la carreta—. Estás para comerte.

—Será mejor que ni lo intentes —respondió Eddie.

Maya sonrió de oreja a oreja.

—¿Me has echado de menos, Cookie?

Cookie le guiñó un ojo.

—Como si tú te acordaras de un vejestorio como yo ni un solo minuto al día.

Maya se puso una mano sobre las caderas, las meció exageradamente y sonrió de oreja a oreja.

—Cookie, por tus bizcochos haría cualquier cosa.

El viejo cocinero soltó una carcajada. Phoebe le tendió su bolsa. Cookie la miró y le guiñó el ojo. Ella le sonrió e intentó no pensar en el tabaco que almacenaba en la mejilla.

Andrea fue la siguiente. Le tendió su bolsa, pero no se movió. En cambio, le miró con los ojos entrecerrados.

–Supongo que tienes cuidado cuando cocinas, ¿verdad? No me gustaría que contaminaras nuestra comida con ese hábito tan repugnante.

Cookie apretó con fuerza los labios.

–¿Vas a cocinar tú o voy a cocinar yo?

–Supongo que tú.

Cookie asintió.

–Entonces ya tenemos algo claro.

Andrea se volvió. Le musitó algo a Martin y este le palmeó el brazo. Chase llevó el equipaje de Gladys a la carreta.

Cookie recorrió a Gladys con la mirada.

–Muy guapa. Si alguna vez te sientes sola, pégame un grito. Puedo ser muy buena compañía.

Andrea inspiró con fuerza.

–Qué desagradable. ¿Va a ser así con todas las mujeres? ¿Es que no es capaz de controlarse?

Chase pasó por delante de Phoebe y se inclinó hacia ella.

–Ya verás como Cookie no le dirige siquiera la palabra a la princesa vegetariana.

Phoebe tuvo que volverse para disimular una sonrisa.

Cuando terminaron de cargar todo el equipaje, Zane les puso en línea y se colocó enfrente de ellos, fue mirándoles de uno en uno y diciendo su nombre. Cuando se detuvo delante de Phoebe, esta sintió el calor de su mirada penetrándole los huesos. Aunque apenas la miró un segundo, fue suficiente para que su corazón comenzara a latir a un ritmo desenfrenado. Cuando Zane se acercó a Maya, el cuerpo de Phoebe volvió a la normalidad. Se sentía como una de esas flores especiales que solo se abren cuando están a pleno sol. Cuando Zane no estaba cerca, se marchitaba.

Cuando Zane terminó de nombrar a todos los participantes, aparecieron varios vaqueros con los caballos. Había una placa de bronce en cada brida con el nombre del caballo. A Phoebe le tocó uno llamado Rocky.

Era un caballo castaño cuyas piernas se oscurecían al final. La crin y la cola también eran de color negro.

Phoebe le dirigió a Rocky una sonrisa vacilante. Este no respondió.

—Escuchadme —les pidió Zane—. ¿Quién ha montado alguna vez a caballo?

Eddie y Gladys levantaron la mano. Martin también. Zane les preguntó entonces por la experiencia que tenían a caballo.

—Shane Stryker nos enseñó a montar el verano pasado y montamos como guerreros antiguos en el desfile Maá-zib del año pasado —contó Eddie—. Nos ofrecimos a ir en *topless* para que fuera más auténtico, pero la alcaldesa Marsha no nos lo permitió.

—Desde entonces salimos a montar una vez al mes para mantener los músculos flexibles.

Martin contó que él había recibido clases de equitación de niño.

Zane les explicó los rudimentos de la equitación. Aunque no iban a trabajar como vaqueros, durante el trayecto tendrían que ayudar con el cuidado de los caballos. Eso significaba asegurarse de que el animal tuviera agua suficiente, desensillarlo por las noches y proporcionarles los cuidados básicos. Utilizando su caballo, un caballo castrado de pelaje rojizo, les enseñó a montar.

Phoebe miraba alternativamente el caballo de Zane y el suyo. Parecían del mismo tamaño, al menos en altura, aunque Rocky, con aquellas piernas tan largas, parecía más esbelto.

Hablando de piernas, desvió la mirada de las de Zane a las suyas. Había una diferencia de varios centímetros, lo que significaba que le iba a resultar imposible apoyar el pie en el estribo y elevarse como lo había hecho él. Iba a necesitar un banco, un taburete o algo parecido.

Acababa de darse cuenta de su problema cuando Zane se volvió hacia ella. Al corazón de Phoebe le salieron alas y comenzó a revolotear en su pecho, pero antes de que Zane la alcanzara, apareció Chase a su lado.

—¿Preparada? —le preguntó.

Phoebe miró a Zane, pero este ya se había apartado para ir a ayudar a Gladys. Phoebe se tragó su desilusión y le sonrió al adolescente.

—¿No tienes un taburete para subirme? —le preguntó.

—Claro que sí —Chase entrelazó las manos y las colocó por encima de su rodilla.

Phoebe arrugó la nariz.

—No quiero hacerte daño.

Chase le guiñó el ojo.

—Es imposible que me hagas daño, aunque seas una diosa.

—¡Ah, muy bien! ¿Qué demonios os pasa a los vaqueros? Cookie y tú deberíais reuniros para escribir un libro de piropos.

—La verdad es que estamos hablando de ello —le tocó el lateral de la pierna con el dedo—. Vamos, Phoebe, demuéstrale a todo el mundo cómo se hace. Apoya el pie izquierdo en mis manos. Contaremos hasta tres y te elevarás sobre la silla.

Phoebe no tenía demasiada confianza en lo de elevarse. La silla de Rocky parecía estar realmente alta. Y también temía impulsarse con demasiada fuerza y terminar cayendo al otro lado. Desde luego, no era así como quería empezar la mañana.

Pero si pensaba participar en la conducción de ganado, tendría que colocar el trasero sobre el caballo, literalmente. Así que tomó aire para darse valor, se agarró a la parte delantera de la silla con las dos manos, colocó el pie en el escalón que Chase había formado con las manos y contó hasta tres.

Cuando levantó el pie derecho del suelo, Chase la empujó hacia arriba. Ella giró la pierna en un movimiento casi elegante y se encontró a sí misma cayendo sobre una silla dura y muy pequeña.

Hasta aquel momento, Phoebe siempre había pensado que las sillas de los vaqueros eran enormes. Pero una vez sentada en una de ellas y a cerca de un metro y medio del suelo tenía la sensación de estar encima de una silla del tamaño de un plato de postre. Rocky se movió, lo que la hizo agarrarse al saliente de la silla.

—¿Tengo que ir así de alto?

Chase se echó a reír.

—Ya te acostumbrarás.

Phoebe tenía sus dudas.

Chase le colocó algunas de las hebillas de la silla y la ajustó los estribos para que pudiera apoyar los pies en ellos. Mientras trabajaba, posó la mano en su pantorrilla.

—Esta es la mejor parte —dijo, guiñándole el ojo.

Por supuesto, Zane estaba suficientemente cerca como para oírlo y miró a su hermano con el ceño fruncido.

—Ocúpate de tu trabajo.

Chase respondió elevando los ojos al cielo.

Eddie y Gladys montaron sus respectivos caballos con una facilidad que Phoebe envidió. Resultaba mortificante ser superada por dos vaqueras septuagenarias. Maya también parecía sentirse como en casa a caballo. Después de que Chase le ajustara los estribos, cabalgó hasta donde estaba Phoebe y detuvo a su caballo.

—¿Qué tal? —le preguntó.

Phoebe se encogió de hombros.

—Estoy intentando no mirar hacia el suelo.

Maya soltó una carcajada.

—Ya te acostumbrarás. Recuerda, el truco está en moverse al mismo tiempo que el caballo. Intenta relajarte y así no rebotarás. Si no lo consigues, tendrás agujetas durante días.

Phoebe tenía la sensación de que iba a tener agujetas durante el resto de su vida, pero estaba decidida a resistir. Hacía años que no disfrutaba de unas vacaciones y, con un futuro tan incierto, tenía la sensación de que no iba a poder volver a hacerlo en mucho tiempo. De modo que más le valía disfrutar de aquellas.

A los niños les dieron sendas versiones reducidas de unos verdaderos caballos. Los dos parecían tan temerosos como Phoebe. C.J. observó a Chase mientras este revisaba los estribos.

—¿Va todo bien? —les preguntó a los niños—. Todavía estáis a tiempo de cambiar de opinión.

Era una pregunta razonable, pero Phoebe tuvo la sensación de que C.J. quería que los niños dijeran que no querían ir, y aquello la hizo sentirse fatal. Lucy y Tommy se miraron el uno al otro y sonrieron.

—Queremos ir —dijo la niña.

—Escuchad —Zane montó su caballo como si hubiera nacido para ello.

Bueno, pensó Phoebe con una sonrisa. La verdad era que había nacido para ello.

—Vamos a salir —continuó Zane—. Iremos despacio, dejando que sea el ganado el que marque el ritmo. Cada uno de vosotros tendrá asignado un lugar al lado del rebaño. No intentéis dirigir al caballo porque él sabe mejor que vosotros lo que tiene que hacer. Si surge algún problema, gritad.

—Todo irá bien —le aseguró Gladys.

Famosas ultimas palabras, pensó Zane, deseando poder creerla. Los novatos tenían el aspecto de poder ser desmontados por un simple golpe de viento. Él no era un hombre dado a los arrepentimientos, pero estaba a punto de hacer una excepción. Decidir seguir adelante con la conducción de ganado había sido la idea más estúpida que había tenido en su vida.

–¿Listo, jefe? –preguntó Frank mientras montaba.

Zane fijó la mirada en los niños y negó con la cabeza.

–No, pero vamos a salir de todas formas.

Frank sonrió de oreja a oreja.

–Los muchachos y yo estamos apostando a ver quién es el primero en caer. Tendrás que decirnos quién y cuándo se cae para ver quién gana.

Zane se inclinó el sombrero hacia abajo. Por primera vez desde hacía años, deseaba estar en cualquier parte que no fuera el rancho. Novatos. Todos ellos. Frank y sus hombres tenían razón. Alguno terminaría cayéndose del caballo y, con un poco de suerte, aquel sería el menor de sus problemas.

–Que te diviertas –dijo Frank con una expresión que decía que se alegraba de no tener que ir él.

Zane asintió.

–Sé que rezar no es lo tuyo, pero no estaría mal que hablaras un poco con las alturas.

–Claro, jefe. Vas a necesitar toda la ayuda que puedas reunir.

Zane asintió.

–Podrás localizarme por teléfono. No nos apartaremos en ningún momento de la zona de cobertura.

–Y yo no me moveré de aquí.

Zane deseó poder quedarse con él.

Un agudo silbido le advirtió de que su vida había escapado a su control. Segundos después, apareció un cabestro de color gris con una oreja medio mordida seguido por el resto del ganado.

–¡Alinéales! –gritó Zane.

Zane y Chase colocaron rápidamente a los novatos. Zane trotó al frente y se quitó el sombrero.

–Adelante –gritó, y se dirigieron hacia el este.

Capítulo 9

Chase preferiría que le arrancaran los dientes con unas tenazas oxidadas a admitir la verdad, pero estaba completamente arrepentido. Estaban a media mañana del primer día de monta y, aunque nada había ido mal, no le estaba gustando aquella experiencia. Durante la conversación de la noche, mover a cincuenta ejemplares no le había parecido una gran cosa. Cualquier ganadero podía manejar sin problemas el triple de ganado sin pensárselo. Pero aquel grupo no estaba formado por ganaderos normales.

Había niños y mujeres de más de setenta años. Quizá, solo quizá, había sido un estúpido al aceptar aquel dinero. A lo mejor debería haber pensado en las consecuencias de invertir en bolsa e intentar reembolsar aquel dinero basándose en un consejo que había sido tan realista como pensar que un cabestro podía engendrar gemelos. A lo mejor…

Tosió e intentó apartarse de la nube de polvo. Fue un esfuerzo inútil. Zane le había colocado en la parte de atrás del rebaño, el peor lugar. Sin lugar a dudas, lo consideraba un castigo adecuado para su medio hermano.

Chase tiró del sombrero hacia delante y pensó en colocarse el pañuelo encima de la nariz y la boca. Tenía un pañuelo nuevo en el bolsillo de los vaqueros. Pero, de alguna manera, utilizarlo era como admitir que se había equivocado.

La verdad era que se había equivocado. Chase esbozó una mueca cuando aquella certeza cayó sobre él como una pesada carga. Había sido impulsivo, arrogante y estúpido. Sintió que se le tensaban y se le retorcían las entrañas. Era el sentimiento de culpa, reconoció. La pura culpa.

La solución evidente era admitir que se había equivocado y pedirle disculpas a Zane. Algo que nunca había funcionado en el pasado. A su hermano no le importaban las disculpas. Zane siempre decía que lo importante era no equivocarse. Algo en lo que Chase estaría de acuerdo si supiera cómo hacerlo. Zane siempre parecía saber lo que había que hacer. Jamás cometía un error. Y era una suerte, porque él los cometía por los dos. Y cada vez que se equivocaba en algo, Zane le dirigía aquella mirada... No era una mirada mortal, aunque era suficientemente mala, sino una mirada de desilusión. Como si hubiera vuelto a decepcionarle.

Se desplomó ligeramente en la silla, preparándose para pasar el resto de la mañana compadeciéndose a sí mismo. Por lo menos el ganado continuaba moviéndose a un ritmo firme y constante. Y el tiempo estaba siendo bastante decente, pensó. Un día soleado. Haría calor durante el día y...

Un grito cortó el sonido monótono de los cascos golpeando la tierra. Chase se enderezó y soltó una maldición al ver que el caballo de Andrea corría hacia la izquierda, dirigiéndose directamente hacia un grupo de árboles situados a un lado del camino. La mujer continuaba aferrándose a la silla, pero no iba a tardar mucho tiempo en estrellarse contra las ramas más bajas.

Chase volvió a soltar una palabrota mientras giraba su montura para intentar alcanzarla. No había ningún motivo para que aquel caballo hubiera salido disparado, a no ser que ella hubiera hecho algo que no debía. Zane había tenido mucho cuidado a la hora de elegir el caballo más apropiado para todo el mundo. Pero, fuera cual fuera el motivo, aquella estúpida era responsabilidad suya.

Se agachó mientras su caballo corría entre los árboles. Desde delante de él le llegaba el alboroto de algo moviéndose a toda velocidad y sin mucha conciencia del potencial peligro.

–¡Socorro! –gritó Andrea–. ¡Dios mío, no te atrevas a saltar!

Aquella orden fue interrumpida por un largo y agudo grito al que siguió un terrible silencio que hizo que a Chase se le secara la garganta.

Rodeó los árboles y vio a Andrea precariamente aferrada al caballo. Estaba más fuera de la silla que montada en ella, tenía la pierna izquierda moviéndose fuera del estribo y las dos manos sobre la silla. Chase espoleó a su caballo y se acercó a Andrea. Tuvo que agacharse para pasar por debajo de una rama baja e inclinarse todavía más para agarrar las riendas.

El caballo disminuyó inmediatamente el ritmo de su carrera. Andrea continuó resbalándose. Soltó un grito de alarma, pero Chase la agarró del brazo antes de que se deslizara en exceso y la ayudó a sentarse de nuevo en la silla.

–¡Me has salvado la vida! –exclamó Andrea mientras se llevaba la mano al pecho–. Pensaba que iba a morir.

–¿Estás bien?

Andrea negó con la cabeza y respiró hondo.

–Estoy bien. Ha sido ese salto. Ha saltado tan alto que parecía que estábamos volando. Después ha caído bruscamente y no he sido capaz de mantenerme en la silla.

Chase la observó con atención, pero no parecía tener ningún problema. Estaba un poco temblorosa, pero podía continuar montando.

–Ese caballo normalmente no sale disparado de esa forma –le dijo–. ¿Qué ha pasado?

Andrea se apartó el pelo de la cara.

–No estoy segura. Estaba tarareando una canción para mí y... –se interrumpió y se le quedó mirando fijamente–.

¡Ay, Dios mío! Estaba cantando y moviéndome al ritmo de la música, supongo que le he dado una patada sin querer.

Andrea se inclinó hacia delante y le acarició el cuello al caballo.

—Lo siento mucho. Jamás te habría dado una patada a propósito.

El caballo no respondió, pero a Andrea no pareció importarle. Desvió su atención hacia Chase.

—Ni siquiera sé qué decir, de verdad. Eres genial.

Justo en ese momento apareció Zane.

—¿Estás bien?

Andrea sonrió radiante.

—Tu hermano me ha salvado la vida. Le di una patada al caballo sin querer y me vi de pronto corriendo hacia los árboles. El caballo ha saltado un tronco caído y he estado a punto de caerme de la silla. Estaba segura de que iba a caerme, pero, de pronto, ha aparecido Chase.

Zane ni siquiera le dirigió a su hermano una mirada.

—¿Entonces no te has hecho daño?

—Lo único que ha salido herido ha sido mi orgullo —Andrea giró el caballo lentamente y volvió a su lugar—. No voy a volver a cantar.

Zane tomó las riendas y se dirigió hacia el camino. Cuando pasó por delante de Chase, le dirigió una mirada mortal.

Chase sabía lo que estaba pensando: si él no hubiera organizado aquel lío, nada de aquello habría pasado.

Pero era injusto, gruñó Chase para sí mientras regresaba a la nube de polvo que se levantaba al final del rebaño. Había cometido un error y estaba recibiendo el consiguiente castigo. ¿No era ya suficiente? No, para Zane nada era suficiente.

Salió de entre los árboles y descubrió a Maya esperándole.

—¿Va todo bien? —le preguntó.

—Andrea está bien —contestó—. Aunque parece que eso

es lo de menos. Todo esto es horrible. No puedo corregir lo que hice y Zane no es capaz de perdonarme. Si le digo que lo siento no sirve para nada. ¿Sabes? No puedo cambiar el continuo espacio-tiempo y reescribir el pasado. ¡Ya no sé qué hacer!

Maya se bajó las gafas de sol y le miró.

—¿Has terminado ya con la fiesta de la compasión o quieres que vaya a buscar la bebida y la comida?

—Ya he terminado. El problema es que, pase lo que pase, esto no va servir de nada. Cuando terminemos la conducción de ganado, Zane continuará tan enfadado conmigo como ahora. Ni siquiera castigarme le hace feliz.

—No estoy segura de que Zane sea capaz de ser feliz —reflexionó Maya—. Pero esa no es la cuestión. Todo el mundo comete errores.

—Zane no, él es perfecto.

—Incluso Zane —insistió—. La diferencia es que cuando él se equivoca, nadie se entera.

—Ojalá se enterara todo el mundo. Así podríamos igualar el marcador.

Maya asintió con simpatía.

—Sé que ahora todo esto te parece injusto, Chase, pero la verdad es que ya va siendo hora de que…

Chase la interrumpió con un gesto de la mano.

—Lo sé. Esta vez he ido demasiado lejos, incluso tratándose de mí. Me merezco un castigo. Me están castigando, pero cuando todo esto acabe, ¿crees que Zane se dará por satisfecho? ¿Crees que lo olvidará?

—No volverá a hablar de ello.

—Claro. Pero seguirá estando ahí. Los dos lo sabemos.

Maya asintió.

—Tienes razón. Zane no es una persona rencorosa, pero tampoco puede decirse que le resulte fácil perdonar. Lo siento, Chase. Tienes que asumir que tienes un hermano muy rígido. En otras circunstancias, consideraría ese trasero tan duro como uno de sus mejores rasgos, pero esta vez lo digo en el mal sentido.

Chase esbozó una mueca.

–No hables así de Zane. Me da asco.

–¿El qué? ¿Pensar en Zane con una mujer? ¿O pensar en Zane conmigo?

–Pensar en Zane y en ti. Eres mi hermana.

Maya sonrió.

–No sufras por eso. Zane y yo jamás hemos tenido el menor interés el uno en el otro –inclinó la cabeza–. Pero a lo mejor no es una mala idea imaginar a Zane con una mujer.

–¡Ja! Para eso haría falta que fuera capaz de mantener una conversación que no tuviera que ver con el rancho. No estoy seguro de que pueda.

–Sospecho que en determinadas circunstancias, Zane puede llegar a ser encantador.

Chase se la quedó mirando fijamente y Maya alzó la mano.

–De acuerdo, lo retiro. No puedo imaginármelo siendo distinto. Pero, aun así, él también tiene que tener sus necesidades. ¿No se sentirá solo?

–Zane no tiene debilidades, ¿recuerdas?

–No nos permite verlas, pero eso no significa que no las tenga. ¿Está saliendo con alguien?

–No. Después de lo de Sally, no ha vuelto a tener ninguna relación estable.

Maya le miró sorprendido.

–¿Pero tiene citas?

–No sé. Supongo. A lo mejor. Cuando sale a la ciudad, o cuando tiene un viaje de trabajo.

–¿Y sale a menudo?

–Un par de veces al año.

–A lo mejor su mal carácter viene de que no se acuesta con nadie.

–Otro problema que yo no puedo solucionar –gruñó Chase.

Maya comenzó a responder, pero sacudió la cabeza.

–Un momento. Parece que Phoebe tiene problemas. Ahora mismo vuelvo.

Chase la observó mientras se alejaba. A unos metros de ellos, Phoebe estaba haciendo un pésimo trabajo para hacer girar a su caballo. Maya le enseñó cómo tenía que tirar de las riendas y Rocky fue girando lentamente en la dirección que Phoebe indicaba. Chase urgió a su montura a trotar para unirse a ellas.

–¿Qué ha pasado? –preguntó, pensando en el incidente de Andrea con el grupo de árboles.

Phoebe cambió de postura en la silla.

–Estaba pensando en las paradas para ir al cuarto de baño. ¿Cuándo vamos a descansar? ¿Y dónde? No he visto nada preparado. ¿Hay zonas de acampada o algo parecido?

Chase la miró fijamente. Maya se quedó boquiabierta.

–¿Qué pasa? –Phoebe les miraba alternativamente–. ¿Qué he dicho? ¿Estás intentando decirme que los auténticos vaqueros no necesitan ir al cuarto de baño?

Maya alargó la mano y le palmeó el brazo.

–Pensaba que lo sabías.

Phoebe la miró con los ojos entrecerrados.

–¿Que sabía qué?

–Que utilizamos el campo como cuarto de baño.

Chase sabía que sería de mala educación echarse a reír, pero no pudo evitar una enorme sonrisa al ver que Phoebe abría los ojos horrorizada.

–¿Al aire libre? ¿Detrás de unos arbustos? ¿Y la higiene? ¿Cómo voy a lavarme las manos?

–¿Y qué me dices de la vuelta a la naturaleza?

–No estoy segura de que quiera estar tan cerca.

Chase sacudió la cabeza.

–No sales mucho al campo, ¿verdad?

–No de esta forma –Phoebe tragó saliva–. Y tampoco vamos a tener duchas, ¿verdad?

—Tenemos duchas de acampada –le explicó Chase–. Unas bolsas de agua enormes que se dejan al sol para que el agua se caliente.

Phoebe esbozó una mueca.

—Suena realmente genial. Estoy deseando probarlas –miró a Maya–. Cuando me hablaste de lo emocionantes que serían unas vacaciones conduciendo ganado no me comentaste nada de esto.

Maya no se mostró en absoluto contrita.

—Se me olvidó.

—Sí, claro –Phoebe giró de nuevo a su caballo, con mucho cuidado–. Tengo que recuperar mi posición en el rebaño.

Cuando se fue, Chase le dio un codazo a su hermana.

—¿Qué te parece Phoebe?

La que fuera su hermanastra sacudió la cabeza.

—Yo también lo he pensado, pero me preocupa que Zane no la trate bien.

—¡Eh! ¿Y qué me dices de mí? Me merezco un descanso. Phoebe es agradable y creo que es posible que a Zane le guste. Habla con ella más que con nadie y me ha parecido verle mirándola. Si se distrajera con ella, me lo quitaría de encima. Deberías ayudarme.

—No estoy segura de que te merezcas el privilegio de quitarte a Zane de encima.

—Tienes que ayudarme.

—Lo siento, muchacho, pero en esto voy a dejarte solo.

Cuando se detuvieron a almorzar, Phoebe estuvo paseando en un intento de volver a sentir su trasero. Lo del cuarto de baño en el campo no había terminado de gustarle y sentir aquel cosquilleo en sus partes le había resultado extraño, pero, aparte de esto, descubrió que estaba empezando a gustarle lo de pasar tanto tiempo al aire libre.

Aunque Rocky todavía la asustaba un poco, ya no pensaba que iba a intentar morderla, lo cual era un paso en la dirección correcta. Intentaba ser considerada y no dejarse caer con excesiva fuerza sobre la silla del caballo y cuando había desmontado, había tenido cuidado de palmearle el cuello y darle las gracias por el paseo, aunque no estaba del todo segura de que lo hubiera entendido. Aun así, aquel había sido el principio de la que esperaba fuera una agradable relación.

Estuvo paseando a lo largo del borde de un bosquecillo que estaba junto a la zona en la que habían parado. El aire, aunque cálido, resultaba agradable, el cielo azul se extendía hasta el infinito y no muy lejos de allí se divisaban unas montañas.

Phoebe no había pensado nunca en vivir lejos de la gran ciudad. Había vivido siempre en Los Ángeles y la idea de volver a la naturaleza para ella se limitaba a tener unas cuantas macetas en el jardín. Sus diferentes padres de acogida no habían sido aficionados a las acampadas ni a las excursiones por el campo y, de adulta, jamás había considerado la opción de salir de la ciudad. Pero estando allí, en medio de la naturaleza, descubrió que le gustaba.

Si hubiera pensado en un entorno como aquel, lo habría imaginado silencioso, pero lo último que allí había era silencio. Se oía a toda clase de pájaros cantando, al igual que criaturas diminutas que se arrastraban entre los arbustos, haciendo crujir las hojas. El ganado tenía su propia sintonía compuesta por el ritmo de las pezuñas, los gruñidos y algún que otro mugido ocasional. Phoebe se descubrió deseando aprender más sobre aquella zona. Le habría gustado ser capaz de nombrar los árboles y conocer el nombre de aquellas pequeñas flores amarillas. Maya sabía poco más que ella y cuando le había preguntado a Chase, este había elevado los ojos al cielo y le había recordado que tenía diecisiete años. Estaba más interesado en las chicas y en los ordenadores que en la fauna y la flora de la zona. Como no se había llevado el teléfono móvil, la única opción que le quedaba era Zane, pero no se atrevía a pedirle que le diera una clase de botánica.

De modo que se conformó con admirar las hojas y pasear entre los arbustos hasta que volvió a sentir los músculos de las nalgas. Después, caminó hacia el arroyo por el que habían pasado cinco minutos atrás.

Cookie le había proporcionado a todo el mundo una toalla de mano y un jabón ecológico que supuestamente podía utilizarse de forma segura en el campo. Aquel limpiador respetuoso con la naturaleza había hecho felices a Andrea y a Martin.

Los arbustos clarearon a medida que se acercaba al arroyo. Encontró un lugar seco y se agachó frente al rápido curso del agua.

Durante un par de minutos, se limitó a observar las burbujas y el fluir del agua. El aire olía a fresco y a húmedo y tenía una sutil frialdad que le acariciaba las mejillas. Se quitó el reloj y lo dejó encima de una piedra. Después, apretó el jabón entre las manos, se las frotó hasta hacer espuma y hundió las manos en el arroyo.

Un pez le rozó la mano y las sacó del agua con un pequeño grito. Desgraciadamente, todavía le quedaba espuma y tuvo que volver a meter las manos en el agua para aclararla.

¡Uf!

Alargó la mano hacia la toalla. Al levantarla, oyó un ligero crujido tras ella.

Se levantó rápidamente y se volvió, pero no había nadie. Tampoco ningún animal, por lo menos, que ella pudiera ver. Si algún residente peludo había estado espiándola, probablemente se había asustado con el grito que había soltado al notar el pez. Pero, aunque no hubiera sido así, tampoco había por allí ningún animal suficientemente grande como para causar problemas, ¿no? Se frotó las manos en la toalla.

Que ella supiera, no había osos ni nada parecido. Ni serpientes.

Se estremeció y retrocedió un paso. Un nuevo sonido a su izquierda la sobresaltó. Giró y se tapó la boca con la mano cuando vio un ser enorme abalanzándose hacia ella. Algo grande, aterrador y…

—Te he oído gritar —dijo Zane mientras salía desde detrás de un árbol—. ¿Qué ha pasado?

El primer impulso de Phoebe fue el de lanzarse a sus brazos y suplicarle que la protegiera. Pero intervino el sentido común y se conformó con dar un paso adelante y brindarle una trémula sonrisa.

—Nada, estoy bien.

—Ajá.

Phoebe se aclaró la garganta e intentó sonreír con naturalidad. Pero su pretensión de naturalidad no fue apoyada por la ya familiar respuesta de su cuerpo ante la cercanía de aquel hombre. Se sucedieron las habituales reacciones: corazón acelerado, debilidad en muslos y rodillas, dilatación de los vasos sanguíneos y las hormonas representando algunos fragmentos de la escena del balcón de *Romeo y Julieta*.

—Podría decir que ha sido un grito de sorpresa —admitió cuando quedó claro que Zane no estaba dispuesto a marcharse sin recibir algún tipo de explicación—. Un pez me ha tocado la mano.

—Vaya, así que has estado a punto de pescar tu cena.

Phoebe vio el brillo de sus ojos y se echó a reír. Zane no era tan serio como la gente pensaba.

—¿Qué tal te va? —preguntó Zane.

Phoebe se echó la toalla al hombro y sonrió.

—Genial. Me gusta montar. Excepto por… —se aclaró la garganta—. No estoy acostumbrada a ir sentada en una silla de montar.

—¿Tienes el trasero entumecido?

—Un poco.

Phoebe esperaba que le dijera que mejoraría, pero, como no dijo nada, decidió ser ella la que llenara el silencio.

—Rocky es un buen caballo. Un poco alto para mí, pero supongo que eso es bueno en un caballo.

Zane continuaba mirándola fijamente. Tampoco movía los labios, pero, de alguna manera, Phoebe oyó la palabra «idiota» con tanta claridad como si Zane la hubiera gritado desde una de aquellas montañas cubiertas de nieve.

—En realidad, nadie quiere caballos bajitos —continuó diciendo, aunque sabía que era un error seguir hablando—. Excepto, a lo mejor, para los niños. Pero tú no tienes, ¿verdad? Hijos, quiero decir. Y tampoco caballos bajitos.

Zane permaneció durante unos segundos en silencio antes de contestar.

—No.

—Me lo imaginaba. Maya no lo mencionó. Además, probablemente los habría visto en casa, ¿verdad?

Zane tiró del ala del sombrero.

—¿Estás lista para volver?

—Sí, solo tengo que recuperar el reloj.

Aprovechó aquella excusa para alejarse. ¡Dios santo! ¿De verdad había dicho que los caballos bajitos eran buenos para los niños? No podía haber parecido más estúpida. Si hubiera habido una pared cerca de allí, se habría golpeado la cabeza en ella unas cuantas veces solo para tener algo en lo que pensar que no fuera su humillación.

Pero como no había pared, cruzó hacia la roca plana en la que había dejado el reloj.

—El reloj ha desaparecido.

Completamente. Estaba la roca y encima de ella no había absolutamente nada.

Miró a su alrededor para ver si se había caído, después, se revisó los bolsillos, pero era imposible que se lo hubiera guardado y lo hubiera olvidado.

Zane se acercó a ella.

—¿Cómo era?

—¿El reloj? Era de plata. No especialmente caro ni nada parecido. Un reloj normal.

—¿Brillante?

—Supongo que sí.

—Mapaches.

Decidida a no decir ninguna estupidez durante los diez minutos siguientes, pensó en la única palabra que Zane acababa de pronunciar. ¿Mapaches? Muy bien. Era poco probable que Zane hubiera comenzado un juego de asociación de palabras, ¿pero qué habría querido decir?

Optando por la respuesta más segura, repitió prudentemente:

—¿Mapaches?

—Les gustan los objetos brillantes. Salen disparados con ellos en cuanto encuentran uno.

—¿Me estás diciendo que me ha robado el reloj un mapache?

—Probablemente.

A Phoebe le entraron ganas de señalar que era imposible que un mapache pudiera decir la hora, pero supo instintivamente que sería un error.

—¿Puedo recuperarlo?

—Claro, si lo encuentras.

¿Podría? Miró a su alrededor, los arbustos, los árboles, el arroyo…

—¿Puedo explorar la zona con seguridad? —preguntó.

—No creo que te vayan a atacar los mapaches, pero es probable que te pierdas, caigas en un barranco, te rompas una pierna y termines muriendo de inanición. Pero si ese reloj es importante para ti, adelante.

Phoebe se sintió derrotada.

—No te caigo muy bien, ¿verdad? —preguntó con tristeza.

Medio esperaba que Zane se alejara enfadado, pero, en cambio, dejó escapar un suspiro y negó con la cabeza.

–Lo siento.

Phoebe parpadeó.

–¿Qué?

–He dicho que lo siento.

¿El mundo había dejado de girar o el vaquero taciturno y atractivo que tenía delante de ella acababa de disculparse?

–Yo… tú –se interrumpió para tomar aire–. No importa. Supongo que era una pregunta estúpida.

–No, era una pregunta razonable, dadas las circunstancias –hundió las manos en los bolsillos del pantalón–. A veces soy un poco sarcástico.

–Digamos que tienes un sentido del humor algo ácido.

Zane medio asintió, reconociendo que así era.

–Nunca encontrarás a los mapaches y, en el caso de que lo hicieras, probablemente encontrarías el reloj roto y oxidado porque lo habrán hundido en el agua. No dejes nada abandonado porque te lo quitarán: joyas, relojes…

–No tengo más relojes. Por lo menos aquí.

–¿Y necesitas saber la hora que es?

–Solo para las comidas.

–Cookie hace sonar la campana.

–¿De verdad? ¿Cómo en las películas?

–Sí –elevó la comisura del labio al decirlo.

No fue exactamente una sonrisa, pero se le acercó lo suficiente como para que a Phoebe se le acelerara considerablemente la respiración.

–Vamos –le dijo Zane–. Ya es casi la hora de la comida.

Zane comenzó a caminar hacia el campamento y ella le siguió feliz.

–¿Crees que los mapaches podrán aprender a interpretar la hora? –le preguntó.

Zane le dirigió una mirada fugaz.

–Estás de broma, ¿verdad?

–A lo mejor yo también tengo un humor ácido.

–Urbanita…

Probablemente estaba insultándola, pero lo dijo de una manera que la hizo sentirse alta y, aunque no rubia, seguramente sí con algunas mechas.

–Creo que a Rocky le caigo bien –le confió.

–Estoy seguro.

Capítulo 10

–Esto es una hamburguesa –anunció Andrea con el entusiasmo de un profesor de escuela que acabara de descubrir a un estudiante con la cabeza llena de piojos.

Cookie la fulminó con la mirada. Zane imaginó su enfado al tener a alguien que le estaba cuestionando su comida y su natural inclinación a flirtear con cuanta mujer se encontrara.

El cocinero utilizó la espátula para levantar la carne y miró debajo.

–Sí, parece que es una hamburguesa. Ahora, si quieres puedes ponerle un poco de beicon encima, pero no tengo nada más moderno. Ninguno de esos quesos o guacamoles de diseño.

Andrea le devolvió el plato.

–No puedo comer eso.

Cookie frunció sus pobladas cejas.

–Escucha, jovencita, llevo haciendo hamburguesas desde antes de que tú empezaras a vomitar en el hombro de tu madre.

Andrea se volvió hacia su marido.

–Martin, es una hamburguesa.

Martin se aclaró la garganta.

–Somos vegetarianos, Cookie.

Cookie frunció el ceño y miró a Zane, que se limitó a encogerse de hombros.

—Ya me habían dicho que no comíais carne. Pero para mí no tiene sentido.

Andrea se encogió de hombros.

—La carne es poco saludable, inhumana, y si supieras la cantidad de tierra que se malgasta para cultivar forraje para el ganado, comprenderías por qué una dieta que no esté basada en el consumo de animales es mucho más...

—¿Estás loca? —preguntó Cookie, interrumpiéndola.

A Andrea no le hizo ninguna gracia aquella pregunta.

—Por supuesto que no. Estoy preocupada por mi salud y por el medio ambiente. Y ahora mismo estoy pidiendo un almuerzo alternativo.

Cookie miró a Zane, que volvió a encogerse de hombros. Después, tomó un plato limpio. Colocó un pan de hamburguesa en él, lo abrió y colocó la lechuga, el tomate y el queso sobre el pan. A continuación, añadió una enorme cantidad de ensalada de patata y un cucharón de fruta fresca y le tendió el plato a Andrea.

—Siguiente —gritó, fulminando a Martin con la mirada.

Andrea abrió la boca y volvió a cerrarla.

—Está bien —musitó entre dientes.

Martin se volvió hacia Cookie y le dirigió una sonrisa vacilante.

—¿Es carne libre de hormonas?

Andrea se giró hacia él.

—Martin, no irás a comer eso, ¿verdad?

Martin se mostraba más que un poco interesado en la jugosa hamburguesa que su mujer acababa de rechazar.

—Si no tiene hormonas... —contestó, evitando la mirada de su esposa.

Zane dio un paso adelante.

—Tampoco utilizamos antibióticos —le explicó a Martin—. Es ganado muy saludable, es carne de primera.

–Y muy fresca –añadió Cookie, guiñándole el ojo–. La semana pasada todavía estaba viva.

Andrea empujó el plato hacia su marido y salió directa hacia los arbustos. Martin palideció y dijo que prefería una hamburguesa sin carne. Cookie se encogió de hombros, como si estuviera diciendo que allá él, pero Zane no se dejó engañar. Agarró un plato y se quedó con la hamburguesa que ni Andrea ni Martin habían querido.

–Supongo que a partir de ahora no harán más preguntas –dijo Cookie con una carcajada.

–Se lo tienen merecido –le apoyó Chase cuando se acercó a ellos.

Zane les fulminó a los dos con la mirada.

–Son nuestros huéspedes. Han pagado por estar aquí, Cookie. Quiero que averigües qué pueden comer. Chase, termina de comer y vete a controlar el ganado.

–Pero, Zane, llevo toda la mañana trabajando.

–Igual que todo el mundo. No estaríamos aquí si no fuera por ti, así que te sugiero que hagas todo lo posible para no causar más problemas.

Chase agarró su comida y se marchó enfadado. Cookie le observó alejarse.

–Eres muy duro con el chico.

–Se lo ha ganado –Zane agarró un tenedor y una servilleta–. ¿Has oído lo que he dicho sobre esos dos?

Cookie apretó los labios.

–Son vegetarianos, Zane. Tienes que dejar que me divierta un poco.

–Son responsabilidad mía.

–¡Ah! Diablos.

Cookie gruñó mientras atendía el fuego de la cocina, pero Zane sabía que aquel viejo vaquero respetaría su petición. Él dependía de su cuadrilla, y sus hombres rara vez le decepcionaban. Ojalá pudiera decir lo mismo de Chase.

Se dirigió hacia el grupo de sillas de lona y metal que

habían colocado para la comida. Los niños estaban sentados a poca distancia de C.J. y Thad, cerca de la carreta. Ninguno de los dos estaba comiendo.

Sencillamente, perfecto, pensó Zane mientras se detenía a su lado.

—¿No os gusta la comida? —preguntó.

La niña, Lucy, alzó la mirada hacia él. Sus ojos castaños estaban abiertos de par en par y llenos de desconfianza.

—Hemos oído lo que ha dicho ese hombre de las hamburguesas.

El niño asintió y tragó saliva.

—¿De verdad estamos comiéndonos una vaca?

Zane repitió en silencio cinco juramentos distintos, haciendo diferentes combinaciones, pero maldiciendo casi siempre a Cookie, a Chase y a aquellos abraza-árboles. Dejó su plato sobre una silla vacía y se agachó delante de los niños.

Él sabía que en su mundo, el hecho de que la comida procediera de algo sembrado en un huerto o de algún animal de cuatro patas no era una gran cosa, pero aquellos eran niños de ciudad. Posiblemente sabían que la carne procedía de los animales, pero nunca habían pasado un día montando al lado de un rebaño para luego comerse a uno de sus miembros.

—¿Vosotros vais al colegio?

Tommy miró a su hermana y asintió.

Zane sonrió.

—Yo también iba. Pero hace mucho tiempo, justo después de que desaparecieran los dinosaurios.

Lucy curvó ligeramente los labios.

—No eres tan viejo.

—¡Eh, gracias! De acuerdo, a lo mejor era un poco después de que desaparecieran los dinosaurios, pero no mucho. Me acuerdo de un niño con el que todo el mundo se metía. No era justo y tampoco estaba bien, pero lo hacíamos. ¿Vosotros tenéis a algún niño así en el colegio?

Lucy asintió lentamente.

–Antes se metían con nosotros, pero soy capaz de pegar a un montón de niños, aunque sean más grandes que yo. Tommy también, pero a él no le gusta pegar.

Zane lo dejó pasar. Quería explicarles algo, y no era que pegar a los otros niños no era una buena idea.

–Así que comprendéis lo que es burlarse de alguien, aunque no siempre sea algo agradable –les dijo–. Eso era lo que estaba haciendo Cookie. Estaba burlándose de Andrea y de Martin por lo de las hamburguesas. Los adultos lo hacen a veces, aunque deberían saber que no está bien meterse con los demás.

Thad acercó su silla a la de Lucy.

–Zane tiene razón. Estoy seguro de que Cookie se arrepiente de lo que ha dicho.

Zane lo dudaba, pero no iba a contradecir a aquel tipo. No cuando la expresión desconfiada de Lucy comenzaba a desaparecer.

Thad tomó su hamburguesa y le dio un mordisco.

–Desde luego, hay que reconocer que Cookie sabe cocinar.

Zane alargó la mano hacia su comida y probó la hamburguesa. No tuvo que fingir que le encantaba.

Tommy intercambió una mirada con su hermana y agarró su hamburguesa.

–Tengo hambre –dijo.

Lucy le dio un mordisquito a la suya y masticó.

–¿Es mejor que la que te dan en el colegio? –le preguntó Thad.

La niña tragó y se encogió de hombros.

–Nos dan un almuerzo caliente, pero nosotros no tenemos que pagar como los otros niños. Nos dan un trozo de papel que dice que la comida es gratis.

Zane advirtió que Thad le dirigía una rápida mirada a su esposa y después se volvía hacia la niña.

–¿Y comparada con la del McDonald? ¿Las hamburguesas de Cookie son tan buenas como las del McDonald?

–No me acuerdo –contestó Lucy–. Hace mucho tiempo que Tommy y yo no vamos a un McDonald. Desde que estamos con la señora Fortier no hemos vuelto a ir.

–La señora Fortier dice que llevar a los niños a un restaurante sale demasiado caro –añadió Tommy–. Y que la comida rápida es una pérdida de dinero. Pero a veces el señor Fortier y ella cenan eso.

El niño parecía melancólico mientras hablaba. Zane vio que C.J. se volvía como si no quisiera oír nada más.

Zane se llevó su plato a una silla vacía y se sentó. Mientras comía, miró a Eddie y a Gladys, que estaban hablando con Maya y Phoebe en el otro extremo del campamento. Phoebe se encontró con su mirada, se sonrojó levemente y desvió la mirada.

Zane se descubrió a sí mismo deseando saber lo que estaba pensando. Tenía al menos dos docenas de preguntas que hacerle, la mayor parte de ellas relacionadas con la posibilidad de escaparse con él a la intimidad del bosquecillo para echar un polvo rápido apoyados contra un árbol.

«Realmente romántico, Nicholson», pensó sombrío. Seguro que aquella era la mejor manera de convencer a una dama de sus buenas intenciones. ¿Qué demonios le pasaba? No había estado tan mal desde que tenía dieciséis años y estaba tan loco por Aurelia Ronwell que había conducido hasta Fool's Gold tres noches a la semana con la excusa de tener que ir a estudiar con ella.

Y mientras ella se había dedicado a hablar de las clases del instituto, él se había dedicado a fantasear con hacerse un hombre en la secreta oscuridad de aquel cuerpo tan joven. Cuando su relación había terminado, lo único que había conseguido después de tantas molestias había sido ver los tirantes de su sujetador, media docena de besos con lengua, una bofetada al intentar tocarle un seno y un sobresaliente en todo. Pero por aquellas notas no había merecido la pena tomarse tantas molestias. Después de aquello, se había jurado que jamás volvería a permitir que una mujer le hiciera comportarse como un estúpido.

Había perdido la virginidad aquel verano con una universitaria a la que había conocido durante las fiestas del verano. Sheryl estaba trabajando en uno de los puestos de comida y él la había ayudado un día que se le había pinchado una rueda. Una cosa había llevado a la otra. Sheryl le había hecho su primera mamada en el asiento delantero de su camioneta. En el momento crucial, él había estado a punto de atravesar de una patada el suelo de la camioneta. Aquella noche se había quedado a dormir con ella y Sheryl le había enseñado todo lo que podían llegar a hacer un hombre y una mujer.

Cuando se había arrastrado a su casa al día siguiente, cerca de las diez de la mañana, su padre no había dicho una sola palabra. Había ido a la ciudad y, cuando había vuelto, le había entregado a Zane una bolsa con varias cajas de preservativos.

—No la dejes embarazada —le había aconsejado—. Deja los bebés para la mujer a la que realmente ames.

Zane siempre había seguido la primera parte de aquel consejo, pero no el resto. Siempre había tomado la precaución de utilizar protección, con independencia de que la mujer en cuestión dijera estar tomando la píldora. Había aprendido a encontrar parejas que comprendieran que él solo estaba buscando una relación temporal y no una que acabara en boda. En cuanto a lo de tener hijos con una mujer a la que quisiera de verdad... había aprendido de la forma más dura las consecuencias que tenía para un hombre el amar a una mujer. Cómo, al final, no había nada que importara más que ella y cómo, el perder a aquella mujer, podía convertir a un hombre en un ser triste y amargado.

Había visto a su padre consumirse en alcohol hasta estar

cerca de la muerte durante los primeros meses que habían seguido a la muerte de su esposa. Le había oído blasfemar, había oído sus furiosas discusiones con Dios, el ruido de las copas estrellándose contra la pared en medio de la noche. Pero lo peor había sido cuando había entrado en el despacho de su padre y le había encontrado sosteniendo una pistola contra su cabeza. En aquel momento, Zane, a la edad de doce años, había comprendido que nada de lo que él hiciera, nada de lo que él fuera, importaría nunca.

Su padre se había quedado mirándole fijamente con los ojos inyectados en sangre y la piel macilenta.

—Tengo que estar con ella —le había dicho—. No puedo vivir sin ella.

Zane había querido replicar que él tampoco podía vivir sin su madre y, sin embargo, lo estaba consiguiendo. Había querido gritarle que él todavía era un niño y que no estaba bien que su padre muriera y le dejara solo. Pero no había dicho nada. Se había limitado a permanecer en silencio, observando a su padre.

Al cabo de un rato, su padre había bajado la pistola. No habían vuelto a hablar de ello, pero cada día, cuando Zane regresaba del colegio, se preguntaba si su padre estaría allí. Todas las noches, mientras estaba en la cama, esperaba oír un disparo.

Zane apartó aquellos recuerdos. Su padre había muerto. Era posible que no hubiera prestado demasiada atención a su hijo mayor, pero le había enseñado una gran lección: el amor podía transformar a un hombre. Desgarrarle en dos y destrozar su mundo. Era preferible una vida más sencilla. Mejor desear que necesitar.

Volvió a concentrarse en Phoebe, en la curva de su mejilla y en su forma de colocarse el pelo detrás de las orejas. En la curva de sus senos y en la pregunta de cómo sabría aquella mujer si llegaba a lamerla desde los pies hasta la dulce y salada humedad que se escondía entre sus muslos.

¡Maldita fuera!, pensó mientras dejaba violentamente el tenedor. Le bastaba conjurar una imagen como aquella en su cerebro para terminar duro como una piedra. Era demasiado mayor para perder el control de aquella manera Sí, había pasado mucho tiempo desde la última vez que había tenido una amiga a la que visitar en la ciudad, ¿pero y qué? Había pasado muchas temporadas sin acostarse con nadie y eso no significaba que tuviera que ir por ahí excitado como un adolescente. Era vergonzoso.

Además, Phoebe no se parecía a ninguna de las mujeres con las que normalmente salía. No era divorciada, ni viuda, ni suficientemente madura como para saber en dónde se metía. Phoebe llevaba escrita en la cara la necesidad de un final de cuento tan claramente como si fuera un tatuaje. Zane conocía a las mujeres como ella y procuraba evitarlas. Sally era así y él se sentía terriblemente cada vez que pensaba en cómo había terminado su matrimonio.

No, sabía lo que tenía que hacer y eso significaba alejarse de aquella belleza de ojos castaños, labios llenos y gran corazón. Cuando volvieran al rancho, se propondría pasarse por Fool's Gold o quizá incluso ir hasta Sacramento para buscar a una mujer agradable que tuviera ganas de una relación sin complicaciones.

C.J. ignoró lo fría que estaba el agua y se lavó las manos después de comer. Utilizó la toalla que Cookie les había entregado y después vaciló, sin estar muy segura de si debía esperar a que Thad terminara o escapar cuando todavía estaba a tiempo.

Sabía que Thad quería hablar con ella y tenía la sensación de que sabía lo que le iba a decir. Llevaban tantos años juntos que comprendía perfectamente cómo funcionaba su cabeza y lo que estaba pensando. El problema era que no quería oírlo.

—Lucy y Tommy se están divirtiendo mucho —le dijo Thad.

Intentando no sentirse atrapada, C.J. asintió. Thad era un buen hombre, se dijo a sí misma. Una de las cosas que más le gustaba de él era su bondad.

—La situación en la que se encuentran en esa casa de acogida no parece muy recomendable.

C.J. tomó aire.

—Eso no podemos saberlo. Ya sabes que los niños son muy exagerados. Además, no es responsabilidad nuestra. De lo único que tenemos que asegurarnos es de que se lo pasen bien y vuelvan sanos y salvos. Y estamos haciendo las dos cosas.

Se preparó para la respuesta de Thad, pero este la sorprendió no diciendo nada. En cierto modo, la negativa de Thad a recordarle que aquellos niños eran responsabilidad de todos la hizo sentirse vacía por dentro. Fue como si, por fin, Thad hubiera comprendido que no tenía sentido intentar convencerla de que adoptar a cualquier niño era preferible a no tener hijos.

Thad jamás la entendería, por muchas veces que se lo explicara. Él era un hombre de buen corazón y ella... C.J. le tendió la toalla y comenzó a caminar hacia el campamento. No estaba segura de qué era ella. Por supuesto, le parecía terrible que Lucy y Tommy no fueran felices en su casa de acogida. Ella no era tan mala. Pero la infelicidad de aquellos niños no tenía nada que ver con ella. No era culpa suya y no estaba en condiciones de arreglar su situación. Ella no podía arreglar nada.

Thad la alcanzó y le tocó el brazo. Ella dejó de caminar, pero se negó a mirarle. En cambio, fijó la mirada en las brillantes hojas de un árbol que tenía a su lado y en los diferentes tonos de marrón que conformaban la corteza.

—¿C.J.?

C.J. apretó los ojos con fuerza, después cedió, porque

había estado enamorada de Thad desde el instante en el que le había visto por primera vez en la universidad. Abrió los ojos y le miró.

Thad sonrió y le acarició la mejilla con la yema de los dedos.

La delicadeza, la compasión que encerraba aquel gesto, le provocó un nudo en la garganta.

—Me pregunto si podríamos llegar a averiguar las verdaderas probabilidades de que los dos tengamos algún problema —dijo ella con amargura—. ¿Hay alguna estadística que podamos consultar para averiguar la imposibilidad matemática de nuestra situación? ¡Es tan injusto! ¿Por qué no puede ser solo uno de nosotros el responsable? Necesito tener a alguien a quien culpar, aunque sea a mí.

Thad deslizó la mano por su cuello y la atrajo hacia él.

—Nadie tiene la culpa de lo que nos pasa.

—Pues alguien debería tenerla.

—Culpar a alguien no sirve de nada. Esta es una de esas cosas que, simplemente, pasan.

C.J. presionó la cara contra su hombro e inhaló su familiar esencia. Olía a jabón, a suavizante y a aquel olor indefinible que le permitiría localizarle en medio de una multitud con los ojos vendados.

—Eres tan razonable —susurró.

—¿Y eso es malo?

—A veces. A veces me entran ganas de gritar y llorar, de comportarme de forma muy poco razonable. A veces tengo la sensación de que si no lo hago, voy a volverme loca.

—Estás bien, C.J. —le aseguró, y le dio un beso en la frente.

Bien. C.J. sentía muchas cosas, y ninguna de ellas estaba bien.

Un grito de alegría seguido por un chapoteo la hizo retroceder. La furia se encendió dentro de ella como una hoguera.

–Están en el agua. Les he dicho que no se acerquen al agua, pero, por supuesto, no me han hecho ningún caso.

Thad sonrió.

–Son niños. Su trabajo consiste en hacer cosas como bañarse en un río.

–El agua está helada. Se pondrán enfermos.

–Se secarán y estarán perfectamente.

Se dirigió hacia el río, acelerando el paso como si estuviera deseando estar con aquellos niños. C.J. continuó caminando en sentido contrario.

Ella sabía que se estaba equivocando, que estaba comportándose como una persona fría y sin corazón, pero, al parecer, no era capaz de estar cerca de aquellos niños sin que le entraran ganas de gritarles. El enfado se enconaba en lo más profundo de ella. La devoraba como un parásito. A veces la rabia la despertaba en medio de la noche y, a veces, tenía miedo.

Aunque el motivo estaba claro, su manera de exorcizarlo no lo estaba tanto. A lo mejor porque el enfado era lo único que la mantenía viva. Sin él, estaría completamente vacía. ¿Pero una vida llena de enfado y resentimiento era una vida? ¿Qué había sido de la mujer alegre, feliz y cariñosa con la que se había casado Thad?

¿Cuándo se había convertido su corazón en algo duro y oscuro? ¿Y cuándo se suponía que había dejado de preocuparle su futuro y el de Thad?

Phoebe dobló el brazo para ver la hora y recordó que había perdido el reloj, víctima de su propia condición de urbanita y de la naturaleza curiosa de los mapaches.

Zane había dicho que saldrían al cabo de diez minutos. Imaginó que oiría el momento en el que comenzaran a agruparse y, hasta entonces, ella seguiría moviéndose.

Había vuelto a sentir dolor en el trasero y. con él, la promesa de unas agujetas nocturnas. Phoebe miró a su alrededor para asegurarse de que nadie la estaba mirando y se frotó el trasero con las dos manos. Los músculos que uno nunca utilizaba tenían su propia manera de hacerse notar cuando alguien los presionaba en exceso. Tenía la sensación de que, para cuando acabara la semana, cuando volviera al trabajo, sería capaz de apreciar mucho más a su sensata silla de trabajo.

—Aunque no voy a volver al trabajo —se recordó a sí misma—. Por lo menos hasta dos semanas después de mi vuelta.

No quería pensar en ello, así que aceleró el paso. Cuando rodeó el siguiente grupo de árboles, vio al rebaño agrupado.

Maya le había dicho que solo iban cincuenta vacas más o menos, pero Phoebe habría jurado que eran el doble. Numerosas cabezas, numerosos cascos y de todo tipo de colores. Al principio había pensado que todas eran marrones, pero la verdad era que las había de muchos tonos, desde el beige hasta el negro.

Algunas de ellas alzaron la mirada cuando la vieron acercarse, pero la mayor parte de ellas la ignoró. Maya se había quejado del olor, pero a Phoebe no le importó. Prefería aquel olor al que la envolvía cuando bajaba las ventanillas al quedar atrapada en un atasco en la autopista de San Diego.

Estaba admirando un ejemplar de color marrón oscuro cuando una de las vacas comenzó a separarse del resto del rebaño y avanzó hacia ella. Era un ejemplar enorme, de ojos oscuros, con una oreja medio mordida y un cencerro colgando del cuello. Phoebe no sabía si iba a cargar contra ella, así que retrocedió un paso. El animal continuó avanzando. Antes de que ella hubiera podido decidir si debería o no salir corriendo, la vaca la alcanzó.

Se quedó paralizada, en parte aterrorizada y, en parte, por curiosidad. La vaca pareció recorrerla de arriba abajo con la mirada y después le olfateó la camisa.

–¡Hola, guapa! –la saludó Phoebe vacilante.

Alargó la mano lentamente y le acarició suavemente la piel que tenía encima del hocico. El animal bufó y después alargó la cabeza y la bajó para arrancar parte de la verde hierba que Phoebe tenía a sus pies.

–Vaya. ¿Ahora somos amigas?

La vaca no contestó.

Phoebe decidió interpretar su silencio como un sí.

–¿Estás disfrutando con la conducción de ganado? ¿Te gusta el ejercicio?

Palmeó el cuello del animal y después se agachó para examinar el cencerro de cerca. Al hacerlo, bajó la mirada hacia el vientre del animal y se dio cuenta de que, en realidad, no era una hembra. Pero tampoco era un macho.

Esbozó una mueca con expresión compasiva.

–Eso tuvo que dolerte. Pero estoy segura de que eras muy joven cuando te lo hicieron y casi ni te acuerdas.

Por lo menos, eso esperaba. Algo le decía que no le habían quitado los testículos en el quirófano de un veterinario.

–Esta es la primera vez que participo en una conducción de ganado –le explicó–. Y la primera vez que monto a caballo. Rocky es muy bueno. ¿Te gustan los caballos?

Phoebe sabía que era una tontería estar hablando con un cabestro, pero con alguien tenía que hablar. Tenía a Maya, por supuesto, pero pasaba la mayor parte del tiempo pensando en Zane y su amiga había sido hermanastra de Zane, de modo que la situación era algo complicada.

–Supongo que el verdadero problema es que me siento atraída por él –le explicó–. En parte porque es realmente atractivo y en parte porque... –se interrumpió mientras intentaba averiguarlo–. No lo sé. ¿Será una reacción química? ¿Cosa del destino?

La última palabra la sorprendió. ¿El destino? Ella no creía en el destino. Las personas no estaban destinadas a estar juntas. Ella nunca había querido creer que la vida transcurría de acuerdo con un plan, porque eso significaría que alguna fuerza desconocida había querido que ella creciera sin tener una familia, sin tener a nadie que la quisiera. ¿Podía el universo ser tan cruel?

—El caso es que no puedo explicarlo —le dijo al cabestro—. En cualquier caso, es muy bueno. Zane, quiero decir. Y un buen ranchero. Maya me lo dijo. Aunque creo que no le gustan mucho las cabras. A mí me parecen muy bonitas, aunque muerden. ¿Tú sabías que mordían?

De pronto, pudo ver los enormes dientes del bovino y retrocedió. El mordisco del cabrito la había sobresaltado. Si aquel tipo tan grande le pegaba un mordisco, probablemente le machacaría la mano. Con mucho cuidado, se metió las manos en los bolsillos y continuó con la conversación.

—Al principio pensé que no era muy amable. Pero, a su manera, ha empezado a hablar conmigo, y eso me gusta. Creo que él también se siente solo y eso es algo que tenemos en común —y la había besado, aunque aquello no iba a mencionarlo delante del cabestro—. Pero me parece que piensa que soy tonta. Y no es cierto. Soy de Los Ángeles, no he crecido aprendiendo todo lo que hay que saber en un rancho.

—¿Te contesta?

Phoebe soltó un grito ahogado, se volvió y descubrió a Zane a lomos de Tango. Los dos estaban justo detrás de ella.

Sintió el flujo inmediato de calor a sus mejillas mientras la invadía la vergüenza. Le entraron ganas de tirarse debajo del rebaño y dejar que la pisoteara. Y de preguntarle qué parte de aquella absurda conversación unilateral había oído.

Pero los ojos azules oscuros de Zane eran insondables, de modo que no aportaban ninguna información.

Se aclaró la garganta e intentó sonreír.

—Yo, eh, bueno, la verdad es que no me está dando mucha conversación. ¿Vamos a salir ya?

Zane asintió.

–Rocky te está esperando –giró a Tango para comenzar a regresar por el mismo camino por el que había llegado hasta allí, se detuvo y la miró por encima del hombro–. Yo que tú no le contaría nada de esto a Rocky –le aconsejó, señalando al rebaño con la cabeza–. Supongo que no querrás que se ponga celoso.

Phoebe se quedó boquiabierta. Afortunadamente, Zane había continuado avanzando y no lo notó. ¡Vaya! Estaba de buen humor. Y simpático.

–¿Lo has visto? –le preguntó al cabestro–. A lo mejor no cree que sea una completa estúpida. ¿No te parece que es el mejor?

Capítulo 11

La lona no era generalmente una tela que Phoebe considerara opresiva, pero cuando estaba cortada en forma de tienda y rodeaba su cuerpo, comenzó a parecérselo. De alguna manera, había pensado que contaría con más espacio. Pero el sitio que tenía en la tienda de campaña era apenas el que ocupaba su saco de dormir. Había dejado las alforjas pegadas contra un lateral y la bolsa de lona a sus pies. Una tienda para una sola persona no era precisamente el mejor lugar para organizar una fiesta.

Y también estaba el asunto del suelo. A lo mejor, si hubiera pensado en ello, habría llegado a la conclusión de que la tierra era dura por naturaleza. Muy dura. Tenía la clase de dureza capaz de desafiar incluso a una colchoneta hinchable que, por cierto, chirriaba cada vez que se movía.

Y estaba también la cuestión de dormir en el campo. Todo era... más grande de lo que había pensado. Más grande y más impresionante. Pero en el buen sentido. Era emocionante, una forma de sentirse viva.

Cambió de postura en el saco de dormir. Todavía no tenía ganas de dormir. Estaba cansada, pero también en alerta. Y nerviosa. Habían bebido vino durante la cena.

No hacía falta mucho para emborracharla. Con una sola copa ya estaba un poco achispada y con dos, mareada. Se había marcado el límite en dos y todavía estaba disfrutando de la deliciosa sensación de embriaguez que suavizaba las aristas más crueles del mundo y lo convertía en un lugar bello y atractivo. Y los dos vasos de vino eran también responsables de su necesidad de salir al cuarto de baño.

Phoebe se sentó e inmediatamente se golpeó la cabeza con el techo de la tienda. Después de buscar a tientas las botas, las encontró y se las puso. Todavía llevaba puesta la cazadora, así que lo único que necesitaba era la linterna y estaría preparada para salir.

En el instante en el que puso un pie fuera de la tienda, fue consciente del ruido. El ruido de los cascos de los caballos, de los crujidos y los sonidos silbantes. A la izquierda podía ver los restos de la hoguera que había encendido Cookie, cuidadosamente protegida por piedras. A su derecha tenía las otras tiendas. Llegaba hasta ella el sonido de una conversación en voz baja, pero no podía distinguir lo que decían.

Encendió la linterna y comenzó a alejarse del campamento. Después de caminar durante varios minutos, hizo lo que había salido a hacer y emprendió el camino de vuelta. Rodeó un árbol y tropezó con algo enorme, duro e inflexible y dejó caer la linterna.

Al mismo tiempo que la invadía el pánico, otra parte esencial de su cuerpo reconoció a Zane.

—¿Has salido a buscar el reloj?

No había luz suficiente como para que pudiera reconocer los detalles de su rostro. Era todo sombras y contornos. Una fugaz visión de un hombre que hacía que su cuerpo deseara rendirse.

—He decidido olvidarlo —le dijo.

—Probablemente sea lo más sensato.

Se dijo a sí misma que debería volver a su tienda o, quizá, sencillamente, agacharse a por la linterna. Pero parecía incapaz de moverse. Lo único que podía hacer era respirar.

Se estremeció, pero no por culpa del frío. ¿Era por la anticipación? ¿Era por culpa de la noche o sería por culpa de aquel hombre? ¿Se habría dado cuenta él?

—¿Zane?

No tenía la menor idea de lo que le estaba preguntando ni de cuál podría ser la respuesta. Pero le gustaba cómo sonaba su nombre. Le gustaba pronunciar aquella palabra y llenarse la boca de su fuerza.

—Es tarde —dijo él—. Deberías estar acostada.

Phoebe no sabía qué decir. Aunque le habría gustado creer que aquella era una invitación, tenía sus dudas. Pero una chica tenía derecho a soñar.

—Te acompañaré al campamento.

—De acuerdo.

Esperó a que diera el primer paso, o a que se agachara para recoger la linterna. Y Zane se inclinó, pero no hasta al suelo, sino solo lo suficiente como para tomar sus labios.

Aquel suave y delicado contacto la dejó sin respiración. El calor fluyó a través de ella como un suspiro. Zane posó las manos en la cintura de Phoebe y ella le rodeó el cuello con los brazos e inclinó la cabeza. Entreabrió los labios cuando Zane deslizó la lengua a lo largo de su boca.

El sabor de Zane la hizo desear gemir mientras él exploraba su boca, deleitándola con cada caricia. Se arqueó contra él, deseando sentir su dureza contra sus curvas, su fuerza envolviéndola. Su beso fue una ardiente rendición. El deseo bullía a través de su cuerpo, haciendo que los senos se hincharan y los pezones se irguieran por la anticipación.

La besó profundamente, succionándole la lengua cuando la hundió en su boca. Deslizó sus manos desde su cintura hasta su trasero, donde la frotó y apretó. Ambos movimientos excitaron sus terminales nerviosas y relajaron sus doloridos músculos. Phoebe gimió.

Zane arqueó una ceja.

—¿Te gusta?

Aquella pregunta inesperada la dejó desconcertada. Tardó varios segundos en comprenderla.

–Eh, sí me gusta porque me estás tocando y porque llevo a caballo todo el día.

Al parecer, Zane había dado por zanjada la conversación, porque no respondió a aquel comentario. Por lo menos, no con palabras. Cuando terminó de hablar, bajó la cabeza para poder besarle el cuello. Phoebe jamás había considerado que fuera una zona particularmente erógena, pero jamás había tenido a Zane presionando sus labios contra su piel. Ni tampoco le había lamido Zane la repentinamente sensible piel de debajo del lóbulo de la oreja.

El vello se le puso de punta en todo el cuerpo. Quería que Zane continuara besándola, lamiéndola por todas partes. Si era capaz de hacerla sentir algo tan delicioso con solo unos besos en el cuello, ¿qué no conseguiría si acariciara sus senos desnudos?

Se quedó helada. Zane había movido las manos desde su trasero hacia el botón de los vaqueros.

De acuerdo. Los besos habían sido agradables. Más que agradables. Eran unos besos extraordinarios, pero aquello estaba yendo demasiado rápido. Estaban al aire libre. Y no estaba segura de que le conociera bien.

Pero antes de que pudiera explicarle exactamente que estaban superando los límites en los que se sentía cómoda, ocurrieron dos cosas. La primera fue que Zane se metió el lóbulo de la oreja de Phoebe en la boca y lo succionó. Aparentemente, no era gran cosa. Si alguien le hubiera descrito un acontecimiento como aquel no le habría parecido algo particularmente impresionante. Sin embargo, vivirlo en su propia piel fue algo completamente diferente.

La combinación de los dientes de Zane arañando delicadamente su piel y de su lengua entrando y saliendo de su boca fue la experiencia más erótica de su vida. Una triste evidencia de su experiencia sexual, pero así era. En aquel momento, estuvieran o no en el campo, estaba dispuesta a recorrer todo el camino.

Lo segundo que ocurrió fue que Zane deslizó las manos en el interior de sus pantalones. Sí, aquellas manos enormes y masculinas estaban acariciando su piel desnuda. Pero en vez de deslizarlas entre sus muslos, las llevó hasta su trasero y hundió los dedos en sus doloridos músculos.

Fue la gloria. Pura y simplemente, el paraíso. Sin dejar de besarla a lo largo del cuello, movía las manos en círculo e iba masajeándola con los dedos, y Phoebe alzó la bandera blanca de la rendición.

—No te detengas —susurró, refiriéndose tanto a los besos como al masaje.

Se suponía que aquello no tenía que gustarle tanto. Ni siquiera estaban haciendo nada especialmente atrevido y ella ya estaba derritiéndose por dentro.

Zane cambió ligeramente de postura y volvió a apoderarse de su boca. Ella alargó la mano hacia su cabeza y hundió los dedos en su pelo. Phoebe le besó con un frenesí que desafiaba la razón. No debería haber sido tan sexy, pero lo era. Intensamente. Las sensaciones eran increíbles.

El sonido de una carcajada cortó el aire de la noche. Phoebe se tensó ligeramente, repentinamente consciente de lo que la rodeaba. Zane también debió de oírlo, porque detuvo las manos e interrumpió el beso.

Phoebe recuperó la razón y esbozó una mueca. ¿De verdad le había suplicado que no se detuviera?

—Yo, eh... quiero decirte algo... —se interrumpió, sin estar muy segura de lo que iba a decir.

Miró su rostro, pero la noche era demasiado oscura como para adivinar lo que Zane estaba pensando. Además, ¿cómo se suponía que iba a poder pensar cuando Zane continuaba con las manos en el interior de sus vaqueros?

—Tengo que saberlo —musitó él.

¿Saberlo? ¿Saber qué?

Antes de que pudiera preguntárselo, Zane movió la mano derecha hasta su cintura, alcanzó su vientre y deslizó la mano entre sus piernas. A continuación, deslizó sus dedos entre su carne húmeda y henchida. Ambos contuvieron la respiración.

Con la mano libre, Zane se bajó la cremallera y se desabrochó el botón de los vaqueros.

Cerca de catorce mil preguntas surgieron en el cerebro de Phoebe, pero decidió conformarse con la más importante.

—¿Qué tenías que saber?

—Si a ti también te apetecía.

Tomó la mano de Phoebe y la posó sobre su sexo. Phoebe ya se había hecho una buena idea de lo que iba a encontrar allí, pero aun así, el grosor, la largura y la dureza de su erección hicieron que le entraran ganas de gemir.

Muy bien. A los dos les gustaba besarse y acariciarse. Un hecho interesante que no debería tener ninguna trascendencia en sus vidas. Sinceramente.

—Vete a la cama, Phoebe —le ordenó Zane de pronto.

Zane se agachó para recoger la linterna y se la presionó contra la mano. Después, hizo girar a Phoebe en la que ella imaginó que era la dirección del campamento y la empujó suavemente. Estaba aturdida, como si acabaran de darle el gas de la risa, o alguna clase de droga sexual muy potente. Se sentía atolondrada, alegre y tan ligera que tenía la sensación de estar flotando. Quizá Zane Nicholson no fuera un gran conversador, pero era evidente que aquel hombre sabía cómo moverse en un dormitorio, por no hablar de lo que tenía que hacer con su cuerpo. Phoebe estaba deseando que llegara el día siguiente para poder hablar con Rocky de todo ello.

Zane se despertó antes del amanecer, principalmente porque no había sido capaz de dormir más de un par de horas. Se decía a sí mismo que el motivo era su preocupación por aquellos novatos que tenía bajo su cuidado, lo cual era cierto en un sesenta por ciento. El otro cuarenta por ciento tenía mucho más que ver con una morena de ojos castaños y labios llenos capaz de enloquecer a un hombre con un solo beso.

Terminó de organizar sus pertenencias y permaneció de pie en el silencio de la mañana. Estaba cansado, nervioso y excitado. Le dolía el cuerpo, la mente le iba a toda velocidad y no podía parar de pensar en la sensación de Phoebe en sus brazos solo unas horas atrás. Un intenso anhelo le apresaba. Se esforzaba en recordarse que desearla no tenía nada que ver con el hecho de que le cayera bien. No la conocía, aunque tenía que admitir que lo que sabía de ella le gustaba.

Suspiró. Un hombre no debería pensar ni en mujeres ni en el sexo antes del primer café de la mañana.

Se dirigió hacia el fuego de la cocina. Cookie ya tenía un puchero de café hirviendo. Zane se sirvió una taza y bebió dos tragos de aquel líquido humeante. Sintió el impacto del calor y la cafeína.

El cocinero llegó arrastrándose desde la carreta.

—Esta mañana tenemos huevos —anunció Cookie—. Y ni el diablo sabe lo que van a comer esos abraza-árboles. Ayer preparé tortitas, pero ahora estamos ya en movimiento. No soy Emeril Lagasse. No puedo hacer milagros.

Zane bebió otro sorbo de café.

—No te preocupes. En cuanto no pueda soportar el hambre, Andrea comerá lo que haga falta. Y Martin también, aunque él parece menos problemático que su esposa.

Cookie sonrió.

—Menos incordio, querrás decir.

—Son nuestros huéspedes —le recordó Zane a modo de advertencia.

—Eso no les cambiará —dejó en el fuego la enorme sartén que estaba sujetando con las dos manos—. Pero seré bueno.

Zane no le creyó ni por un segundo, pero esperaba que Cookie al menos lo intentara.

Quince minutos después todo el mundo estaba levantándose y moviéndose alrededor del campamento. Zane envió a Chase a asegurarse de que no quedara detrás ninguna piqueta ni ningún viento de las tiendas de campaña. Y se descubrió a sí mismo mirando involuntariamente hacia la tienda de Phoebe, como si estuviera esperando verla aparecer. Cuando por fin se abrió la puerta de la tienda, su paciencia se vio recompensada. Phoebe decidió salir.

Aquel curvo y perfecto trasero que había estado acariciando la noche anterior apareció ante su vista y fue seguido por el resto de Phoebe. La mano con la que sostenía la taza de café se curvó ligeramente cuando recordó la sensación de su piel desnuda contra la palma de la mano y el sonido de su respiración agitada. Había conocido a una Phoebe excitada, preparada y húmeda. Cuando había deslizado los dedos entre sus piernas, había sido como llegar a casa. En otras circunstancias, por ejemplo, si hubieran estado solos, la habría tumbado en el suelo para aliviar el anhelo de ambos.

Vació su taza y dio un paso hacia ella. Pero antes de que hubiera podido llegar a la tienda, Chase apareció.

Su hermano pequeño sonrió a Phoebe, tomó sus alforjas y se las colgó al hombro.

—Así que tú eres una de esas mujeres especiales que está más guapa al aire libre —dijo Chase guiñándole el ojo—. Debería habérmelo imaginado.

Phoebe soltó una carcajada.

—Maya ya me advirtió que eras un adulador desvergonzado con las mujeres y que lo que dices no tiene por qué significar nada.

—A veces es cierto, pero, en este caso, solo estoy señalando lo obvio.

Zane se volvió hacia el fuego y se sirvió otra taza de

café. La capacidad de Chase para encandilar al sexo opuesto era una cualidad innata, como al que se le daban bien las matemáticas o tenía una gran voz. La mayoría de las veces, Zane encontraba divertidas las maquinaciones de su hermano, pero aquella mañana, no. En cambio, algo oscuro pareció removerse dentro de él. No estaba celoso, puesto que aquello implicaría un interés en Phoebe que no existía. Además, Chase era de palabra fácil. Sin embargo, no era capaz de eliminar aquel desasosiego, ni tampoco de encontrar una razón para dirigirse hacia el extremo más alejado del campamento.

—¿Qué tal has dormido? —preguntó Chase.

—Bien. Todo el mundo habla del silencio del campo por la noche, pero a mí me ha parecido oír miles de ruidos.

A Zane le entraron ganas de volverse para ver el rostro de Phoebe mientras hablaba, pero se obligó a permanecer mirando el fuego.

—¿Lista para desmontar la tienda?

Phoebe suspiró.

—Me gustaría revisar otra vez mi saco de dormir. He perdido un pendiente.

—¿Brilla mucho?

—Por supuesto. No irás a hablarme otra vez de los mapaches, ¿verdad? Ya he tenido noticias de ellos. La pregunta es, si al final han sido ellos los que se han llevado mi pendiente, ¿debería darles el otro para que tengan el par?

Zane curvó una de las comisuras de los labios al imaginar a un mapache con los pendientes largos de Phoebe.

—Eso es cosa tuya.

—Y también quiero asegurarme de que tengo mi teléfono móvil. Con la suerte que tengo, es posible que me lo haya robado un mapache con parientes en Madagascar.

Chase soltó una carcajada.

—Vamos, te ayudaré a buscar el pendiente.

Zane se volvió para decirle a su hermano que él se ocuparía de ayudarla y que él podía ir a otra tienda, pero, justo en aquel momento, llegó Maya. Alargó la mano hacia la taza de Zane y se la quitó. Después de vaciarla, se la devolvió.

–¿Cómo está el vaquero jefe esta mañana? –le preguntó–. ¿Vamos a enfrentarnos a un Zane amable o a un Zane gruñón?

Zane se sirvió más café.

–Yo siempre soy amable.

–¡Ojalá fuera cierto!

Hubo algo en sus palabras y en la forma en la que evitó su mirada mientras hablaba que a Zane le llegó muy dentro. Suspiró.

–Nunca me has caído mal.

–Vaya, menudo cumplido. Espera, no digas nada. Quiero sentir el amor –Maya se llevó las manos unidas al corazón, se encogió de hombros y dejó caer las dos manos a ambos lados de su cuerpo–. Lo siento. Sé que no me odias ni nada parecido. Siempre has sido muy tolerante. Nos soportaste a mi madre y a mí. Y no te culpo por ello. Era evidente que mi madre iba detrás de vuestro dinero.

Zane no sabía qué decir. La madre de Maya trabajaba como *stripper* en Las Vegas cuando el padre de Zane la había conocido y se había casado con ella.

–La culpa no fue del todo suya –le respondió a Maya–. Mi padre nunca la quiso. No debería haberse casado con ella.

–No sé. Es posible que su matrimonio fuera un infierno, pero a mí me gustó vivir en el rancho.

Zane recordaba a una rubia larguirucha convirtiéndose en una bella joven. Maya había sido la clase de niña seria y responsable que en muchas ocasiones los padres problemáticos generaban. Había ignorado a los vecinos jóvenes del rancho, se había concentrado en sus estudios y había dedicado a Chase todas sus tardes libres.

El verano que había seguido a su graduación en el instituto, las cosas habían cambiado. Se había enamorado de un tipo de la zona, pero después les había abandonado a todos ellos para ir a la universidad.

Le pasó la taza. Ella la tomó y la sostuvo entre las manos.

–Tu padre esperaba que te hicieras cargo del rancho, pero después no te permitía tomar decisiones –le dijo, mirándole por encima del humo del café–. Me acuerdo de cómo te enfadabas.

Chase y Phoebe se echaron a reír por algo. Maya se volvió para mirarles.

–Está creciendo.

Zane era perfectamente consciente de ello.

–Y cada vez está peor.

–Siempre ha sido difícil de manejar, pero estás haciendo un gran trabajo con él. Va a ser un buen hombre.

Zane no estaba tan seguro, pero si de él dependía, Chase no tendría que vivir con la amargura del arrepentimiento.

–Buenos días, chicos –les saludó Gladys mientras cruzaba el campo.

Tomó unas tazas para su amiga y para ella y sirvió café para ambas. Le temblaba ligeramente la mano, pero, las dos estaban muy animadas a pesar de lo que habían madrugado y de lo tarde que se habían acostado.

–Buenos días –les saludó Eddie con una sonrisa–. No hay nada como dormir en el campo.

Maya se estiró.

–No sé. Yo no tengo nada en contra de los colchones de plumas y las toallas calientes.

Los dos niños corrieron hacia el claro, con C.J. y Thad pisándoles los talones. Andrea y Martin les seguían.

–La comida ya está lista –gritó Cookie mientras hacía sonar el enorme triángulo que había llevado con él–. Comed mientras está tan caliente como estas dos muchachas –le guiñó el ojo a Eddie y a Gladys.

La gente se atropellaba para ir a por su desayuno. Zane se apartó de su camino. Se dijo a sí mismo que lo hacía por educación, pero también quería esperar para ver exactamente el momento en el que Chase y Phoebe salían de los confines de la tienda.

Diez segundos después, se asomaba Chase sacudiendo la cabeza. Phoebe le siguió con expresión de derrota. Zane lo interpretó como que no había sido capaz de encontrar el pendiente. A Zane se le encogieron las entrañas al imaginarlos buscando juntos el pendiente, uniendo sus cabezas, tocándose con los brazos.

Caminó entonces hacia la carreta para agarrar un plato y se puso después en la fila.

Andrea estaba delante en la fila. Cookie sostuvo un cucharón de huevos sobre su plato. Su expresión sombría advertía que habría problemas si Andrea los rechazaba. Martin, aparentemente más inteligente que su esposa, le dio un codazo a esta para que alargara su plato hacia el malhumorado cocinero.

—Nos encantan los huevos —dijo Martin—. Tengo que decir que hasta ahora la comida está deliciosa.

Cookie gruñó y le sirvió un cucharón de huevos, después, empujó dos fuentes hacia ellos, una llena de salchichas y beicon y la otra de hojaldres. Andrea palideció al ver tanta carne en el mismo lugar. Tomó un par de hojaldres y se alejó tambaleante. Martin vaciló.

—El beicon está muy bueno —le tentó Cookie, guiñándole el ojo—. Es realmente especial. Sin grasa y muy sabroso. No como esa porquería de supermercado que compráis en la ciudad.

Martin alargó la mano hacia las pinzas. Estaba a punto de agarrarlas cuando la voz de Andrea cortó el aire de la mañana.

—Martin, ¿qué haces?

Martin retrocedió como si estuviera enfrentándose al mismísimo demonio.

–Nada. Ahora voy –tomó tres hojaldres y escapó hacia su silla.

Los niños fueron los siguientes en llegar. Se sirvieron de todo lo que Cookie les ofreció. Thad también se sirvió un buen plato, pero C.J. solo quiso un café. Eddie y Gladys fingieron sentirse molestas por el flirteo de Cookie mientras recogían el desayuno y se dirigían hacia las sillas. Maya se colocó detrás de Zane.

–Cuando sea mayor quiero ser como ellas –susurró.

Zane le dirigió una mirada fugaz.

–¿Una asaltacunas?

Maya elevó los ojos al cielo.

–Ya sabes lo que quiero decir. No dejan que la edad les impida hacer nada. Todavía siguen teniendo aventuras. Me pregunto si no se sentirán solas a veces.

Zane reconoció el anhelo en la mirada de Maya. Por lo que él había visto, ella siempre había ansiado y temido al mismo tiempo un amor romántico.

–Si te sientes sola, busca un hombre y sienta la cabeza –le recomendó.

–¡Ah, muy bien! –se colocó delante de él y le tendió su plato–. Porque, claro, los hombres sensibles siempre se enamoran de productoras de informativos agresivas.

–Tú no quieres un hombre sensible –le dijo Cookie–. Lo que tú quieres es un hombre de verdad.

Maya soltó una carcajada.

–Pero no a ti, Cookie. Eres demasiado hombre para mí. Me agotarías.

–Desde luego.

Zane escuchó su cháchara, pero no se sumó a ella. A diferencia de Maya, no creía en el amor romántico. No porque desconfiara de él, sino porque conocía las consecuencias que tenía para una persona. Había crecido junto a unos padres que se querían de tal manera que parecían excluir de sus vidas todo lo demás, él siempre se había sentido como el tercero en discordia. El amor no era el gran don que todo el mundo creía. El amor le aislaba a uno del mundo y, a veces, podía destrozar a una persona. Por lo que él había podido ver, suponía un gran coste y no ofrecía nada a cambio. Había pasado toda su vida evitando el amor y no pensaba cambiar.

Capítulo 12

Phoebe disfrutaba de la belleza de la mañana. Una ligera brisa le acariciaba el pelo y el canto de los pájaros proporcionaba una tintineante melodía para la banda sonora de los cascos de las reses en el suelo. A pesar de que prácticamente no había dormido nada por culpa de las eróticas caricias de Zane y de sus besos, se sentía feliz, animada y viva. De modo que cuando Rocky la condujo hacia C.J. y su montura, no le hizo retroceder, a pesar de que no podía decirse que C.J. fuera la persona más sociable de aquel grupo.

Las dos mujeres cabalgaron juntas en silencio durante varios minutos antes de que a Phoebe se le ocurriera algo que decir.

—¿Tu marido y tú soléis acoger a muchos niños durante las vacaciones? —le preguntó.

C.J., una mujer rubia cercana a los cuarenta años, negó con la cabeza.

—Nunca habíamos hecho nada parecido. Y no lo habríamos hecho si a las personas que se habían comprometido a traer a los niños a la conducción de ganado no se les hubiera muerto un familiar y no hubieran podido venir. Preferimos venir a que los niños sufrieran una decepción.

Phoebe asintió. Lo que decía era todo correcto, pero había algo en su tono que no encajaba. ¿C.J. estaría allí por obligación, no por decisión propia? Aquella posibilidad la entristeció.

—Yo crecí en hogares de acogida —le explicó Phoebe—. Mis padres murieron cuando yo tenía siete años. No tenía ninguna otra familia, así que el estado asumió mi tutela.

C.J. la miró.

—¿Nunca te adoptaron?

Phoebe se encogió de hombros.

—Las cosas no eran como ahora. Los posibles padres no tenían manera de conocer a niñas como yo. Durante el primer año, todavía estaba muy afectada por la pérdida de mis padres. Si alguien me hubiera visto, no creo que le hubiera causado muy buena impresión.

C.J. asintió.

—Hemos visto a niños así. Con miradas muy tristes. ¿Te acuerdas de tus padres?

—No tanto como me gustaría. Tengo algunos recuerdos, algunas fotografías. Al cabo de un tiempo, los niños que conocí en las diferentes casas de acogida se convirtieron en mi familia.

—¿Y pensabas que iban a adoptarte? —preguntó C.J.

—A veces. Hablábamos de ello. Yo sabía que mis padres estaban muertos, pero otros niños habían sido abandonados. Inventaban historias sobre lo que pasaría cuando sus padres se dieran cuenta de que habían cometido un error y volvieran a buscarlos. Aunque nos decíamos que no importaba, en secreto, todo el mundo quería tener una familia.

Phoebe sonrió con tristeza al recordarlo.

—Yo soñaba con una casa enorme con un par de perros y un gato que durmiera en mi cama todas las noches.

También imaginaba a sus padres, pero eran unas figuras vagas y siempre se había sentido culpable, como si aquella necesidad emocional fuera una deslealtad hacia sus verdaderos padres.

–Los bebés nunca tiene que esperar mucho tiempo –continuó explicándole–. A los niños de uno o dos años también les adoptan a veces, pero los mayores no tienen ninguna posibilidad. He oído decir que ahora se organizan fiestas para presentar a los niños a posibles padres.

–Thad y yo hemos asistido a alguna de esas fiestas –C.J. se subió las gafas de sol–. Son un tanto embarazosas, complicadas. Los niños intentan portarse lo mejor que pueden y los adultos... Bueno, no sé qué piensan los adultos. Lo único que sé es que Thad y yo nos sentimos raros. Como si estuviéramos comprando un niño. Conocimos a Tommy y a Lucy en una de esas fiestas hace unos meses.

–Parecen encantadores –comentó Phoebe.

C.J. estiró los labios hasta convertirlos en una línea recta.

–Tienen algunos problemas.

Nadie podía crecer en una casa de acogida sin que le quedaran cicatrices, pensó Phoebe, pero no lo compartió con C.J. Aquella mujer era suficientemente inteligente como para averiguarlo por sí misma.

–No tenemos hijos –le explicó C.J. precipitadamente. Fijaba la mirada frente a ella mientras hablaba–. Los dos tenemos algún problema. Cuando nos lo dijeron, no me lo podía creer. Si solo uno de nosotros hubiera tenido algún problema, podríamos haber recurrido a la fecundación *in vitro*, a una madre subrogada, a algo.

–Lo siento –Phoebe no sabía qué más podía decir.

El dolor de no poder tener un hijo... ella sabía lo que era sentirse aislada, sola. Pero C.J. tenía a Thad.

–Cuando nos dimos cuenta de que no podíamos tener hijos, decidimos adoptar. Dos días antes de que nos dieran la aprobación, me diagnosticaron un cáncer de mama. Eso hizo que nos eliminaran directamente de la lista –su voz se tornó amarga–. La adopción privada tampoco funcionó. Ninguna madre soltera quiere que su hijo crezca con una mujer con cáncer. Así que optamos por la adopción internacional.

—¿Qué país elegisteis?

—Kazajstán. Se suponía que íbamos a poder tener una hijita. Estaba a punto de cumplir siete meses. Pero enfermó y no nos permitieron ir a buscarla. Mientras esperábamos, otra pareja fue a buscar a su hijo, que resultó ser el hermano de nuestra niñita. La agencia les dio permiso para llevarse a los dos. Después detuvieron al director de la agencia, acusado de aceptar sobornos. Fue un desastre.

C.J. se encogió de hombros, como si nada de lo que estaba diciendo tuviera importancia, pero Phoebe sabía lo que sentía. No podía importarle más.

—Thad y yo decidimos entonces que ya habíamos recibido suficientes señales por parte del universo. Al parecer, no debíamos tener hijos. Somos muy felices juntos y con eso tenemos suficiente.

Phoebe no la creyó ni por un momento. Le habría gustado señalar que Lucy y Tommy estaban allí y que podía adoptarlos. Y, si no a ellos, a otros cientos de niños que estaban desesperados por tener una familia. Pero no podía decir nada que C.J. no supiera ya. A lo mejor era una de aquellas mujeres que pensaba que solo se podía crear un vínculo con un bebé o con un niño muy pequeño.

—Teniendo en cuenta todo lo que habéis pasado, tu marido y tú habéis sido muy generosos al aceptar ocuparos de Tommy y de Thad durante esta semana.

C.J. negó con la cabeza.

—Yo no quería —rio con dureza—. ¿No suena como si fuera una bruja? Pues es la verdad. Thad me convenció. Y ahora estamos todos aquí —le dirigió a Phoebe una mirada fugaz—. Me digo a mí misma que estamos haciendo algo generoso, que todo esto está bien. Pero no puedo evitar seguir enfadada por lo injusto que ha sido todo.

Phoebe quería decir que la vida también había sido injusta con aquellos niños. Ninguno de ellos había pedido ser huérfano. Ningún niño había pedido estar solo. Y, sin embargo, ella todavía recordaba todos los cumpleaños que había pasado después de la muerte de sus padres. Los cumpleaños siempre habían sido los peores días de su vida.

Por supuesto, siempre había tenido una fiesta, una tarta y algunos regalos, pero no era lo mismo. No tenía nunca a nadie que la abrazara y le hablara del futuro y de lo mucho que la quería. No había recibido tarjetas de cumpleaños de sus abuelos, ni había celebrado cenas con sus tíos. No había tenido primos mayores que se metieran con ella, ni primos más pequeños que la estorbaran. No había tenido ninguna familia en absoluto. Y, después de todo aquel tiempo, continuaba sin tenerla.

Más tarde, aquella misma mañana, Phoebe se encontró montando al lado de Zane. No estaba muy segura de cómo había pasado. De acuerdo, a lo mejor, después de que pararan para que pudieran ir al baño, se las había arreglado para que Rocky se acercara a Zane de tal manera que, cuando se pusieran de nuevo en marcha, fuera a su caballo al que siguiera. Pero no estaba segura de que el plan fuera a funcionar. Y, en aquel momento, mientras cabalgaba a su lado, no estaba segura de qué decir.

Hacía un día precioso, de cielos despejados y un ligero frescor en el aire. Phoebe podía oler la fragancia de los árboles y, de vez en cuando, también el olor que desprendía el rebaño. Le dolía el trasero, pero no lo suficiente como para distraerla del placer de estar tan cerca de Zane. Era como volver a tener dieciséis años y estar sentada al lado del chico que le gustaba. La tarde prácticamente vibraba de posibilidades.

Se preguntaba si Zane pensaría en sus besos. ¿Los habría revivido una y otra vez, como estaba haciendo ella? Por supuesto, no tenía ninguna manera de preguntárselo. Era posible que Zane le pareciera algo más accesible que cuando le había conocido, pero no era precisamente un tipo abierto y sociable. E, incluso en el caso de que lo fuera, Phoebe dudaba de que se hubiera sentido cómoda colocándose a su lado y preguntándole: «¿Qué te parecieron los besos? Fueron increíbles, ¿verdad?».

Habían sido asombrosos. Eróticos, emocionantes, excitantes. La habían derretido hasta los huesos. Besarle no solo la había hecho desear hacer el amor con él, aunque cada vez estaba más abierta a aquella posibilidad, sino que también hacía que quisiera conocerle. Quería averiguar lo que se escondía tras aquel rostro tan atractivo. ¿Quién era Zane Nicholson y con qué soñaba? ¿Qué le hacía feliz y qué le entristecía? ¿Habría estado enamorado alguna vez? ¿Le habrían roto el corazón? ¿Habría...?

Phoebe retrocedió mentalmente. A lo mejor no quería saber nada de las mujeres de las que Zane había estado enamorado. Tenía el presentimiento de que, comparada con ellas, no daría la talla. Tampoco quería que se enamorara de ella. Apenas le conocía. Pero, aun así, había algo especial en él. Algo que la hacía preguntarse por las posibilidades de algo más.

—Estás muy callada —señaló Zane.

Como ni siquiera estaba segura de que Zane estaba a su lado, puesto que iba ligeramente tras él, se sobresaltó ligeramente. Rocky se volvió para fulminarla con la mirada, como si quisiera recordarle que era su espalda la que estaba debajo de su trasero.

Ella le palmeó el cuello a modo de disculpa y consideró la frase de Zane.

—No quería interrumpirte si estabas pensando algo importante.

Como en ellos. Como en lo que había pasado la noche anterior. Como en el hecho de que había posado las manos en su trasero y había deslizado los dedos entre sus piernas. Sintió un hormigueo en el estómago al recordarlo.

—¿Estás disfrutando? —le preguntó Zane.

Por un momento, temió haber expresado sus pensamientos en voz alta. El calor encendió sus mejillas y Phoebe agachó la cabeza.

—Me dijiste que nunca habías montado a caballo. ¿Te gusta?

Un frío y dulce alivio fluyó en su interior. ¿Estaba disfrutando de la conducción de ganado? Por supuesto. Tomó aire y lo exhaló lentamente.

—Rocky está teniendo mucha paciencia conmigo —contestó—. A veces, cuando hago algo malo, me mira para decirme que le estoy enfadando, pero, en general, nos llevamos bien.

Miró a Zane y advirtió que la estaba mirando fijamente, como si no terminara de comprenderla.

—¿Tú no te llevas bien con Tango? —le preguntó.

—Somos muy buenos amigos.

Phoebe creyó advertir cierto sarcasmo en su voz, pero lo ignoró.

—¿Y está bien el ganado? ¿Es bueno que camine tanto?

—¿Crees que sería mejor que las vacas fueran a caballo?

—No sé, tú eres el experto.

—Están perfectamente, siempre y cuando vayamos despacio y no tengan que cargar peso. Están pastando en pastos de muy buena calidad —sonrió—. Para ellas es como estar en un restaurante de lujo.

A Phoebe le dio un ligero vuelco el corazón cuando Zane curvó los labios en una sonrisa. Se acentuaron las patas de gallo de sus ojos y relajó su expresión.

—¿Tienen nombre?

A Zane hubo que concederle el mérito de controlar su sonrisa.

—Solo Manny. Es el cabestro que lidera el rebaño.

—¿El del cencerro?

—El mismo. Cada animal ocupa un lugar determinado en el rebaño. Se sitúan en el mismo sitio cada día. Si estuviéramos hace ciento veinte años y estuviéramos llevando el ganado de Texas a Kansas, recorrerían toda esa distancia en formación. Si algún animal enfermara, se le pondría en la parte de atrás hasta que se encontrara mejor y entonces ocuparía de nuevo su lugar.

—¿Manny siempre ha sido el líder?

—Casi siempre. Siempre lo llevo cuando tengo que mover el ganado. Es tranquilo y nunca se le ocurre cruzar el arroyo.

—Nos conocemos. Me parece muy amable.

Zane se tiró del sombrero y musitó algo así como:

—Tú harías buenas migas hasta con un árbol —pero Phoebe no sabía si había oído correctamente, así que no hizo ningún comentario.

—Manny está muy domesticado, pero ten cuidado con las otras vacas. Recuerda lo que te pasó con las cabras.

Phoebe pensó inmediatamente en el beso que habían compartido fuera del redil, pero se dio cuenta de que, probablemente, él no se refería a eso, sino a que la había mordido un cabrito.

—Las vacas tienen unos dientes mucho más grandes —dijo ella—. ¿Tú crees que Manny me mordería?

—No.

—Entonces me limitaré a hablar con él.

—Probablemente sea lo mejor.

Phoebe le dirigió una mirada fugaz. Zane parecía estar tragando limón.

—¿No quieres que hable con Manny? —le preguntó.

—Me da igual.

—Crees que estoy loca.

Zane entrecerró sus ojos azules y sonrió.

—Lo de «loca» es un poco fuerte.

–Me gustan los animales. Nunca he tenido mascotas, así que me gusta pasar el tiempo con las de los demás.

–El ganado no es una mascota.

–Lo sé. No creo que sea fácil meter a Manny en una casa y, desde luego, no me gustaría tener que limpiar sus excrementos.

Cambió de postura en la silla. Acababan de salir de entre los árboles y estaban en campo abierto. El cielo se extendía durante kilómetros y también la hierba. Solo algunos árboles dispersos proporcionaban una leve sombra.

–Esto no se parece nada a Los Ángeles –dijo.

–¿Eres de allí o te fuiste a vivir a Los Ángeles al salir del instituto?

–Soy nacida y criada allí. Para mí, una vuelta a la naturaleza es ir a la playa o un paseo por Griffith Park –le miró por el rabillo del ojo–. Me da a mí que a ti no te gustan las ciudades.

–No me importa visitarlas, pero, al cabo de unos días, empiezo a encontrarlas demasiado ruidosas y llenas de gente.

–A mí me gusta tener gente a mi alrededor, pero comprendo lo atractivo de esta belleza –inhaló hondo–. No hay nada de humo, y tienes una antena de telefonía móvil.

–También tenemos los bizcochos de Cookie.

Phoebe suspiró.

–Son increíbles. Apuesto a que si abriera un restaurante ganaría una fortuna.

–En realidad, Cookie no es un hombre muy sociable.

Pensó en los coqueteos de Cookie con todas las mujeres del grupo y en cómo se enfadaba cada vez que alguien rechazaba uno de sus platos.

–De acuerdo. A lo mejor no tiene el carácter necesario para trabajar en el sector servicios, pero me gusta cómo cocina.

Observo al rebaño mientras se adentraban en aquellos

pastos abiertos. Las reses conservaban la formación básica, pero iban más separadas y comenzaron a comer. En la distancia, vio un animal que parecía demasiado grande para ser una vaca.

—¿Es un elefante? –preguntó.

Zane miró en la misma dirección y asintió.

—Es Priscilla. Vive en el rancho Castle.

—¿Crían elefantes?

Zane rio entre dientes.

—No. A Priscilla la rescataron. ¿Ves ese animal que hay a su derecha? Es su burro.

—¿El elefante tiene un burro de mascota?

—Fool's Gold es un lugar muy extraño.

Extraño y maravilloso, pensó Phoebe. ¿Cómo se viviría en un lugar en el que la gente rescataba a un elefante y trataba como amigos a los desconocidos?

—Maya me comentó que hacías la conducción de ganado todos los años. ¿Estamos siguiendo la misma ruta?

Zane se echó el sombrero hacia delante.

—No. Normalmente traslado a cientos de cabezas hacia el norte. El traslado nos lleva cerca de tres semanas. Esta vez no tenemos tanto tiempo, por eso estamos yendo en una dirección diferente.

—¿Y qué pasa cuando se llega? ¿Para el ganado son como unas vacaciones de verano?

—No exactamente. A principios de septiembre, se reúne el ganado para enviarlo fuera.

Phoebe esbozó una mueca. No quería saber a dónde enviaban el ganado. Sabía que no era a unas vacaciones organizadas por Club Med. Se le revolvió el estómago y esperó que no tuvieran hamburguesas para comer.

—¿Tu padre también lo hacía así? –le preguntó–. ¿Es una tradición familiar?

—Mi padre enviaba el ganado hacia el norte, pero no lo acompañaba él. Mi abuelo sí lo hacía cuando estaba vivo.

Y su padre. Esta tierra ha pertenecido a mi familia durante cinco generaciones.

–Pero la casa no tiene tantos años, ¿verdad?

–La casa en la que vivimos ahora es de los años sesenta. La casa original la tiramos.

–Pues lo lamento. Se destruyen demasiados edificios viejos para hacerlos nuevos. En Los Ángeles, un edificio de los años treinta ya se considera una antigüedad –le miró–. Debe de ser bonito tener unas raíces tan profundas.

–Es lo único que conozco.

¿Qué se sentiría estando tan arraigado a un lugar? ¿Formando parte de su historia y sabiendo que, al cabo de cien años, la familia continuaría estando allí?

–¿Y tu familia? –le preguntó Zane.

–No tengo. Mis padres murieron cuando yo era una niña. Los dos eran hijos únicos y habían perdido a sus padres cuando todavía eran adolescentes. Si tenían algún pariente lejano, nunca llegué a conocerle. Así que solo estoy yo.

Intentó no parecer triste mientras hablaba. No podía hacer nada para cambiar su vida.

–¿Me dijiste que eras agente inmobiliaria?

–Sí, y me encanta. Ver que una persona encuentra la casa perfecta para ella es algo muy especial.

–¿Cómo es tu casa?

–Vivo en un apartamento.

–¿Por qué?

Una pregunta sencilla. Phoebe consideró la respuesta. El dinero era un factor importante. El mercado inmobiliario de Los Ángeles no admitía grandes desafíos económicos. Y, aunque ella hacía bien su trabajo, no se movía en la franja del millón de dólares que garantizaba comisiones de seis cifras.

También tenía la sensación de no merecerse nada mejor. A lo mejor era porque había crecido en hogares de acogida en los que se esperaba que se ganara su derecho a estar allí ayudando con los niños más pequeños. O quizá solo fuera una cuestión de carácter. Los seis meses de terapia a la que se había sometido años atrás la habían dejado más confundida que nunca.

–Rescato a personas.

Zane arqueó las cejas.

–¿Por eso vives en un apartamento?

–Algo así. Encuentro casas maravillosas para otras personas, pero no para mí. No sé por qué. ¿Será porque me da miedo? ¿Porque estoy esperando algo? –como casarse, aunque no podía decírselo a Zane–. Rescato a gente y, a veces, a perros, pero después de que uno me mordiera, procuro mantenerme alejada de los perros callejeros.

–¿Qué clase de gente?

–A cualquiera que lo necesite. Hubo una mujer sin techo a la que atropelló un coche. Nadie se paró para ayudarla, así que la llevé al hospital. A veces encuentro a niños que se han escapado de casa, o mujeres que están intentando escapar de un marido maltratador.

–¿Y cómo los encuentras?

–No lo sé. A lo mejor son ellos los que me encuentran a mí. Maya dice que llevo un letrero que dice que soy un objetivo fácil. Yo prefiero pensar que soy una buena persona que intenta hacer lo que debe. Aunque a veces las cosas no salen bien.

–¿Quieres decir que te quitan tu dinero?

–Sí. También hubo una ocasión en la que contraté a una joven para hacer prácticas. Era una chica que había superado la edad para continuar viviendo en casas de acogida. Tenía dieciocho años y no tenía a dónde ir. No podía permitirse el lujo de ir a la universidad, así que decidí proporcionarle alguna experiencia laboral y ayudarla a pagar los estudios para hacerse agente inmobiliaria. Un día llegué a casa antes de lo esperado y me la encontré en la cama con mi novio. Y después está el problema que he tenido con mi jefa.

Zane vaciló un instante, como si en realidad no quisiera saberlo, pero al final preguntó:

–¿Qué problema?

Phoebe le habló del problema que había tenido con April. Le contó que había estado a punto de terminar en prisión y que en aquel momento estaba siendo investigada por la Junta de la Agencia Californiana de Bienes Inmuebles.

–Estoy intentando dejar de ayudar a todo el mundo, pero es una costumbre difícil de romper. Por esto estoy aquí. Necesitaba alejarme de Los Ángeles.

Lejos de todas las preguntas y de la preocupación de poder llegar a perder la licencia. Ella adoraba su trabajo. Sin él... Ni siquiera quería pensar en ello.

–¿Y quién te ayuda a ti? –le preguntó Zane.

Phoebe detuvo a su caballo y se quedó mirando fijamente a Zane. Él también se paró.

–Yo no necesito que nadie me ayude.

No podía. Sentirse necesitada la hacía sentirse segura. ¿Pero necesitar a los demás? No. No quería volver a pasar por allí. Necesitar a alguien o a algo significaba ser vulnerable. Significaba arriesgarse a no recibir ayuda. El dolor de no pedir era más soportable que el de sentirse rechazada.

–Todo el mundo necesita que alguien le cuide alguna vez –dijo Zane.

–¿Tú también?

–Yo soy la excepción.

Phoebe quiso decir que también ella lo era, pero no se sentía tan fuerte. A veces quería compartir con alguien sus responsabilidades, sus preocupaciones, aunque solo fuera durante un rato. No completamente, ni para siempre, solo para poder descansar. A menudo pensaba que aquello era lo que implicaba el matrimonio. A veces sería ella la que aportara la carga, otras lo haría el marido. Pero, en general, la compartirían.

Si Maya la oyera decir eso, le diría que era una Pollyana

y le recordaría que la vida no era tan sencilla. Sin embargo, Phoebe siempre había pensado que debería serlo.

Zane urgió a su caballo a avanzar. Rocky le siguió obediente.

—Si vives en Los Ángeles y trabajas en una inmobiliaria, supongo que trabajas con cantantes de rock y estrellas de cine.

Phoebe soltó una carcajada.

—No exactamente. Estoy especializada en *starter home*, la primera casa que una pareja con pocos recursos se puede comprar, el problema es que trabajo en una oficina de Beverly Hills, así que encontrar una casa adecuada a un buen precio es un auténtico desafío.

—¿Trabajas en Beverly Hills y estás especializada en buscar casas baratas?

Phoebe esbozó una mueca.

—Ahora estás hablando como Maya. Me gusta trabajar con personas que de verdad necesitan una casa. No soy de las que trabajan con gente como estrellas del rock, aunque en una ocasión trabajé con Jonny Blaze. Es un actor especializado en películas de acción.

—Sé quién es.

—¡Ah! Bueno, es muy amable, y, pese a lo que pueda parecer en las películas, no da ningún miedo.

—¿Quién aparece las películas? —preguntó Chase mientras se acercaba cabalgando hacia ellos.

—Jonny Blaze. Zane y yo estábamos hablando de las estrellas de cine con las que he trabajado, pero la verdad es que solo he trabajado con una.

Chase abrió los ojos como platos.

—¿Conoces a Jonny Blaze? Es increíble. En la última película daba unas buenas palizas. ¿Cómo es? Siempre tiene a un buen grupo de admiradoras encima. El año pasado vino a Fool's Gold para un torneo de golf, pero yo estaba trabajando ese fin de semana —le dirigió a Zane una mirada sombría–. ¿De verdad es bajito? He leído que muchas estrellas del cine de acción son bajitas.

Phoebe soltó una carcajada.

–Mide casi dos metros. Lo sé porque me palmeó la cabeza y me dijo que le recordaba a su hermana pequeña.

–Jonny Blaze. ¿Crees que podrías conseguirme un autógrafo?

Antes de que Phoebe pudiera contestar, intervino Zane.

–¿Hay algún motivo por el que no estés en la parte de atrás del rebaño, que es donde deberías estar?

Su fría voz barrió el entusiasmo que reflejaba el rostro de Chase. El adolescente le miró con los ojos entrecerrados.

–Cookie me ha pedido que venga a decirte que quiere parar para preparar el almuerzo.

Chase giró el caballo y se alejó sin esperar respuesta. Phoebe le observó marcharse y se volvió de nuevo hacia Zane. Este la miró a los ojos.

–Crees que soy demasiado duro con él.

–Creo que te cuesta diferenciar el papel de padre del de hermano. No creo que Chase te ponga las cosas fáciles, pero por lo menos os tenéis el uno al otro. Cuando yo era pequeña, deseaba poder tener a alguien que me dijera que me quería. Por mucho que le grites a Chase, en el fondo, él sabe que le quieres. Eso es lo que cuenta.

Capítulo 13

Después del almuerzo, Zane cabalgó hasta el oeste, hasta llegar a un círculo de piedras situado en el borde de una zona arbolada. Miró el reloj, desmontó y se sentó a esperar sobre un tronco caído. Diez minutos después, oyó el ruido de un motor. El sonido fue haciéndose más fuerte a medida que el vehículo se acercaba. Frank condujo el todoterreno alrededor de los árboles y se detuvo en el borde de las piedras.

–Hola, jefe –saludó mientras apagaba el motor–. ¿Cómo va todo?

Zane se levantó.

–¿De verdad quieres saberlo?

Frank sonrió.

–Probablemente, no. Pero no has tenido que llamar por culpa de ninguna emergencia médica. Eso ya es algo.

–Desde luego. ¿Cómo van las cosas por el rancho?

–Como la seda. Tim se rompió un dedo y una de las cabras se ha comido parte de la cerca. La semana que viene tendremos un par de compradores. Nada fuera de lo normal.

Zane se acercó hasta el remolque que iba enganchado al todoterreno y levantó la lona que lo cubría. Había tres neveras en él. Abrió la primera y vio que contenía carne, huevos y mantequilla. En la segunda iban los refrescos y el agua y en la tercera las bolsas de hielo. Los productos frescos estaban almacenados en cajas de cartón. También había pienso para los caballos.

—Buen trabajo —le felicitó Zane—. Te conduciré hacia el campamento. He enviado a Chase con los novatos y el ganado. Cookie y tú podéis descargar las provisiones mientras yo vuelvo con el grupo.

—Claro. Cookie me ha dicho que podríais necesitar otro envío dentro de dos días.

Zane miró hacia el cielo con los ojos entrecerrados. Al cabo de dos días, habrían terminado ya la primera parte del trayecto y estarían muy cerca del rancho.

—Sí, estaría bien —le dijo—. Te llamaré la noche anterior y te diré lo que necesitamos.

Excepto la tarde y la noche que habían pasado en el río, siempre habían estado suficientemente cerca de la antena de telefonía móvil como para poder llamar al rancho. Zane había organizado una ruta circular para así tener que pasar solo dos noches junto al río. Había imaginado que hasta sus huéspedes más urbanitas conseguirían mantenerse lejos de la civilización durante dos noches.

Montó de nuevo su caballo y regresó por donde había llegado. Frank le siguió. Cuando llegaron a la carreta, Cookie se bajó y se dirigió hacia el remolque.

—¿Has traído fresas? —le preguntó—. Tengo ganas de hacer tartaletas de frutas. Pondré algo más de azúcar en los bizcochos y los abriré. Y te dije que quería nata para montar. ¿Has traído? Me parece que no apuntas todo lo que te digo.

Frank soltó un bufido burlón.

—Cookie, lo escribo todo dos veces para asegurarme de no olvidarme de nada. Está todo aquí. ¿Por qué no le echas un vistazo a las provisiones antes de empezar a criticarme? Dame al menos la posibilidad de equivocarme, ¿vale?

Cookie gruñó para sí.

Zane orientó a su caballo hacia el norte.

–Os dejo con esto. Cookie, ya sabes dónde vamos a acampar esta noche. Voy a ir por el camino más largo. Deberías tener tiempo para cargarlo todo y llegar antes que nosotros allí.

–Tendré el fuego encendido para cuando lleguéis –le prometió.

–Frank, te veré dentro de un par de días. Si surge algún problema en el rancho, avísame.

–Claro, jefe. No habrá ningún problema. Tú ocúpate de que esos vaqueros monten como es debido –Frank sonrió de oreja a oreja.

Zane soltó un gruñido en vez de contestar y urgió a avanzar a su caballo. Si su segundo pensaba que aquello era divertido, tendría que ponerle a cargo de aquella excursión durante unos cuantos días. Así se le quitarían las ganas de bromear. Aunque no podía culpar a Frank. Si él estuviera en su lugar, también le parecería bastante divertida la situación. Cincuenta vacas y diez novatos. ¿En qué demonios había estado pensando?

Como Frank había dicho, por lo menos no había ocurrido ningún desastre, no habían tenido problemas serios. Excepto por Phoebe. Era un problema de preciosas curvas, ojos enormes, piernas maravillosas, sexy, con un olor delicioso y un trasero al que se adaptaban sus manos como si estuvieran hechas las unas para el otro.

Estaba loco por ella. Desearla era una cosa. Pero que le gustara tanto era otra muy distinta. Phoebe era una amante de los animales capaz de crear un vínculo emocional con una piedra si tenía oportunidad. No sería capaz de distinguir la hiedra venenosa de la madreselva. Su idea de pasar el tiempo en la naturaleza probablemente se reducía a una noche en su balcón en medio de Los Ángeles. No tenían nada en común. Apenas podía decirse que fueran de la misma especie.

Pero le gustaba.

No solo le gustaban su cuerpo, o su esencia, o la forma en la que los ojos se le abrían y se le oscurecían cuando la besaba. Le gustaba que dijera siempre lo que pensaba, aunque fuera una locura. Que se preocupara por los demás. Que tuviera un gran corazón, aunque aquello debería haberle hecho pensar que era estúpida. Pero no lo pensaba. Pensaba que era sincera.

—Sincera —musitó—. Una pringada.

Pero lo dijo sin convicción. Phoebe había dado en el clavo al hablar de su problema con Chase. El problema era que no era capaz de diferenciar el papel de padre del de hermano.

Él quería lo mejor para Chase. ¿Pero no era eso lo que decían siempre los padres? Zane también lo quería para su hermano, pero no sabía cómo hacerlo realidad. No sabía cómo evitarle los arrepentimientos. Lo intentaba. Habría hecho cualquier cosa para evitar que Chase viviera con la misma sensación de vacío que se apoderaba de él cuando pensaba en su propia vida.

Como padre putativo de Chase, quería que este tomara las decisiones correctas. Como hermano, quería que se sintiera apreciado. Eso era importante. También eso importaba.

Zane sacudió la cabeza. ¿Había tenido éxito en alguna de las dos cosas? La opresión que sentía en las entrañas le decía que la respuesta era no.

—¿Crees que Cookie me daría un poco de hielo para ponerlo en el cubo? —le preguntó C.J. a su marido cuando terminaron de cepillar los caballos—. Me gustaría sentarme en un cubo de agua helada durante un rato.

Thad alargó los brazos para abrazarla y estrecharla contra él.

—Si le prometes comer carne, creo que Cookie estaría dispuesto a hacer cualquier cosa.

C.J. se echó a reír.

—Andrea no está haciendo buenas migas con él, eso está claro. Aunque admiro sus ideas, ¿no debería haberse asegurado de que habría un menú vegetariano antes de apuntarse con Martin? Al fin y al cabo, el propósito de estas vacaciones es conducir ganado. ¿Eso no implica que también se comerá carne?

Thad le dio un beso en la cabeza.

—A lo mejor no leyó la letra pequeña. Martin parece muy majo. Esta mañana, cuando Andrea no estaba mirando, le he visto agarrar a escondidas una loncha de beicon.

—No puede ser. Bien por él —C.J. arrugó la nariz—. ¿Por qué permite que le presione de esa manera?

—Los hombres siempre hacen tonterías por las mujeres de las que están enamorados.

—¿Ah, sí? ¿Y qué tontería has hecho tú por mí últimamente?

Thad arqueó y bajó las cejas.

—Estoy deseando hacer algunas tonterías esta noche.

—¿En una tienda de campaña? —fingió estar más sorprendida de lo que realmente estaba.

—En una tienda de campaña. O fuera de la tienda. Tú decides —se inclinó hacia delante y bajó la voz hasta convertirla en un suspiro—. ¿Qué te parece si empiezo dándote un masaje en el trasero?

—Por mí, estupendo.

Se acercaron al campamento. La voz chillona de Andrea interrumpió la tranquilidad de la tarde. C.J. hizo un gesto de disgusto.

—Me pregunto de qué se estará quejando ahora. El problema no es que sea vegetariana, sino lo furiosa que se pone. Me dijo que había traído productos de higiene íntima femenina y que si tenía el período, se lo dijera. Por lo visto, tiene unos tampones ecológicos, sin blanqueantes, o de papel reciclado, algo así.

Thad suspiró.

–Pobre Andrea. Debe de ser muy desgraciada. Debería aprender de Eddie y Gladys. Ellas sí que saben disfrutar de la vida.

A C.J. no le hizo mucha gracia el cambio de tema. Aunque estaba de acuerdo con que ambas mujeres parecían ser extraordinariamente felices, no podía evitar pensar que probablemente habían sido bendecidas con una vida sin problemas.

–¡Eh, Thad! ¡Mira lo que he encontrado!

C.J. se tensó al oír la voz de Tommy. Lucy y su hermano aparecieron de entre los árboles y se adentraron en el claro. El niño corrió hacia ellos con algo en la mano. Lucy iba varios pasos detrás. C.J. abrió la boca para advertirle que no corriera, que se podía caer, pero después apretó los labios. Cada vez que hacía un comentario de aquel tipo, los niños la miraban como si fuera la peor bruja del planeta. Y lo peor era que ella estaba segura de que tenían razón.

Entre Tommy y ellos había un tronco caído. El niño lo saltó con facilidad y aterrizó al otro lado con los dos pies. Pero ocurrió algo porque, en vez de quedar firmemente asentado sobre los dos pies, el pie derecho se le torció. Abrió los brazos para intentar recuperar el equilibrio y, fuera lo que fuera lo que sostenía en la mano, salió volando mientras el niño caía de rodillas y aterrizaba en el suelo.

C.J. esbozó una mueca al ver la sangre y la tierra que tenía en la rodilla. Thad y ella comenzaron a avanzar hacia él. Thad fue el primero en llegar, se sentó junto al niño y le abrazó.

–Eso tiene que doler –le dijo con voz serena–. Vamos a echarle un vistazo, para ver qué te has hecho.

Tommy hizo un gesto de dolor mientras estiraba la pierna. C.J. se agachó a su lado y examinó la herida. Tenía muy mal aspecto.

–Vamos a necesitar un botiquín de primeros auxilios –dijo–. Cookie tiene uno.

Lucy se inclinó para ver la herida de su hermano.

–¿Estás bien?

El niño asintió, pero no dijo nada. C.J. imaginó que estaba intentando no llorar. Pensó en decirle que no pasaba nada por llorar, que nadie iba a tener por ello una peor opinión sobre él, pero no sabía cómo expresarse sin que pareciera creerse superior. Era preferible hacer algo práctico.

Se levantó y se dirigió hacia el fuego de la cocina. El cocinero estaba echando la salsa barbacoa encima de las pechugas de pollo. Ella le explicó rápidamente lo que había sucedido, Cookie se agachó para sacar un botiquín de primeros auxilios y se lo tendió.

–Dile al niño que se va a poner bien –dijo el cocinero–. Tenemos tartaletas de fresas de postre.

C.J. no estaba segura de que la promesa de una tartaleta de fresa bastara para aliviar el dolor de Tommy, pero merecía la pena intentarlo. A lo mejor, pensar en el dulce le ayudaría a distraerse del dolor. Tendrían que limpiarle la herida. ¿Habría algo en el botiquín que no escociera? Tendría que...

C.J. se detuvo bruscamente. Thad y ella habían dejado las alforjas apiladas cuando habían ido a cepillar a los caballos. En aquel momento, Lucy estaba agachada delante de ellas. Las había abierto y estaba revisando rápidamente su contenido.

–¡Lo sabía! –musitó C.J.–. Nos robaron en la fiesta y esa niña piensa volvernos a robar ahora.

Camino con paso firme hasta Lucy.

–¿Qué crees que estás haciendo? –le preguntó mientras iba creciendo su enfado–. Apártate de nuestras cosas.

Lucy dio media vuelta y se levantó de un salto, con las manos en la espalda.

–No estaba haciendo nada.

–No, claro que no.

Los ojos de Lucy brillaban con expresión desafiante.

–¡Estaba buscando tiritas para la rodilla de Tommy! Está sangrando mucho.

–No me mientas. Me habías oído decir que iba a buscar el botiquín de Cookie. Seguro que aquí hay vendas y tiritas.

Su enfado aumentó hasta hacerla temblar. ¿Por qué había permitido que Thad la convenciera de que se sumaran a aquella excursión? ¿Para que aquellos niños tan ingratos pudieran disfrutar de unas vacaciones? Eran unos ladrones. Probablemente habían nacido así y no había la menor duda de que terminarían cometiendo delitos mucho más serios.

A Lucy le temblaron los labios.

–Estabas tardando mucho.

–Así que has decidido ocuparte tú de todo y te has dedicado a hurgar en nuestras alforjas. ¿Es así? Pues siento decirte Lucy, que no hemos traído dinero. Tenía el presentimiento de que si lo traíamos, intentaríais quitárnoslo.

–No te habría robado. Yo... –contuvo la respiración–. ¡Eres mala, vieja estúpida!

Y, sin más, Lucy salió corriendo. C.J. soltó una maldición para sí. Quería volver a su casa en ese mismo instante. Deseó no haberse apuntado nunca a aquella ridícula excursión. Pero allí estaba, atrapada con unos niños ladrones y una vegetariana histérica. Y uno de los niños estaba sangrando.

C.J. corrió hacia el final del campamento. Tommy continuaba sentado en el suelo, en brazos de Thad. Intentó no fijarse en lo cómodo que parecía su marido sosteniendo al niño. Chase corrió hasta ella y le quitó el botiquín.

–¿Por qué no le das la mano mientras le limpio la herida? –sugirió.

C.J. retrocedió un paso. ¿Cómo podía explicarle que ella no era la clase de mujer que le sostenía la mano a un niño? Aunque quería ayudar, sabía que ni ella ni Tommy se sentirían cómodos. Ella siempre había tenido la esperanza de que si tenía un hijo o adoptaba un bebé, con el tiempo, llegaría a descubrir cómo se hacía. Una vez su hijo la quisiera, comprendería que ella le quería con todo su corazón, aunque no siempre fuera capaz de decírselo.

–¿Qué ha pasado? –preguntó Gladys mientras se acercaba hasta ellos–. ¡Ay, pobrecito! Tommy, ¿te has caído? Estás siendo muy valiente.

Eddie se sumó a su amiga.

–¿Qué vas a utilizar con esa herida, Chase? ¿Quieres que vaya a por el agua oxigenada? No escuece tanto. Además, a Tommy le gustará ver las burbujas. Ver toda esa espuma blanca es como contemplar una batalla en tu propia rodilla. Los buenos luchan contra los gérmenes. Y, por supuesto, los buenos siempre ganan.

–¿Có-cómo lo sabes? –preguntó Tommy.

Eddie se agachó a su lado.

–He visto muchas batallas de ese tipo. Josh, mi jefe, se pasa la vida cayéndose de la bicicleta. Y no ha habido una sola vez en la que los buenos no ganen la batalla.

C.J. retrocedió otro paso, y otro. Nadie lo notó. Dio media vuelta y se dirigió hacia un pequeño arroyo que había visto en el camino.

Cuando llegó allí, encontró una piedra plana en la que sentarse y se cruzó de brazos. Estaba destrozada por dentro y los ojos le escocían como si tuviera ganas de llorar.

Era el estrés, se dijo a sí misma. Aquella no era la mejor forma de relajarse. Además, tampoco estaba durmiendo muy bien. Cuando volviera a casa, se pasaría dos días descansando y recuperaría el equilibrio.

Oyó pasos tras ella, pero no se volvió. Sintió que alguien se sentaba a su lado en la piedra. Sin necesidad de volverse, supo que era Thad.

–Tommy está bien –le dijo–. Chase le ha limpiado la herida y le ha puesto una venda. Ahora Tommy está con Gladys y con él. Han ido a ver si han sobrado magdalenas del desayuno.

Hablaba con naturalidad, como si se estuviera limitando a compartir con ella la información, Pero ella no se dejó engañar. Percibió la crítica que se escondía detrás de sus palabras. Debería haberse quedado para ayudar a cuidar a Tommy. Debería haber sido ella la que le dijera que se iba a poner bien y le ofreciera después una recompensa.

Suspiró. No era justo. Thad nunca la juzgaba. Aunque, a veces, ella desearía que lo hiciera.

—He pillado a Lucy rebuscando en nuestras alforjas —le informó—. Le he dicho que no habíamos traído dinero, que no tenía sentido que intentara robarnos

Thad posó la mano en su espalda.

—¿Y ella qué te ha dicho?

—Que no estaba robando. Que estaba buscando tiritas para Tommy. Pero la niña estaba delante cuando he dicho que iba a buscar el botiquín de Cookie —apretó los brazos contra su pecho—. Sé que piensas que estaba equivocada cuando dije que nos habían robado, pero sé lo que vi.

—¿Y crees que estaba haciéndolo otra vez?

C.J. se encogió de hombros.

—¿Tú crees que es posible que estuviera diciendo la verdad? ¿Que estuviera buscando una tirita?

Ella quería decir que no. Quería gritar que aquellos no eran los niños que ella quería. No era justo. Nada de aquello era justo. Thad y ella eran buenas personas. Eran honrados y trabajaban mucho. ¿Qué tenía de malo que quisieran un bebé?

El dolor la atravesó hasta hacer que le resultara imposible respirar. Le dolía la garganta. El perenne enfado creció dentro de ella hasta convertirse en lo único en lo que podía pensar. Era tal la frialdad de su rabia, la amargura, que a veces se preguntaba si no terminaría quebrándola.

Hubo una época en la que se sentía blanda, flexible, pero ya no lo era. Hacía mucho tiempo que había dejado de serlo. Una inesperada tristeza la envolvió. Cerró los ojos para protegerse de ella y dejó caer la barbilla contra su pecho.

—Antes me reía mucho más —susurró—. Era una persona graciosa y divertida. ¿Qué me ha pasado? ¿Cuándo empecé a cambiar?

Se hizo un largo silencio. Al final, se volvió para mirar a Thad. Este la estudió sin apartar de ella sus ojos azules.

—¿De verdad quieres saber la respuesta?

¿Quería? ¿Quería saber lo que su marido pensaba de ella? C.J. asintió lentamente.

Thad cambió de postura para poder mirarla de frente y le enmarcó el rostro con las manos.

—No fue cuando averiguamos que no podíamos tener hijos. A lo mejor empezaste a cambiar después del cáncer. O después de lo que ocurrió en Kazajstán.

Las lágrimas comenzaron a desbordar sus ojos. No podía negarlo, Thad estaba diciendo la verdad. Habían sido demasiadas decepciones, demasiados «casi». Demasiado dolor. Para evitar que la desbordara, había cerrado su corazón.

Thad la acercó a él y la envolvió con sus brazos.

—Te pondrás bien —le prometió.

C.J. no estaba tan segura. Algo había muerto dentro de ella mucho tiempo atrás. En el lugar en el que antes había risas y alegría, ya sola había enfado. ¿Cómo podía sobrevivir nadie a algo así?

—Yo todavía te quiero.

C.J. le miró. Quería preguntarle cómo era posible. ¿Cómo podía quererla cuando se había convertido en una persona tan oscura y fea por dentro?

—Yo también te quiero —contestó, porque era verdad.

Thad siempre había sido su ancla. Su sólida roca. Su vida.

¿Pero qué era ella para él? ¿Una carga? Él era un hombre bueno y generoso que cargaba con una mujer malhumorada y fría. Podía quererla, pero apostaba a que no le gustaba mucho. No, ya no.

¿Y podía culparle? No estaba segura de que ella misma se gustara mucho últimamente.

Estuvo a punto de decírselo, pero se interrumpió. Sabía lo que le diría Thad si confesaba su secreto. Le diría que intentara cambiar. Palabras fáciles de pronunciar, pero sin sentido. ¿Cambiar? ¿Cómo? ¿Dónde iba a encontrar la llave que necesitaba para abrir su corazón y permitir que el mundo volviera a entrar en él?

Phoebe permanecía bajo un árbol enorme de naturaleza desconocida para ella. Realmente, debería haberse llevado una guía de plantas y árboles y otra de animales a aquella excursión. Le habrían servido para identificar las plantas y los árboles que iba viendo mientras cabalgaba. Bueno, tampoco estaba segura de que pudiera leer mientras montaba. ¿Podría marearse una persona por el movimiento de un caballo?

Se volvió y vio a Zane montando la tienda que Tommy y Lucy compartían. Zane trabajaba con rapidez. Sus músculos se tensaban y se relajaban con cada movimiento. Transmitía una gran confianza en sí mismo, probablemente porque sabía lo que estaba haciendo. Era un hombre que se sentía cómodo en su mundo. Ella, sin embargo, siempre se había sentido ligeramente fuera de lugar.

El sol se filtraba entre las hojas. Aquel día se habían detenido un poco antes. Su trasero apreciaba la brevedad del trayecto casi tanto como había apreciado el masaje de la noche anterior. ¿Zane volvería a ofrecérselo?

Un deseo líquido parecía gotear en su interior. Como Maya había señalado en otro momento, estaba loca por él.

Desvió la mirada hacia las tiendas que ya habían colocado, pero no levantado. Había algo que no andaba bien. No había simetría en el campo, no había una sensación de fluidez.

Cruzó la hierba para colocarse al lado de Zane y se aclaró la garganta.

—He leído bastantes cosas sobre *feng shui* —le dijo.

Zane se enderezó, se quitó el sombrero y lo sacudió contra el muslo. No parecía alegrarse especialmente de verla, pero, por lo menos, no le dio la espalda.

—Es una forma de organizar el propio mundo procedente de la antigua China, su objetivo es asegurarse de utilizar el flujo de las energías positivas correctamente —vaciló un instante—. Creo que viene de China… De lo que estoy segura, es de que viene de Asia.

—Me alegro de saberlo.

—Nuestro campamento tiene una forma octogonal, así que solo tenemos que averiguar cuál es la entrada y colocar cada tienda en su zona correspondiente. Tommy y Lucy deberían dormir en la zona de los niños, para sentirse a salvo y seguros. Supongo que yo debería dormir en la zona del trabajo porque últimamente las cosas no me están yendo demasiado bien.

Zane no apartó la mirada de su rostro. Cuando se quedó callada, pestañeó un par de veces.

—Pensaba que habías dicho que querías dejar de ayudar a la gente continuamente. Que no querías buscarte problemas.

—Se me había olvidado —suspiró—. Solo pensaba…

—Estabas intentando ayudar.

Phoebe asintió.

—Al parecer, es algo compulsivo —pensó en el *feng shui* y en lo que Zane debía de pensar sobre él… y sobre ella—. No soy idiota.

—Nunca he pensado que lo seas. Tu idea del campamento es interesante, pero esta noche va a hacer mucho viento. Estoy colocando las tiendas de manera que el viento no se filtre dentro de ellas y no las pueda tirar.

—¡Ah! —jugueteó con el borde de la camiseta—. De acuerdo, supongo que eso también está bien.

–¿Quieres echarme una mano? –le preguntó, señalando las piquetas de la tienda.

Phoebe recogió los delgados ganchos de metal y se los tendió. Mientras Zane aseguraba la tienda de Lucy y de Tommy, ella sintió la primera caricia de la brisa en la mejilla.

–Debe de ser agradable tener un lugar como este como jardín –comentó–. ¿Alguna vez saliste a cabalgar y te perdiste cuando eras pequeño?

–Alguna.

–¿Y qué pasó?

–Al final encontré el camino de vuelta.

–Yo nunca me he orientado demasiado bien –le explicó–, por eso, enseñar casas puede llegar a representar todo un desafío.

Zane se enderezó y se guardó en el bolsillo las piquetas que le sobraban, después, se colocó tras ella. Cuando posó la mano en su brazo, una oleada de calor ondeó por su cuerpo.

–Mira –le dijo, haciéndola volverse y señalando con el dedo–. ¿Ves esta montaña?

Phoebe alzó la mirada hacia una cumbre cubierta de nieve.

–Ajá.

–El rancho está situado en un valle que está justo a los pies de la montaña. Cuando era pequeño y salía a montar, buscaba alguna zona alta. Cuando conseguía ver la montaña, sabía cómo volver a mi casa.

Mientras hablaba, Phoebe casi podía ver una versión más joven de Zane cabalgando por el campo, dejando que le guiara una montaña que para él siempre sería la referencia de su hogar.

–No sé si eso podría funcionar con las señales de la autopista –comentó.

Zane le apretó el brazo y la soltó.

–En ese caso, tendrás que invertir en un GPS.

–Créeme, lo tengo. Es el mejor amigo de cualquier agente inmobiliario.

Pero un GPS no era tan romántico como una montaña que señalaba siempre el camino de vuelta al hogar.

–Así que algún día les hablarás a tus hijos de esa montaña –pronosticó–. Y ellos querrán que les cuentes todas las veces que te perdiste y tuviste que enfrentarte a un oso enorme con poco más que una cantimplora y una rama rota.

–Me gusta pensar que soy suficientemente inteligente como para hacer algo así. Una cantimplora no es un arma muy buena.

–¿Y si el oso tiene sed? Puedes distraerle con la promesa del agua.

Zane se volvió hacia las tiendas, pero no antes de que Phoebe pudiera verle sonreír.

–Es bueno saberlo. Pero no pienso tener hijos.

–Tienes que tener hijos, Zane. Si no los tienes, no continuará la familia. Perteneces a la quinta generación. ¿No quieres que haya una sexta?

–Chase puede encargarse de eso.

Phoebe estuvo a punto de decir que Chase no parecía ser un gran admirador del rancho, pero decidió que no quería seguir por allí.

–¿No te gustan los niños? –le preguntó.

–Claro que sí, pero el problema no es que me gusten.

Phoebe contempló su cuerpo musculoso y dudó de que pudiera tener algún problema físico.

–¿Entonces cuál es el problema? Yo creo que una mujer y unos cuantos hijos serían el siguiente paso a dar.

Zane le dirigió una mirada fugaz.

–No es tan fácil. A la mayor parte de las mujeres el rancho les parece un lugar muy solitario.

Phoebe se preguntó si su exesposa lo habría sentido así. Phoebe pensó en lo maravilloso que era aquel lugar, en la historia de aquel rancho, en sus raíces. Pensó en las tradiciones familiares, en no tener que enfrentarse nunca al tráfico de la autopista, en el silencio de la nieve y en la posibilidad de despertarse con Zane cada mañana. Pero no tardó en explotar prudentemente aquella fantasiosa burbuja porque sabía que era mejor no soñar con cosas que jamás tendría.

–Si hay amor, desaparecen los problemas –repuso.

Por lo menos, aquello era lo que ella siempre había creído. Aunque, en realidad, nunca se había atrevido a poner a prueba aquella teoría.

Zane la estaba mirando de tal manera que el corazón de Phoebe comenzó a lanzarse de pronto contra sus costillas. Sintió cierta agitación, y calor, como si tuviera fiebre. Se le secó la boca, pero otras partes de su cuerpo hicieron exactamente lo contrario.

¿Le importaría a Zane que se quitara la camisa?

Antes de que pudiera preguntarlo, Cookie tocó el triángulo para llamar a la cena. Phoebe se volvió y corrió hacia la carreta, dejando la tentación y todas aquellas fantasías imposibles tras ella.

Capítulo 14

Maya se inclinó hacia delante y soltó una carcajada.

—¡Y me acusó de haberme acostado con el profesor para sacar un sobresaliente! Es increíble.

—¿El profesor era sexy? —preguntó Eddie.

—¿Y qué hiciste? —dijo Gladys al mismo tiempo.

—Fui a ver a mi profesor y le expliqué lo que había pasado. No sé si se preocupó tanto por mí como por el hecho de que hubieran hecho aquellos comentarios sobre él. Pero yo ya había hecho todo el trabajo, saqué buenas notas y, al final del trimestre, fui yo la que consiguió las prácticas.

Gladys le palmeó el brazo a Maya.

—En mis tiempos, una mujer tenía que tener una gran determinación para poder sacar adelante cualquier carrera profesional. Para serte sincera, yo nunca deseé otra cosa que ser la mujer de Ephraim y quedarme en casa cuidando a los niños.

—He visto a muchas madres con sus hijos —respondió Maya— y creo que optar por una carrera profesional es lo más fácil.

Las tres se echaron a reír. Zane alargó la mano para tomar otra taza de café y disimuló su sonrisa. Ni en un millón de años habría imaginado a su inteligente y profesionalmente agresiva exhermanastra hablando con dos abuelas, dos abuelas muy peculiares, mientras tostaban nubecitas en una hoguera. Era obvio que se había suavizado con los años, aunque sabía que si se lo dijera, ella le diría que era él el que había cambiado. A lo mejor habían cambiado los dos.

Cambió ligeramente de postura, estirándose con un pie señalando hacia el fuego. Phoebe estaba enfrente de él, ligeramente a su derecha. Podía verla sin necesidad de girar la cabeza.

La luz del fuego arrancaba destellos rojos y dorados de su pelo oscuro. Las sombras bailaban en sus mejillas. La vio apartar su rama del fuego y probar la suavidad de la nubecita que había estado tostando. Cuando el centro derretido se derramó sobre su dedo, apartó la mano bruscamente y lamió el dulce pegajoso que le había manchado la piel.

El rápido movimiento de su lengua le hizo acordarse de sus besos, de su abrazo. Los recuerdos tuvieron un efecto sobre su libido y su sexo en absoluto sorprendente. Medio frustrado y medio resignado, cambió nuevamente de postura para evitar que Phoebe continuara en su línea de visión. A lo mejor, si no podía ver lo que no podía tener, dejaba de desearlo con tanta fuerza.

Y a lo mejor las vacas hacían volando el resto del trayecto.

Sonrió al pensar en ello. Maya le miró y arqueó las cejas.

—¿Qué es lo que te parece tan gracioso?

—Soy un hombre que sabe disfrutar de la vida.

Maya soltó un bufido burlón.

—Sí, claro. Cuéntame otra cosa.

—A lo mejor estoy impresionado por todo lo que has conseguido.

Maya fingió entonces que miraba tras ella, como si quisiera ver con quién estaba hablando. Después, sacudió la cabeza.

—Si no hubiera niños intentando dormir en esa tienda, te diría exactamente lo que pienso.

—¿No te crees que estoy impresionado?

—Solo con mi ignorancia.

Gladys le tendió otra nubecita.

—Claro que tu hermano tiene una gran opinión sobre ti, cariño. ¿Por qué no iba a tenerla?

—Podría escribir toda una lista de razones —musitó Maya.

—Te graduaste como la primera de tu clase —dijo Zane—. Ese es un gran logro.

Maya no parecía muy convencida, pero no le llamó mentiroso a la cara. Chase se acercó entonces y se sentó entre Maya y Zane.

—El ganado está durmiendo —dijo mientras agarraba la ramita de Maya y un puñado de nubecitas—. ¿Qué me he perdido?

Phoebe sonrió.

—Zane estaba diciendo que cree que Maya es brillante porque fue la primera de su clase en la escuela de televisión. Maya, por supuesto, no se cree el cumplido.

—No se llama escuela de televisión, pero, sí, ese es el resumen de lo que ha pasado —le confirmó Maya.

—Harías bien en seguir el ejemplo de Maya —le advirtió Zane—. Sabía lo que quería y se esforzó para conseguirlo.

Chase acercó su palo al fuego.

—Yo también me estoy esforzando.

—No en los estudios —Zane se irguió—. Chase, puedes llegar a ser cualquier cosa que te propongas. Tienes cerebro y oportunidades. Pero en vez de esforzarte, haces las cosas de la manera más fácil posible y sacas unas notas pésimas en las asignaturas que no te interesan. Vas a empezar el último año de instituto. No puedes seguir haciendo el idiota.

Chase alejó la rama del fuego y tiró de la nubecita tostada.

—Crees que hago el idiota porque no me gustan las mismas cosas que a ti.

Zane sintió el familiar hormigueo de la irritación. Su hermano y él le habían dado mil vueltas a aquello. Por una vez, le gustaría que Chase entendiera lo que le estaba diciendo.

–Has hecho un gran trabajo con tus aparatos electrónicos –dijo con tacto–. Sacaste un sobresaliente en Matemáticas y en Ciencias. ¿Pero qué me dices del Inglés y la Historia? También son asignaturas importantes.

–No para mí –Chase pinchó tres nubecitas en una rama–. Quiero estudiar en el MIT y tú quieres que vaya a una escuela agrícola a estudiar la cría de ganado. En ninguno de esos casos le va a importar a nadie la nota que tenga en Inglés.

–¡Oh, claro que les va a importar! –repuso Maya–. Tanto si trabajas en el rancho como si te dedicas a los ordenadores, necesitas tener una formación integral.

–Maya tiene razón –intervino Phoebe con voz queda–. Es mejor que te sobren oportunidades a no tener suficientes.

Lo dijo con cierta nostalgia. Zane se preguntó qué oportunidades habría echado de menos en su vida, pero antes de que pudiera preguntar, Eddie le susurró algo a Gladys y se levantó.

–Hoy no ha estado mal –dijo, señalando a Zane–, pero mañana espero que nos enseñes algo de tu cuerpo. Nos prometieron que habría vaqueros sexys en esta excursión. No te vas a morir por montar sin camisa durante un par de horas.

Phoebe se levantó riendo.

–Después de esto, yo también me voy a acostar.

Zane las observó marcharse y después volvió a prestar atención a su hermano.

–Maya y Phoebe tienen razón.

–Supongo solo estás de acuerdo con ellas cuando se ponen de tu lado –Chase se levantó, apoyando las manos en el suelo–. ¿Crees que algo de eso me importa? Pues no. ¿Y sabes por qué? Porque nada de eso tiene ninguna importancia. Si alguna vez me escucharas en vez de decirme siempre que lo que hago está mal, podrías entenderlo. Podrías darte cuenta de que mis robots no son solo un entretenimiento. Que cuando estoy en mi habitación, no estoy jugando sino que estoy haciendo algo. Estoy creando cosas que antes no existían. Pero a ti te importa un comino porque siempre estás demasiado ocupado diciéndome que estoy haciendo el idiota.

Zane tomó aire y se dijo a sí mismo que debía conservar la calma. Gritar a Chase nunca había servido de nada.

—Te he escuchado cuando me has hablado de tus robots.

—Te has quedado en la habitación mientras yo hablaba, pero, en realidad, no te ha importado nunca lo que te cuento. Crees que son una pérdida de dinero.

Zane no quería entrar en aquello en ese momento. El precio de sus experimentos era una de las razones por las que Chase se había quedado con el dinero que les había obligado a organizar aquella conducción de ganado. Era preferible no hablar del tema delante de todo el mundo.

—Chase, no estás siendo justo —terció Maya con voz queda—. No puedes esperar que a Zane le importen los robots tanto como a ti.

—¿Por qué no? Él espera que me preocupe por el rancho —fulminó a Zane con la mirada—. Pues el rancho no me importa y nunca me importará. Lo odio. Tú quieres que sea como tú, pero no lo soy. Cada persona es diferente. Estás intentando obligarme a hacer lo que tú quieres, pero eso no va a ocurrir

Chase se volvió y se alejó a grandes zancadas. Maya se levantó y corrió tras él. Zane no sabía qué hacer. ¿Quedarse o marcharse? Al final, se recostó contra un tronco y sacudió la cabeza. Cuando Chase y él discutían, lo único que ayudaba a calmar las cosas era el tiempo.

Se volvió hacia Gladys, que era la única que quedaba junto a la hoguera. C.J. y Thad se habían acostado después de los niños y Andrea y Martin habían desaparecido poco tiempo después de cenar.

—Lo siento —se disculpó Zane—. Se supone que las discusiones familiares no forman parte del paquete de vacaciones.

Gladys se encogió de hombros.

—Cuando las personas viven juntas, chocan constantemente. Chase todavía es un adolescente. Es una época difícil. Ephraim y yo tuvimos tres hijas, así que estoy acostumbrada a los gritos.

—Tres.

Zane no quería ni pensar en ello. Con uno ya tenía suficientes problemas. A lo mejor las chicas eran más fáciles.

—Los niños son criaturas muy curiosas —dijo Gladys mientras pinchaba una nubecita en su palo y la acercaba al agonizante fuego—. O a lo mejor lo somos las personas en general. Hay personas fáciles de querer y otras a las que cuesta más apreciar.

Miró a Zane y continuó.

—Querer a Ephraim fue lo más fácil de mi vida. Por eso se dice que la gente cae enamorada. Porque cuando se encuentra a la persona adecuada, es tan sencillo como caerse… —se le quebró la voz y suspiró—. Estuvimos juntos desde que éramos poco mayores que Chase. Crecimos juntos, realmente, aprendimos lo que funcionaba entre nosotros y lo que nos hacía desear matarnos. Él cedía cuando yo me ponía cabezota y permanecía en sus trece cuando yo me mostraba más flexible. Confiaba en aquel hombre en cuerpo y alma. Pero los hijos… Esa es una clase de amor muy diferente.

Zane se movió incómodo, repentinamente consciente de que estaban adentrándose en un terreno difícil. Fuera lo que fuera lo que Gladys quería decirle él no quería oírlo. No porque tuviera miedo, sino porque se sentía incómodo. En su mundo, nadie hablaba de asuntos más íntimos que los problemas del rancho y el último fiasco de Chase.

Gladys se acercó la nubecita tostada a la boca y la mordisqueó ligeramente.

–Criamos a nuestras tres hijas exactamente de la misma forma –le contó mientras masticaba y tragaba–. En la misma casa, con los mismos padres, en el mismo colegio. Pero las tres salieron diferentes. Con dos de ellas no tuvimos nunca ningún problema. Pero Natalie… –Gladys sacudió la cabeza–. Cuando era pequeña, Ephraim solía decir que tenía el demonio en el cuerpo. Supongo que era cierto. No había un solo día en el que no organizara algún desastre.

Zane no sabía qué decir. Le habría gustado que se acercara alguien para cambiar de tema. Como no ocurrió, intentó pensar algo relevante que pudiera aportar él a la conversación.

Al final, se aclaró la garganta.

–Debió de ser muy difícil para Ephraim y para ti.

Gladys asintió.

–Era nuestra hija mediana. La gente dice que son los hijos más fáciles, los más tranquilos. Pero no fue así en el caso de Natalie. Antes de cumplir ocho años ya había robado golosinas y a los doce había probado las drogas. Lo intentamos todo, centros de rehabilitación, ser muy estrictos con ella, amenazas, sobornos… Consiguió estar sin consumir durante algún tiempo y después recayó. Intentamos el no quererla y el adorarla en exceso. Tuvo dos fracasos matrimoniales. Un día, iba conduciendo drogada y tuvo un accidente en el que murió su hijo. Creo que aquello la llevó al límite, el saber que había matado a su hijo. A las dos semanas murió de una sobredosis. Eso fue en el noventa y ocho.

Zane abrió la boca y la cerró. Esperaba que Gladys le diera algún consejo trillado, no que le confesara una tragedia tan personal.

–Lo siento –dijo, consciente de lo pobre que sonaba.

–Fue una época muy triste –recordó Gladys–. El dolor estuvo a punto de acabar con nuestro matrimonio. Había demasiada culpa, demasiadas necesidades. Estuvimos a punto de destrozarnos la vida el uno al otro.

–¿Tuvisteis problemas en el matrimonio? –preguntó Zane sin poder contenerse–. Por lo que has dicho antes de él…

–Conseguimos encontrar la manera de volver a unirnos. Nos llevó tiempo y mucho trabajo. Perdí a mi marido en el dos mil cuatro, pero me consuelo sabiendo que cuando murió, sabía lo mucho que le quería –lanzó su palo al fuego–. También Natalie necesitaba que la quisiéramos, fuera como fuera. Y la quisimos. Incluso cuando le dimos la espalda. Incluso cuando murió.

Gladys miró a Zane.

–Tú quieres a Chase, todos nos damos cuenta. Pero está poniendo a prueba tu paciencia. Sé que esta puede ser una época difícil, pero es un buen chico. Saldrá adelante. Unas veces tomará el camino más fácil y otras el más complicado, pero, sea como sea, nuestro trabajo consiste en quererles y en continuar intentándolo.

Zane no sabía qué sentía por su hermano. Sabía que quería protegerle cuanto le fuera posible, quería evitar que cometiera los mismos errores que le habían destrozado la vida. ¿Eso era amor? No se veía reflejado en lo que Gladys le había contado de su relación con sus hijas.

–Mi padre no era como Ephraim y como tú –le dijo al final–. Era un hombre frío y distante la mayor parte de las veces. Siempre estaba enfadado conmigo. La única persona que parecía importarle, la única persona capaz de conmoverle, era mi madre. Estaba loco por ella.

Gladys frunció sus cejas perfectamente delineadas.

–Sé a lo que te refieres. Era como si en sus corazones solo hubiera espacio para una persona. Hay padres que les hacen eso a sus hijos. Nunca he podido comprenderlo.

Zane tragó saliva. Nunca había hablado de algo tan íntimo con nadie y, menos aún, con una de las más notables chismosas de Fool's Gold. Pero, una vez había empezado a hablar, no fue capaz de contenerse.

–En general, sabía cómo manejarlo –le explicó–. Lo que

realmente me afectaba era que nunca me dejaba disculparme cuando me equivocaba. Eso era lo peor. Los enfados, o las pocas veces que llegó a pegarme, no me importaban tanto. Lo que no soportaba era no ser capaz de hacerme perdonar.

La frustración de entonces todavía le perseguía.

Gladys asintió lentamente.

—El perdón es un don que solo pueden dar personas con el corazón lleno. Perdonar es ser capaz de ver los errores y continuar amando a la persona que los ha cometido. Supongo que eso es lo mejor que podemos dar cada uno de nosotros. Sé que con mis otras dos hijas lo hice así. Pero con Natalie... —se interrumpió y fijó la mirada en el fuego—. Lo intenté, unas veces me salió bien y otras no —le palmeó el hombro a Zane—. A mí me parece que eres la clase de hombre que suele hacer las cosas bien.

Y, sin más, se levantó y se sacudió el polvo de las perneras de cuero.

—Es tarde. Que duermas bien, Zane.

Cuando Gladys se fue, Zane estiró las piernas y miró hacia el cielo. En él había más estrellas de las que un hombre podía contar. Más oportunidades. Cuando era niño y no podía dormir, salía de casa y estudiaba las constelaciones. A veces imaginaba que podría abandonar la tierra y vivir allí. Las cosas eran diferentes entonces. Mejores.

Hacía años que no pensaba en su padre, pero, de pronto, parecía haber vuelto a su vida. Su padre nunca se había ablandado, ni siquiera cuando estaba agonizando.

—Quiero marcharme —había susurrado con su último aliento—. Quiero ir con ella.

No un «te echaré de menos, hijo», ni siquiera un adiós. Solo el deseo de marcharse.

Zane se dijo a sí mismo que no importaba. Era un hombre adulto y el pasado no podía alcanzarle. Durante la mayor parte del tiempo, así lo creía, pero lo que no tenía tan claro era de qué manera el pasado estaba influyendo en su presente. Estaba muy preocupado por evitar que Chase cometiera sus mismos errores, ¿pero había pensado en el hecho de que podía estar tratando a su hermano como su padre le había tratado a él?

Phoebe contempló el sol mientras iba elevándose sobre los árboles en la distancia. Todo estaba frío, claro e intensamente silencioso. Quizá fuera así el amanecer en Los Ángeles, pero, como siempre se esforzaba por no despertarse tan pronto, no podía estar segura. Y, desde luego, había algo digno de mención en aquello de levantarse para saludar al sol.

—Probablemente tú haces esto constantemente —dijo en voz alta—. Despertarte antes que el sol, quiero decir. Apuesto a que has visto muchos amaneceres muy bellos.

Manny, concentrado en el desayuno, se limitó a mover la oreja a modo de respuesta.

Sin dejarse disuadir, Phoebe se inclinó hacia delante para acariciarle detrás de las orejas.

—Pensaba que no iba a gustarme estar al aire libre —le dijo—. Que iba a ser un exceso de naturaleza. Pero me está gustando. Tampoco voy a decir que prefiero una tienda y una colchoneta hinchable a una verdadera casa, pero comprendo el atractivo de pasar unas cuantas noches en el campo.

Se negaba a admitir hasta qué punto aquel atractivo estaba relacionado con sus encuentros con Zane. La noche anterior casi había sido una desilusión no haber tenido que salir a media noche de la tienda. Suponía que podía haber fingido que tenía que salir, esperando verle, pero, de alguna manera, le había parecido un tanto rebuscado. De modo que había permanecido despierta en la tienda, escuchando los sonidos de la noche y preguntándose si Zane estaría pensando en ella tanto como ella estaba pensando en él.

–No es solo que sea guapo –dijo–. Bueno, en parte, eso también. Me refiero a que... ¿has visto su cuerpo?

Manny alzó la cabeza y pareció elevar ligeramente sus enormes ojos castaños. Phoebe sonrió.

–Lo sé. Es un hombre y tú también eres un macho. No hace falta que admitas que es muy guapo, pero lo es. En eso vas a tener que confiar en mi criterio. Pero es algo más que eso. También es muy bueno. Me gusta que se pueda confiar en él. Y también la clase de hombre que es, que siempre está disponible para su familia. Es muy inteligente. Asume muchas responsabilidades, pero eso no parece importarle.

Al pensar en responsabilidades, se acordó de las suyas. Todos sus clientes habían tenido que prescindir de ella. April había prometido ocuparse de sus casas. Aunque Phoebe confiaba en que su jefa haría el trabajo, sabía que no pondría su corazón en ello. A muchos agentes inmobiliarios les costaba emocionarse con las casas de precios relativamente bajos para aquellos que se decidían a comprar su primera vivienda cuando tenían propiedades de millones de dólares en el barrio.

–No consigue comprenderlo –le explicó al cabestro–. April cree que debería concentrarme en lo que puede hacerme ganar más dinero. Sé que es importante, pero también lo es ayudar a la gente a encontrar su primera casa. Normalmente están nerviosos y asustados. Hasta que descubren que han encontrado la casa que buscaban –suspiró–. No hay ninguna sensación parecida, al menos para mí. Porque sé que he sido yo la que lo ha hecho posible.

Se acercó las piernas al pecho y apoyó la barbilla en las rodillas.

–No sé qué haré si pierdo mi licencia. Me encanta mi trabajo. No soy una gran vendedora, pero me preocupo sinceramente de mi trabajo y creo que puede cambiar la vida de una persona. Mis clientes me necesitan.

Y sentirse necesitada era la mejor parte de su día a día.

–No quiero pensar en ello –le susurró al cabestro–. Pero tengo que hacerlo. Si me quitan la licencia, tendré que encontrar otro trabajo.

¿Pero cuál? La verdad era que no tenía preparación para hacer ninguna otra cosa. No era el trabajo de vendedora el que le gustaba, sino la gente. De modo que no podía trasladar su experiencia como vendedora de casas a la venta de coches o ropa.

Por lo menos no tenía demasiados gastos. Tenía algunos ahorros que le permitirían sobrevivir hasta que encontrara otro trabajo. Y no iba a tener que preocuparse por pagar la casa.

–A Zane le sorprendió que no tuviera una casa en propiedad siendo agente inmobiliaria. Supongo que sería lógico que tuviera una. Lo que quiero decir es que yo sería la primera en encontrar una ganga, ¿no? Pero nunca me la he comprado.

Miró a su alrededor para asegurarse de que Manny y ella estaban solos.

–A veces tengo la sensación de que no me merezco una casa. ¿No te parece una locura? Como si yo no fuera digna de tener una casa.

De alguna manera, tenía la esperanza de que pronunciar aquellas palabras en voz alta la hiciera sentirse estúpida, que la hiciera ver que había estado haciendo el tonto consigo misma. Sin embargo, sirvieron para que se diera cuenta de que nunca se había sentido digna de nada. Aquella era la razón por la que se pasaba la vida ayudando a todo el mundo. Estaba intentando ganarse su camino hacia el paraíso. Estaba intentando conquistar el derecho a la felicidad.

–Desde luego, eso no me convierte en un ejemplo de salud mental.

Manny dejó de rumiar durante el tiempo suficiente como para tocarle delicadamente el brazo con la cabeza. Ella interpretó aquel gesto como una versión de consuelo vacuno.

—Te agradezco que me escuches —le dijo—. Supongo que para ti es difícil comprenderlo. Me he pasado la vida buscando un lugar al que pertenecer y tú siempre has formado parte de algo —frunció ligeramente el ceño—. ¿Tú tienes familia?

Recordó entonces que Manny era un cabestro y, por definición, no podía tener hijos.

—No me refiero a hijos —le aclaró rápidamente—. Sino a hermanos. Padres. ¿Tienes a alguien que te quiera?

Ya estaba. Aquel era su gran secreto. Lo que deseaba más que nada en el mundo era tener a alguien a quien amar y que la amara.

—Quiero ser la primera persona en la vida de alguien —susurro—. La más importante. Pero es muy difícil que eso llegue a suceder.

Un crujido entre los arbustos la hizo enderezarse y volver la cabeza. ¿Otro mapache buscando alguno de sus accesorios? No, era demasiado grande para ser un bandido enmascarado. ¿Sería un oso?

Antes de que hubiera podido decidir si debería dejarse llevar por el pánico, gritar o esconderse detrás de Manny, salió Maya al claro. Miró alternativamente a Phoebe y al cabestro y arqueó las cejas.

—¿Hablando con un animal? ¿Así es como quieres empezar el día?

—Manny me está ayudando a enderezar mi vida. Estamos hablando de mis objetivos vitales y de mi futura carrera profesional.

Maya alzó las manos.

—Antes del café, no, te lo suplico.

—Pero es una conversación importante. Tengo veintisiete años y, durante toda mi vida, he deseado tener una familia. Entonces, ¿por qué no estoy casada? ¿Tan mal se me da elegir a los hombres? ¿Es por otra cosa? ¿Siento que no me merezco la felicidad e, inconscientemente, elijo hombres que no quieren ningún tipo de compromiso o que terminarán haciéndome daño? ¿Soy presa de una fantasía femenina y estoy esperando a que venga un hombre a rescatarme? —le palmeó el cuello a Manny—. No creo que sea lesbiana.

Maya soltó un sonido burlón.

—No eres lesbiana. En cuanto a lo de no elegir al hombre adecuado, pareces tener un don. No estoy segura de por qué —sacudió la cabeza—. ¿No había dicho que no quería tener esta conversación antes del café?

—Pero es importante. Necesito pertenecer a algún lugar.

—¿Por qué? El sentimiento de pertenencia está sobrevalorado.

—¿Entonces vivo atrapada en la fantasía de que vengan a rescatarme? —preguntó Phoebe.

—No creo. ¿Estás esperando a que alguien venga a rescatarte? ¡Dios mío, yo no! Soy perfectamente capaz de salvarme sola. Además, tú siempre estás ayudando a todo el mundo. ¿Eso no significa que eres fuerte?

¿Significaba que era fuerte? ¿O significaba que no se sentía cómoda dejando que alguien la cuidara? Ser vulnerable significaba estar abierta al dolor. Sentirse necesitada solo implicaba arriesgarse a no conseguir lo que quería. Era mucho más seguro dar que recibir.

—Tienes razón —dijo Phoebe—. Las dos necesitamos un café.

—Y un cambio de tema. Vamos. Zane me ha pedido que viniera a buscarte para que fueras a desayunar —sonrió de oreja a oreja—. Por lo visto, estaba preocupado por ti.

—Se preocupa por todo el mundo —respondió Phoebe, intentando no sentirse demasiado complacida por las palabras de Maya—. Forma parte de su naturaleza.

—Eso es cierto. A Zane le encantaría hacerse cargo del mundo entero. Le encantada dar órdenes a todos los que tiene a su alrededor.

—No es eso —le defendió Phoebe—. Se toma muy en serio sus responsabilidades.

—¿Le estás defendiendo otra vez?

Phoebe se despidió de Manny con la mano y comenzó a caminar.

—No necesita que le defienda. Es suficientemente fuerte como para cuidar de sí mismo.

—Interesante —Maya se acercó a ella—. Así que aquí tenemos a un tipo grande y atractivo que no necesita que le defiendas. No me extraña que te pongas tan nerviosa cuando hablas de Zane. No sabes qué hacer con él.

A Phoebe le entraron ganas de dar una patada a una piedra. Debería haber imaginado que Maya terminaría adivinándolo todo en menos de quince segundos. La culpa era suya por tener una amiga tan inteligente.

Maya tenía razón. Si Zane no necesitaba que ella le cuidara, ¿para qué demonios iba a necesitarla? Y si no la necesitaba, ¿por qué la deseaba? Comprendía la teoría de que había hombres que apreciaban a una mujer sencillamente por que sí. Que las mujeres no tenían que hacer nada para ganarse su afecto. Pero no era algo que hubiera experimentado en su propia vida.

—Zane no es para mí —dijo con firmeza.

Maya soltó una carcajada.

—Suena muy bien, pero no puedo dejar de preguntarme a quién estás intentando convencer.

C.J., de rodillas en la tienda que compartía con Thad, terminó de guardar los pocos objetos que había utilizado durante la noche. Tenía el cerebro entumecido, probablemente por la falta de sueño. Había pasado la mayor parte de la noche despierta con la mirada clavada en el techo de la tienda, examinando su vida, y no le gustaba lo que había descubierto. También había pensado mucho en cómo podía cambiar. ¿Habría alguna manera de detener aquella espiral de rabia y amargura? ¿Existiría todavía parte de la persona alegre y cariñosa que en otro tiempo había sido?

A pesar de las largas horas que había pasado pensando, no había encontrado respuesta para ninguna de aquellas preguntas, pero sabía que tenía que seguir intentando encontrarlas. Tenía que dar el primer paso. A lo mejor eso implicaba asumir que Thad y ella nunca iban a tener hijos, ni suyos ni de nadie.

Sabía que no había aceptado la realidad. Todavía no. Se había enfurecido, se había encolerizado, había diseñado estrategias. Se había replegado sobre sí misma. Pero no había sido capaz de aceptarla y continuar con su vida. Nunca había intentado sanar. Se había convencido a sí misma de que sin un bebé nada merecía la pena, de que tampoco ella se merecía nada. Y había intentado arrastrar a Thad a aquel abismo con ella.

Si no era capaz de poner un límite a todo aquello, perdería a su marido. Y terminaría perdiéndose a sí misma.

Terminó de organizar las alforjas, salió de la tienda y se levantó. La mañana era fresca y clara. Thad y ella no salían lo suficiente cuando estaban en la ciudad, pensó. Deberían organizar más fines de semana en la montaña. Había muchos lugares maravillosos que descubrir a solo unas horas de San Francisco. Podrían...

C.J. oyó un ruido y se volvió. Vio a Lucy saliendo de espaldas de la tienda que compartía con Tommy. Al ver el cuerpecito de la niña y su pelo revuelto, se tensó. El enfado prendió dentro de ella. Pero, en aquella ocasión, en vez de ceder a aquella intensa emoción, tomó aire e intentó pensar por qué Lucy la enfurecía tanto. ¿Qué tecla tocaba aquella niña? ¿Acaso era culpa de Lucy el no tener una familia? ¿No tener a nadie que la cuidara? ¿Era ella la culpable de que a Thad le cayera bien?

¿Se habría vuelto ella tan ciega y egoísta que se resentía por el hecho de que aquella niña estuviera viva porque ella no podía tener un hijo?

Aquella posibilidad la impactó de tal manera que retrocedió involuntariamente. Lucy miró en su dirección. La expresión de la niña se tornó inmediatamente recelosa.

C.J. no podía culparla. Desde que había puesto sus ojos en ella, para Lucy solo había sido una pesadilla.

—Buenos días —dijo, intentando imprimir cierta alegría a su voz. Quería corregirse, no aterrorizar a la niña.

Lucy la miró pestañeando. No respondió, pero tampoco salió corriendo.

C.J. intentó esbozar una sonrisa.

—¿Has dormido bien?

Todavía con aprensión y sin la menor confianza, Lucy asintió lentamente. Su pelo mate se movió con aquel movimiento.

C.J observó aquellos mechones oscuros. Si se lo peinara, el pelo le llegaría probablemente a media espalda. Lo tenía feo y enredado, pero, con unos mínimos cuidados, sería un pelo muy bonito. ¿Y acaso no querían estar guapas la mayoría de las niñas?

—Lucy, ¿quieres que te haga una trenza? —le preguntó antes de darse tiempo a arrepentirse—. Creo que te quedaría muy bien y así no tendrías el pelo en la cara mientras montas.

Lucy tensó los labios y la miró con los ojos entrecerrados. C.J. sabía exactamente lo que estaba pensando. Estaba intentando averiguar cómo podría utilizar C.J. aquel ofrecimiento para hacerla tropezar.

«Soy una auténtica bruja», pensó C.J. sombría.

—Sé hacer una trenza francesa —añadió en un patético intento de hacerlo parecer más apetecible.

De pronto, le parecía muy importante hacer aquello por Lucy, aunque ni siquiera era capaz de decir por qué.

–No tengo cepillo ni nada –respondió la niña desafiante, y cuadró sus delgados hombros.

–Yo tengo cepillo. Y una goma –C.J. se agachó para agarrar sus alforjas–. Aquí están. Antes tendré que desenredarte el pelo, pero tendré cuidado. No quiero hacerte daño.

Mientras pronunciaba aquellas palabras, C.J. se dio cuenta de que estaba diciendo la verdad. No quería hacer daño a Lucy. No quería seguir siendo una persona horrible.

Se acercó hasta un tronco caído y se sentó en él. Palmeó el espacio que quedaba a su lado y esperó.

Lucy tomó aire. Miró a su alrededor y desvió después la mirada hacia las alforjas. El anhelo oscureció sus ojos. Al final, avanzó lentamente y se sentó en el tronco.

El alivio envolvió a C.J. Movió los dedos nerviosa sobre la hebilla, abrió la alforja y sacó un cepillo.

–Empezaré por abajo e iré subiendo –le explicó a la niña–. Haré todo lo posible para no tirar demasiado, pero si te duele dímelo y pararé.

–De acuerdo –Lucy sonaba dubitativa.

C.J. comenzó a trabajar. Los enredos se deshicieron con más facilidad de lo que esperaba. El pelo de la niña no era áspero y duro. Simplemente, estaba enredado. Una vez peinado, quedó sedoso y brillante.

Al cabo de unos minutos, Lucy alargó la mano y palpó su pelo peinado.

–Me gusta –dijo.

–Pues ya verás cuando te haga la trenza. Vas a estar guapísima. He traído un espejo, así que podrás verte.

Lucy se volvió ligeramente para mirarla. Después, volvió a mirar hacia delante.

–Ayer no estaba robando –dijo de pronto, hablando a toda velocidad–. De verdad, estaba buscando tiritas.

C.J. tragó saliva.

–Lo sé –susurró. Después, se aclaró la garganta–. Siento

haberte acusado de estar robando. Estuvo muy mal por mi parte y espero que aceptes mis disculpas y me perdones.

Lucy se levantó de un salto y se volvió para mirarla. La miró confundida y más que ligeramente estupefacta.

—¿Me estás pidiendo perdón?

—Sí, actué mal, lo siento.

Lucy abrió la boca y la cerró. C.J. se preguntó si alguna vez, en la vida de Lucy, algún adulto habría asumido la responsabilidad de haber cometido un error.

—No pasa nada —le dijo Lucy, y se sentó.

—Gracias por aceptar mis disculpas.

—De nada —contestó Lucy sin salir de su asombro.

C.J. continuó trabajando en su pelo. Haberse equivocado el día anterior era una cosa, se dijo a sí misma, pero, ¿y en la fiesta? ¿También se había equivocado allí?

—Supongo que debe de ser muy frustrante —dijo C.J. esperando no estar cometiendo un enorme error al iniciar aquella conversación—. Cuando alguien es honrado y le acusan de haber robado, supongo que debe de enfadarse mucho.

Lucy se tensó ligeramente. C.J. siguió peinándola, pero la niña se apartó y clavó la barbilla en su pecho.

—A veces robamos —susurró—. Tommy se encarga de encontrar el dinero mientras yo hago algo para llamar la atención. A él no le gusta hacerlo, pero lo hace —Lucy inclinó la cabeza y la miró—. Pero no compramos ni juguetes ni chuches con ese dinero. Tengo mucho cuidado con él.

Lo dijo como si de aquella manera quisiera justificarse.

—¿Entonces por qué robáis? —preguntó C.J., sin estar muy segura de por qué no se sentía justificada por el hecho de haber confirmado sus sospechas.

—A veces compramos comida. Cuando la señora Fortier se enfada con nosotros, nos envía a la cama sin cenar. Eso pasa muchas veces y pasamos mucha hambre. Intentamos estar callados, pero a veces nos olvidamos y entonces nos encierra en nuestra habitación —Lucy suspiró—. Estamos ahorrando dinero para cuando podamos irnos a vivir solos. Y también un poco para comprarle un abrigo nuevo a Tommy. La señora Fortier dice que el que tiene está bien, pero le queda demasiado pequeño. No le cabe y cuando empiece a nevar y todo eso, tiene que ir abrigado.

La rabia fluyó en el interior de C.J., pero en aquella ocasión no iba dirigida contra la niña. En cambio, sentía una necesidad impetuosa de encontrar a esa mujer horrible que trataba tan mal a unos niños y les encerraba en su dormitorio sin darles de cenar. Después, intentaría hacerla pasar un largo período en prisión.

—Me alegro de que Tommy y tú cuidéis el uno del otro —dijo, teniendo mucho cuidado de no transmitir lo que sentía.

Si Lucy detectaba en ella sentimientos tan intensos, pensaría que estaba enfadada con ella. Y, teniendo en cuenta los últimos acontecimientos, ¿quién iba a culpar a la niña?

Se echó hacia delante para poder alcanzar el pelo de la niña y trenzárselo. Estuvieron hablando de caballos y de lo buenos que eran los postres de Cookie hasta que C.J. terminó de hacerle la trenza y le tendió el espejo.

Lucy se miró fijamente en el espejo y esbozó una sonrisa de placer.

—Tengo que enseñárselo a Tommy —dijo mientras le devolvía a C.J. el espejo y corría hacia la carreta de la cocina.

Cuando estaba a medio camino, se detuvo en el claro y se volvió:

—¡Gracias, C.J.!

—De nada. Después de cenar, te la quitaré para que no te moleste al dormir, pero, si quieres, puedo volver a hacértela mañana por la mañana.

Lucy rio radiante.

—Me encantaría.

C.J. la observó marcharse y guardó el cepillo y el peine. En su entorno, aquel gesto habría sido algo muy pequeño, ¿pero qué habría representado en el mundo de Lucy?

Thad apareció en el claro con una taza de café en la mano.

–He visto tu trabajo –le dijo, tendiéndole la taza–. A Lucy le queda muy bien la trenza.

C.J. se encogió de hombros. No quería hablar de lo que había hecho ni de lo que todo ello significaba. Si aquel había sido el primer paso hacia el mundo de lo humano, no quería analizarlo muy de cerca por miedo a estropearlo.

–Lucy me ha contado algunas cosas sobre su situación en su casa de acogida –le dijo y le contó lo que la niña le había explicado sobre la falta de ropa y el hecho de que les mandaran a la cama sin cenar–. Cuando volvamos, quiero denunciar a esa mujer. No deberían permitirle tener niños si no tiene ningún interés en cuidarlos.

Se preparó para la respuesta de Thad. Sin lugar a dudas, le pediría que acogieran ellos a esos niños. Aunque habían pasado las pruebas para convertirse en padres de acogida, para ella, aquel había sido solamente un paso más en el camino hacia la consecución de un bebé. No tenía intención de acoger niños mayores.

–Buena idea –respondió Thad en cambio–. Tenemos un contacto con los servicios sociales. También conozco a algunos abogados que trabajan en ese departamento. Hablaré con ellos. Tommy y Lucy deberían estar con alguien que les quiera.

C.J. esperó, pero él se limitó a sonreír y bebió un sorbo de café. ¿Eso era todo? Se había preparado para discutir con él sobre aquella cuestión. ¿Qué había pasado? ¿Y por qué se sentía decepcionada?

Capítulo 15

Poco antes del almuerzo, Phoebe se dio cuenta de que le había desaparecido el bolígrafo. No lo habría echado de menos si no hubiera sido porque, en un intento por darse esperanzas sobre su futuro profesional, había decidido dedicar parte del tiempo de la marcha a lanzar una tormenta de ideas sobre sus alternativas laborales. Y como el tener a Zane dentro de su campo de visión hacía que una invasión hormonal anulara su cerebro, pensó que sería preferible ponerlas por escrito. De ahí la necesidad de un bolígrafo. Pero había desaparecido.

Una ventaja de llevar tan poco equipaje era la facilidad con la que podía encontrar cualquier cosa dentro de sus pertenencias. Tenía toda la ropa, le faltaba un reloj, conservaba un pendiente de plata y...

—Es desesperante —se quejó en voz alta, y dio una patada en el suelo—. ¿Cómo lo saben?

Chase cruzó el claro y se inclinó hacia ella.

—¿Cómo saben qué y quiénes?

—Los mapaches —contestó—. No encuentro mi bolígrafo.

Chase sonrió de oreja a oreja.

—Déjame imaginar, ¿brilla?

—Es un Cross de plata. No creo que sea muy caro, pero me lo regaló un cliente, así que es especial para mí —cerró las alforjas–. Lo que quiero saber es cómo lo han encontrado. ¿Han estado rebuscando en mi equipaje mientras estaba comiendo o algo así?

–Estoy seguro de que se ha corrido la voz entre ellos –contestó Chase y se echó a reír–. Radio macuto no para de enviar mensajes sobre una mujer morena con un alijo de posesiones brillantes.

Phoebe estaba convencida de que podía ser cierto.

–¿Crees que podrían devolverme el bolígrafo si les ofrezco el otro pendiente?

–Podríamos intentar organizar un encuentro en un terreno neutral.

Phoebe no pudo evitar una carcajada al imaginarse con una gabardina en una noche de niebla, cruzando un puente para encontrarse con un mapache nervioso.

–Si llegas a algún acuerdo, avísame –le pidió.

–Claro –Chase se sentó a su lado en el tronco y la miró–. Háblame de Jonny Blaze, ¿cómo es?

Phoebe arrugó la nariz.

–No está mal. Ya te dije que me trató como si fuera su hermana pequeña. Me palmeó la cabeza, de verdad, no me lo estoy inventando.

Chase pareció decepcionado.

–¿No tuviste una cita con él?

–Fuimos a tomar un refresco en una ocasión, cuando estaba buscándole una casa. ¿Eso cuenta?

–No creo. ¿Conoces a algún otro actor?

–A ninguno. Ese es el único. Sé que, trabajando en Beverly Hills, debería concentrarme en casas de alto nivel, pero no lo hago. Además, la mayor parte de la gente rica y famosa está marchándose a otras zonas.

Chase se quitó el sombrero y se pasó la mano por el pelo.

–¿Y tienes novio?

Phoebe se echó a reír ante lo inesperado de aquella pregunta.

–No, ahora mismo, lo único que tengo es una planta.

–¿Por qué no?

Phoebe suspiró.

–Sinceramente, he tenido muy mala suerte con los hombres. O a lo mejor es que tengo un pésimo gusto.

–¿Qué es lo que suele salirte mal?

Phoebe se preguntó si habría tiempo suficiente en el universo para contarlo.

–La verdad es que todo. Tiendo a elegir hombres que necesitan algún tipo de ayuda. Se quedan conmigo hasta que solucionan sus problemas, normalmente, gracias a mí, y después siguen con su vida.

A menudo, haciéndola sufrir en el proceso, pensó con tristeza. Como Jeff, cuando se había acostado con la chica de dieciocho años que había contratado para las prácticas. De acuerdo, también la chica tenía alguna responsabilidad en lo que había pasado. No creía que la conversación sobre sexo hubiera surgido solo por una de las partes, pero le parecía asqueroso que Jeff se hubiera acostado con una chica tan joven y vulnerable.

–Entonces busca otra clase de hombres –le propuso Chase con la confianza de un joven que todavía no había sido maltratado por el amor–. Eres guapa, inteligente y divertida. A los hombres les gusta eso.

Su cumplido la hizo sentirse bien. No era lo mismo que si se lo hubiera dicho Zane, pero, aun así, le resultó agradable.

–Gracias por el cumplido. ¿Puedes dejarlo por escrito para que pueda enseñárselo a mis futuras citas?

–Claro.

Phoebe le palmeó el brazo.

–Eres un encanto, pero lo de las citas no es tan fácil. Por lo menos para mí. Maya y yo hemos estado hablando de que a lo mejor necesito dejar de salir con hombres que necesitan ayuda. Por lo menos, si empezara a salir con hombres que no necesitan que nadie les arregle la vida, tendría que enfrentarme a otra clase de problemas. A lo mejor tampoco funciona, pero sería más interesante.

Por supuesto, no mencionó el hecho de que pensar en estar con alguien que no la necesitara, sencillamente, la aterraba. Si no tenía que solucionar sus problemas, ¿por qué iba a querer nadie estar con ella?

—Zane no necesita que le rescaten —apuntó Chase—. Podrías practicar con él.

Aquella inesperada propuesta puso a Phoebe más que un poco nerviosa. Tosió, se aclaró la garganta e intentó sonreír.

—Sí, bueno, pero no estoy saliendo con Zane, ¿no? —no creía que los besos que habían alterado de tal manera su cerebro contaran como auténticas citas.

—Podrías —Chase sacudió la cabeza—. Aunque, pensándolo bien, no creo que sea una buena idea. Cada vez tengo más claro que Zane necesita ayuda.

Genial, pensó Phoebe, elevando los ojos al cielo. Zane necesitaba ayuda y pronto las cabras aprenderían a bailar como las Rockettes y saldrían todas de gira.

—Zane es la persona más equilibrada y responsable que he conocido nunca —repuso—. Lo único que necesita es alejarse de todos nosotros, que hemos alterado su mundo perfecto.

—Te equivocas.

Chase miró por encima del hombro, como si quisiera asegurarse de que estaban solos. Phoebe siguió el curso de su mirada y vio a C.J. y a los niños ayudando a Cookie con el almuerzo. No se veía al resto del grupo.

—A Zane no se le dan muy bien las mujeres —le confesó Chase en voz baja.

Phoebe, que había estado en presencia de Zane mientras este tenía su boca sobre la suya y la mano entre sus piernas, resopló con incredulidad.

—Eso no es del todo cierto.

Chase arqueó las cejas.

Un nanosegundo después, Phoebe se dio cuenta de que no debería haber sido tan tajante. Se echó hacia atrás en el tronco.

—De acuerdo, bueno, no es que yo lo sepa ni nada parecido, pero es un hombre que está pendiente de todo y eso es algo que a las mujeres les gusta. Además, es atractivo. Y está también lo de ser vaquero —se interrumpió y esperó no parecer tan patética como ella se sentía.

Chase continuó mirándola fijamente. Phoebe nunca había terminado de comprender el concepto de «el poder del silencio». Como siempre, se descubrió a sí misma atropellándose con las palabras en el esfuerzo de llenar aquel vacío.

—Tu hermano es magnífico con las mujeres. Maya me contó que cuando estaba en el instituto, las chicas le eligieron como el chico con el que todas querían... eh... estar.

Chase se echó a reír al oírla.

—Seguro que eran mujeres que no le conocían. Maya sabe tan bien como yo que Zane necesita ayuda. Es como cuando se casó. No podría haberlo hecho peor.

Phoebe se sentía tan dividida como una esquizofrénica. Por una parte, sabía que estaba mal hablar de la vida personal de Zane, pero, por otra, quería saber más sobre él. Además, Maya ya le había contado unas cuantas cosas, de modo que aquello no era realmente cotillear, ¿no?

La necesidad derrotó a la moral por un amplio margen. Suspiró, sintiéndose también ella derrotada.

—Sé que estuvo casado y que la cosa no fue bien —comentó.

—Y es lógico que no saliera bien —afirmó Chase—. Sally era guapa y muy buena. Era evidente que estaba locamente enamorada de Zane. Esa es la razón por la que aceptó su propuesta de matrimonio.

Phoebe se llevó la mano al estómago, como si estuviera

sintiendo los celos retorciéndose dentro de ella. Bueno, había sido ella la que había querido entrar en detalles.

—Me alegro de que el matrimonio al menos empezara con buen pie —dijo, casi sinceramente—. Es una lástima que tuviera que terminar.

Chase bufó burlón.

—No entiendes lo que te estoy diciendo. En realidad, aquel era el arreglo perfecto para Zane. Una mujer guapa que estaba más que dispuesta a calentarle la cama por las noches. Cocinaba, limpiaba y horneaba galletas.

Phoebe esbozó una mueca. No estaba segura de que quisiera oír más. No porque no le interesara, sino porque, si aquello era verdad, no podría competir con aquel dechado de virtud.

—Pero Zane lo echó todo a perder —continuó Chase—. Sally quería tener hijos y, como no dejaba de presionarle, él le dijo la verdad.

Phoebe contuvo la respiración.

—Que no estaba enamorado de ella.

—Exactamente. Le dijo claramente que no quería tener hijos con ella porque solo se había casado para tener a una mujer que fuera como una madre para mí. ¿No te parece una tontería? Lo único que tenía que hacer era tener un hijo o dos con Sally. Podría haberse quedado con ella durante el resto de su vida.

—Pero si no estaba enamorado de ella...

—Zane no sabe lo que es el amor. Podría haber aprendido a amar con ella. O haber mentido. ¿Qué más le daba? Sally no pedía mucho.

—Fue sincero. Es algo que respeto.

—Puedes respetarlo —replicó Chase—, pero fue una tontería. Sally se sintió dolida y enfadada. Y nadie puede culparla por ello. La había utilizado. Como te he dicho, mi hermano es bastante torpe en lo que se refiere a las mujeres.

Phoebe compadecía a Zane y a Sally, aunque tenía que

admitir que no le importaba que la otra mujer hubiera desaparecido de escena. Si todavía anduviera por allí, ¿habría podido disfrutar de aquellos apasionados besos, o de aquella mano deslizándose en sus pantalones cuyo recuerdo todavía la hacía temblar?

Chase la miró pensativo.

—Ahora Zane es mucho más precavido en lo que a las mujeres se refiere. Por eso no te ha dicho que le gustas.

Phoebe le miro boquiabierta. Hizo un esfuerzo sincero por cerrar la boca, pero, en realidad, no era capaz de sentir los labios, así que no estaba segura de que hubiera tenido éxito.

¿A Zane le gustaba? Ella lo deseaba con tanta fuerza que le dolían hasta los dientes. ¿Pero le gustaba de verdad?

Negó con la cabeza.

—Zane está siendo muy amable conmigo porque es un anfitrión excelente. Pero no hay nada entre nosotros.

Lo dijo en parte porque era verdad y, en parte, porque esperaba que Chase le demostrara que se equivocaba. Lo cual la hizo sentirse tan sofisticada como una adolescente de trece años en su primera fiesta.

Chase sonrió de oreja a oreja.

—¿Quieres que hagamos una apuesta? Siempre está mirándote. Además, te besó.

Sobresaltada, Phoebe se echó hacia atrás en el tronco. Desgraciadamente, no quedaba mucho espacio y aterrizó directamente con el trasero en el suelo. Desde aquella indigna postura, miró a Chase fijamente.

—¿Cómo lo sabes?

Chase se encogió de hombros.

—Te vi volviendo a la tienda hace un par de noches. Tenías la mirada de una chica a la que acaban de besar como es debido. Un par de minutos después, apareció mi hermano. Digamos que parecía distraído.

Phoebe estaba emocionada, avergonzada y asustada. Emocionada porque Chase pensaba que a Zane le gustaba, avergonzada porque sabía que se habían besado y asustada por la posibilidad de que Zane pudiera sentirse realmente atraído por ella.

Por supuesto, Zane era todo lo que ella quería en un hombre, pero dudaba seriamente de que ella pudiera responder a sus expectativas. Él era un hombre eficiente, fuerte. Su pareja ideal sería una persona seria e imperturbable. Alguien que no hablara con los animales y no dejara sus posesiones en manos de una banda de mapaches saqueadores.

Chase suspiró.

—Lo entiendo. No te interesa. Lo lamento por Zane, pero te comprendo. Zane no habla apenas y, cuando lo hace, siempre es para criticar algo. No tiene sentido del humor. En cuanto al romanticismo, supongo que hasta una piedra es más apasionada que él.

Phoebe se levantó, apoyándose en brazos y piernas.

—Esto no es justo. Estás juzgando a Zane como hermano mayor. No sabes cómo es con las mujeres, tú no le ves igual que yo. No es ninguna de esas cosas que has dicho. Es un hombre muy atractivo, fuerte y sexy. Hemos tenido muchas conversaciones personales y nunca ha sido crítico conmigo. En cuanto a lo del romanticismo y la pasión...

Phoebe tuvo la repentina idea de que podría estar llevando demasiado lejos su defensa. Se aclaró la garganta y se sacudió la tierra del trasero.

—Digamos que ese refrán sobre las aguas serenas es cierto —terminó muy digna.

—¡Genial! —Chase se levantó—. Sabía que te gustaba.

Phoebe sintió la trampa demasiado cerca.

—Yo... él... —dio una patada en el suelo—. ¡Maldita sea, Chase, no es justo!

Chase le palmeó los hombros.

—No te preocupes, pequeña. No diré nada.

—Estupendo, porque no hay nada que decir.

–Por supuesto que no.

–Zane y yo solo somos amigos.

–Exacto.

–Buenos amigos.

–Por supuesto –Chase le guiñó el ojo–. Pero si las cosas se ponen intensas y apasionantes, recuérdale que llevo preservativos en mis alforjas.

Phoebe gritó y se tapó las mejillas con las manos.

–No puedo creer que hayas dicho eso.

–¡Eh! Me gusta estar preparado. Podría haberme encontrado con algún grupo de chicas acampando o algo así.

–No es eso lo que pretendía decir –farfulló y se sintió más que agradecida cuando Cookie llamó al almuerzo.

Zane pasó la primera parte de la tarde intentando olvidar lo que había visto antes del almuerzo y la segunda, diciéndose a sí mismo que le importaba un comino. No tuvo éxito en ninguna de las dos cosas. Le resultaba imposible bloquear la imagen de Phoebe y Chase sentados juntos en aquel tronco. Estaba demasiado lejos como para saber lo que estaban diciendo, pero había oído las risas.

Todavía sentía una tensión en las entrañas que se negaba a reconocer. No podía estar celoso de su propio hermano. Además, Phoebe no era la clase de mujer que iría tras un niño. Solo estaban hablando. Nada más.

Pero había sido una conversación muy fluida. A Chase se le daba muy bien. Él, sin embargo, la mitad de las veces permanecía al lado de Phoebe tan callado y soso como un árbol, porque no se le ocurría nada que decir. Cuando ella empezaba a hablar de temas como el *feng shui* o de hacerse amiga de un animal, o cualquier cosa parecida, le sorprendía de tal manera que no era capaz de decir nada. Aquellas cosas le encantaban, pero nunca se lo había dicho. No sabía cómo.

Comenzó a musitar juramentos, haciendo todo tipo de combinaciones lingüísticas hasta agotar todas las palabrotas que sabía. Al final, sintiéndose ligeramente mejor, apartó a Phoebe de su cabeza y se concentró en llegar al campamento a las cuatro.

Quince minutos después, Maya cabalgaba a su lado. Le dirigió una de sus descaradas sonrisas.

—Hola, grandullón. ¿Qué tal estás hoy?

Zane ni siquiera la miró.

—No estás muy hablador, ¿eh? —suspiró—. Aunque supongo que no merece la pena ni mencionarlo. Sé que probablemente crees que estoy aquí para incordiarte, pero, si de verdad te molesto durante esta conversación, será una ventaja. En realidad, solo quería decirte que todo parece estar yendo muy bien. Supongo que estarás contento.

Zane la miró con recelo.

—Espero que podamos terminar la excursión sin que ocurra ningún desastre. De momento, hemos tenido suerte. Frank me ha comentado que se acerca una fuerte tormenta, pero espero que se mantenga lejos hasta el sábado.

—Estoy segura de que continuaremos teniendo suerte. Conseguirás que todos vuelvan al rancho sin ser conscientes del verdadero motivo por el que están realmente aquí. Y lo mejor de todo es que creo que Chase ha aprendido su lección.

Zane no estaba tan seguro.

Maya suspiró.

—Vamos, Zane. Dale un descanso. Le has machacado y él lo ha aceptado. Se merecía el castigo, pero tienes que admitir que lo está haciendo bien. Y, de vez en cuando, asoma el pánico a sus ojos. Eso tiene que hacerte sentirte bien.

Zane se permitió sonreír.

—Sí, lo del pánico me gusta.

—¿Entonces estás dispuesto a concederle algún mérito a Chase?

La sonrisa de Zane desapareció.

—Está aceptando su castigo como un hombre, no esperaba menos de él, pero, si no hubiera hecho lo que hizo, no estaríamos teniendo esta conversación.

Maya se quitó el sombrero y le golpeó el brazo con él.

—Eres un cabezota. Si pensara que de esa forma puedo hacerte entrar en razón, ahora mismo te tiraría del caballo y te daría una paliza.

Zane la miró.

Maya sacudió la cabeza.

—He dicho «si». ¡Ojalá pudiera hacerte cambiar de opinión! Te quejas de que solo veo las cosas buenas de Chase, pero te juro que tú solo ves las malas.

—Eso no es verdad. Yo veo lo bueno y lo malo —vaciló un instante al recordar su conversación con Gladys—. Me preocupo por él.

Se preocupaba por él. Era lo único que podía decir. Sería mejor que le quisiera, pero aquella palabra jamás cruzaba los labios de Zane. Solo la había oído una vez en su vida, y en labios de Sally. Se la había gritado el día que había descubierto el verdadero motivo por el que se había casado con ella.

«¡Hijo de perra, te quiero! ¿Es que eso no importa?».

Le había causado tal impacto que no había sabido qué decir. Para cuando se había dado cuenta de que sí importaba, Sally se había ido hacía mucho tiempo. Había entrado el invierno y, si alguna vez había vuelto a pensar en ir a buscarla, la idea había ido desvaneciéndose con el tiempo, lo que le había dejado claro que, para empezar, su relación no era tan fuerte.

—No quiero que Chase tenga que arrepentirse de nada —dijo.

—¿De qué te arrepientes tú? —le preguntó Maya.

Él no contestó.

—Zane, dímelo.

—No.

Maya emitió un sonido estrangulado.

—Eres el hombre más cabezota del mundo. Ese es el gran misterio, ¿verdad? He oído rumores al respecto. ¿Es de eso de lo que te arrepientes?

Zane no dijo nada. No pensaba hablar con Maya de aquel tema bajo ningún concepto.

—¿Mataste a un hombre o algo parecido? —le preguntó con ironía.

—No, no maté a ningún hombre.

—¿Entonces qué pasó?

Al cabo de un par de minutos, Maya renunció y volvió al tema que tenía entre manos.

—Necesitas dejarle espacio a Chase, espacio para equivocarse y para hacer las cosas bien.

—Estoy encantado de dejarle espacio para ambas cosas, pero, hasta el momento, solo parece capaz de equivocarse. Eres bastante rápida a la hora de emitir juicios, teniendo en cuenta que solo vienes aquí a pasar un fin de semana un par de veces al año y después te vas.

—Supongo que eso debería hacerte feliz —respondió ella cortante—. Nunca has querido tenerme cerca.

Zane pensó en lo que acababa de decirle.

—Eso no es cierto. Me gustaba que estuvieras en el rancho y te eché de menos cuando te fuiste.

—Sí, como a un sarpullido.

Zane aminoró el ritmo de su caballo y se volvió hacia ella.

—No, Maya, como a un sarpullido, no. Te eché de menos. Esta era tu casa y siempre quise que te sintieras bienvenida en el rancho.

Maya abrió como platos sus ojos verdes.

—¿De verdad?

Zane asintió.

Ella soltó una maldición.

–No te atrevas a ponerte sentimental conmigo, Zane. Me da miedo –se frotó la nariz–. De acuerdo. A lo mejor sabía que esta era mi casa. Me gustaba estar aquí, no solo con Chase, también contigo. Siempre te he admirado, pero te juro que como se lo digas a alguien, castraré a tu semental más preciado.

Zane sonrió.

–No te resultaría fácil castrar a un toro, pero no se lo diré a nadie.

–Mejor –apretó los labios–. Has hecho un buen trabajo con Chase. Pero me gustaría que fueras capaz de darte cuenta.

–Eso no forma parte del trabajo.

–Pues debería formarlo.

Zane nunca lo había pensado.

–A lo mejor tienes razón.

Maya se llevó la mano al pecho.

–No te muevas tanto, corazón mío.

Phoebe se sentía como un personaje de un musical. Tenía ganas de ponerse a cantar a cada momento. ¡A Zane le gustaba! Por lo menos eso era lo que Chase pensaba y a ella, aquel vaquero le gustaba lo suficiente como para estar dispuesta a aceptar como verdad irrefutable la palabra de un adolescente de dieciséis años.

Estando en aquel estado, cuando entró en el claro antes de la cena y vio a Zane sentado en una de las sillas del campamento y con una silla convenientemente vacía a su lado, se armó de valor y caminó directamente hacia allí.

–¡Hola! –le saludó mientras se sentaba.

Zane asintió.

Intentando no dejarse desanimar, porque el hecho de que a Zane le gustara no significaba que Zane supiera que le gustaba, le dirigió una sonrisa radiante.

—Hoy todo ha ido muy bien.

—Ajá.

De acuerdo, a lo mejor Chase tenía razón. A lo mejor a Zane no se le daba muy bien tratar con mujeres. A lo mejor era tímido.

Se movió ligeramente, sin estar muy segura de cómo conciliar aquella timidez con la intensa pasión de sus besos. Pero, si no era tímido, ¿entonces cuál era el problema? La explicación más lógica era que no tenía ningún interés en ella, pero Phoebe prefirió no seguir por ahí.

Señaló hacia el pequeño grupo que estaba reunido alrededor del fuego de campamento.

—He notado que C.J. pasa más tiempo con Lucy y con Tommy. Al principio pensé que los niños no le gustaban, algo extraño en unos padres de acogida. Pero supongo que esas cosas pasan. En cualquier caso, ahora están mucho mejor, ¿no te parece?

Zane se quitó el sombrero y se pasó la mano por su espeso y oscuro pelo. Después, se la quedó mirando fijamente.

—Esta mañana, C.J. le ha hecho una trenza a Lucy.

Phoebe sonrió radiante.

—Yo también me he fijado. ¿No se te ha hecho un nudo en la garganta? —señaló su propio pelo—. Cuando yo era pequeña, me habría encantado que alguien me hiciera una trenza así. Con un lazo al final —miró fijamente el fuego—. Un lazo verde.

Pero los lazos y las trenzas no habían formado parte de su vida y, cuando por fin había podido hacer ese tipo de cosas ella sola, ya no le parecían tan importantes. Pero poder recordarlas habría sido agradable.

Se inclinó hacia Zane.

—Martin ha comido pollo durante el almuerzo. Cuando Andrea se ha ido a cantar a los árboles o algo así, ha agarrado un trozo de pollo frito. Me he sentido muy orgullosa de él.

—No debe de ser fácil vivir con una mujer como Andrea.

Phoebe miró a la mujer en cuestión. En aquel momento merodeaba alrededor de Cookie, sin lugar a dudas, haciéndole preguntas sobre la comida.

Zane siguió el curso de su mirada y suspiró.

—Será mejor que vaya a ocuparme de eso antes de que Cookie se ponga violento.

Y, sin más, se levantó y se dirigió hacia el fuego de la cocina.

A Phoebe le entraron ganas de seguirle. En cuanto consiguió apartar la atención de la elegante forma de su trasero y de sus largas piernas al caminar, se reclinó en la silla.

Habían estado hablando. O algo así. Zane se había mostrado muy hablador en realidad, a su taciturna manera de vaquero. Pero ella no había sido capaz de averiguar lo que estaba pensando. ¿De verdad le caía bien o Chase se lo habría dicho porque era lo que ella quería oír? Si al menos pudiera contar con la opinión de alguna otra persona...

Pensó en Maya, pero descartó inmediatamente la idea. Su amiga tenía sus sospechas y confirmarle sus sentimientos hacia Zane la expondría a sus burlas durante el resto de la excursión. Quería mucho a Maya y, normalmente, no le habría importado, pero sus sentimientos hacia Zane eran demasiado tiernos como para apreciar cualquier burla, por delicada que pretendiera ser. De manera que solo podía contar con otra fuente de información.

El ganado se había detenido en un campo abierto para pasar allí la noche. Phoebe encontró rápidamente a Manny y se acercó hasta él.

Manny saludó con un delicado cabezazo y con el roce de la parte superior de lo que sería su hombro. Desgraciadamente, con el último gesto la lanzó medio metro hacia atrás, pero Phoebe sabía que la intención era buena. Le acarició las orejas.

–Es Zane –le dijo quedamente, sabiendo que su voz podía ser oída en medio del silencio de la tarde–. Chase dice que a Zane le gusto, pero no estoy segura. ¿A ti qué te parece?

Manny alzó la cabeza y la miró con una expresión conmovedora.

Phoebe se mordió el labio.

–De acuerdo. ¿Eso es un sí o un no? –suspiró–. Espera. No me lo digas. No quiero hacerme ilusiones. Es solo... –se interrumpió. No estaba segura de cómo explicar sus sentimientos y mucho menos de cómo explicárselos a un animal–. Es algo que me pasa cuando estamos juntos. Me gusta lo que siento cuando le tengo cerca. Es tan recio, y tan fuerte y seguro, pero me gusta sentir que hay algo debajo de todo eso con lo que conecto. ¿No te parece que es una locura?

Sonrió, sabiendo que Manny señalaría que más extraño era que estuviera hablando con un cabestro.

–La cuestión es que todo el mundo tiene a alguien. Martin y Andrea, C.J. a Thad. Los niños se tienen el uno al otro. Maya tiene a Chase. Eddie y Gladys son casi como hermanas –miró hacia el ganado–. Y tú tienes muchos amigos aquí. A veces yo siento que no tengo a nadie. Y es raro, pero tengo la sensación de que a Zane le pasa lo mismo. Tiene el rancho y todo eso, pero no es suficiente. Es como ese vacío que tengo en mi interior, que se llena cuando estoy con él.

Se reclinó contra Manny y apoyó la cabeza en su lomo. Estaba caliente, aunque un poco polvoriento, y Phoebe pudo percibir el débil latido de su corazón.

–Tú sí que sabes escuchar –musitó.

Manny masticaba ruidosamente la hierba mientras ella analizaba cuál iba a ser su próximo movimiento.

–¿Me dejarías montarte? –le preguntó.

–Yo no lo intentaría –contestó Zane.

Phoebe se sobresaltó y soltó un grito. Se volvió y vio a Zane justo tras ella.

–No te he oído –le dijo, preguntándose por el aspecto tan ridículo que tendría al lado de aquel cabestro.

–No quería interrumpir vuestra conversación.

Phoebe le miró con los ojos entrecerrados, intentando averiguar si se estaba riendo de ella.

–A Manny y a mí nos gusta estar juntos –dijo, hundiendo las manos en los bolsillos traseros del pantalón–. Por eso me estaba preguntando algo. Me dijiste que cada miembro del rebaño ocupaba su lugar, que cuando se ponían enfermos se quedaban detrás y recuperaban su posición cuando se encontraban mejor.

Zane la miró con bastante recelo.

–Exacto.

–¿Y qué ocurre cuando es Manny el que se pone enfermo? ¿Quién ocupa su lugar? ¿Tienes preparado a otro guía?

–Lo haríamos nosotros hasta que Manny se pusiera mejor. Si él dejara de formar parte del rebaño, otro cabestro ocuparía su lugar.

Phoebe pensó en ello y tuvo la impresión de que lo de dejar de formar parte del rebaño significaba algo permanente, como la muerte. Era preferible no seguir por ahí.

–Cookie tiene la cena casi lista –le dijo Zane.

–Muy sutil –respondió ella, le dio a Manny otra palmadita antes de volverse hacia el campamento–. ¡Hasta mañana! –se despidió del cabestro.

Zane comenzó a caminar a su lado. Al cabo de un par de segundos, le dijo.

–Sabes que Manny no entiende lo que le dices, ¿verdad?

Phoebe sonrió.

–Tengo una imaginación muy activa, pero no soy idiota. Sí, claro que lo sé.

Zane pareció aliviado.

–Estoy seguro de que le caes bien y todo eso... –se le quebró la voz, como si acabara de darse cuenta de lo que había admitido.

—A mí también me cae bien —contestó Phoebe, manteniendo una expresión muy seria—. Somos amigos.

Zane musitó algo para sí y se volvió de pronto hacia ella.

—No consigo entenderte. No estás loca, pero, a veces, eres muy rara —se encogió de hombros—. No lo entiendo. O no te entiendo.

—Me gusta conectar con la gente y con los animales, así que hablo con ellos. Y, a veces, ellos me hablan a mí.

—Te refieres a la gente, ¿verdad?

—A veces los animales también me cuentan algún secreto.

Zane curvó una de las comisuras de los labios, después, la otra. Cuando Zane sonreía, ella sentía que se aligeraba su cuerpo entero. Casi como si estuviera llena de helio y pudiera flotar en el aire.

—Nunca he conocido a nadie como tú —admitió Zane.

—¿Y eso es bueno o malo?

Zane clavó su oscura mirada en sus labios.

—Bueno. Definitivamente, bueno.

A Phoebe se le tensó la garganta y sintió un cosquilleo en la piel.

—¿Aunque intente hacerme amiga de una piedra?

—Las piedras también necesitan amigos. No conozco a nadie con un corazón tan grande como el tuyo.

Phoebe imaginó que era un cumplido. Pero que le dijeran que tenía un gran corazón no era lo mismo que le dijeran que tenía un trasero magnífico.

Pensó en las palabras de Chase, en que había dicho que a Zane le gustaba. Quizá, solo quizá, fuera cierto. ¿Y no sería lo mejor del mundo? Porque, desde luego, a ella le gustaba él. Y mucho. Y no estaba hablando solo del cosquilleo.

Phoebe dio un paso hacia él. En ese preciso instante, se oyó algo entre los árboles. Phoebe perdió el equilibrio, comenzó a girar y se descubrió a sí misma cayéndose sobre un tronco parcialmente cubierto. Cayó en una postura extraña directamente de espaldas. Todo el aire se escapó de sus pulmones. No podía hablar. No podía respirar. No podía hacer nada que no fuera permanecer allí tumbada.

Zane se inclinó hacia ella justo en el momento en el que Chase emergió de entre los arbustos. Al ver la escena, se abalanzó hacia su hermano.

—¿Qué le has hecho? —gritó, agarrando a su hermano de la pechera de la camisa—. ¿Qué demonios te pasa?

Capítulo 16

Phoebe se sentía como si Manny se le hubiera caído encima del pecho. Al cabo de un par de segundos de infructuosos jadeos, consiguió hacer llegar algo de aire a sus pulmones. Cuando comenzó a respirar con regularidad, se dio cuenta de que Zane y Chase estaban enzarzados en una pelea. ¡Y tirados en el suelo!

Maya corrió hacia allí con Thad tras ella. Cookie les siguió. Segundos después, Zane tenía sujeto a Chase. Los dos hermanos respiraban con dificultad y se fulminaban el uno al otro con la mirada.

–¿Qué demonios ha pasado? –preguntó Maya.

Cookie les amenazó con darles un sartenazo en la cabeza como no se detuvieran. Phoebe todavía no podía creerse lo que estaba viendo. Tampoco entendía lo que había pasado, ni por qué.

–Adelante –le dijo Chase desde donde estaba, tumbado en el suelo–. Pégame. Sé que estás deseando pegarme.

La expresión de Zane era inescrutable. La tensión crepitaba en el aire.

–¡Maldita sea, pégame!

Zane soltó a su hermano y se levantó. Sin decir una sola palabra, se alejó furioso de allí. Maya se arrodilló al lado de Chase.

—¿Qué ha pasado? ¿Por qué os estabais peleando?

Chase señaló a Phoebe.

—Pregúntale a ella.

Todo el mundo se volvió hacia Phoebe. Ella se levantó apoyándose en manos y pies y se sacudió el trasero.

—¿A mí? Yo no he hecho nada —señaló el tronco—. Sí, bueno, me he tropezado con un tronco y me he quedado sin respiración. ¿Pero eso qué tiene que ver con nada de lo que ha pasado?

Chase la miró boquiabierto.

—¿Has tropezado?

Phoebe suspiró.

—No soy la persona más ágil del campamento. No creo que sea para tanto.

Maya se levantó y puso los brazos en jarras.

—Chaval, esta vez sí que la has cagado.

Chase gimió y se dejó caer de espaldas en el suelo.

—¡No! Yo pensaba... La he visto en el suelo, muy alterada, él estaba inclinado encima de ella.

Thad y Cookie se retiraron. Phoebe desvió la mirada hacia Chase cuando comenzaron a encajar todas las piezas en su lugar.

—¿Creías que me había pegado? ¿Zane? ¿Tu hermano? ¿Alguna vez en su vida ha tocado a una mujer?

Maya negó con la cabeza.

—No, en el mal sentido. De hecho, según Sally, era un tipo bastante decente en...

Phoebe alzó la mano. No quería oír hablar de las habilidades amatorias de Zane.

Se volvió hacia Chase.

—Siempre te estás quejando de que Zane no ve las cosas buenas que tienes, pero tú eres igual de culpable. ¿Cómo es posible que pienses algo así sobre él? Es tu hermano. Deberías saber que él jamás haría ningún daño a una mujer.

Chase se sentó y dejó caer la cabeza.

–Y lo sé. Es solo que... no puedo explicarlo. Estabas en el suelo y Zane parecía, no sé. Diferente. Furioso.

–Y él no es el único –le espetó Phoebe antes de alejarse de allí–. Le debes una disculpa a tu hermano.

Salió caminando entre los arbustos, esperando que Zane no hubiera cambiado de dirección. Porque como hubiera cambiado de rumbo, ella se perdería antes de encontrarle. Aunque, viendo el lado positivo, a lo mejor se encontraba con los mapaches ladrones y podía llegar a un acuerdo con ellos para que le devolvieran el bolígrafo.

Zane oyó el ruido antes de que apareciera alguien en el claro. Al cabo de un par de minutos, adivinó quién era gracias a los fragmentos de conversación que llegaban hasta él mientras Phoebe se disculpaba con los árboles y arbustos que pisoteaba.

–Por aquí –le indicó, compadeciéndose de ella.

Y de sí mismo. Por una vez en su vida, no quería estar solo.

Todavía no podía creer que Chase se hubiera abalanzado de aquella manera sobre él. Había comprendido lo que estaba pensando su hermano en cuanto le había visto la cara. Se había quedado de piedra. ¿De verdad creía que era semejante monstruo?

Phoebe apareció de entre la maleza y entró en el claro. Tenía ramitas en el pelo y en la camisa. Se detuvo al verle y empezó a sacudirse la ropa.

–Quería asegurarme de que estabas bien –le dijo.

Zane le dirigió una divertida sonrisa.

–No ha conseguido darme.

Phoebe cruzó hasta el tronco y se sentó a su lado.

–Estoy más preocupada por tu estado emocional que por si ha llegado a pegarte.

Zane contempló su rostro, sus ojos enormes y sus labios, observó su preocupación. En el mundo del rancho, en aquella vida al aire libre, Phoebe solo podría ser útil como elemento decorativo. Por lo que sabía de ella, ni siquiera había tenido éxito en su carrera profesional y, según Maya, era un desastre en las relaciones sentimentales.

Pero, para él, probablemente era la persona más fuerte que había conocido. Se dejaba arrastrar por el corazón una y otra vez, hacia delante o hacia atrás, sin importarle lo magullado que pudiera terminar. Tenía un inmenso valor que le dejaba a él completamente asombrado.

—Eso a nadie le importa —replicó.

—Me importa a mí —tomó su mano—. Sé que jamás me harías ningún daño y que tampoco se lo harías a ninguna otra mujer. No sé por qué Chase ha llegado a esa conclusión.

Zane hizo un enorme esfuerzo para ignorar el calor que le envolvía. Le bastaba el ligero contacto de los dedos de Phoebe para excitarse. Tenía que aprender a controlarse.

—Estabas en el suelo, dolorida, y yo estaba delante de ti. La situación no tenía muy buen aspecto.

Phoebe rechazó aquella respuesta.

—No me importa lo que pudiera parecer. Lo que me importa es lo que pasó de verdad.

—Gracias —le apretó la mano y se la soltó antes de llegar a hacer alguna estupidez como bajarle el pantalón y hacer el amor con ella allí mismo, en el suelo.

—¡Oh, Zane!

Phoebe suspiró su nombre de tal manera que a él le entraron ganas de confesar los más oscuros secretos de su alma. Aunque no podía arriesgarse a ello, estaba deseando sacarlos a la luz.

—Si hubiera sido cualquier otro, le habría destrozado.

Phoebe le miró.

—¿Te habrías pegado si no hubiera sido tu hermano?

Zane asintió.

—Ahora mismo no me vendría nada mal una pelea.

Esperaba que Phoebe saliera corriendo. O, por lo menos, que mostrara su desaprobación. Pero, en cambio, se apoyó contra él y posó la cabeza en su brazo.

–Es por la tensión, ¿no? –le preguntó suavemente–. Estás preocupado por todos nosotros. Sé que querías darle a Chase una lección, pero cuando viste a todo el mundo y te diste cuenta de todo lo que podría llegar a salir mal, estoy segura de que pensaste que haberle castigado durante diez años habría sido una opción mejor.

Zane asintió lentamente.

–Sí. No quiero que nadie sufra ningún daño.

Phoebe alzó la cabeza y le sonrió.

–Todo está yendo muy bien y, por si te sirve de algo, creo que todo el mundo se lo está pasando estupendamente.

–También estoy preocupado por Chase.

Ni él mismo se podía creer lo que acababa de decir. ¿Qué le pasaba? Era algo que le ocurría cuando estaba cerca de Phoebe. Su presencia le hacía relajarse por dentro.

–Sé que comete errores, pero, básicamente, es un buen chico –le tranquilizó ella–. Confía en él y él confiará en ti.

Qué contundencia, pensó Zane, tan excitado como divertido.

–Eres tú la que no debería confiar en mí –contestó él justo antes de besarla.

Mientras acercaba su boca a suya, la rodeó con los brazos y la atrajo hacia él. Phoebe se reclinó contra él, aportando su cuerpo cálido y flexible a aquel abrazo. Le besó y abrió los labios. Cuando Zane deslizó la lengua en su interior, la descubrió cálida, dulce y más que dispuesta.

En el instante en el que tocó su lengua, ella gimió. Le clavó los dedos en los hombros y Zane sintió que un escalofrío recorría su cuerpo. Pasó de la excitación a estar a punto de explotar.

Estaban el uno al lado del otro, sentados sobre un tronco, colocados de tal manera que no le era posible explorar el cuerpo de Phoebe como le habría gustado, de modo que interrumpió el beso y la hizo levantarse.

Phoebe se mostró complaciente, aunque un poco inestable. En cuanto estuvieron los dos de pie, Zane posó los labios en su mandíbula antes de deslizarlos hacia su cuello.

Ella gimió y echó la cabeza hacía atrás. Las partes inferiores de sus cuerpos se rozaron. Cuando el vientre de Phoebe entró en contacto con la erección de Zane, fue a él al que le tocó gemir.

Deslizó la mano desde la cintura de los pantalones de Phoebe hasta su seno y tomó la femenina curva. A pesar de la tela de la camisa y del sujetador, pudo sentir el pezón erguido. Y bastó una caricia de su dedo para hacerla jadear.

Ella le acarició la cabeza y guio su boca de vuelta a la suya. En aquella ocasión, cuando deslizó la lengua en su interior, Phoebe cerró los labios alrededor de su lengua y succionó. Zane dejó caer su mano libre hasta su trasero y la sujetó para restregarse contra ella.

Las tensas cuerdas de su control comenzaban a deshilacharse. Cuando Phoebe curvó las manos alrededor de su cuello, a él le pareció lo más natural del mundo colocar la suya alrededor de su cintura y levantarla. Phoebe le rodeó las caderas con los brazos, poniéndose en directo contacto con su erección.

Era paradisíaco. Y una pura tortura.

Soltó una maldición. Ella interrumpió el beso y le sonrió.

—Así que me encuentras irritante, pero, de todas formas, continúas deseándome —susurró.

—No te encuentro irritante —replicó, estrechándola contra su sexo.

—Yo tampoco te encuentro irritante.

Zane reconoció la pasión en sus ojos y supo que también ella estaba más que dispuesta a llevar las cosas a un nivel superior.

Miró a su alrededor, buscando un lugar escondido y

blando, pero se dio cuenta de que estaban en un lugar muy despejado y que les descubrirían casi de inmediato. No era romántico, no era inteligente y, además, ni siquiera llevaba un preservativo encima. Phoebe se merecía algo mucho mejor.

—Te deseo —le dijo.

Phoebe tensó las piernas a su alrededor.

—Yo también —el rubor tiñó sus mejillas—. Nunca le había dicho eso a un hombre.

Zane se dio cuenta de que él tampoco se lo había dicho nunca a una mujer. Lo había demostrado con los hechos, pero nunca había pronunciado aquellas palabras. Phoebe le estaba cambiando en todos los sentidos.

La deseaba con una desesperación que no había sentido jamás, pero aun así...

—No podemos —dijo delicadamente, ignorando la dureza y el dolor de su erección—. Te mereces algo mejor que un encuentro rápido contra un árbol.

Phoebe tragó saliva.

—No estoy segura.

—Yo sí.

—¡Oh!

Parecía decepcionada. Si se hubiera tratado de cualquier otra mujer, Zane lo habría enviado todo al infierno y habría tomado lo que le ofrecían. Pero era Phoebe.

Desde detrás de ellos, oyó el sonido del claxon de un vehículo, y después otro. No podían ver nada a través de los árboles, pero oyeron unas risas flotando hacia ellos, mientras, al menos, un par de vehículos todoterreno se desplazaban lentamente por los pastos.

—Parece que tenemos compañía —comentó—. Estamos cerca de las tierras de Stryker. Supongo que han decidido venir a saludarnos. Adelántate, yo iré dentro de un rato.

Cuando se señaló la parte delantera de los vaqueros, Phoebe se sonrojó.

–¡Ah! Ya veo el problema. Bueno, puedes ir detrás de mí y así no se notará nada.

Zane se echó a reír.

–Esperaré aquí. Tú vete.

–De acuerdo.

Phoebe se dirigió hacia el campamento. Zane la observó alejarse, pendiente del movimiento de sus caderas y de la despedida con la mano que le ofreció antes de desaparecer.

Sería una estupidez involucrarse con una mujer como ella. No creía que Phoebe comprendiera sus relaciones cortas y sin compromiso. ¿Pero cómo iba a resistirse a aquellos ojos enormes, a aquella boca? Le bastaba tocarla para desearla más de lo que había deseado a nadie en toda su vida. Se había alejado de muchas cosas para intentar hacer las cosas bien, pero no estaba seguro de que pudiera alejarse de ella.

Phoebe salió de entre los árboles y encontró a todo el mundo rodeando cuatro vehículos. Se detuvo, contó hasta veinte y se dirigió hacia los risueños recién llegados.

Después de haber pasado un par de días con un grupo tan pequeño de gente, el nivel de ruido era bastante impactante. Parecía como un caos organizado de personas llamándose las unas a las otras, colocando mesas de camping y llenándolas de comida.

El sol todavía era visible en la franja más baja del horizonte y pintaba el cielo del oeste de cálidos tonos violetas y rojizos. La delicada luz de la noche veraniega en las montañas inundó a Phoebe de una sensación de satisfacción.

–¡Reese! –exclamó Chase con una voz algo más grave de la habitual.

Un adolescente larguirucho y él se hicieron un complicado saludo con las manos que terminó en falsos puñetazos.

–¡Phoebe, ven aquí! –gritó Maya–. Quiero presentarte a

mi mejor amiga desde décimo grado. Esta es Dellina Hopkins.

Tenía el brazo alrededor de los hombros de una atractiva mujer de melena castaña.

—Dellina Ridge ahora —la corrigió su amiga.

Maya agarró la mano izquierda de Dellina y silbó al ver la sortija que resplandecía en su dedo anular.

—Mi marido está ahí —dijo Dellina, señalando hacia un jeep de color negro con llamas en los laterales, del que dos hombres estaban sacando una enorme nevera portátil.

Eddie y Gladys estaban tras ellos. Gladys sostenía la linterna mientras Eddie grababa sus traseros.

—Ese es Ford Hendrix —señaló Maya—, así que tú tienes que haberte casado con el otro tipo. ¡Espera un momento! ¿Ese es...? ¿Te has casado con Sam Ridge? ¿Con el jugador de fútbol? Hice un par de reportajes sobre él y sobre todos los detalles tan íntimos que contó su exesposa.

Dellina soltó una carcajada.

—No solemos hablar sobre eso.

—¡Oh, Dios mío! —dijo Maya casi sin aliento—. ¿Esa no es la alcaldesa Marsha?

Agarró a Phoebe de la mano y tiró de ella para acercarse a una encantadora mujer de pelo gris que estaba junto a Andrea cerca de una de las mesas. La mujer iba vestida con elegante informalidad, con unos pantalones de color gris claro y un jersey verde azulado. Lucía en el cuello un collar de perlas. Phoebe se preguntó si debería advertirle de la existencia de los mapaches.

—He traído pasta horneada con calabaza y rissoto —le explicó la alcaldesa a Andrea—. La receta es de un libro de recetas de Fool's Gold. He pensado que te gustaría porque no lleva carne.

Andrea la miró desconcertada.

—¿Cómo se ha enterado?

—Maya —dijo la alcaldesa mientras la estrechaba en un

cariñoso abrazo–. ¡Qué alegría! Y tú debes de ser Phoebe. Bienvenida a Fool's Gold.

–La alcaldesa Marsha es la alcaldesa más veterana de California –dijo Maya.

Phoebe disfrutaba del entusiasmo de su amiga. Nunca había vivido en un lugar tan pequeño, pero pensó que podría gustarle. En Los Ángeles uno rara vez se encontraba con sus amigos. La ciudad era tan grande y estaba tan extendida que tenían que quedar para poder verse unos a otros y las citas tenían que fijarse teniendo en cuenta el tráfico. La vida parecía mucho más sencilla en aquel lugar.

–Hay algo de lo que me gustaría hablar contigo –le dijo la alcaldesa a Maya–. Pásate por mi despacho cuando hayas terminado con la conducción de ganado.

–Lo haré –Maya se volvió hacia Phoebe–. ¿Estás bien?

–Claro. Todo esto es muy divertido. Aunque resulta un poco extraño que aparezca de pronto toda esta gente en medio de nuestra excursión.

–Estamos en Fool's Gold. No te queda más remedio que aceptarlo.

–Lo que la mayor parte de la gente no sabe es que Cenicienta tenía un hermano –dijo Thad.

Tommy pareció sorprendido por la noticia, pero Lucy se limitó a soltar un bufido burlón.

–No es verdad –le corrigió la niña–. Tenía dos hermanastras malísimas. No había ningún niño.

Thad sonrió.

–A su hermano le había echado la madrastra, que era muy mala. Estaba trabajando como mozo de cuadra en el castillo cuando se enteró de que había un torneo. Iba a celebrarse el día del baile.

C.J. continuó cepillándole el pelo a Lucy. Después de haber pasado la velada jugando con otros niños de Fool's

Gold, Lucy y Tommy parecían estar satisfechos allí sentados, cerca de los restos de la hoguera, con Thad y con ella. La fiesta había terminado un cuarto de hora atrás y Thad quería contarles un cuento a los niños antes de que se acostaran.

–Es verdad –intervino ella–. Quería ganar por la gloria del éxito, pero también porque si conseguía el dinero, por fin podría rescatar a su hermana.

Tommy asintió como si tuviera todo el sentido del mundo, pero Lucy parecía escéptica.

–Así no es el cuento de verdad –se quejó–. Se supone que tienes que contar lo del hada madrina, el zapato de cristal y todas esas cosas.

–Eso ya lo contaré –le prometió.

C.J. miró a su marido. Estaba sentado en una manta delante del fuego. Tommy se reclinaba contra él. C.J. y Lucy estaban junto a ellos. Ella ya le había deshecho la trenza a la niña. Mientras continuaba cepillándole la larga melena, admiró el resplandor del fuego sobre aquellos mechones oscuros.

–Apuesto a que ni de lejos tenía un pelo tan bonito como el tuyo –le dijo a la niña.

Lucy se volvió y se la quedó mirando fijamente, sorprendida. Entreabrió ligeramente los labios, pero no dijo nada.

A C.J. le dolió que un simple cumplido pudiera resultarle algo tan inesperado. Por primera vez, se preguntó de dónde habrían salido aquellos niños. ¿Dónde estaban sus padres biológicos? ¿Les habrían abandonado? ¿Habrían muerto? ¿Qué circunstancias les habrían llevado a terminar en un hogar de acogida?

Miró a ambos niños y reparó en lo pequeños que parecían en la vasta oscuridad de la noche. Estaban completamente absortos en aquella extraña versión de Thad del cuento de Cenicienta.

Al observarlos, creció en lo más profundo de ella un anhelo bien conocido. La necesidad de tener un hijo al que abrazar y amar, al que pudiera ver crecer. Quería abrazar a un bebé de dulce fragancia y escuchar su respiración. Estar junto a él para ser testigo de su primera sonrisa, de su primera palabra, de sus primeros pasos.

Dejó el cepillo y clavó la mirada en el fuego. El dolor la invadió al comprender que aquello no iba a ocurrir nunca. Por razones que no podía controlar, aunque las circunstancias no fueran culpa de nadie, jamás podría tener un bebé en sus brazos.

El vacío la envolvió hasta hacerse suficientemente grande como para destrozarla. No iba a tener hijos, no tendría familia. Ni recuerdos, ni esperanzas, ni sueños.

Thad y ella eran buenas personas. No se merecían lo que les había pasado.

Un ligero ruido le llamó la atención. Se volvió y vio a Lucy riéndose por algo que había dicho Thad. C.J. estudió el perfil de la niña, su bonito rostro y el hambre que nunca desaparecía de sus ojos.

¿Qué quería Lucy? ¿Qué sueños tenía cuando se quedaba sola en la cama?

Una familia, decidió C.J. La niña querría una familia que la hiciera sentirse a salvo. ¿Llegaría a encontrarla alguna vez? Suspiró. Teniendo en cuenta que eran niños mestizos y su edad, era muy poco probable. De modo que Lucy y ella tenían, por lo menos, una cosa en común: las dos deseaban algo que jamás tendrían.

Aunque C.J. no apreciaba su propio destino, sabía que podría sobrevivir a él. ¿Pero podía decir lo mismo de Lucy y de Tommy? ¿Cómo iban a crecer si solo podían contar el uno con el otro? Solos y rechazados en un mundo en el que acechaba la soledad.

La solución a los problemas de todos ellos la tenía delante. La reconoció, a pesar del rechazo que le generaba. A lo mejor tenía que renunciar a su sueño, pero no estaba dispuesta a aceptar otra cosa a cambio. Todavía no. Y quizá nunca lo estaría.

Chase esperó a que Thad y C.J. acostaran a los niños y a que Eddie y Gladys hicieran un viaje más a los arbustos, parloteando las dos durante todo el trayecto de ida y de vuelta. Después, se acercó al fuego. Zane estaba allí, como todas las noches. Siempre era el último en acostarse y el primero en levantarse por las mañanas. A Chase se le ocurrió pensar de pronto que su hermano debía de pasar gran tiempo de su vida cansado y asumiendo responsabilidades.

Cruzó el claro hasta alcanzar la hoguera. Su hermano no alzó la mirada cuando se acercó, pero tampoco se alejó de allí. Chase imaginó que era lo máximo que podría conseguir.

Chase permaneció allí, cambiando el peso de pie, y terminó aclarándose la garganta.

—Siento lo que ha pasado antes —se disculpó casi a regañadientes—. Interpreté mal la situación. No entiendo por qué. Sé que jamás le harías ningún año a Phoebe. Es solo que... la he visto tumbada en el suelo y he reaccionado así —se encogió de hombros—. Lo siento —repitió.

Sabía que Zane no iba a decir nada. A Chase, disculparse por haber cometido un error nunca le había servido de nada.

—Sé que puedo llegar a ser un auténtico canalla —reconoció Zane—. Y sé que has pensado que le había hecho algo a Phoebe. No pasa nada.

Chase parpadeó. No se lo podía creer.

—¿Quieres decir que no estás enfadado?

—Ha sido un error. Un error que podía haberte costado tu bonita cara, pero esa es otra historia.

Chase sonrió de oreja a oreja.

—¿Estás diciendo que podrías haberme ganado, viejo?

—En un segundo.

Chase sabía que era alto, pero todavía no había desarrollado todos sus músculos. Zane le superaba en varios centímetros de altura y en varios kilos. Aun así, no pudo evitar colocarse a una prudente distancia y alzar los puños.

—Cuando quieras y donde quieras —bromeó.

Zane se echó a reír.

—Vete a dormir.

Chase asintió.

—Buenas noches.

Chase se dirigió hacia su tienda sintiéndose mucho mejor de lo que se había sentido en mucho tiempo.

A la mañana siguiente, Phoebe compartió su dilema con Rocky.

—No sé hasta qué punto le gusto a Zane —le dijo al caballo, un caballo castrado—, pero me desea, y eso ya es algo bueno, ¿no? Me refiero a que me desea sexualmente.

Pensó en las limitaciones del caballo en aquel aspecto.

—¿Te hago sentirte mal hablándote de esto?

Rocky estampó uno de los cascos contra el suelo y ella interpretó que le estaba contestando que no pasaba nada.

—¿Sabes? Me estaba preguntando si debería cabalgar al lado de Zane esta mañana —ajustó la silla y revisó los estribos—. ¿Crees que es demasiado descarado? No quiero que piense que soy una mujer fácil.

Pensó en lo que había pasado la noche anterior. En cómo se había restregado contra él como una gata en celo.

—Aunque a lo mejor ya es un poco tarde para eso.

Rocky sacudió la cabeza con lo que a Phoebe le pareció una versión equina de un «adelante, ve a por él».

—De acuerdo, si tú lo dices.

Condujo a Rocky hasta un tocón. Se subió a él y consiguió montarse con cierta elegancia. Una vez en la silla, urgió al caballo a avanzar y se acercó al ganado. El grito de

Zane ordenando que se pusieran en movimiento le produjo una intensa emoción, como siempre.

Manny comenzó a moverse lentamente. Las otras reses fueron ocupando su lugar. Phoebe se colocó en el suyo y miró disimuladamente a su alrededor para comprobar si alguien le estaba prestando atención. Cuando estuvo segura de que nadie la miraba, golpeó a Rocky ligeramente con los talones. El caballo aceleró el paso.

Al cabo de tres minutos de accidentado trote, se encontró prácticamente al lado de Zane y pudo aminorar el paso hasta un ritmo más manejable. Por supuesto, una vez allí, no supo qué decir.

De modo que se conformó con un simple:

—Buenos días.

Zane contestó con uno de sus habituales gruñidos.

Phoebe se recordó a sí misma que le había dicho que la deseaba, lo excitado que estaba cuando se habían besado y cómo le había acariciado los senos. Una vez recuperado el coraje, tomó aire.

—¿Te importa que monte un rato a tu lado?

—Me encantaría.

El placer la hizo sonreír.

—¿Qué tal has dormido?

Zane se echó a reír.

—Fatal, ¿y tú?

Phoebe pensó en sus sueños eróticos.

—He dado algunas vueltas en el saco.

—Bien.

Phoebe le miró y le vio sonreír. Le devolvió la sonrisa. La satisfacción la hizo relajarse.

—¿Cómo es crecer en un rancho? —le preguntó—. Vivís bastante lejos de Fool's Gold. ¿Tenías un camino muy largo para ir al colegio?

—Iba en autobús. Tardaba unos cuarenta y cinco minutos por todas las paradas que hacía, a no ser que hiciera muy mal tiempo. Después de las tormentas no podía ir a clase y si la tormenta tenía lugar durante el día, me quedaba a dormir en casa de un amigo.

—¡Vaya! ¿De verdad? —lo peor que había tenido que hacer ella había sido caminar durante veinticinco minutos o dejar de ir a clase por culpa de un terremoto—. ¿Tenías muchos amigos en el autobús?

—Claro. Nos metíamos con las chicas y con los niños más pequeños.

—Quieres decir que les torturabais.

Zane volvió a sonreír.

—Eso también.

—Sé que Chase es tu medio hermano. ¿Por qué vuestros padres no tuvieron más hijos cuando estaban juntos? —se mordió el labio—. ¿Es una pregunta demasiado personal? ¿Eras muy pequeño cuando murió tu madre?

—Tenía doce años —respondió—. La gente de Fool's Gold me ayudó a superarlo. Todas las mujeres nos traían comida. Las familias amigas se encargaron de atenderme para ayudarme a superar la tristeza.

—Siento que tuvieras que pasar por todo eso, pero me alegro de que tuvieras tanto apoyo.

—Yo también —le dirigió una mirada fugaz—. En cuanto a lo de por qué mis padres no tuvieron más hijos antes de que mi madre muriera, supongo que fue porque les habrían estorbado.

—¿En qué sentido? Esto es un rancho. ¿No hay espacio suficiente?

Zane miró hacia delante.

—Mis padres se amaban mucho más de lo que amaban ninguna otra cosa. O a nadie. Tener a más gente a su alrededor era una distracción que no querían.

Phoebe no podía imaginarse algo así.

—Pero eras un niño.

—Lo sé. Mi madre era mejor que mi padre. Me cuidaba

y estábamos muy unidos. Pero cuando se estaba muriendo, mi padre no fue capaz de aceptar la situación. Estaba desesperado sin ella. Y cuando murió, no sabía cómo sobrevivir.

Phoebe podía comprender lo solo que podía llegar a sentirse un hombre en un rancho.

—Pero te tenía a ti.

—Sí, se suponía que sí.

Phoebe no supo qué responder a eso.

—Y después conoció a la madre de Chase y se casó con ella, ¿no?

Zane asintió.

—La madre de Chase estuvo viviendo en el rancho varios años antes de marcharse. La madre de Maya fue la siguiente. Tuvo otras dos mujeres después. Al cabo de un tiempo, dejó de intentar sustituir a mi madre. Se limitó a esperar a que le llegara la muerte para poder volver a reunirse con ella.

—Supongo que la quería mucho —dijo Phoebe, después, se estremeció—. Pero un amor así da un poco de miedo. A mí me gusta la relación que tienen C.J. y Thad. Es evidente que se adoran, pero en su relación hay espacio para otras personas.

—Estoy de acuerdo contigo. Lo que mis padres tenían fue... No sé —sacudió la cabeza—. Yo no querría una relación así.

—¿Qué querrías tú? —preguntó Phoebe sin poder contenerse—. ¿Cómo te gustaría que fuera una relación con una mujer?

—No he pensado nunca en ello.

Phoebe se tragó su miedo y se lanzó a preguntar:

—¿Has estado enamorado alguna vez?

Zane la miró.

—No, ¿y tú?

Phoebe suspiró.

—No. En un par de ocasiones estuve a punto, pero no

funcionó. A veces lo deseo más que ninguna otra cosa, pero otras lo encuentro aterrador. No quiero sentirme tan vulnerable.

Se preparó para recibir las críticas de Zane, pero lo único que le contestó fue:

—Tiene sentido.

Cabalgaron en silencio durante varios minutos. Al final, Zane dijo:

—¿Qué harás si pierdes tu licencia de agente inmobiliaria?

—Estoy intentando averiguarlo. Necesito tener un plan. Pero hasta ahora no se me ha ocurrido nada. He estado hablando con Manny sobre eso... —se interrumpió—, pero, ya sabes, Manny nunca contesta.

—Mejor. Si lo hiciera, empezaría a preocuparme por los dos.

—Me lo imagino. En cualquier caso, todavía no tengo un plan. Siempre he pensado que seguiría en Los Ángeles, pero el estar aquí me ha demostrado que me gustaría hacer algo diferente. Fool's Gold parece un lugar especial —sonrió—. ¿Crees que podría conseguir trabajo como cuatrera?

—¿Cómo cuatrera? ¿Quieres dedicarte a robar caballos?

—¡Ah! Quería decir cuidándolos.

—Será mejor que te aprendas la terminología antes de proponerte para el puesto.

—Supongo que sí —tiró del sombrero—. Chase acabará los estudios el año que viene, ¿verdad? ¿Qué harás entonces?

—Lo que he hecho siempre.

Sabía lo que quería decir. Trabajar la tierra, criar ganado, cuidar a las cabras. Y ocuparse de sí mismo.

—¿No te sentirás solo?

Zane la miró.

—Probablemente.

Aquella única palabra la conmovió más de lo que podría haberlo hecho cualquier declaración de afecto. Le entraron ganas de pasarse a su caballo para abrazarle. Quería prometerle que si estaba interesado, ella se comprometería a quedarse a su lado.

—Esto es lo único que conozco —añadió Zane.

—Además, es lo que te gusta. Si es que no te sientes atrapado por tu destino ni nada parecido.

Zane no contestó. Ella le miró.

—¿Te sientes atrapado?

—No en el sentido al que tú te refieres. Pero hay veces... —curvó ligeramente la comisura de los labios, pero no sonrió—. Cuando tenía la edad de Chase, mi padre decidió mejorar el pedigrí de nuestros caballos. El rancho estaba teniendo dificultades y no podía permitirse comprar un semental, pero estaba decidido.

Phoebe frunció ligeramente el ceño. A ella el rancho le parecía bastante próspero. ¿El desarrollo sería reciente?

—El semental era una auténtica belleza —continuó Zane—. Fuerte, vivaz, obstinado. No era un caballo para ser montado. Mi padre lo dejó muy claro.

Phoebe tuvo un mal presentimiento.

—Pero tú lo montaste, ¿verdad?

Zane se encogió de hombros.

—Claro. Era un niño. Era muy impulsivo y, además, odiaba que mi padre no confiara en mí. Lo saqué la primera tarde que llegó al rancho. Se movía como el viento. Saltaba cercas y zancas. Jamás había alcanzado aquella velocidad montando a caballo. Pero había sido una época de lluvias muy fuertes y el caballo se resbaló en el barro. Yo salí volando y el caballo se cayó. Yo me rompí el brazo y el caballo se rompió las dos patas.

Phoebe esbozó una mueca.

—Debió de ser muy doloroso.

—Yo superé lo del brazo fácilmente, pero tuvieron que sacrificar al caballo. Mi padre estaba furioso. Todavía no había hablado con la compañía de seguros, así que el caballo no estaba asegurado. De hecho, mi padre todavía debía más dinero del que teníamos y, sin los ingresos del semental, no tenía forma de devolverlo. Terminó vendiendo parte de la tierra para saldar la deuda.

Phoebe se estremeció ligeramente. No hizo falta que preguntara el resto. Ya había comprendido que el padre de Zane había sido un hombre duro que no perdonaba los errores ni a aquellos que los cometían.

—Jamás me dijo una sola palabra —continuó Zane con voz queda—. Eso fue lo peor. Nunca me permitió decirle que lo sentía. Para él, fue como si hubiera dejado de existir.

—Pero eras su hijo.

Zane la miró.

—Eso no importaba. Hice todo lo posible para no volver a cometer ningún error, pero ya era demasiado tarde. Yo iba cada día hasta el límite del rancho y me quedaba mirando la tierra que habíamos perdido. Estaba decidido a recuperarla.

Phoebe tenía miles de preguntas.

—Pero ahora el rancho va bien, ¿verdad?

—Sí. Tardé varios años, pero ahora somos rentables.

—Y por eso eres tan duro con Chase. No quieres que pase por lo que tuviste que pasar tú.

—Exacto. Intenté hablar con mi padre antes de que muriera, pero no me escuchó. Me decía que no importaba, pero yo sabía que no era cierto.

Ella sentía su dolor y quería aliviarlo. Deseaba dar marcha atrás en el tiempo y abrazar al joven que Zane había sido en otro tiempo, decirle que lo único que había hecho había sido cometer un error, nada más. El castigo que había soportado no se correspondía con el delito.

—Tu padre se equivocó —le dijo—. Tú vales más que cualquier caballo o que un pedazo de tierra.

—Te agradezco el voto de confianza, pero no sé si es verdad. A lo mejor sería cierto si hubiera conseguido recuperar la tierra.

—¿Y no puedes recuperarla?

—El hombre que la compró, Reilly Konopka, no me la venderá nunca —parecía sombrío—. Ahorré hasta conseguir suficiente dinero, pero cuando hablé con él, se negó a vendérmela. Quería dármela.

Phoebe parpadeó.

—¿Quería regalártela?

—No podía aceptarla, pero el muy canalla no quiso vendérmela. Así que él sigue siendo propietario de la tierra y yo sigo luchando contra los fantasmas del pasado.

Phoebe no sabía qué decir. Sabiendo lo que sabía de Zane, comprendía el problema. Zane no podía aceptar aquella tierra si no era capaz de ganársela. Necesitaba reconciliarse con el pasado y aquella era la única manera de hacerlo.

Le dolió por él. ¿Por qué no era capaz de darse cuenta de que jamás podría arreglar la situación con su padre, de que lo único que podía hacer era reconciliarse consigo mismo? Aquello no tenía nada que ver con la tierra, sino con el amor y con el perdón.

—Veo a Reilly cada dos años y él sigue fastidiándome negándose a aceptar el dinero.

Phoebe se preguntó hasta qué punto el problema no sería que el vecino de Zane estaba comportándose como un verdadero padre, más de lo que lo había hecho el propio padre de Zane.

—Estoy seguro de que con el tiempo, conseguiré desgastarle —añadió—. Le ganaré.

Phoebe no estaba tan segura. Ganar una batalla era mucho más difícil cuando uno de los contrincantes se negaba a participar en ella.

Capítulo 17

El fuego crepitaba y danzaba, proyectando sombras en el suelo. Zane, reclinado contra un tronco, disfrutaba lentamente su café. La noche era fría y serena y las estrellas no habían asomado en el cielo cubierto. La lluvia que habían pronosticado todavía tenía que caer y Zane estaba comenzando a pensar que iban a conseguir realizar toda la conducción de ganado sin que ocurriera ningún desastre.

Pero mientras pensaba en ello, cerró el puño y dio un golpecito en el tronco. No quería tentar al destino. No, cuando todavía mediaban dos días enteros y muchos kilómetros entre sus novatos y la seguridad de la casa.

Miró a su alrededor, observando a la gente reunida alrededor del fuego. Estaban todos allí. Hasta Cookie se había acercado y estaba sentado en un viejo tocón.

Maya estaba sentada con Phoebe y con Chase. Zane no miró durante mucho tiempo a aquel grupo porque sabía lo que sucedería. Fijaría la mirada en Phoebe y no sería capaz de desviarla. No, con aquel fuego haciendo brillar sus ojos y arrancando destellos de su pelo. No, con el sonido de su voz deslizándose dentro de él y tensándole por dentro. Aquella mujer representaba cinco clases diferentes de tentación suficientemente pecaminosas como para que las cosas se pusieran interesantes.

Era curioso. Él habría jurado que en el momento en el que le contara la verdad sobre su pasado, todo cambiaría. Que se descubriría distante o enfadado. Sin embargo, descubrió que no le importaba que lo supiera. Phoebe había reaccionado a la verdad aceptándola de corazón.

¿De dónde sacaba valor para ser tan abierta?

Maya alzó la mirada y le descubrió observándoles. Le dio un codazo a Phoebe.

—Zane tiene metidas en el ordenador todas las líneas genealógicas de su ganado.

—¿Y eso no es muy complicado?

—No tengo ni idea —respondió él, intentando no perderse en sus preciosos ojos—. Es un programa que diseñó Chase.

Phoebe se volvió hacia su hermano.

—¿Eso es cierto? ¿Tú diseñaste ese programa?

—Claro. No es tan difícil.

—A mí me parece increíble.

Chase se encogió de hombros, como si no tuviera la menor importancia, pero Zane advirtió el placer provocado por aquel cumplido.

—A Zane no se le dan muy bien los ordenadores, así que le preparé un programa muy fácil de utilizar —continuó Chase—. Él introduce el número del animal en cuestión y el programa le conduce a través de una serie de indicaciones.

—Suena genial —contestó Phoebe—. ¿Me dejarás ver cómo funciona cuando volvamos a la casa?

Chase miró a Zane, que asintió.

—Claro.

—En algunos aspectos, las nuevas tecnologías nos están haciendo la vida más fácil —comentó Maya, estirando las piernas delante de ella—. Pero también pueden causarnos problemas. Un tipo con el que trabajaba se dejó sin querer el teléfono en casa de su novia. Ella le revisó la agenda y vio todas las mujeres con las que estaba quedando.

Phoebe esbozó una mueca.

–No sé si se le puede echar la culpa al teléfono. A lo mejor, él debería haber sido más honesto –vaciló un instante–. Y, por supuesto, su novia no debería haberle mirado el teléfono.

–Si él no se lo hubiera olvidado, no habría pasado nada, para empezar –señaló Maya.

Phoebe pareció sorprendida.

–¿Te parece bien que un hombre salga con más de una mujer al mismo tiempo?

–Si no tienen una relación exclusiva, ¿qué más da? Ella puede hacer lo mismo.

Phoebe tragó saliva.

–Es tan...

–¿Sofisticado? –preguntó Maya.

–Asqueroso –respondió Phoebe.

Zane sonrió. A pesar de todos los años que llevaba viviendo en una gran ciudad, en el fondo, Phoebe era una chica muy sencilla. Creía en la honestidad, en la exclusividad en la relación entre un hombre y una mujer, y era capaz de hablar con cualquier cosa que se moviera. Tenía un corazón tan grande que no le extrañaba que terminara siempre un poco magullado. La vida no ofrecía muchas recompensas a aquellos que se dejaban llevar por los sentimientos.

Phoebe no podía ser más distinta a él, pensó. Él vivía en un mundo en el que los sentimientos eran irrelevantes.

Tommy se deslizó al lado de Chase.

–¿Y también sabes hacer otro tipo de programas?

–Claro –Chase le revolvió el pelo al niño–. Pero programar es muy fácil. Ahora mismo, un amigo mío y yo estamos trabajando en un gato robot.

Tommy abrió los ojos como platos.

–¿Y eso qué es?

–¿Tú conoces esos perros robot que se pueden comprar? Les enseñan trucos y todo tipo de cosas.

Tommy asintió.

–Pues nosotros estamos construyendo un gato, aunque algo más sofisticado –la emoción iluminó el rostro de Chase–. Hemos cometido algunos errores en el software. Quiero que el gato cace ratones.

–¿Ratones de verdad? –preguntó el niño.

–Sí. Hemos puesto a ratones en movimiento delante de él, pero el gato no parece muy interesado.

Lucy se acercó a su hermano.

–Pero no le hará daño al ratón, ¿verdad?

Chase negó con la cabeza.

–¡Qué va! Solo queremos que el gato pueda atraparlos.

Continuó hablando, explicando los distintos programas y el problema de construir las partes por separado. Los adultos no prestaban atención, pero Tommy y Lucy estaban completamente cautivados.

Zane lo había oído antes. ¿Cuántas veces le había hablado de todo ello su hermano, gesticulando, haciendo bocetos en servilletas de papel y explicándole detalles técnicos hasta que se le enfriaba la comida? Zane le había escuchado, pero nunca había comprendido qué podía ver Chase en todo aquello. Para él, solo era un conjunto de piezas mecánicas, solo le interesaban por lo que podían llegar a hacer. No entendía la gracia de ponerlas todas juntas.

Pero él no era Chase, y Chase no era él.

–¿Cuándo crees que podrá funcionar?

La expresión animada de Chase se desinfló.

–No sé. La semana pasada nos hundimos económicamente. A mí me habría gustado poder terminarlo este verano, pero... –dio un golpecito en el suelo– tengo muchas tareas que hacer.

–¡Qué pena! –se lamentó Tommy.

Zane observó a su hermano. Las tareas en cuestión eran el trabajo en el rancho. Le tocaba arrimar el hombro porque vivía allí y para pagar el dinero extra que habían costado las sillas y las tiendas para la conducción de ganado.

Aunque Zane sabía que era importante que Chase aprendiera a ser responsable y a medir las consecuencias de sus actos, comprendió por primera vez que el interés de Chase en los ordenadores no era algo pasajero. Era aquello a lo que quería dedicar su vida.

A lo mejor siempre lo había sabido, pero no había querido verlo. A lo mejor esperaba que su hermano terminara cansándose. Pero eso no iba a ocurrir. Chase nunca sería feliz en una pequeña escuela agrícola. En cambio, quería ir al Este a estudiar en el MIT. Teniendo en cuenta su capacidad y lo mucho que le gustaban los ordenadores, Zane no podía culparle.

Thad miró el reloj y se levantó.

—Muy bien, chicos. Hora de acostarse.

Tommy se levantó.

—Thad, no. Déjanos un poco más. Quiero que Chase nos cuente más cosas del gato robot.

—Mañana os las puede contar —contestó Thad.

—Thad tiene razón —se sumó C.J.

Tommy la miró y sonrió.

—De acuerdo.

Lucy abrazó a C.J. antes de seguir a su hermano hacia las tiendas.

Zane había sido testigo de cómo había ido evolucionando la relación entre C.J. y Thad con los niños, pero no había sido consciente de hasta qué punto se había estrechado. No estaba seguro de lo que había pasado, pero imaginaba que había sido derrotada la hostilidad palpable que había sentido entre ellos la semana anterior.

Todos los demás siguieron el ejemplo de los niños. Andrea y Martin se despidieron. A ellos les siguieron Eddie y Gladys. Maya se interrumpió para hablar con Cookie mientras Phoebe se levantaba y se sacudía el trasero.

—Buenas noches —se despidió sin mirar a nadie en particular.

Mientras Zane la observaba, ella dio un paso, se volvió y le miró. Curvó la boca en una sonrisa que hizo que a Zane se le encogieran las entrañas.

–Buenas noches, Zane –musitó.

Zane le guiñó un ojo.

Aquel gesto les sorprendió a ambos, pero no fue precisamente él el que trastabilló ligeramente, contuvo la respiración y se despidió con la mano antes de desaparecer en la oscuridad. Por un momento, Zane se arrepintió de no haber cedido a lo que le dictaba el instinto. Debería haber empezado a desnudarla cuando había tenido oportunidad. No dudaba de que en aquel momento habría estado tan dispuesta y preparada como él.

–Principios estúpidos –musitó para sí.

Se terminó el café y se levantó. Cuando Chase pasó por delante de él, le agarró del brazo.

–Espera un momento –le pidió, y dejó caer la mano.

Chase le miró con recelo, pero asintió.

–Claro.

–He estado pensando. Probablemente saquemos algún beneficio de esta excursión. No hay ningún motivo por el que tengas que dedicar más horas a trabajar para pagar las sillas y las tiendas. Cuando volvamos, tendrás que seguir ocupándote de tus tareas, pero eso es todo. El resto del tiempo lo puedes dedicar a los ordenadores y a ese gato robot.

Chase se le quedó mirando fijamente.

–No lo entiendo.

Zane sonrió.

–Creía que eres el más inteligente de la familia. Supongo que estaba equivocado.

Chase parpadeó un par de veces, como si de pronto lo hubiera comprendido.

–¿Lo dices en serio, Zane? ¿No vas a obligarme a trabajar sesenta horas a la semana en los establos?

Zane dejó la taza encima de la mesa de la carreta de Cookie.

—¿Alguna vez te he hecho trabajar tanto?

Chase sonrió.

—Ya sabes lo que quiero decir.

—Sí, lo sé. Como te he dicho, solo tendrás que dedicarte a las tareas habituales. Yo me ocuparé de todo lo demás. Y cuando regresemos a casa, haz una lista que todo lo que necesitas para que ese gato funcione, apunta también cuánto cuesta. Pagarlo yo me va a salir mucho más barato que cualquiera estrategia que se te pueda ocurrir.

Chase soltó un grito de alegría.

—¿Lo dices en serio? ¡Es genial! ¡Eres el mejor! —le palmeó la espalda—. Estoy deseando llegar a casa y ponerme a trabajar en el gato. ¡Gracias, Zane!

Soltó un grito y salió corriendo hacia su tienda. En la entrada, se detuvo y le mostró a Zane los pulgares en alto antes de meterse en la tienda.

Zane le observó meterse en la tienda. Chase todavía era un niño, pero, tal y como Maya llevaba diciéndole desde hacía años, era un buen muchacho. Era curioso que no hubiera sido capaz de verlo hasta entonces. Había estado tan ocupado intentando evitar que Chase hiciera algo de lo que tuviera que arrepentirse que se había olvidado de dejarle vivir. Hasta que Phoebe le había recordado lo que era verdaderamente importante.

A Phoebe le resultó difícil dormir, algo que le ocurría a menudo últimamente. Sucedía algo cuando estaba con Zane que ponía a su cuerpo a canturrear. Y cuando su cuerpo comenzaba a canturrear, no había manera de bloquear el sonido o la vibración.

Dividida entre el deseo sexual y la conexión sentimental, tomó la ruta que, probablemente, la conduciría más fácilmente al suelo y pensó en lo que le había contado Zane sobre su pasado. Era lógico que quisiera mantener a Chase por el buen camino. Zane se había visto obligado a vivir durante años cargando con su error.

Su padre se había equivocado al no perdonarle. A Phoebe le entraban ganas de enfrentarse a aquel hombre para dejarle bien claro lo que pensaba, un deseo complicado por la muerte y la distancia. Quería que Zane comprendiera que ya no tenía que demostrar nada a nadie. Que podía olvidar el pasado. Quería muchas cosas en lo que a Zane concernía.

Todas ellas deseos absurdos, se recordó a sí misma. Aunque cuando la había besado, la pasión había sido maravillosa. Y aunque había apreciado su consideración al evitar que hicieran el amor al aire libre, no estaba completamente segura de que le hubiera importado.

Le deseaba. Era vergonzoso, pero cierto. No podía recordar haber deseado más a un hombre. Y no estaba hablando de desear solamente tener una conversación inteligente con él, o de compartir un cálido y cariñoso abrazo. No, le deseaba en el pleno sentido de la palabra.

No había una sola parte de su cuerpo que no deseara ser acariciar. A aquellas alturas, ya no podía andarse con remilgos. Hasta una caricia en los pies sería demasiado erótica como para describirla con palabras. Desgraciadamente, no era muy probable que Zane llamara a su puerta y ella no iba a presentarse en su tienda para ofrecerse. No solo era algo que no entraba dentro de los parámetros de su carácter, sino que la noche era demasiado silenciosa en el campo. Todo el mundo se enteraría de lo que estaba pasando.

Inquieta, Phoebe dio media vuelta en el saco de dormir. Por lo menos, aquella noche no tenía piedras debajo de la tienda. Había elegido una zona cubierta de musgo cuando habían montado las tiendas. Zane había intentado disuadirla, pero ella había insistido. Estaba cansada de que algo le pinchara el hombro o la cadera cada vez que intentaba conciliar el sueño. También le apetecía alejarse un poco del resto del campamento. Le había parecido un lugar más aislado.

Desgraciadamente, el aislamiento no estaba ayudándola a conciliar el sueño. Se volvió de nuevo y suspiró pesadamente. Deseaba un hombre, y mucho. Y no a cualquier hombre, sino a Zane. Solo a Zane.

Al cabo de unos minutos de dar vueltas y vueltas, intentó encontrar otra forma de conciliar el sueño. Se imaginó a sí misma en una hermosa pradera en las montañas. Podía oír el canto de los pájaros y sentir el calor del sol en los brazos. La fragancia de las flores la rodeaba. Todo era perfecto... hasta que un pájaro carpintero hizo acto de presencia.

¿Un pájaro carpintero?

Phoebe abrió los ojos y se dio cuenta de que había empezado a llover. El ruido que había oído era el de la lluvia repiqueteando contra la lona de la tienda. Palpó las costuras y comprobó agradecida que eran suficientemente herméticas como para impedir que se filtrara el agua. Por lo menos no iba a terminar empapada.

Cerró los ojos otra vez y se relajó. El sonido de la lluvia era agradable. Relajante. El ritmo ideal para adormecerla.

Hasta que la corriente de agua que comenzó a correr por debajo de su tienda unos cuarenta minutos después la despertó.

Phoebe se sentó con un grito amortiguado. Estaba empapada, helada. Algo húmedo le rozaba la cara. No podía ver, no sabía dónde estaba y...

Recordó entonces y con el recuerdo llegó la conciencia del agua helada que corría por la tienda. Estaba rodeada de agua y empapada.

Se le ocurrieron varias cosas a la vez. Primero, que Zane le había advertido que aquella zona de musgo se convertía en un arroyo cuando llovía, en un río, incluso. Después, que jamás volvería a entrar en calor. Y, en tercer lugar, y lo más importante, que tenía que salir de allí.

Si conseguir meterse en el saco de dormir era difícil, salir cuando tanto el saco como ella estaban mojados le resultó casi imposible. Se retorció, empujó, se contoneó y blasfemó. Al final, consiguió liberarse. Vestida solamente con la camisa, las bragas y los calcetines, salió de la tienda y descubrió que el agua le llegaba por los tobillos.

Podía sentir el pelo pegándosele en la cabeza y su cuerpo estremecido por los escalofríos. Agarró la tienda con las dos manos y tiró con fuerza, pero no consiguió moverla. Al final, renunció, volvió a meterse en ella y sacó las alforjas, la bolsa, los vaqueros y las botas. Después, haciendo un gran esfuerzo, avanzó a través de la lluvia y el barro hasta la tienda más cercana.

—Za-za-ne —dijo, con los dientes castañeteando mientras permanecía ante la tienda en medio de la oscuridad—. Mi-mi ti-ti-tienda e-está i-nu-nun-dada.

Oyó un fuerte suspiro y después la voz de Zane.

—Estás empapándote debajo de la lluvia, ¿verdad?

Phoebe asintió, hasta que se dio cuenta de que no podía verla.

—Ya e-estaba empapada a-a-antes. Hay un río debajo de mi tienda.

Se encendió una linterna y la puerta de la tienda se abrió.

—Deja tus cosas y entra.

Phoebe vaciló un instante. No quería abandonar sus pertenencias, pero la imagen de Zane sosteniendo una enorme toalla seca le resultó irresistible. Lo dejó todo y entró en la tienda.

La tienda de Zane era ligeramente más grande que la suya, pero continuaba siendo minúscula para dos personas, sobre todo cuando una de ellas estaba empapada, de rodillas e intentando no mojarlo todo. Zane la envolvió en la toalla y agarró sus botas.

—¿Tu tienda todavía está en pie?

Phoebe asintió en silencio, porque los dientes le castañeteaban tanto que le resultaba imposible hablar. Aunque la visión de Zane con la camisa desabrochada estaba ayudándola a entrar rápidamente en calor. Vio que Zane tenía una ligera capa de vello cubriendo su pecho que descendía en forma de flecha hasta la cintura de los vaqueros.

Zane le dirigió una mirada fugaz.

—Estás empapada, ¿verdad?

Phoebe asintió.

Zane musitó algo que sonó como un «me lo imaginaba», ¿o quizá fue un «maldita estúpida»?, no podía estar segura. Zane señaló la camisa empapada y sacudió la cabeza.

—Desnúdate, sécate y métete en mi saco. Así entrarás en calor. Voy a llevar tus cosas a la carreta de Cookie. Estando allí, es posible que estén secas para mañana por la mañana. Después desmontaré tu tienda y volveré.

Se abrochó la camisa y se puso el sombrero vaquero. Comenzó a salir a gatas de la tienda y se volvió para mirarla.

—Te agradecería que hasta entonces no te metieras en ningún lío.

—De a- a-cuerdo —consiguió tartamudear Phoebe con los labios entumecidos por el frío.

Cuando Zane se fue, Phoebe hizo lo que le había dicho. Se quitó los calcetines empapados y los dejó fuera de la tienda. Vaciló a la hora de quitarse la camisa, pero la tela empapada le robaba el calor. Abandonando el pudor, se desabrochó trabajosamente los botones y se quitó la prenda.

Como las bragas estaban solo un poco mojadas y no era capaz de imaginarse completamente desnuda en unas circunstancias como aquellas, se las dejó puestas. Se envolvió el pelo mojado en la toalla y se metió en el saco de Zane.

El calor la envolvió inmediatamente. La tela del saco estaba calentita y olía a Zane. Era como estar en sus brazos... más o menos. Phoebe se imaginó posando la mejilla contra su musculoso pecho.

Se hizo un ovillo y se obligó a dejar de temblar. La toalla se le cayó, pero no pudo estirar los brazos lo suficiente como para colocarla de nuevo en su lugar. Después, decidió dejarla así, porque de esa manera impediría que el pelo empapara la almohada.

Se oyeron ruidos en el exterior. Aquel leve ruido le indicó que Zane estaba dirigiéndose hacia su tienda. Se sentía muy mal por haberle hecho levantarse en medio de una tormenta y más que ligeramente estúpida por no haberle hecho caso cuando le había dicho que no plantara la tienda sobre el lecho de un arroyo.

Continuaba haciéndose recriminaciones cuando Zane volvió. Las solapas de la tienda se abrieron y un muy empapado Zane entró a gatas en la tienda.

—¿Estás bien? —le preguntó mientras dejaba la linterna y le acariciaba la mejilla—. ¿Has entrado en calor?

Phoebe asintió y sorbió por la nariz.

—Lo siento.

Zane entrecerró ligeramente los ojos y sonrió.

—Ha merecido la pena.

—¿Qué?

—Así puedo decirte «te lo dije».

Phoebe volvió a sorber por la nariz.

—¿Entonces no estás enfadado?

—¿Porque he tenido que salir en medio de la noche, quitar las piquetas de tu tienda, llevar la tienda a un lugar en el que pueda secarse, trasladar después tu equipaje a la carreta de Cookie, despertarle y aguantar sus cumplidos?

Phoebe esbozó una mueca.

—Sí, por ejemplo.

—No estoy enfadado.

Phoebe no se lo podía creer.

—Pero he sido una estúpida.

—Es la primera vez que haces una cosa así. No podías saber lo que podía pasar.

—Has intentado avisarme. Debería haberte hecho caso.

Zane sonrió.

—Así aprenderás. El hombre siempre tiene la razón.

—Eso no es verdad.

—Lo es en este caso. ¿Estás desnuda?

Aquel repentino cambio de tema la pilló desprevenida. Se hundió un poco más en el saco de dormir.

—Yo... eh... No me he quitado las bragas.

Zane maldijo suavemente.

—Supongo que me lo merezco por haber preguntado.

—¿Qué es lo que te mereces?

—No creo que quieras saberlo.

Pero claro que quería saberlo. Lo deseaba con todas sus fuerzas. Pero no sabía cómo preguntárselo. De modo que intentó cambiar de tema.

—¿Vamos a dormir en el mismo saco?

—He pensado que podría quedarme con Cookie.

—¡Ah! —la decepción corrió por su cuerpo con más fuerza que el arroyo de debajo de su tienda. También fue fría, pero no húmeda.

—Phoebe, ya hemos hablado de esto —le recordó Zane—. Te mereces algo mejor que un polvo rápido en el campo.

—Estamos en una tienda —repuso Phoebe sin poder contenerse—. Y no tiene por qué ser rápido.

En cuanto salieron aquellas palabras de su boca, deseó taparse la cabeza con el saco y desaparecer. Pero cerró los ojos y esperó a que Zane saliera de la tienda molesto. Como no le oyó moverse, abrió primero un ojo y después el otro.

Le descubrió mirándola con la expresión voraz de un hombre que llevaba hambriento toda una vida. El deseo que ardía en sus ojos negros la calentó mucho más que el saco de dormir.

La deseaba. Podía sentir el deseo de Zane en todo su cuerpo. No estaba segura de por qué la deseaba ni durante cuánto tiempo lo haría, pero no podía preocuparse por eso en aquel momento.

Fue testigo de la batalla que se estaba librando dentro de él. Un deseo primitivo luchaba contra su intención de comportarse como un caballero. No estaba del todo segura de cómo podía influir ella en el resultado de aquella contienda, pero estaba decidida a salirse con la suya. Después de considerar sus posibilidades, optó por una aproximación sencilla, pero directa al problema. Bajó la cremallera del saco de dormir y se sentó.

Aunque estaba segura de que todavía tenía el pelo húmedo y despeinado y de que la luz de la linterna no favorecía al color de su piel, Zane no pareció fijarse en nada de eso. Posó la mirada en sus senos desnudos y no la apartó de allí. Se oyó una exhalación, un juramento y un gruñido que sonó muy parecido a una rendición.

Un segundo después, la linterna se apagó.

Phoebe parpadeó en medio de la oscuridad.

–¿Zane?

–Tendremos que guiarnos por el tacto, a no ser que queramos convertir esto en un espectáculo.

Phoebe pensó entonces en cómo la luz de la linterna convertiría lo que ocurriera en el interior de la tienda en un teatro de sombras y se sonrojó al pensar en lo que podían haber llegado a ver los demás.

Antes de que se le ocurriera una respuesta, sintió y oyó moverse a Zane. Instintivamente, se cubrió hasta el pecho con el saco de dormir.

–¿Qué estás haciendo? –preguntó.

–Quitarme la cazadora. Está empapada.

–¡Ah!

Continuó oyendo el susurró de la ropa y sintió después una mano en el hombro.

–¿De verdad estás dispuesta a hacer esto? –le preguntó Zane.

–Sí –susurró ella, y lo decía casi de verdad.

Por supuesto, quería estar con él de la manera más íntima posible, pero quererlo y hacerlo eran dos cosas muy diferentes.

Zane se echó a reír.

—¿Te estás arrepintiendo?

—No exactamente.

—¿Entonces, qué exactamente?

Pero Phoebe no llegó a decirlo. Aparentemente, Zane había ido acercándose a ella mientras hablaba y antes de que pudiera decir nada, posó la boca sobre sus labios.

Aquel era un hombre de grandes objetivos, pensó Phoebe mientras los labios firmes y tiernos de Zane reclamaban los suyos. Su cuerpo se derritió de anticipación, haciendo que le resultara difícil continuar sentada. Pero en vez de convertirse en un charquito en el saco de dormir, se limitó a reclinarse contra Zane.

Sin dejar de mover los labios sobre su boca, él la envolvió con sus fuertes brazos. Phoebe sintió el suave y limpio algodón de su camisa y la fuerza de sus músculos. Siempre se sentía en casa cuando estaba entre sus brazos, de modo que le pareció normal dejar de aferrarse al saco como si en ello le fuera la vida y le rodeó el cuello con los brazos. Lo que supuso que sus senos desnudos se presionaron contra la tela de su camisa, pero en cuanto Zane comenzó a acariciarle el labio inferior con la lengua, nada de aquello importó.

Ella siempre había disfrutado en los brazos de Zane, pensó vagamente mientras entreabría la boca y esperaba a que deslizara la lengua en su interior. Zane besaba como si hubiera inventado él el arte de los besos. Si besar fuera un deporte, Zane sería un atleta olímpico.

Zane continuó excitándola, mordiéndole el labio inferior antes de acariciarle la lengua con la suya. Phoebe suspiró con una deliciosa combinación de placer y anticipación.

El calor prendió, ahuyentando los últimos vestigios del frío. Zane le frotó la espalda desnuda, descendió después y volvió a subir. Ella hundió los dedos en su pelo y le apretó después los hombros. El deseo creció hasta hacerse incontrolable. Afortunadamente, Zane le leyó el pensamiento.

Interrumpió el beso, pero continuó suficientemente cerca como para que Phoebe pudiera sentir el calor de su aliento en el cuello. Aquella fue la única advertencia que tuvo antes de que Zane presionara la boca contra su mandíbula. Sintió escalofríos. Echó la cabeza hacia atrás, aunque quería acercarse más a él.

Mientras continuaba besándola y mordisqueándola en su camino hasta el oído, Zane la fue tumbando sobre el saco de dormir. Hubo más movimiento. Phoebe no estaba segura de lo que estaba haciendo porque no dejó en ningún momento de besarla.

Cuando le tomó el lóbulo de la oreja con la boca y succionó, Phoebe tuvo que morderse el labio inferior para no gritar. Y cuando sintió el peso de Zane sobre ella, le costó no abrir las piernas desvergonzadamente en una descarada invitación. No le importaba llevar todavía las bragas puestas, o que Zane estuviera completamente vestido. Le deseaba... todo, encima de ella, dentro, disfrutando junto a ella hasta la locura.

Se olvidó de pensar en lo que harían más adelante en el instante en el que Zane fue descendiendo con sus besos. Contuvo la respiración cuando se acercó a sus senos, donde le oyó sisear antes de cerrar los labios sobre el tenso y sensible pezón.

Iba a terminar ahogándose de placer, pensó Phoebe, aferrándose a la cabeza de Zane para sostenerle contra ella. Era delicioso... excesivamente delicioso.

—Quiero más —susurró.

Zane succionó, lamió y continuó excitándola acariciando el pezón con la boca y la lengua. Después, se dirigió al otro pezón y repitió aquella erótica tortura.

Phoebe podía sentirse dilatándose con sus caricias. Entre sus piernas crecían la humedad y el calor. Las bragas se convirtieron en una barrera insoportable y el saco de dormir en una camisa de fuerza. Intentó encontrar la cremallera y terminó de bajarla.

Cuando fue capaz de liberarse con una patada de aquel envoltorio, alargó la mano hacia la camisa de Zane. Él continuó acariciando sus senos, lo que significó que, después de intentar desabrocharle los botones en un par de ocasiones, Phoebe tuvo que dejar caer los brazos a ambos lados de su cuerpo mientras disfrutaba de todo lo que Zane le hacía.

—Esto no puede ser legal —susurró.

Zane alzó la cabeza.

—¿Por qué no?

—Es demasiado bueno.

Zane se echó a reír. Phoebe oyó aquel sonido y sintió la delicada caricia del aire frío sobre sus senos húmedos y desnudos, pero no era capaz de ver nada. Ni siquiera a él. Era extraño, pero en el buen sentido. La oscuridad le infundía valor.

—Desnúdate —le pidió, consciente de que jamás habría sido capaz de pronunciar aquellas palabras si hubiera habido luz.

—Sí, señora.

Se oyó el susurro de las ropas y después nada, salvo el sonido lejano de una cremallera al bajar.

El corazón le palpitaba con fuerza en el pecho. Intentó imaginar a Zane desnudo. ¿Qué aspecto tendría? Al pensar en Zane desnudo, le imaginó frente a ella, erecto. Y el pensar en ello la llevó a imaginarle hundiéndose en ella. Llenándola. Haciéndola...

—¡Un preservativo! —jadeó.

Todo se detuvo.

—¿Qué?

Phoebe sintió que la tierra se abría, preparándose para tragársela. ¿Cómo no se le habría ocurrido mencionarlo antes?

–Ahora mismo no estoy tomando nada –susurró–. No estoy utilizando ningún método de control. No estoy tomando la píldora –hizo un gesto de impotencia.

–¡Mierda! ¡Joder! ¡Maldita sea!

La decepción la dejó paralizada.

–En realidad, solo estaba interesada en lo que has dicho en el medio –bromeó.

Se produjo un segundo de silencio seguido por una risa.

–Eres impredecible, Phoebe. Pero te daré lo que quieres. Cruza los dedos.

–¿Qué?

–Cruza los dedos. Es posible que tenga un preservativo en el estuche del afeitado.

Se produjo un movimiento, se oyó un susurro y después el sonido de una cremallera al abrirse.

–Voy a tener que encender la linterna.

Durante un breve instante, Phoebe pensó en ser educada y cerrar los ojos, ¿pero a quién pretendía engañar? Quería ver a Zane desnudo. Se preparó, incorporándose sobre un codo y mirando en su dirección. Cuando la linterna se encendió, vio lo que quería ver e incluso más.

Zane estaba de rodillas al final del saco de dormir. Desnudo, excitado y más perfecto físicamente de lo que ningún hombre debería tener derecho a estar. Contempló la definición de los músculos de sus brazos, la anchura de su fuerte pecho y su vientre plano antes de fijar la atención en el pene largo y erecto.

La prueba física de su deseo por ella la hizo tan feliz que estuvo a punto de gritar. También tuvo el impulso de abrir las piernas y decirle que se olvidara de la protección y de los métodos anticonceptivos, de exigirle que hicieran el amor en ese mismo instante.

Pero como aquello solo podía ocurrir en sus fantasías, se conformó con alargar el brazo y rozarle ligeramente la punta con los dedos.

Zane se tensó inmediatamente y se volvió para mirarla.

Si Phoebe tenía alguna duda sobre la voluntad de Zane de participar, las aparcó al ver el fuego de sus ojos y la tensión de su expresión. Era un hombre al borde del precipicio del deseo sexual y ella estaba deseando empujarle.

Zane negó con la cabeza y fijó la mirada en el neceser del afeitado. Al principio, fue colocando los objetos a los pies del saco, pero, al final, giró el neceser para volcar su contenido.

—Que esté aquí, que esté aquí —musitó mientras rebuscaba. Al final, agarró el paquetito con aire triunfal—. ¡Ya lo tengo!

Phoebe no pudo evitar una sonrisa.

—¿Solo uno?

Zane sonrió.

—Después, tendremos que intentar ser creativos.

Le tendió el preservativo y apagó la linterna.

—¿Por dónde iba? —le preguntó.

—Puedes ir a donde te apetezca.

—Genial. En ese caso, me apetece ir por aquí.

Le bajó las bragas con un movimiento fluido. Y ya no quedó nada. Phoebe se tensó por la anticipación. El susurro de una respiración fue su única advertencia. Un segundo más y Zane estaba a su lado. Al siguiente, le estaba besando el tobillo. Phoebe se sobresaltó.

—¿Qué estás haciendo? —le preguntó, pero abriendo al mismo tiempo los muslos.

—Eres una mujer inteligente. Pronto lo averiguarás.

Continuó besándola hasta llegar a su rodilla, después, se colocó entre sus piernas y le mordisqueó el muslo. Fue subiendo y subiendo hasta posar su boca abierta en el hueco de la cadera.

—Eso no era —bromeó mientras le lamía el vientre—. Yo estaba buscando otra cosa.

La anticipación había llegado hasta tal punto que Phoebe no estaba segura de que pudiera hablar, ni siquiera para señalarle alguna dirección. Lo único que podía hacer era enviarle mensajes telepáticos, informándole de los lugares en los que quería sentir la presión de su lengua. Afortunadamente, a aquel hombre se le daba condenadamente bien leerle el pensamiento.

En menos de tres segundos, Zane se trasladó del vientre hasta la tierra prometida. En aquella ocasión, Phoebe no recibió ninguna advertencia, pero no le importó. No le importó en absoluto la sorpresa de su delicada caricia complaciendo a las partes más íntimas de su cuerpo.

Abrió las piernas todavía más y alzó las caderas en una silenciosa invitación. Zane se movió lentamente, descubriendo, saboreando y susurrando lo maravilloso que era todo aquello para él.

Phoebe quería decirle que debería probarlo desde su perspectiva, pero no era capaz de pronunciar una sola palabra. Ni siquiera era capaz de pensar. Lo único que podía hacer era sentir el calor líquido que se arremolinaba dentro de ella. Sentir la tensión de los músculos mientras Zane la exploraba antes de detenerse en aquel punto sin igual destinado a lanzarla al paraíso. Sentir la presión de su dedo deslizándose dentro de ella.

Zane se movió, primero lentamente y después un poco más rápido. Phoebe movió la cabeza hacia delante y hacia atrás. El ritmo de su respiración iba aumentando. Abrió los ojos, pero todo estaba demasiado oscuro como para ver nada.

El orgasmo se acercaba a una velocidad que la dejó sin aliento. No podía llegar tan pronto, pero tampoco podía, ni quería, detenerlo.

–Zane –susurró–. No puedo...

Zane no respondió. Probablemente era una buena señal, pensó Phoebe con los últimos vestigios de conciencia, justo antes de perder el control y ceder al placer.

Hasta la última célula de su cuerpo se vio arrastrada por la liberación del orgasmo. El placer la inundó. Había tanto placer dentro de ella que continuó y continuó fluyendo, Zane lo prolongó con movimientos más lentos, más delicados, urgiéndola silenciosamente a ofrecerle todo lo que tenía.

Al final, cuando Phoebe volvió a ser capaz de respirar, pensar y moverse, suspiró.

—Ha sido increíble —le dijo.

Zane le besó el muslo.

—Para mí también.

Phoebe le vio sentarse y se preparó para tenderle el preservativo. Pero antes de que pudiera hacerlo, sintió el dedo de Zane entrando nuevamente en ella. Solo el dedo.

No debería haber sido tan excitante, pero había algo especial en su manera de tocarla. Phoebe acababa de tener un orgasmo, pero no pudo evitar cerrarse a su alrededor y arrastrarle más profundamente dentro de ella.

—¿Te gusta? —le preguntó él.

—¡Oh, sí! No pares.

Sin pensar lo que hacía, alargó la mano y le agarró por la muñeca. Sin soltarle, arqueó las caderas y las movió hacia delante y hacia atrás, buscando la posición perfecta, hasta que regresó la tensión y sintió que comenzaban de nuevo las contracciones.

Zane maldijo entre dientes.

—¿Podrás hacer eso cuando esté dentro de ti?

—Por supuesto.

Phoebe tiró de la mano libre de Zane y presionó el preservativo contra su mano.

—¿Puedes ponértelo a oscuras?

Zane rio.

—Contigo como motivación, podría ponérmelo hasta después de muerto.

Se presionó después contra ella.

Phoebe colocó la mano entre ambos y la guio dentro de ella. Cuando Zane entró, ella se contrajo a su alrededor. Zane fue llenándola lentamente, dilatándola, deleitándola. Cada una de sus embestidas bastaba para hacerla volar.

Zane cambió de postura para poder agarrarla por las caderas.

—Te siento a punto de correrte —musitó—. Me estás matando. No puedo aguantar mucho más.

—Pues adelante.

Zane le tomó la palabra. Moviéndose cada vez más rápido, salía y entraba dentro de ella. Phoebe se entregó a cada movimiento, a lo que estaba sintiendo. El placer era mayor que cualquiera que hasta entonces hubiera experimentado. A lo mejor era una casualidad. A lo mejor tenía que ver con el hecho de estar en el campo o con la posición de la luna. Lo que fuera. En aquel momento, no le importaba mucho.

En cambio, cuando sintió que Zane se tensaba, que estaba a punto de llegar a su propia liberación, le rodeó con las piernas y le estrechó contra ella. Un último estremecimiento la atravesó.

Se entregó por completo a sentir a Zane, a sentir el peso repentino de su cuerpo mientras la estrechaba entre sus brazos y gemía en la rendición final.

Capítulo 18

Phoebe siempre había temido los momentos embarazosos del después. Del después de hacer el amor. Tampoco era que tuviera mucha experiencia en ese tipo de cosas. Había tenido amantes, pero no muchos. Y en su mundo, aquella parte de un encuentro estaba plagada de peligros.

Normalmente, estaba el debate sobre si abrazarse o no a la otra persona. Además, estaba la cuestión de la conversación, a menudo forjada alrededor de preguntas como: «¿te ha gustado?». Porque no siempre le gustaba. A veces no le había gustado nada en absoluto. Generalmente, intentaba eludir la verdad, no quería herir los sentimientos de nadie.

Por toda una serie de razones, a menudo intentaba evitar cualquier conversación postcoital. Así que jamás en su vida se había encontrado tumbada, sintiéndose increíblemente relajada mientras luchaba contra una creciente humillación por la incapacidad de su propio cuerpo para dejar de tener orgasmos

—Lo siento —susurró.

Zane salió de ella.

—¿Qué?

—No debería haber hecho eso.

—¿Haber hecho qué?

Phoebe detectó cierto recelo en su voz.

—He estado demasiado... Ya sabes.

—No, no sé —contestó él—. ¿Demasiado que?

—Atrevida.

No se oyó nada. Ni siquiera la insinuación de un sonido. Después, Zane se echó a reír. No fue una risa normal, fue una enorme y sonora carcajada. Una de aquellas risas que hacía imposible para la persona que se estaba riendo moverse, respirar o, incluso, dejar de reír.

—Zane —le sacudió el brazo.

Él continuó riendo. El sonido parecía multiplicarse a su alrededor.

—¡Zane, para! ¡Vas a despertar a todo el mundo!

Aquello consiguió llamar su atención. Advirtió que intentaba controlarse, aunque se le escaparon algunas risotadas.

—No tiene gracia —le regañó con un acalorado suspiro.

Él se inclinó hacia ella. Phoebe no podía verle, pero sí sentirle.

—Phoebe, eres la amante más extraordinaria que he tenido nunca. Eres sexy, receptiva hasta el punto de convertirte en un arma mortal, dulce, divertida y cariñosa. Y si tuviera una caja de preservativos, los habría utilizado todos antes de que saliera el sol. Pero no eres demasiado atrevida.

Sus palabras le hicieron sentirse un poco mejor, pero solo un poco.

—Normalmente, no llego tan fácilmente al orgasmo. En absoluto.

—Pero conmigo lo has hecho.

—Lo sé.

—Quería complacerte.

Phoebe sonrió.

—Sí, ya me lo ha parecido.

—¿Entonces cuál es el problema?

—No quiero que tengas una mala opinión sobre mí.

Zane le acarició la mejilla y dibujó la línea de su boca.

—Tengo la mejor opinión sobre ti.

La preocupación de Phoebe se desvaneció como la niebla bajo el sol.

—¿De verdad?

Zane la besó.

—Absolutamente.

Debería haber imaginado que Phoebe no sería como ninguna de las mujeres que había conocido, pensó Zane mientras se sentaba a su lado y la estrechaba contra él. No lo era en la cama y, desde luego, tampoco lo era fuera de ella.

—¿Hay alguna otra cosa que te preocupe? —le preguntó, convencido de que la había.

—Bueno... —suspiró—. Sé que a muchos hombres no les gusta eso de pasar toda la noche con la chica con la que se han acostado. Probablemente debería ir a la tienda de Maya.

Estaban tumbados sobre el saco de dormir, desnudos, con las piernas entrelazadas y los dedos de Zane hundidos en su pelo. Zane percibía la fragancia de Phoebe y el olor de su encuentro. Después del sexo, eran muchas las mujeres que querían hablar y no tenía la menor duda de que Phoebe tendría ganas de mantener una larga conversación sobre sentimientos, particularmente, sobre los de él.

Normalmente, aquello le habría hecho desear huir a las montañas. A él le gustaban las relaciones sin complicaciones, con las reglas bien definidas. Sin ataduras, sin compromisos y, definitivamente, sin tener que pasar toda la noche con su amante.

Por eso le pareció una locura oírse decir:

—Puedes quedarte aquí si no te agobian los espacios pequeños.

Phoebe cambió de postura en sus brazos. Zane imaginó que estaba intentando verle en medio de la oscuridad.

—¿De verdad?

—Claro.

—De acuerdo. Me apetece mucho quedarme a pasar la

noche contigo. Pero tendremos que levantarnos pronto para que nadie sepa que hemos dormido juntos.

—Cookie lo sabrá en cuanto vea que no aparezco para compartir la carreta con él con lo que está lloviendo. Pero no te preocupes, él no dirá nada.

—Mejor.

Consiguieron meterse los dos en el saco de dormir. Estaban muy juntos y ella estaba desnuda, de modo que Zane no tardó ni tres segundos en excitarse otra vez.

Phoebe colocó la mano entre ellos.

—¿Estás seguro de que no tienes más preservativos?

Zane se encogió al oír sus palabras, después, gruñó suavemente. Aquella iba a ser una noche muy larga.

Se descubrió debatiéndose entre pedirle que dejara de atormentarla y suplicarle que continuara haciéndolo. El resultado de lo último sería inevitable y, en un saco de dormir, más que un poco aparatoso.

Solo unos segundos más, se dijo a sí mismo mientras cerraba los ojos y se entregaba a la firme caricia de su mano. Se detendría antes de que la situación escapara a su control.

Pero siendo Phoebe quien era y siendo su atracción hacia ella tan fuerte como era, el momento «fuera de control», llegó mucho antes de lo que habría imaginado. Dolorosamente excitado y casi al límite, la agarró por la muñeca.

—Me estás matando.

—Pues no era esa mi intención.

Después, le sorprendió abriendo el saco de dormir, apartándolo y deslizándose entre sus piernas. Mientras le acariciaba los testículos, Phoebe colocó la boca sobre su erección. A partir de entonces, el viaje hasta el paraíso no duró ni treinta segundos.

Más tarde, después de que Zane le hubiera devuelto a Phoebe el favor, estando los dos de nuevo abrazados en el saco, Zane se permitió a sí mismo asombrarse de lo maravillosa que podía ser la vida con Phoebe. ¿Sería capaz de disfrutar Phoebe de su mundo o acabaría cansándose de la vida en el campo? Tenía la sensación de que Phoebe sería capaz de dar clases de genealogía a las cabras y de autorrealización a las vacas. Le desquiciaría y le haría reír.

Y le amaría.

Phoebe era la clase de mujer que, una vez se comprometía con un hombre, entregaba completamente su corazón. Le amaría con todo su ser y para siempre, a menos que el tipo en cuestión fuera un auténtico canalla y le rompiera el corazón. Phoebe estaba hecha para amar y ser amada.

Jamás podría ser una mujer para él. Él no quería amar a nadie, nunca. El amor era aislamiento, peligro, dolor. Y eso significaba que debería haberle dicho que se fuera a la tienda de Maya. Sería lo más seguro para él y para ella.

En cambio, estrechó su cuerpo dormido contra él y la besó en el pelo.

Al día siguiente, se prometió a sí mismo. Le pondría fin a todo aquello al día siguiente. ¿Qué tenía de malo querer vivir una noche para recordar?

Zane se despertó temprano y la despertó. Para cuando Chase comenzó a moverse, las dos tiendas estaban ya desmontadas y él estaba tomando la tercera taza de café. Phoebe le había prometido que se comportaría de una forma completamente natural, pero, mientras la contemplaba desde el otro lado de la hoguera, Zane no pudo menos que dudarlo. Era imposible que cualquiera que viera su expresión soñadora no se diera cuenta de que algo había cambiado.

La vio colocarse un mechón de pelo tras la oreja.

–¿Qué pasa? –le preguntó Phoebe–. No dejas de mirarme. Y sé que no es porque se me haya corrido el maquillaje porque no voy maquillada.

Aun así, estaba preciosa.

–Estás diferente –contestó Zane–. Satisfecha.

El color fluyó a sus mejillas.

–Eso lo dices porque sabes lo que ha pasado.

–Ajá.

Lo dudaba, pero quizá tuviera razón. Esperaba que el mal tiempo resultara ser suficiente distracción como para que nadie se diera cuenta de lo ocurrido.

–¿Durante cuánto tiempo va a llover? –preguntó Phoebe mientras señalaba uno de los postes que sostenía la lona que habían puesto para proteger el fuego y disponer de una zona para sentarse a su alrededor–. No va a tardar en hacer frío y en estar todo empapado.

Zane se encogió de hombros.

–Es imposible saberlo. Se supone que la tormenta va a durar unos cuantos días, pero también es posible que amaine.

Y así lo esperaba él. Viajar bajo la lluvia no sería divertido para nadie. Y no podía hacer algo tan fácil como dar media vuelta y volver al rancho a tiempo para la hora de la comida. Estaban en el extremo más alejado de la finca. Tardarían dos días en regresar.

Phoebe terminó el café.

–Voy a ver si mis cosas están secas –dijo mientras se levantaba.

Zane asintió y la observó marcharse.

Cookie había encendido otra hoguera en el otro extremo del campamento. La ropa de Phoebe y su saco de dormir estaban recibiendo una dosis de humeante aire caliente en un intento de secarlas antes de que salieran. Zane sabía que el viejo cocinero no le haría ningún comentario a Phoebe, que reservaría sus bromas para él.

–Hola –le saludó Chase cuando se acercó al fuego–. La lluvia es un asco.

–Estoy completamente de acuerdo contigo.

Su hermano pequeño se sentó sobre un tronco.

–He ido a ver el ganado. Está bien. No parece que vaya a volver a ver rayos o truenos, pero las nubes todavía están muy cargadas.

Zane asintió.

–Se supone que la tormenta va a durar un par de días. Tenía la esperanza de que pudiera retrasarse hasta el sábado.

Chase dio un sorbo a su café.

–¿Está todo el mundo bien?

Hubo algo raro en su pregunta. Zane se le quedó mirando fijamente.

–¿Qué quieres decir?

–Nada. Solo quería comprobarlo.

¿Habría oído algo Chase en medio de la noche? Zane sacudió la cabeza. Era imposible. Su tienda estaba a bastante distancia de las demás y la lluvia había bloqueado cualquier ruido. No vio nada en la expresión de su hermano que pudiera indicarle lo que estaba pensando.

–Hoy empezamos el camino de vuelta, ¿verdad? –preguntó Chase.

–Ese es el plan. Pero me gustaría que no tuviéramos que tardar dos días.

–Hay...

Chase se interrumpió y fijó la mirada en el café. Zane sabía lo que había estado a punto de decir. Podían contar con la casa de Reilly. Estaba a solo una hora de camino. El viejo ranchero podría darles refugio hasta que pasara lo peor de la tormenta e incluso enviar a algunos de sus hombres a ocuparse del ganado hasta que amainara.

Pero Zane no quería molestar a su vecino. Ni en aquel momento ni nunca.

Miró hacia el cielo y se preguntó cuánto tiempo podrían aguantar con un tiempo como aquel. Fueran cuales fueran sus problemas con Reilly, la seguridad de sus huéspedes era lo primero.

–Será mejor que vaya a ver cómo está todo el mundo –dijo mientras arrojaba los restos del café al fuego.

–Antes de que te vayas –dijo Chase, y le tendió algo que llevaba en la mano–, no sabía si tendrías suficientes.

Zane se quedó mirando fijamente los tres preservativos que tenía su hermano en la mano. Después, alzó la mirada hacia él, que estaba sonriendo de oreja a oreja.

–¡Bien hecho, hermanito! –le felicitó Chase.

Sin saber qué decir, Zane se levantó y se alejó de allí a grandes zancadas. Pero no antes de guardarse los preservativos. Podía ser cabezota, pero no era tonto.

Por primera vez desde que había comenzado la conducción de ganado, Phoebe no se estaba divirtiendo. Todo estaba húmedo y frío y no había nada que indicara que el mal tiempo pudiera mejorar.

Lucy cabalgaba a su lado. La niña estaba empapada y Phoebe temía que comenzara a temblar.

–¿Estás bien? –le preguntó.

Lucy asintió, pero cuando intentó hablar, los dientes le castañetearon.

Aquello no podía ser bueno. Phoebe se sentía tan condenadamente feliz que podría haber sobrevivido a una docena de tormentas de nieve y seguir sintiendo calor gracias a los rescoldos que había dejado la noche que había pasado con Zane, pero ella no era la única que estaba participando en aquella conducción de ganado.

C.J. se acercó hasta Lucy con el rostro tenso por la preocupación.

–Lucy, cariño, ¿no tienes un chubasquero? Tienes la cazadora empapada.

–Es-estoy bien –musitó la niña–. Me lo estoy pasando muy bien.

C.J. miró a Phoebe.

–No podemos seguir así. Los niños van a enfermar.

Phoebe asintió, pero antes de que hubiera podido decidir lo que podían hacer, Rocky resbaló en el barro.

El enorme caballo perdió el equilibrio y estuvo a punto de caer. Phoebe gritó y se aferró a la silla. Después de un par de pasos, el enorme caballo patilargo consiguió recuperar el equilibrio. Cuando Phoebe consiguió respirar y relajar la tensión de las riendas, alzó la mirada y vio a Zane cabalgando hacia ella.

–¡Que se acerque todo el mundo! –gritó–. ¡Chase, trae a Martin y a Thad hacia aquí!

Llevaba una cazadora tan gruesa que parecía capaz de repeler cualquier líquido conocido por el ser humano. El sombrero vaquero le protegía el rostro y el cuello y los guantes de cuero probablemente mantenían sus manos calientes.

De modo que aquella forma de vestir era más que una moda, pensó Phoebe divertida. Después de la noche anterior, podía entender el atractivo de las camisas con automáticos. Con ellas, resultaba más fácil desnudarse.

Maya cabalgó hasta donde estaba ella y se detuvo a su lado.

–Esto es horrible –se quejó con amargura–. Odio estar mojada.

Phoebe asintió.

–Sí, no es muy divertido.

–Y no creo que el tiempo vaya a mejorar. No tengo ni idea de dónde estamos, así que supongo que no estamos cerca del rancho.

Cuando todos se acercaron a Zane, este habló.

–Tenemos una racha de mal tiempo y no creo que vaya a pasarse pronto. Tenemos que ponernos a cubierto. El rancho está a dos días de aquí.

Maya no pareció sorprendida, pero algunos de los excursionistas gimieron.

Eddie sacudió la cabeza.

—Gladys y yo estamos dispuestas, así que todo el mundo debería estarlo.

Zane alzó la mano enguantada.

—No os preocupéis. No voy a obligaros a pasar tanto tiempo bajo lluvia. Hay otro rancho a una hora de aquí. Dejaremos a Chase y a Cookie con el ganado y montaremos directamente hacia allí. Llegaremos antes del almuerzo.

Phoebe estaba estupefacta.

—¿Vamos al rancho de Reilly?

Maya se la quedó mirando fijamente.

—¿Cómo sabes lo de Reilly?

—Me lo contó Zane... Me contó lo que había pasado y por qué no se llevan bien.

Maya abrió los ojos como platos.

—Espera un momento. ¿Te lo ha contado? Ni siquiera Chase sabe lo que pasó. Cuéntamelo.

Phoebe no iba a traicionar la confianza de Zane, pero antes de que pudiera decírselo, este volvió a hablar.

—Thad se llevará a uno de los niños y yo al otro. Ataremos sus caballos a la carreta de Cookie.

—¿Por qué? —preguntó C.J.

—Para evitar que sufran una hipotermia. Son demasiado pequeños para soportar tanto frío y tanta lluvia.

C.J. palideció al miar a Lucy y a Tommy.

—No tenía ni idea. ¿Pero estarán bien? No quiero que les pase nada.

Phoebe se sintió reconfortada por su preocupación. Había recorrido un largo camino en muy poco tiempo.

—Los niños estarán perfectamente —le prometió Zane.

Thad desmontó su caballo y se acercó a Tommy.

—¡Eh, grandullón! Tú y yo nos vamos a divertir.

El niño temblaba de tal manera que no pudo hacer mucho más que asentir cuando Thad le bajó de su montura. Zane acercó su caballo al de Lucy y se limitó a agarrar a la niña de la cintura. En cuanto tuvo a la niña sentada delante de él, se desabrochó la chaqueta, la colocó alrededor de la niña y abrochó después tres botones.

–¡Ojalá pudiera hacer eso conmigo! –dijo Maya temblando. Miró a Phoebe con los ojos entrecerrados–. Pero no pienses ni por un momento que me he olvidado. Quiero saber el secreto.

–Ya hablaremos más tarde –contestó Phoebe, consciente de que estaba retrasando una conversación inevitable.

Pero no quería hablar de ello en aquel momento ni tener público delante mientras le explicaba que, aunque en realidad no había prometido mantener el secreto, se sentía obligada a proteger a Zane y su pasado. El corazón le dolía al pensar en todo lo que le había pasado a Zane cuando tenía la edad de Chase.

Thad envolvió a Tommy en su abrigo y le rodeó con un brazo, con un gesto protector. C.J. se inclinó hacia él y le apartó el pelo de la cara.

–Pronto entrarás en calor –le prometió.

Phoebe se acercó a Zane. Sonrió para tranquilizar a Lucy y bajó la voz.

–¿A Reilly no le importará que nos quedemos en su casa? –le preguntó.

Zane negó con la cabeza.

–Estamos en Fool's Gold. Cuidamos los unos de los otros –curvó los labios en una sonrisa–. A lo mejor me obliga a dormir en el establo, pero a vosotros os tratará como a invitados de honor.

Chase cabalgó hasta donde estaba él.

–¿Ya está todo listo?

–Casi. Llévate los caballos de los niños. Volveré mañana por la mañana. Tened mucho cuidado.

Chase sonrió de oreja a oreja.

–Cookie y yo dormiremos en la carreta. No sufras. Jugaremos a las cartas.

–No juegues con dinero –le advirtió Zane.

–¿Estás de broma? No quiero contraer más deudas.

Cookie asomó la cabeza por la carreta.

–Estará perfectamente. Yo me ocuparé del chico. Hay muchísimo pasto para el ganado y Dios sabe que las vacas ni se enteran de la lluvia. Tú solo asegúrate de estar aquí mañana para que podamos volver a casa.

–De acuerdo –contestó Zane, y se volvió hacia el grupo–. ¡Adelante!

Phoebe se despidió con la mano de Maya y urgió a Rocky a seguir adelante.

Zane les llevó al paso hasta que dejaron el ganado detrás. Después, azuzó a su montura para que iniciara el trote. Phoebe esbozó una mueca al sentir los golpes del trasero contra la silla.

–Lo siento, amigo –se disculpó con Rocky–. Sé que esto no puede ser agradable para ti.

Se aferró lo mejor que pudo a la silla mientras sus entrañas iban adquiriendo con aquellos golpes la consistencia de un batido. Cuando salieron de entre los árboles, Zane urgió a su caballo a cabalgar más rápido todavía.

Phoebe sintió que Rocky aumentaba la velocidad y comenzaba una zancada más fluida. Se movía hacia delante y hacia atrás, pero no le resultó difícil mantenerse en su lugar. Además, tenía la sensación de que iban realmente rápido.

–¿Estamos galopando? –le gritó a Maya.

Su amiga sonrió.

–Ni de cerca. Esto es un medio galope.

–Me gusta.

–Sí. Y se reduce el número de moratones.

Cabalgaron bajo la lluvia, pero sabiendo que pronto se librarían de ella, a Phoebe no le importó aquella fría humedad. Cada vez que empezaba a temblar, pensaba en la noche anterior, cuando se había perdido en los brazos de Zane.

No solo la había hecho sentirse bien, sino que la había hecho sentirse segura, como si pudiera decir o hacer cualquier cosa que le apeteciera.

Cuando aquellos recuerdos tan sensuales se hicieron excesivos, se preguntó si Zane estaría preocupado por tener que enfrentarse a Reilly después de todos aquellos años. ¿Le recibiría el anciano con los brazos abiertos o le atormentaría con el pasado? Phoebe se descubrió a sí misma deseando que Reilly fuera un hombre amable.

Llegaron por fin a una elevación y vio un enorme rancho extendiéndose a sus pies. Se fijó en los cuidados pastos, en la cerca y en el encanto de la casa principal. Pocos minutos después, estaban desmontando mientras Zane se acercaba a una puerta roja que parecía recién pintada. La puerta se abrió antes de que Zane llegara hasta ella y apareció un anciano.

Era un hombre delgado, ligeramente encorvado, con el pelo gris y poblado y unos ojos oscuros que parecían capaces de penetrar cualquier objeto. Se miraron el uno al otro durante largo rato antes de que hablara el anciano.

–¡Vaya! Mira a quién tenemos aquí. No esperaba verte empapado en mi porche, Zane. ¿Qué puedo hacer por ti?

Tanto las palabras como la sonrisa de Reilly fueron agradables. Phoebe se relajó un poco, a pesar de que percibió la rigidez de los hombros de Zane y percibió la tensión de su voz cuando dijo:

–Necesito tu ayuda –y le explicó después lo que les había pasado.

–Principiantes a caballo en una conducción de ganado –dijo Reilly, sacudiendo la cabeza–. Jamás habría imaginado que viviría para ver algo así –miró por detrás de Zane e hizo un gesto para que entraran todos en la casa–. No tiene sentido que todo el mundo esté allí helándose sus partes. Pasad. Le diré a Matilda que tenemos compañía. Estará encantada. Está harta de cocinar para un viejo que casi no come.

Entraron en grupo y fueron presentándose a medida que pasaban delante de su anfitrión. Cuando le llegó su turno a Phoebe, Reilly le dirigió una cariñosa sonrisa.

—Bienvenida a mi casa —le dijo Reilly.

—Muchas gracias. Es usted muy amable al ofrecernos refugio.

Reilly restó importancia a sus palabras.

—No te preocupes por eso, jovencita. Agradezco la compañía.

Cuando Maya le estrechó la mano, el anciano frunció el ceño.

—A ti te he visto antes.

—Era la hermanastra de Zane.

Reilly sonrió.

—Y tu madre era esa bailarina, ¿verdad? ¡Caramba! Tenía unas buenas piernas.

—Si, tenía unas piernas magníficas —musitó Maya.

—Hace tiempo que no se te ve por el pueblo —señaló Eddie.

—Ya no suelo ir a las fiestas. Con tanto turista, hay demasiado tráfico.

Phoebe disimuló una sonrisa. Si pensaba que en Fool's Gold había demasiado tráfico, ¿qué pensaría del tráfico de Los Ángeles en hora punta?

Una vez hechas las presentaciones, Reilly les condujo a un salón. Al final del mismo había una enorme chimenea en la que ya crepitaban varios troncos. Phoebe se unió al grupo mientras se dirigían al humeante calor. C.J. se agachó junto a Lucy y Tommy y les frotó la espalda y las manos para quitarles el frío.

Reilly les dijo entonces:

—Mm. Algunos tendrán que compartir habitación. Tengo mucho espacio, pero no suficientes habitaciones.

—Apreciamos toda la hospitalidad que puedas ofrecernos —respondió Zane muy tenso.

Instintivamente, Phoebe se acercó a su lado. Quería darle la mano, pero no estaba segura de que fuera un gesto que pudiera apreciar. De modo que se conformó con permanecer a su lado y ofrecerle su apoyo moral.

—Me alegro de tener compañía. Ahora dime, ¿quién está casado con quién? Quiero organizar bien los dormitorios.

Mientras Reilly organizaba los dormitorios, Phoebe contempló los elevados techos y los enormes ventanales. Incluso en un día tras gris y lluvioso, la luz inundaba la casa. Tenía las vigas al descubierto y un suelo de madera tan bonito que podría estar en un museo, además de docenas de antigüedades increíbles. Desde el centro del enorme salón podía ver también un comedor y una biblioteca, ambos igualmente impresionantes. Una casa como aquella valdría al menos quince millones de dólares en Beverly Hills. E imaginó que incluso en una población pequeña de las montañas del norte de California podría alcanzar un número de siete cifras.

—¿No te parece maravillosa? —Maya se acercó a Phoebe—. Siempre se decía que Reilly estaba forrado. Por lo visto, su padre tuvo suerte cuando la fiebre del oro. Él se ha pasado la vida criando ganado porque le gusta. ¡Oh, vamos a compartir habitación! Y vamos a dormir en una verdadera cama, ¿no te parece la gloria?

Phoebe asintió, pero pensó que, por mucho que quisiera a su amiga, preferiría compartir habitación con Zane. Y hablando de Zane...

—¿Estás bien? —le preguntó con voz baja.

—Sí, estoy bien.

Por su aspecto, no podía saberlo, y tampoco podía adivinar lo que estaba pensando. Aun así, aquel no era precisamente ni el momento ni el lugar para hablar de algo tan personal y no encontraba la manera de señalar que Reilly estaba comportándose magníficamente frente a aquella inesperada invasión.

—Ahora, supongo que os apetecerá ir a secaros a vuestros

dormitorios –dijo Reilly–. Dejadme enseñároslos. Danny traerá los equipajes y se ocupará de los caballos.

–Eso puedo hacerlo yo –se ofreció Zane.

Reilly le dio una palmada en la espalda.

–Eres mi invitado, hijo. Yo me encargaré de eso.

–Gracias –contestó Zane malhumorado.

Reilly les condujo entonces escaleras arriba. La habitación de los niños era la primera, la de C.J. y Thad estaba enfrente. A su lado, la de Gladys y Eddie y después la de Maya y Phoebe.

–Esta es la antigua habitación de mi nieto –les contó Reilly a Phoebe y a ella–. Ahora Ryder está en Kenia, haciendo fotografías para el *National Geographic*. Está soltero, ya veis. Yo no paro de decirle que lo que tiene que hacer es encontrar una mujer y sentar cabeza –les guiñó el ojo mientras hablaba–. Si necesitáis cualquier cosa, hacédmelo saber.

–Es encantador –dijo Maya cuando se quedaron a solas–. No me puedo creer que Zane y él estén peleados –se dejó caer en una de las camas y le dirigió a Phoebe una significativa mirada–. ¿Y? Suéltalo.

A Phoebe se le hizo un nudo en el estómago.

–No puedo. Zane me lo contó en secreto.

Maya arqueó las cejas.

–¿Soy o no soy tu mejor amiga?

Phoebe esbozó una mueca.

–Las dos sabemos que puedes hacerme sentirme culpable, pero preferiría que no lo hicieras. No quiero traicionar a Zane.

Maya se la quedó mirando fijamente.

–Así que las cosas han progresado más de lo que yo pensaba.

–Yo... Bueno –Phoebe se dejó caer en la cama y se tapó la cara con las manos–. ¡Socorro!

Maya la sorprendió soltando una carcajada.

–Muy bien, estoy dispuesta a darte una tregua porque

somos amigas íntimas y no quiero minarte la moral. Pero me debes una.

—De acuerdo —le aseguró Phoebe aliviada.

Mientras Maya se secaba el pelo, Phoebe dedicó un par de minutos a explorar la habitación. Prácticamente, hasta el último centímetro de pared estaba cubierto por fotografías enmarcadas tomadas en medio de la naturaleza. Los marcos parecían artesanales. Phoebe podía imaginarse perfectamente a Reilly construyendo un marco cada vez que su nieto le enviaba una fotografía.

Había un primer plano de un oso polar, toda su piel blanca y su enorme cuerpo aparecían bajo el foco. A su lado, una cría de mono aferrada a su madre mientras ella saltaba entre los árboles. Encima de la cómoda había una foto enorme de un tipo muy temerario con un mono de color platino pegado a la piel, volando contra el cielo sobre una tabla de surf. El color y la intrepidez del deportista la dejaron sin respiración. En la mesilla de noche había un retrato de Reilly con el hombre que suponía era su nieto, Ryder. En la fotografía aparentaba unos veinte años, aunque Phoebe imaginaba que si había viajado tanto, tenía que ser mayor.

Había un baño pegado al dormitorio. Después de suspirar por la emoción de poder ducharse en un sitio cerrado y fijar un horario para la ducha y el Jacuzzi, bajaron a almorzar.

A pesar de que solo había contado con cuarenta y cinco minutos, la cocinera había conseguido preparar un almuerzo capaz de competir con la mejor comida de Cookie.

Había estofado, espaguetis, pan de ajo, ensalada, fruta cortada y tarta de chocolate de postre. Phoebe se sentó en una silla enfrente de Zane y le sonrió.

—Está siendo todo muy agradable —le dijo.

Zane gruñó.

Phoebe estudió su tensa expresión y el recelo que reflejaban sus ojos. Evidentemente, había exagerado un poco al decir que estaba bien.

Pero antes de que pudiera decir nada, el resto del grupo entró en el comedor y tomó asiento. Después, Reilly se unió a ellos.

Hubo cantidad de comida y conversación. Reilly les entretuvo con historias sobre las aventuras de Ryder por el mundo. Dedicó algún momento a cada uno de sus invitados y después centró su atención en Zane.

—No sabía que estabas organizando excursiones para la conducción de ganado.

Zane gruñó. A Phoebe no le pareció extraño que respondiera de aquella forma. Zane no quería que nadie supiera por qué había tenido que hacerlo.

Reilly parecía dispuesto a insistir, así que Phoebe intentó cambiar de tema.

—La casa es preciosa —dijo—. Los acabados son increíbles y hay elementos arquitectónicos únicos.

—Vaya, gracias, Phoebe. Gran parte de ello es gracias a mi madre. Tenía grandes planes y mucho ojo para los detalles. Para mí siempre había sido el lugar en el que crecí, pero, ahora que mis hijos y mis nietos no están aquí, solo es una enorme casa vacía. Ryder insiste en que él nunca va a sentar cabeza. Ese chico nunca ha sido capaz de parar quieto. Estoy pensando en vendarla —se encogió de hombros—. Si tuviera una buena oferta, la vendería.

Frente a Phoebe, Zane se tensó, pero ella apenas lo notó. Apareció una imagen en su cerebro. La imagen de un hombre describiendo la casa de sus sueños, una casa aislada, con mucho terreno a su alrededor y que fuera algo único.

Miró a su alrededor, fijándose en las molduras del comedor y en las incrustaciones del suelo. ¿Sería aquella la casa de la que Jonny Blaze había estado hablando?

Zane caminaba nervioso por la casa. Odiaba estar allí casi tanto como odiaba estar en deuda con Reilly. Era obvio que aquel viejo canalla se estaba regodeando una vez más, y estaba consiguiendo sacarle de sus casillas.

Cruzó hasta una ventana y fijó la mirada en la tormenta. La tarde era fría y gris. Sabía que no tenía que preocuparse por Chase. Estaría perfectamente. La carreta de Cookie era protección más que suficiente para los dos. Y con aquella clase de lluvia, el ganado probablemente no iba a hacer nada más que dormir y aguantar. Pero no podía evitar estar preocupado. Y pensar. El pasado siempre estaba cerca y en aquella casa amenazaba con desbordarle.

Decidido a no ceder, fue a buscar a Phoebe. La encontró en un despacho que había al lado de la cocina. Estaba trabajando con un ordenador.

—Hola —la saludó cuando entró.

Phoebe alzó la mirada y, prácticamente, resplandeció.

—¡Oh, Zane! ¿No te parece increíble esta casa? ¿Y sabes qué? Reilly tiene Wi-Fi. Ya he enviado las fotografías del interior. No he querido hacer ninguna de fuera con esta lluvia, pero Reilly tenía algunas, así que las he escaneado y se las he enviado a Jonny Blaze. De momento, está encantado con lo que ha visto. De hecho, está hablando de hacer una oferta sin venir a ver la casa siquiera. ¿No te parece maravilloso? Por supuesto, tendré que asegurarme de llegar a un acuerdo antes de que me retiren la licencia, pero, si todo sale bien, Reilly tendrá lo que quiere, Jonny Blaze conseguirá el lugar aislado que busca y a mí me darán una comisión de...

Tomó aire.

—Bueno, no soy capaz de calcularlo mentalmente, pero será mucho dinero y eso es genial.

Zane se la quedó mirando fijamente, incapaz de creer lo que estaba oyendo.

—¿Jonny Blaze?

—Sí, te acuerdas, ¿verdad?

—Claro que me acuerdo. Pero no puedes venderle esta casa a una estrella de cine.

Sus palabras sonaron como un rugido. A Phoebe se le oscurecieron los ojos mientras se levantaba lentamente.

–¿Qué pasa, Zane? ¿Tienes miedo de que organice fiestas, monte un parque temático o algo así? No creo que vaya a hacer nada parecido. Jonny respeta realmente el entorno. Quiere un terreno grande precisamente para que salvaguardar su intimad. De hecho, probablemente estará encantado de venderte el ganado de Reilly y dejar que corra por su rancho. ¿El ganado corre? ¿Es mejor decir que pasta? Ya le he dicho a Jonny que hay una parte del terreno con la que no puede quedarse. Si sale adelante el trato, la recuperarás.

–¿Como una obra de caridad?

–No, claro que no. Es tuya. Siempre ha sido tuya. Yo pensaba...

–¡Y un infierno! –la fulminó con la mirada–. No puedes hacer eso.

–¿Por qué no?

Sonó una voz tras ellos.

–¿Vas a decírselo tú, muchacho? ¿O prefieres que se lo diga yo?

Capítulo 19

Zane dio media vuelta y descubrió a Reilly en el marco de la puerta. Debería haberse imaginado que aparecería en un momento como aquel.

–Ya lo sabe.

Reilly se encogió de hombros.

–¿Entonces dónde está el problema? Todos vamos a conseguir lo que queremos.

Zane no podía explicarlo. ¿Cómo podía explicarles que necesitaba ganarse aquella tierra? ¿Que solo a través del dolor y el sufrimiento le parecería bien recuperarla? E incluso entonces, ¿quién sabía si los fantasmas del pasado serían felices por fin?

Intentó decirse a sí mismo que, después de tanto tiempo, no importaba. El problema era que no era capaz de creérselo.

Reilly iba a vender aquella tierra a una estrella de cine y él jamás tendría oportunidad de hacer las cosas bien. Por supuesto, Phoebe se aseguraría de que recuperara su tierra, pero aquello no era suficiente. De esa forma no demostraría nada.

–Estás loco –musitó pasa sí mientras veía caer la lluvia a través de la ventana–. Estás completamente loco.

Zane sabía que era verdad. Su padre llevaba años muerto. ¿Qué demonios tenía que demostrar? ¿Acaso existía algún fantasma, más allá de los que él mismo se había creado? ¿Qué importaba aquella tierra después de tantos años? Le había ido bien sin ella. Más que bien. Había conseguido lo que su padre nunca había logrado, había convertido el rancho en un negocio rentable.

Había heredado la tierra y suficientes deudas como para hundirlo, pero había conseguido lo imposible. Había pagado hasta el último penique y, en aquel momento, tenía suficiente dinero en el banco como para asegurar el futuro de varias generaciones. ¿Por qué entonces no tenía suficiente? ¿Por qué sentía el frío aliento de la decepción de su padre en el cuello?

Phoebe se acercó para abrazarle. Él aceptó su abrazo durante un segundo, pero después se apartó. La joven abrió sus enormes ojos oscuros.

—Necesito pensar en todo esto —dijo Zane—. A solas.

Reconoció el dolor en la expresión de Phoebe y deseó ser capaz de hacer las cosas mejor. ¿Pero cómo? Había aprendido una y otra vez que no era posible enmendar los errores y que el perdón era un don que le estaba negado.

Phoebe tragó saliva.

—Si cambias de opinión, si al final quieres hablar conmigo, ya sabes cómo encontrarme.

A Zane le dolió y le admiró su aceptación.

—¿Nunca renuncias?

Phoebe consideró la pregunta.

—Creo que no puedo. Es parte de lo que soy.

Por supuesto, pensó Zane, comprendiendo la verdad por primera vez. Phoebe era la luz. Era luminosa, buena y cariñosa. Fueran cuales fueran las circunstancias de su vida, podía estar orgullosa de ser quien era y de lo que había aportado al mundo.

¿Y qué era él? ¿En qué clase de hombre se había convertido?

Phoebe pensó que dormiría bien después de haber pasado la mayor parte de la noche anterior despierta. Pero, en vez de dejarse arrastrar por el sueño como había hecho Maya a los quince minutos de apagar la luz, estaba tumbada en la cama con la mirada clavada en el techo.

No podía dejar de pensar en Zane. No era ninguna novedad, se dijo a sí misma. Aquel hombre se había convertido en una parte muy importante de su mundo. Al principio, solo le gustaba. Después, había comenzado a pensar que la atracción era mutua. Y, al final, habían hecho el amor y no había necesitado pensar en nada, salvo en el hecho de que era inmensamente feliz. Pero en aquel momento, volvía a estar confundida.

Sabía que Zane estaba sufriendo, tanto por la tierra como por lo que había pasado con su padre. Había reconocido el dolor en sus ojos. Había deseado consolarle, pero Zane no era la clase de hombre que recibía con gusto aquella clase de intimidad. ¡Ojalá lo fuera!

Con un suspiro, se levantó, se puso los pantalones y sustituyó después su camisola de dormir por una camisa de manga larga. Descalza, abrió la puerta y salió al pasillo con uno de los libros que había comprado en Fool's Gold bajo el brazo. Si no podía dormir, por lo menos podía encontrar un rincón en el que leer.

Había llegado ya a la escalera cuando oyó algo. Un pequeño crujido que la hizo volverse mientras una oscura sombra se cernía sobre ella.

—¿Phoebe?

Contuvo la respiración al oír su voz.

—¿Zane? ¿Qué haces levantado?

—No puedo dormir. Estaba pensando en cómo podía hacerte salir de tu habitación para hablar contigo sin despertar a Maya.

¿Quería hablar con ella? ¿De verdad?

Phoebe se acercó hacia él.

—Aquí estoy.

En vez de decir nada, él le tomó la mano y la condujo

hacia el final del pasillo. Entraron en el dormitorio que le habían asignado a Zane. Este cerró la puerta tras ellos y encendió la luz.

Una de las lámparas de la mesilla iluminó el pequeño dormitorio. Había una cama de matrimonio, una cómoda y un cuarto de baño.

Phoebe se volvió para preguntarle que qué quería, pero, antes de que pudiera hablar, él le quitó el libro del brazo, lo dejó a un lado, la abrazó y la estrechó contra él.

—Lo siento —susurró, presionando la mejilla contra su pelo—. Soy un imbécil.

Phoebe le acarició la espalda. Le sintió cálido y vivo junto a ella. Nada más importaba.

—Lo de imbécil me parece un poco fuerte —musitó ella.

—¿Qué tal un estúpido de primera?

—Si tienes que hacer algo, siempre es bueno ser el mejor.

Zane rio para sí.

—Caramba, gracias.

—De nada.

Zane retrocedió y le tomó la mano. Tirando de Phoebe, se acercó a la cama y la hizo sentarse a su lado.

—Eres una mujer increíble —la alabó mientras le apartaba el pelo de la cara.

¿Ella?

—No creo que sea nada especial.

—Claro que lo eres. No tienes miedo.

—Tú sí que eres increíble.

Zane negó con la cabeza.

—Ni de lejos. Siento haberte rechazado antes. No estoy acostumbrado a compartir mis problemas. Cuando era niño... —se encogió de hombros—. Era un auténtico desastre, igual que Chase. Mi padre nunca lo comprendió. Cada vez que hacía algo mal, me miraba de aquella manera. Creo que yo también lo hago. Chase dice que es la mirada mortal.

Phoebe se inclinó hacia él, cambiando de postura para poder sentarse encima de su propio pie.

—Es duro decepcionar a un padre.

—Peor que duro —dijo él, mirando tras ella.

Phoebe sufría por él. Le tomó la mano y se la apretó.

—Tu padre se equivocó. Por lo que me has contado, me parece que fue un hombre difícil y mezquino que no fue capaz de darse cuenta del daño que le estaba haciendo a su hijo.

—Pero eso no tiene que ver conmigo.

—Claro que sí. Forma parte de tu más profundo interior, eso todavía te duele —soltó la mano y la posó en su rostro—. Haría cualquier cosa por poder retroceder en el tiempo, abrazar a ese niño y decirle que no se preocupe, que no pasa nada.

Zane comenzó a retroceder. Phoebe no quería soltarle. Todavía no. No, cuando todavía estaba sufriendo tanto que podía sentir el dolor que le atrapaba. Su herida le estaba devorando, le vaciaba por dentro. Ella quería penetrar dentro de él y rellenar aquel vacío.

—¿No renuncias nunca? —le preguntó Zane.

—La verdad es que no. Es un defecto.

—No, no lo es.

Zane alargó la mano hacia ella y la hizo acercarse. Después, se tumbaron en la cama, abrazados el uno al otro, y nada en el mundo importó, salvo el estar juntos.

Phoebe se inclinó hacia delante cuando él dejó caer la cabeza y se fundieron en un beso que inmediatamente los consumió. El calor, la necesidad y el deseo explotaron en un fuego descontrolado.

Zane le acarició el cuerpo entero y ella le devolvió las caricias: los senos, el pecho, la espalda, las caderas, las piernas... Phoebe sintió la largura de sus músculos y el poder de sus hombros. Entreabrió los labios y él se hundió dentro de ella. Sus lenguas se encontraron, se acariciaron, bailaron. La sangre de Phoebe palpitaba y fluía en un apasionado y fogoso torrente de pasión.

Los largos dedos de Zane encontraron sus senos y los acariciaron. Phoebe tenía ya los pezones endurecidos antes de que Zane los rozara con el pulgar, haciéndola gemir. No se había puesto el sujetador y estaba desesperada por sentir las manos de Zane sobre su piel desnuda.

–Desnudos –susurró contra su boca.

No estaba segura de si lo había dicho para sí, pero no importó. Zane se apartó lo suficiente como para permitirle quitarse la camiseta.

Mientras devoraba sus senos con la mirada, Zane se desabrochó los botones de la camisa y se la quitó. Ella ya se había desabrochado los vaqueros y se los quitó rápidamente junto a las bragas. Con la mano en el cinturón, Zane se levantó de la cama y se dirigió al cuarto de baño. Segundos después, regresó desnudo y con un puñado de preservativos.

–No hagas preguntas –le pidió a Phoebe cuando esta alzó la mirada hacia los preservativos y arqueó las cejas.

Phoebe decidió que no le importaba ni cómo ni dónde los había conseguido. Lo único que importaba era que se los pusiera y se hundiera dentro de ella cuanto antes.

Se colocó en el centro de la cama mientras él se tumbaba a su lado. Los preservativos salieron volando. Uno de ellos aterrizó en el vientre de Phoebe y ella lo agarró.

Zane se incorporó sobre un codo y se inclinó hacia ella. Rozó sus labios con los suyos antes de buscar su cuello que lamió, mordisqueó y besó hasta alcanzar la piel sensible de debajo de la oreja. Descendió después hasta su pecho y, al mismo tiempo, posó la mano en su vientre.

Phoebe abrió las piernas antes de que llegara. Zane encontró entonces el centro de su cuerpo en el momento exacto en el que cerraba la boca sobre el pezón. De la boca de Phoebe escapó un gemido de placer.

La lengua y los dedos de Zane se movían al unísono,

rodeándola, frotándola, tentándola, complaciéndola. Phoebe bajó la mano para tomar la erección de Zane. Estaba ya completamente excitado y se estremeció cuando ella cerró la mano a su alrededor. Por un instante, disminuyó el ritmo con el que estaba acariciándola entre las piernas, pero después lo retomó.

Zane cambió de postura para poder acariciarla con el pulgar mientras hundía dos dedos en su interior. Al mismo tiempo, fue besándole el pecho y el cuello hasta alcanzar su oreja.

—Quiero que te corras para mí —susurró—. Ahora. Quiero sentirte contraer los músculos contra mis dedos, quiero oírte jadear, quiero oírte gritar.

La erótica imagen que evocaban sus palabras la hizo estremecerse y tensarse después. Abrió los ojos y fue consciente de que, a diferencia de lo que había pasado la noche anterior en la tienda de campaña, en aquella ocasión podía verle. Todo. Al igual que él podía verla a ella. Y la estaba mirando.

Sus miradas se encontraron mientras él continuaba acariciándola. Zane se movió un poco más rápido y presionó un poco más, hasta que Phoebe sintió que perdía el control. Entonces la besó, hundió la lengua en su boca e imitó con ella lo que estaba haciendo entre sus piernas.

Aquello bastó para llevarla al límite. Sintió que se le cerraban los ojos mientras llegaba el orgasmo.

El placer la bañó en una oleada de contracciones. Arqueó el cuerpo hacia él, jadeó y, quizá, incluso gritó. Afortunadamente, el sonido fue amortiguado por el beso de Zane.

Zane continuó acariciándola con más delicadeza, más despacio, hasta que cesaron los estremecimientos y ella pudo pensar otra vez.

—Eres preciosa —le dijo Zane cuando le miró—. Toda tú.

Phoebe emprendió una lenta y visual exploración de los músculos de su pecho, de su vientre plano y de su erección.

Aquel era un hombre que trabajaba duramente y su cuerpo lo mostraba.

–Tú también –le acarició una cicatriz que tenía en el pecho–. ¿Quieres contarme cómo te la hiciste?

–Ahora no.

Se colocó entre sus piernas y ella le tendió un preservativo. Mientras desgarraba el paquete, Phoebe le acarició la punta de su erección. Él se encogió ligeramente en respuesta.

La anticipación la inundaba. Quería sentirle dentro de ella. Quería sentirle más cerca y perderse en lo que estaban haciendo. Quería acariciarle por todas partes, quería que la abrazara. Quería amarle.

Aquellas palabras quedaron atrapadas en su garganta hasta que Zane se hundió en ella y ya nada más importó. Se estiró para acomodarse a él y colocó las piernas de manera que pudiera hundirse más profundamente en ella. Más. Ella quería más.

Cuando Zane la rodeó con el brazo, Phoebe se aferró a sus caderas. Se besaron. El ritmo de su cuerpo la llenaba, invitándola a mover las caderas. La anticipación se arremolinaba dentro de ella hasta convertirse en una tensión insoportable. Zane se movía cada vez más rápido al tiempo que ella le succionaba su lengua. Phoebe le clavó los dedos.

La cama crujió y afuera un trueno quebró el silencio de la noche. A Phoebe no le importó. Lo único que existía era aquel momento, Zane y lo que estaban haciendo juntos. Entonces perdió el control. El orgasmo la arrastró, haciéndola volar en mil pedazos. Lo único que pudo hacer fue aferrarse a él, gritar su nombre y embeberse del propio clímax de Zane.

Más tarde, cuando apagaron la luz y consiguieron meterse bajo las sábanas, Phoebe se acurrucó contra él. Oír los latidos de su corazón le producía una inmensa satisfacción.

Estaba dormido. Lo sabía por su respiración constante. Y por cómo se movía en sueños. Mientras dormía, Phoebe entrelazó los dedos con los suyos y pronunció las palabras que no había tenido valor de decir en voz alta en otro momento.

—Te quiero.

El brazo con el que Zane la abrazaba se tensó. Movió la pierna contra la suya y suspiró.

—Yo también te quiero, Phoebe.

Su voz, espesa y apenas audible, hizo que se le paralizara el corazón. Phoebe abrió los ojos bruscamente y se quedó sin respiración.

¿De verdad había dicho aquellas palabras o las había imaginado ella? Si las había dicho, ¿lo había hecho en sueños? ¿Habría sido una respuesta automática? ¿De verdad pretendía decírselo?

La pregunta la persiguió durante horas, hasta poco antes del amanecer, cuando la venció el sueño y se relajó por fin contra él.

Una fuerte llamada a la puerta devolvió a Zane la conciencia. En menos de dos segundos comprendió que estaba completamente desnudo con Phoebe acurrucada contra él y que su hermano le estaba llamando.

—¡Un momento! —respondió, y alargó la mano hacia los vaqueros.

Mientras salía a trompicones de la cama, Phoebe comenzó a moverse.

—¿Qué pasa?

—Ha surgido algún problema.

Zane sabía que Chase jamás dejaría el ganado si no fuera porque había pasado algo. Se puso los vaqueros y se acercó a la puerta.

—¿Qué pasa? —preguntó mientras abría la puerta y salía al pasillo.

Tuvo mucho cuidado de asegurarse de que Chase no pudiera ver a Phoebe en su cama.

Su hermano estaba empapado y tenía un aspecto terrible.

—El agua está creciendo —dijo rápidamente—. Y muy rápido. Cookie está moviendo la carreta. Necesitamos a varios hombres allí ahora mismo, Zane. Tenemos una hora como mucho.

Zane soltó una maldición. Había sido consciente de la constancia de la lluvia en todo momento, pero no se le había ocurrido pensar que el río pudiera desbordarse tan rápido. Debía de haber algunos vertidos, pensó.

A lo largo del pasillo, las puertas se abrieron. Martin salió de su habitación, y Thad. Maya también salió tambaleante.

—¿Qué ocurre? —preguntó Thad.

—Ha habido una crecida —le explicó Chase—. Hay que mover el ganado.

—Hablaré con Reilly —dijo Zane—. Sus hombres nos ayudarán.

En aquel momento apareció el anciano en bata y pijama.

—Ya lo he oído —dijo cuando Chase comenzó a explicar lo que había pasado. Sacudió la cabeza—. Zane, lo siento, pero acabo de enviar a dos cuadrillas a reparar las cercas y al resto de mis hombres les di el fin de semana libre. Solo estamos aquí el viejo Danny, que se ocupa de los caballos, y yo. Y él está doblado por la artritis, ya no puede montar. Pero yo os ayudaré.

Zane gruñó. Tres hombres no eran suficientes para mover a cincuenta vacas empapadas. No, cuando tenían que cruzar un río para ponerse a salvo.

Miró a su hermano y vio el pánico en sus ojos.

—No es bastante —dijo Chase.

—¿Llamo a los Stryker? —pregunto Eddie, con el teléfono ya preparado.

—Sí, gracias. Pero no podemos esperar y no sé si podrán

encontrarnos a tiempo. No pueden llegar con el jeep en este momento. Tendrán que venir a caballo y nosotros estamos justo en el otro extremo del rancho.

—Iré yo —se ofreció Thad.

Zane le miró sorprendido.

—Aprecio el ofrecimiento, pero esto no forma parte de tus vacaciones. Este va a ser un trabajo duro y peligroso. Vas a terminar helado y empapado.

Thad se encogió de hombros.

—Quiero ayudar. Puedo montar al lado del ganado para encaminarlo en la dirección correcta, ¿con eso bastará?

—Yo también iré —dijo Martin.

—Y yo.

La última voz había sonado tras él. Zane se volvió y vio a Phoebe apoyada contra la pared.

Maya gimió.

—¡Maldita sea, Phoebe! ¡Si vas tú, tendré que ir yo también! ¿Y sabes cómo va a terminar mi pelo con este tiempo?

Phoebe sonrió.

—Ponte un sombrero.

—Sí, claro, como si eso fuera a librarme de la lluvia.

—No tenéis por qué hacerlo —les dijo Zane—. Ninguno de vosotros.

—Lo sabemos —respondió Thad—. Pero estamos juntos en esto. Podemos adelantarnos para salvar parte del ganado.

Chase asintió.

—No tienen experiencia, Zane, pero son muchos. Sin ellos, no podremos poner a salvo el rebaño.

Zane sabía que su hermano tenía razón. No tenía alternativa. No, si quería salvar el ganado.

—Ve ensillando los caballos —le ordenó a Chase—. Estaremos fuera en cinco minutos —se volvió hacia todo el mundo—. Abrigaos, poneos tantas capas de ropa como podáis —les hizo un gesto a Eddie y a Gladys—. Necesitaremos comida.

Eddie asintió, después, agarró a Andrea y a C.J. y tiró de ellas hacia las escaleras.

Zane se volvió hacia Phoebe, que le sonrió.

—Te van a ayudar.

Zane frunció el ceño.

—Ya lo sé.

—Les caes bien. A todos.

—¡Oh, Dios mío!

Zane se volvió y descubrió a Maya mirándole fijamente.

—¡Ahora lo entiendo! —exclamó—. Te has acostado con Phoebe —miró a Phoebe—. Y tú te has acostado con él. Todavía no soy capaz de decidir si es genial o demasiado fuerte como para expresarlo con palabras.

Phoebe soltó una carcajada.

Zane se volvió hacia su dormitorio.

—Tú limítate a vestirte.

Capítulo 20

Phoebe sabía que tenía que ser poco después del amanecer. El horizonte mostraba una tonalidad lechosa que insinuaba la presencia de luz tras aquellas gruesas y grises nubes, pero estaba empezando a pensar que jamás volvería a ver la luz del sol. También estaba más empapada y fría de lo que habría creído posible. Tenía la ropa mojada y la temperatura de su cuerpo había pasado de la congelación al dolor. Le resultaba difícil sujetar las riendas, a pesar de los guantes que Reilly le había prestado.

El agua goteaba del sombrero y caía sobre Rocky. Ella ya le había pedido perdón al caballo. Sabía que estaba tan mal como ella, pero no tenía forma de evitarlo.

Pero mientras seguía a Martin, que seguía a su vez a Zane, se obligó a ser positiva, a pensar en lo que había pasado la noche anterior y no en aquel momento. A recordar la pasión que Zane y ella habían compartido. A recordarle diciendo que la amaba. Aunque Zane no hubiera querido pronunciarlas, ella atesoraría aquellas palabras eternamente.

Al final, al cabo de lo que le parecieron horas, llegaron hasta donde estaba el ganado. Phoebe se quedó estupefacta al descubrir a los animales con el agua hasta las rodillas. Vio correr el agua en la zona en la que se había desbordado el arroyo y, por primera vez, tuvo miedo.

–¡Agrupaos! –gritó Zane, haciéndoles un gesto para que se acercaran.

Cuando estuvieron todos juntos, dio las instrucciones por encima del repiquetear de la lluvia.

–El ganado está inquieto por culpa del agua –les dijo–. Estad alerta. Si en algún momento tenéis que elegir entre una vaca y permanecer a salvo, quiero que intentéis salvaros.

–Me alegro de saberlo –le musitó Maya a Phoebe–. ¿Y si tengo que elegir entre dos vacas y yo?

Zane, o no la oyó, o prefirió ignorarla.

–Tenemos que dirigirnos hacia los terrenos más altos. Hay que cruzar el arroyo y volver a campo abierto. Los pastos están en cuesta, así que, en cuanto lleguemos allí, estaremos a salvo. Pero, de momento, tenemos que ir colina abajo.

Phoebe miró el agua que se arremolinaba bajo ellos y tragó saliva. Si le hubieran dado a elegir, la de ir colina abajo no habría sido su opción.

–Tenemos que trabajar en grupo –explicó Zane–. Reilly irá con Martin y con Maya. Yo me llevaré a Thad. Chase –miró a su hermano–, tú irás con Phoebe.

Phoebe estaba a punto de preguntar por qué necesitaba ella un escolta personal, cuando Zane se volvió hacia ella.

–Quiero que vayas delante con Manny. Chase y tú iréis a la cabeza del rebaño. Manny os conoce a Rocky y a ti y seguro que te seguirá. Es peligroso, Phoebe. Tienes que tener mucho cuidado. No te pares a hablar con los árboles. Lo digo en serio.

Phoebe asintió.

Zane se volvió hacia su hermano.

–Chase, sabes a lo que nos enfrentamos.

–Sí.

Zane hizo un gesto con la cabeza, señalando a Phoebe.

–Cuento contigo para mantenerla a salvo –le dijo a su hermano.

Phoebe sintió que el corazón le daba un vuelco. Miles de pensamientos cruzaron su mente, todos emocionantes, todos maravillosos. ¿Zane quería mantenerla a salvo? ¿Le pedía a su hermano que cuidara de ella? El amor y la felicidad corrían más rápido que el agua, pero antes de que pudiera deleitarse con aquellos sentimientos, Zane les indicó a gritos que comenzaran a moverse.

De pronto, Phoebe vio a Chase a su lado, señalando la dirección en la que tenían que ir.

Mientras giraba a su caballo, se dio cuenta de que iban a tener que cabalgar en contra de la lluvia. El agua helada le caía sobre la nariz y los ojos, por mucho que se bajara el sombrero. Tenía los pies como cubos de hielo y los muslos le dolían.

Rodearon el rebaño hasta colocarse delante de él y después, Chase se adentró entre las reses para encontrar a Manny. Empujó al cabestro con el pie, pero el animal no se movió.

Chase maldijo en voz suficientemente alta como para que Phoebe la oyera, pero Manny no se dejó impresionar. Continuó manteniéndose en la que parecía una muy obstinada postura y mugió patéticamente.

Sin pensarlo dos veces, Phoebe desmontó a Rocky. El agua le llegaba por encima de las botas y se filtraba en su interior. Estaba más fría de lo que habría creído posible. Tanto, que le costaba respirar. Pero se obligó a vadearla para alcanzar a Manny, llevando a su caballo con ella.

Podía sentir la corriente arrastrándola a cada paso. En una ocasión, estuvo a punto de caer y tuvo que agarrarse a Rocky para no perder el equilibrio. Al final, llegó hasta donde estaba Manny y se colocó delante de él.

Cuando la vio, el animal retrocedió y realmente pareció mirarla. Phoebe sintió pánico durante un segundo, pero después se acordó de que llevaba puesto un sombrero. Se lo quitó rápidamente, dejando que la lluvia le empapara directamente la cabeza.

Pero Manny la reconoció, que era lo único que importaba. Le olfateó el impermeable, bajó la cabeza y la chocó suavemente contra ella. Phoebe estuvo a punto de caer sobre su trasero.

—¡Tenemos que salir de aquí! —le advirtió, gritándole directamente al oído—. No estoy de broma, si te quedas aquí, terminarás ahogándote.

La humedad le empapaba las mejillas y se dio cuenta de que había empezado a llorar.

—Yo no quiero que te mueras. ¿Me oyes, Manny? Así que vamos. ¡Inmediatamente! ¡Vamos!

Le agarró del collar que le rodeaba el cuello y tiró de él. Sabía que sin su colaboración era una tarea imposible, pero, sorprendentemente, el animal dio un paso, y otro después. Pronto estaba caminando a su lado y el rebaño comenzó a moverse tras él.

Al cabo de un par de minutos, Chase se acercó y desmontó. Soltó una maldición al hundirse en el agua.

—Maldito tiempo —musitó—. Monta a caballo, Phoebe.

—¿Y si Manny no quiere seguir a Rocky?

—No puedes seguir en el agua. Te morirás de frío.

Phoebe intentó contestar, pero los dientes le castañeteaban con demasiada fuerza. Chase entrelazó las manos para ayudarla a alzarse y ella posó el pie en aquel escalón improvisado. El agua salió disparada de su bota cuando giró la pierna para montar en la silla.

Rocky no necesitó que lo urgiera a salir de allí. Phoebe miró por encima del hombro y suspiró agradecida al ver que Manny la seguía. Estaban moviéndose otra vez. ¡Iban a salvar el ganado!

Fue en ese momento cuando se dio cuenta de lo mucho que estaba temblando. No había palabras para describir el nivel de frío que sentía. Cada respiración le resultaba dolorosa.

Chase señaló hacia un grupo de árboles.

–¡Ve por allí! –gritó–. ¡Lleva el ganado hacia la izquierda!

Phoebe asintió en silencio, porque no podía hablar.

Y estuvieron cabalgando durante lo que a Phoebe le parecieron días. La lluvia fue amainando hasta cesar por completo, pero el nivel del agua seguía subiendo. En cierto modo, era incluso más aterrador, porque Phoebe no entendía de dónde salía tanta agua ni cuánta más podría llegar.

Continuaron sin parar, Zane aparecía cada cuarto de hora aproximadamente para ver cómo andaban. Pasaban las horas. Cada vez que Zane pasaba por delante de ella, Phoebe se esforzaba en poner su mejor sonrisa y decirle que estaba bien, a pesar de que estaba convencida de que no volvería a entrar en calor en toda su vida. Pero lo único que le importaba en aquel momento era salvar el rebaño. De modo que, al igual que Chase miraba de vez en cuando hacia ella para asegurarse de que todavía estaba allí, ella miraba por encima del hombro para ver a Manny cabalgando detrás de Rocky.

Al final, apareció el sol entre las nubes. Phoebe suspiró aliviada al sentir el calor del sol, aunque le pareció sorprendente la posición en la que se encontraba. Era mucho más tarde de lo que pensaba. Aun así, se animó al ver que estaban empezando a subir y que el agua iba desapareciendo rápidamente.

–¿Ya estamos? –le preguntó a Chase–. ¿Ya hemos llegado?

Chase negó con la cabeza.

–Estamos cerca del arroyo. Una vez que lleguemos al otro lado, hay otra subida y allí estaremos a salvo. Pero tenemos que cruzar el río mientras todavía haya luz. No nos queda otra opción. Para mañana por la mañana, todo esto estará bajo el agua.

¿Bajo el agua? A Phoebe no le gustó cómo sonaba eso.

Estaba a punto de decírselo cuando se dio cuenta de que estaba oyendo algo. Era el sonido del agua al correr. Y no le pareció precisamente el sonido de un arroyo.

Estuvo a punto de desmayarse cuando vio el río embravecido elevándose delante de ellos. El agua corría rompiendo ramas y arrastrando pequeños árboles en aquella corriente burbujeante y fangosa.

—¡No podemos cruzar eso!

—Claro que podemos. No hay ningún problema.

Chase dijo lo que se suponía que tenía que decir, pero su voz le indicó a Phoebe que estaba mucho más que preocupado. Tenía miedo.

Zane cabalgó hasta ellos.

—¿Qué aspecto tiene?

—No hay camino —dijo Phoebe, señalando el río enfurecido.

Zane les miró alternativamente.

—Voy a ver si podemos cruzarlo. Quedaos aquí. Si me ocurriera algo... —miró fijamente a su hermano—. Dejad el ganado. Las vacas tendrán que cruzar el río a nado mientras el agua sigue creciendo. Vosotros montad hacia el sur tan rápido como podáis. Encontraréis una zona segura aguas abajo.

Phoebe se le quedó mirando fijamente.

—¡Zane, no! No hagas esto. Iremos aguas abajo todos juntos.

—No tenemos mucho tiempo. Tenemos que intentar salvar el ganado.

A Phoebe no le gustaba aquello. No le gustaba nada. Pero cuando se volvió, vio a Manny y supo que no podía abandonarlo. No, sin intentar salvarlo a él y a sus amigos.

Entonces Zane se alejó, dirigiéndose hacia el agua. Phoebe contuvo la respiración mientras le veía adentrarse en aquellos remolinos de agua y barro.

Quería gritarle que tuviera cuidado. Quería gritarle que

le amaba. Pero no quiso distraerle y estaba ocupada rezando por su seguridad.

Estaba dispuesta a prometerle a Dios cualquier cosa a cambio de mantener a Zane a salvo. Se aferró a las riendas e intentó transmitirle a Zane todas sus fuerzas. Después, dejó de respirar.

El caballo de Zane avanzó en el río y, casi inmediatamente, comenzó a tambalearse. El animal se enderezó, pero no antes de que Phoebe se sintiera morir al menos en dos ocasiones. Zane guio al caballo a través de aquellas aguas turbulentas. Cuando el caballo comenzó a nadar, Phoebe pensó que iba a desmayarse.

—¿Qué está...? ¡Santo Dios! —exclamó Maya mientras cabalgaba hasta donde estaba Phoebe—. Es imposible cruzar el río.

Phoebe no dijo nada. Estaba demasiado ocupada mirando a Zane. El caballo se desplazaba medio metro lateralmente cada vez que avanzada veinte centímetros, pero, al final, consiguió hacer pie y emergió al otro lado.

Zane se quitó el sombrero y les saludó desde allí.

—¡Ha sido pan comido!

—Menudo mentiroso —musitó Maya.

Veinte minutos después, Zane volvió a reunirse con ellos al otro lado del arroyo. Una rápida búsqueda en las dos orillas le había permitido encontrar una zona baja para meterse en el agua con una suave inclinación al otro lado.

—Así es como lo vamos a hacer —explicó Zane cuando cabalgó hasta donde estaba Phoebe—. Chase irá el primero, después tú. Manny te seguirá. Quiero que lleves el cabestro a tu izquierda, caminando aguas abajo. Si tropieza, no quiero que caiga encima de ti, ¿entendido?

Phoebe asintió, porque estaba demasiado asustada como para decir nada.

—Chase estará con vosotros, así que, si ocurre algo, relájate. Él te alcanzará. Confía en Rocky. Tiene las patas muy

largas y solo tendrá que nadar durante unos cuantos metros
–Zane vaciló un instante–. Es muy probable que cuando comience a nadar, no te guste la sensación, pero no te asustes. Agárrate a la silla y sigue adelante. El caballo es fuerte y tiene tantas ganas como tú de llegar al otro lado.

Zane suavizó ligeramente su fiera expresión.

–Puedes hacerlo, Phoebe.

Phoebe miró a Manny y al resto del ganado que se agrupaba tras él. Todos contaban con ella y no iba a decepcionarlos.

–Estaré bien –mintió.

–Estupendo. Ahora, déjame contar a todos los demás lo que vamos a hacer.

Phoebe apenas escuchó mientras Zane explicaba el plan. Chase, Reilly y él irían río abajo mientras Martin, Thad y Maya seguirían arroyo arriba. Les advirtió que el agua estaba fría, que confiaran en sus caballos y buscaran la orilla. Llegó después el momento de salir.

Phoebe esperó a que Chase la guiara. Cuando llegó al agua, el chico comenzó a blasfemar. Sus combinaciones eran tan subidas de tono que la hicieron reír... hasta que el agua helada del río le llegó a los pies e, inmediatamente, le empapó las botas. Estaba incluso más fría que la última vez.

Al llegar al agua se quedó sin aliento. Quería dar media vuelta y decir que no podía hacerlo, pero no lo hizo. En cambio, pensó en Zane, en Manny y en las vacas. Tenía que se valiente. Aquello era importante.

Cuando Rocky avanzó, Phoebe se volvió y vio a Manny entrando en el agua. El cabestro se detuvo y Phoebe detuvo a Rocky.

–¡Vamos, Manny! –le gritó–. ¡Tú puedes!

Manny se estremeció y después comenzó a avanzar.

–¡Eso es! –le gritó–. ¡Manny, adelante! ¡Vamos, grandullón! Intenta llegar al otro lado.

Phoebe estaba poniendo tanta intensidad en urgir a Manny a avanzar que se olvidó de ver por dónde iban. De pronto, Rocky se tambaleó, después comenzó a dar tumbos.

—¡Phoebe!

Oyó gritar a Zane, pero no pudo contestar. Se aferró a la silla, a las riendas, a cualquier cosa. Pero sus dedos se negaban a colaborar. Se sintió cayendo en aquellas heladas y agitadas aguas.

—¡Chase! —gritó Zane.

—Ya la veo. ¡Phoebe, agárrate bien!

Lo estaba intentando. Luchaba desesperadamente para mantenerse en la silla. Casi había llegado al final del cuero, pero justo en aquel momento Rocky comenzó a nadar. Aquel cambio en el movimiento la hizo resbalar todavía más.

Algo la golpeó con fuerza en el muslo y se sintió empujada hacia adelante. Buscó de nuevo la silla y, en aquella ocasión, consiguió aferrarse al frío, húmedo y resbaladizo cuero. Recobró el equilibrio y, solo cuando estuvo sujeta a la silla, se atrevió a bajar la mirada y vio a Manny a su lado. El cabestro alzó la mirada y, en aquel instante, Phoebe habría jurado que estaba sonriendo.

Justo cuando Rocky y Manny estaban saliendo del agua, llegando a la otra orilla, apareció un grupo de hombres a caballo en lo alto de la colina. Los Stryker habían llegado. Ya no tenían gran cosa que hacer, salvo esperar mientras los chorreantes jinetes iban cruzando el arroyo uno a uno.

El hermano mayor, Rafe, creyó recordar ella, le tendió una gruesa manta para que se la echara por los hombros. En cuanto Phoebe estuvo arropada, le tendió un termo de café.

—Gra-gracias —le dijo ella.

—Por un momento, he pensado que íbamos a tener que ir a rescatarte —le dijo el vaquero.

—¿Has visto lo que ha pasado?

—Es la primera vez que veo a un cabestro salvar a alguien

—le palmeó la espalda y la dejó para poder llevar café a los demás.

El líquido caliente la ayudó a caldear las manos y el estómago y calmó parte de sus temblores. La manta estaba vieja y mohosa, pero a aquellas alturas, a Phoebe no le habría importado tener que compartirla con una familia entera de ratones.

¡Qué agradable era vivir en un lugar en el que podías contar con la ayuda de los demás cuando la necesitabas!, pensó. Fool's Gold era esa clase de lugar. Cuando habían hablado de llamar a los Stryker en el rancho de Reilly, nadie había dudado de que acudirían, solo les había preocupado que pudieran llegar a tiempo.

Phoebe observó a las últimas reses ponerse a salvo en la otra orilla del río. Y, por mucho frío que tuviera, supo que jamás olvidaría aquel día, ni el saber que había conseguido marcar la diferencia. Todos ellos lo habían hecho.

—Ha dejado de llover —anunció Lucy, que estaba sentada al lado de la ventana—. A lo mejor vuelven pronto.

C.J. palmeó el sillón para que se sentara a su lado.

—Thad dijo que nos llamaría cuando comenzaran a volver.

Lucy suspiró y caminó hacia ella.

—¿Están bien?

C.J. ignoró el miedo que sentía por dentro y asintió.

—Claro. Están bien. Zane ha sido un vaquero durante toda su vida. No va a dejar que le pase nada a nadie.

Los ojos marrones de Lucy se llenaron de lágrimas.

—¿Me lo prometes?

Sin pensar lo que hacía, C.J. le abrió los brazos. Lucy corrió hacia ella. Tommy, que estaba sentado a su lado, también se acurrucó contra ella.

—No quiero que Thad se ahogue —dijo el niño.

–Solo es un poco de lluvia –le tranquilizó C.J., intentando no pensar en el río desbordado y en aquellas aguas heladas–. Estoy segura de que llegarán empapados y muertos de frío, pero sobrevivirán. Ya lo veréis. Y, cuando estén todos aquí, estaremos muy callados mientras nos lo cuentan todo.

Los dos niños la estaban mirando fijamente. C.J. deseó que la creyeran, o, al menos, que fingieran creerla. Mantenerse animada y actuar con calma cuando lo único que le apetecía era ponerse a caminar de un lado a otro le absorbía mucha energía.

Lucy se acurrucó a su lado.

–Vale –susurró la niña–. ¿Quieres leernos un cuento?

–Claro que sí.

Tommy se levantó y corrió a buscar un libro a la biblioteca. Habían encontrado todo un alijo de cuentos aquella mañana. Probablemente de cuando los nietos de Reilly eran pequeños.

Cuando el niño se alejó, C.J. le apartó a Lucy el pelo de la cara.

–Intenta pensar en cosas buenas –le aconsejó–. A veces, ayuda.

–No siempre –replicó la niña.

C.J. se la quedó mirando fijamente y supo que aquella niña había visto cosas que ella ni siquiera podía imaginar. Su hermano y ella habían sido testigos de horrores a los que ningún niño debería tener que enfrentarse. Y si Thad y ella no hacían algo, tendrían que volver a aquel infierno.

Se le hizo un nudo en la garganta y dijo con la voz rota:

–Siempre quise tener un hijo propio. No porque me parezca que los bebés son especiales, sino porque nunca se me han dado muy bien los niños, ¿sabes? Ni siquiera sé qué decirles o cómo actuar. Pensaba que si tenía un bebé, podría criarle de manera que supiera que le quería, incluso cuando me equivocara.

Lucy desvió la mirada.

—Sí, mucha gente quiere bebés.

—A veces, lo que queremos no es lo que nos conviene —continuó C.J.—. Cuando estaba en el instituto, había un chico que me encantaba. Estaba desesperada por que me pidiera salir y, como no lo hizo, creí que iba a morir. Después, conocí a Thad y me enamoré tanto o más que del otro chico. Resultó que él también me quería, y que quería casarse conmigo. Si hubiera salido con el primer chico, habría querido ir a otra universidad y no habría conocido a Thad. Así que fue una suerte que no consiguiera lo que quería. ¿Te parece que tiene sentido?

Lucy se la quedó mirando fijamente.

—Supongo. A lo mejor.

C.J. le acarició la mejilla.

—Yo pensaba que quería un bebé. Si hubiera tenido un bebé, o si Thad y yo hubiéramos adoptado uno, nunca habríamos venido a esta conducción de ganado. Nunca os hubiéramos conocido a Tommy y a ti.

La esperanza que brilló en los ojos de Lucy fue tan intensa que dolía verla.

—¿Quieres decir que fue bueno que no consiguieras lo que querías?

—Absolutamente —contestó C.J., y la abrazó—. Quiero que Tommy y tú vengáis a vivir con nosotros. Puede que no siempre haga las cosas bien ni diga lo que tengo que decir, pero eso es porque nunca he sido mamá, no porque no os quiera. ¿Serás capaz de recordarlo?

Lucy asintió. Después, contuvo la respiración y sollozó.

Tommy volvió al salón.

—¿Qué pasa? —preguntó mientras dejaba el libro—. ¿Qué ha pasado?

—Le he dicho a Lucy que quiero que vengáis a vivir con nosotros.

La sonrisa de Tommy fue de puro júbilo. Soltó un grito de alegría y se arrojó a los brazos de C.J., que sintió que la estrechaban y estrangulaban unos brazos escuálidos. Los dos presionaron sus cálidos cuerpecitos contra ella. La vida nunca le había parecido tan maravillosa.

El ganado alcanzó los terrenos más altos al anochecer. Húmedos, cansados y temblando de frío, los jinetes cabalgaron en la creciente oscuridad hasta la casa de Reilly.

Los Stryker se habían ofrecido a quedarse con el ganado y Zane había aceptado encantado. Consideraba que lo prioritario era que todo el mundo comiera y entrara en calor.

Tres horas después de que Phoebe hubiera estado a punto de caer al río, todavía no estaba tranquilo. Cuando la había visto resbalar, había sido consciente de que no sería capaz de superar su pérdida. Si se hubiera herido, o algo peor, la culpa habría sido suya. Toda. Porque había estado completamente decidido a dar una lección a Chase. Lo irónico del caso era que había sido él el que había aprendido más de una lección a lo largo de aquella semana.

Miró el teléfono móvil y, cuando llegaron a la zona de cobertura, se lo tendió a Reilly para que avisara a los que se habían quedado en casa de que estaban ya de vuelta.

La luna se elevaba en el cielo, permitiéndoles distinguir el camino. Los caballos presintieron su destino y emprendieron un medio galope en los últimos cinco minutos.

Zane y su cuadrilla llegaron empapados, cansados, hambrientos y orgullosos. C.J., los niños, Andrea, Matilda, Eddie y Gladys salieron a recibirles. Danny y Chase se ocuparon de los caballos. Zane ayudó a Maya a desmontar el suyo y después se acercó a Phoebe. Se quedó de piedra al palpar su ropa fría y empapada.

—Prepara un baño —le gritó al ama de llaves, y se volvió de nuevo hacia Phoebe—. ¿Puedes sentir los dedos de los pies?

—No, pero prefiero no sentirlos. Sé que me van a doler.

Maya se acercó a ella y le pasó el brazo por los hombros.

—No te preocupes, Zane. Yo me aseguraré de que entre en calor. Esto es lo que pasa cuando tienes que cruzar un río. Cuando vuelva a la ciudad, no voy a salir de casa durante seis semanas. Y pienso hacer que me envíen todo a casa. No pienso pasar ninguna dificultad.

Phoebe temblaba mientras se dirigían hacia la casa.

—Me ha gustado. Todo ha sido muy emocionante. Bueno, lo del río no, pero sí todo lo demás. ¿No crees que Manny ha sido muy valiente? Y me ha salvado la vida. Tengo que hacerle un regalo. ¿Que crees que le podría gustar?

—Que le devuelvan sus testículos.

Zane las siguió al interior de la casa. Martin, Reilly y Thad ya estaban contándoles a las mujeres todo lo que había pasado. Dejaron de hablar cuando le vieron entrar y le rodearon.

—Ha sido magnífico —dijo Martin—. ¡Menuda aventura!

—Jamás había vivido nada parecido —añadió Thad mientras se quitaba el barro de la cara. Se volvió hacia su esposa—. Cariño, tendrías que haber estado allí. El agua no paraba de crecer y el ganado estaba muy nervioso. No estaba seguro de que fuéramos a conseguirlo.

—Podrías mostrarte un poco menos emocionado al hablar de algo tan peligroso —le reprochó C.J.

Thad sonrió de oreja a oreja y la abrazó.

—Os he echado de menos a ti y a los niños.

—Nosotros también te hemos echado de menos.

—Lo has hecho muy bien, Zane —dijo Gladys, apartando la mirada de C.J. y Thad.

Zane negó con la cabeza.

—No podía haber sido un desastre peor. Lo siento.

Gladys no hizo ningún caso a su disculpa.

—Es posible que pienses que eres perfecto, pero no es así. Tienes defectos como todo el mundo. Y, desde luego, sabes cómo hacer que la gente se divierta. Eddie y yo jamás olvidaremos estas vacaciones. De hecho, si quieres repetir la excursión el año que viene, volveremos a apuntarnos.

—Desde luego —se sumó Martin—. Pero sin lluvia.

Zane alzó las manos.

—Ya veremos lo que puedo hacer.

Todo el mundo se echó a reír y se puso a hablar. Zane salió de la habitación y fue a ayudar al establo. Cuando llegó a la puerta de la casa, esta se abrió y apareció Chase.

—Los caballos están en sus cubículos —le dijo—. Danny va a cepillarlos y darles de comer. Yo voy a cambiarme de ropa y después iré a ayudar.

—Te acompañaré.

Se dirigieron a las escaleras. Al llegar a los pies, Zane se detuvo y agarró a su hermano del brazo.

—Hoy has hecho un gran trabajo.

Chase negó con la cabeza.

—No, Zane, cometí un error terrible. Phoebe podría haber muerto y podríamos haber perdido parte del ganado. Y todo por una tontería. Lo siento.

Zane sintió un nudo en la garganta. Intentó hablar, pero no fue capaz. Abrazó a su hermano y lo estrechó contra él.

—No pasa nada —consiguió decir por fin con voz ronca—. Yo también me equivoco continuamente. Pero nunca dejo que te des cuenta.

Chase le devolvió el abrazo.

—¿De verdad?

Se enderezaron y se miraron el uno al otro. Zane le contó entonces la historia del semental y cómo había reaccionado su padre.

—Yo no quería que tuvieras que arrepentirte de nada —le explicó Zane—. No quería que te pasara lo que me había pasado a mí. Pero he estado tan preocupado intentando evitarlo que he terminado convirtiendo tu vida en un infierno.

A Chase se le llenaron los ojos de lágrimas.

—Gracias.

–Eres un buen chico –sacudió la cabeza–. Lo siento, un buen hombre. Estoy orgulloso de que seas mi hermano y... –vaciló un instante–. Te quiero, Chase.

Su hermano tomó aire y le abrazó con fuerza.

–Yo también te quiero, Zane.

Capítulo 21

Phoebe estaba sentada al final de la escalera, con la mirada fija en el salón que tenía debajo. Cuando Zane y Chase se abrazaron, sintió que la emoción iba a desbordar su corazón.

O quizá solo iba a estallar en lágrimas.

—¿Vienes o qué? —preguntó Maya desde la puerta del dormitorio—. Tienes un baño esperándote. Creo que tienes hipotermia, Phoebe. Tienes que entrar en calor.

Era cierto que parte de su cuerpo temblaba y le dolía y que no podía sentir ni los pies ni las manos, pero nada de eso importaba.

—Están bien —susurró feliz.

Saber que el hombre al que amaba era feliz la hacía resplandecer.

—Por supuesto que están bien. ¡Y ahora, ven!

Phoebe miró a Maya.

—Se quieren. Zane y Chase se están abrazando.

Maya se acercó a la barandilla de la escalera y miró hacia abajo.

—Esto es algo que no se ve todos los días. Me pregunto qué habrá pasado.

—Zane ha perdonado a Chase. Eso era lo único que necesitaban. Perdonar y ser perdonado. Por supuesto, también

Zane necesita hacerse perdonar, pero no sé como lo va a hacer. Su padre está muerto.

Maya la miró con el ceño fruncido.

—Eso que has dicho no tiene mucho sentido.

Phoebe apoyó la cabeza contra la barandilla.

—Me pregunto si me echará de menos.

—¿Piensas ir a alguna parte?

—Claro. Tengo que volver a mi vida de siempre.

Intentó levantarse, pero no lo consiguió. Maya se colocó tras ella y la ayudó a incorporarse. Después, la acompañó al cuarto de baño.

La bañera estaba casi llena y el vapor empañaba el espejo.

—Desnúdate —dijo Maya— y métete en el agua. Probablemente te duela al principio, pero te ayudará a entrar en calor. ¿Te importa que utilice tu portátil para ponerme al tanto de cómo van las cosas por el trabajo?

—Adelante.

Maya la dejó sola en el cuarto de baño.

Phoebe se quitó con dedos torpes las capas de ropa empapada. Cuando el vapor la caldeó un poco, comenzó a temblar. Volvió a sentir los pies y las manos, y deseó no haberlo hecho. La primera sensación fue un cosquilleo, pero rápidamente cambió y se convirtió en una serie de pinchazos ardientes.

Cuando estuvo completamente desnuda, fijó la mirada en el agua y tomó aire. Después, se metió en la bañera.

El dolor que sintió al instante casi la hizo gritar. Pero se conformó con unos cuantos gemidos e intentó regular el ritmo de su respiración.

—Seguro que mejorará —se dijo.

Al cabo de cinco minutos, descubrió que era capaz de mantener los pies y las manos dentro del agua. Diez minutos después, sintió un agradable calor por todo el cuerpo y la cabeza despejada. Desgraciadamente, la claridad llevó con ella verdades duras y difíciles.

Estaba enamorada de Zane. Probablemente, se había enamorado de él nada más conocerle. Aquel hombre era una irresistible combinación de desolación y soledad. Ella no solo quería cuidar de él, quería deslizarse en su interior y sanarle.

Le gustaba que fuera tan capaz, tan fuerte, tan inteligente y, a veces, incluso divertido. Era un hombre acostumbrado a cuidar de los demás en silencio, sin que ni siquiera se dieran cuenta de que lo estaba haciendo. Deseaba, desesperadamente, ser la mujer que cuidara de él. Era un hombre bueno, ¿cuántos hombres buenos había conocido en su vida?

¿Pero tenía algún futuro en un rancho? Por supuesto, le encantaba el ganado y la vida en el campo. Estaba segura de que incluso podría llegar a llevarse bien con las cabras. Pensar en los largos inviernos junto a Zane la emocionaba. Pero dudaba de que él pudiera ver su potencial. Seguramente, recordaría que había sido la única a la que los mapaches habían robado sus pertenencias, la única que había plantado la tienda en el lecho de un río. La vería como a una mujer frívola e incompetente. Podría haberle dicho que la quería estando dormido, ¿pero qué diría estando despierto?

Iba a averiguarlo, se dijo a sí misma. Iba a hablar con Zane y le iba a decir lo que sentía. Después, oiría lo que tenía que decirle. Zane era demasiado importante para ella como para aceptar cualquier cosa que pudiera suceder.

—Phoebe, ¿ya has terminado? —le gritó Maya a través de la puerta—. Tienes que salir inmediatamente. Pero vístete antes. Está aquí Reilly y no quiero que tenga un infarto.

—Creo que podría soportar la impresión —respondió el anciano riendo.

—¿Qué ha pasado? —preguntó Phoebe, pensando inmediatamente en Zane.

—Cuando he encendido el ordenador, he visto que tenías un par de mensajes. Tienes que leerlos.

Phoebe se secó con una esponjosa toalla, después se

puso un albornoz de felpa que colgaba de la puerta del cuarto de baño y entró en el dormitorio.

—¿De quién eran los correos?

Maya se sentó en la cama con el ordenador portátil a su lado mientras Reilly se apoyaba en el marco de la puerta.

—Lee esto primero —le dijo su amiga, y volvió el ordenador hacia ella.

Phoebe echó un vistazo a los mensajes. Uno se lo había enviado Jonny Blaze, haciéndole una oferta por el rancho. Al ver la cantidad que ofrecía, los ojos estuvieron a punto de salírsele de las órbitas. Después vio que había enviado también el mensaje a Reilly. Se volvió hacia él.

—¿Piensas aceptar? —le preguntó a Reilly, al que ya tuteaba.

—Estaba pensando en ello. Ya he visto que has reservado una franja de tierra. Imagino que es para ese chico tuyo.

Phoebe suspiró.

—Zane no es mi chico, pero sí. Quiero que se quede él con esa tierra. ¿Piensas ponerme problemas?

Reilly sonrió.

—Yo jamás pongo problemas.

Aunque Phoebe no podía hacer nada para arreglar el pasado de Zane, sí podía hacer algo para aliviar su dolor. Por lo menos, podría cerrar aquella herida. Después de todo lo que había pasado, se lo merecía.

Leyó el resto del mensaje.

—Jonny nos da cuarenta y ocho horas para considerar la oferta. No tienes por qué responder inmediatamente —arrugó la nariz—. En realidad, yo soy su agente. A lo mejor quieres hablar con alguien más, con un auténtico agente inmobiliario.

—Confío en ti, Phoebe.

Aquellas palabras la hicieron sentirse bien.

—Gracias.

Maya gimió.

–Siento interrumpir este momento tan sentimental, pero deberías leer también el siguiente mensaje.

–¿Qué?

Phoebe abrió el siguiente mensaje. La primera frase le paralizó el corazón. La segunda, la hizo caer de espaldas sobre la cama.

La reunión para decidir la revocación de su licencia se celebraría al día siguiente a las doce.

Los ojos se le llenaron de lágrimas.

–Jamás conseguiré llegar –y si no estaba allí, en su ausencia, la Junta dictaminaría en contra de ella.

–Claro que sí –respondió Reilly animado– Llamaré a Finn Anderson. Tiene una compañía de vuelos chárter. Prepara tu equipaje. Te llevaré al aeropuerto y para las doce de la noche, ya estarás en Los Ángeles.

–Podrás dormir unas horas y estar en la reunión con tiempo más que suficiente –le dijo Maya–. Seguro que todo irá bien.

Pero Phoebe no se sentía bien. No se sentía nada, solo vacía.

No quería tener que luchar por su licencia cuando no había hecho nada malo. No, cuando luchar por ella significaba tener que marcharse.

–Tenemos que salir ya –le dijo Reilly–. Se está acercando otra tormenta. Tendrás que estar en marcha en menos de una hora y tienes media hora de trayecto hasta el aeropuerto.

Phoebe se le quedó mirando fijamente.

–Pero tengo que despedirme de todo el mundo.

–No tenemos tiempo –respondió Maya–. Les daré besos y abrazos de tu parte. Vamos, Phoebe. Tu vida te reclama. Ahora, vístete.

Las catorce horas siguientes pasaron como un remolino. Phoebe consiguió vestirse y se metió en el coche con Reilly.

No había tenido tiempo de localizar a Zane y hablar con él, aunque tampoco estaba muy segura de qué podía decirle. ¿Consideraría su cariño como algo importante o como una molestia? ¿Habría sido capaz de conmoverle o, sencillamente, agradecería que se hubiera ido?

Pero aquel problema tendría que tratarlo una vez hubiera salvado su trabajo, se dijo a sí misma. Consiguió dormir algunas horas, después, se levantó, se duchó y se puso su mejor traje. Todavía le quedaba tiempo antes de la reunión, así que comenzó a hacer algunas llamadas.

Cuando todo aquello había empezado, había aceptado su destino sin quejarse, pero ya no. Había dejado de ser la persona pasiva y resignada que se había presentado ante el tribunal. De alguna manera, había aprendido que era una mujer fuerte y que también ella importaba. Jeff podía querer hundirla, y quizá lo consiguiera, pero iba a encontrar resistencia. Aquella vez no contaba con un cabestro de buen corazón para que le salvara el trasero. En aquella ocasión iba a tener que hacerlo ella sola.

Terminó de hacer la última llamada a las once, de modo que no le quedaba mucho tiempo para llegar a la vista a las doce. Se dirigió rápidamente a la oficina de licencias y esperó en el vestíbulo. Hasta ese momento, no había aparecido nadie, pero se dijo a sí misma que alguien se acercaría. Siempre habían creído en ella y, en aquel momento, le tocaba a ella creer en sí misma.

Cuando entró en la sala de reuniones, Jeff ya estaba allí. Una mirada a su rostro le indicó que no había nada que pudiera decir o hacer para convencerle de que cambiara de opinión. Por algún motivo que no acertaba a comprender, quería destrozarla.

Había sido él el que había mentido y engañado en su relación. ¿Entonces por qué la castigaba? ¿Por qué?

¿Qué más daba el por qué?, se dijo a sí misma. Acababa de pasar una semana conduciendo ganado. Había salvado a cincuenta reses de ahogarse. Había cruzado un río embravecido y había sobrevivido para contarlo. Jeff ya no podía hacerle daño.

Si perdía la licencia, encontraría algo mejor que hacer con su vida. Algo que la hiciera feliz. Porque había aprendido que podía hacer todo lo que quisiera.

Los miembros de la Junta entraron en la sala y anunciaron el principio de la reunión. Nombraron a Phoebe y le pidieron que se levantara. Ella se levantó, pero antes de que hubiera podido decir nada, se abrió la puerta de atrás y entraron media docena de personas.

Phoebe sonrió cuando sus antiguos clientes comenzaron a llevar la sala. Todas las personas a las que había llamado estaban más que dispuestas a hablar a su favor. Los Rajoy, que tenían tres hijos y apenas tenían dinero para vivir. Betty Wiles, madre y diabética. Los Abbot, los Tekant. Hasta Jonny Blaze había ido. Al entrar le dirigió una enorme sonrisa y alzó los pulgares. Phoebe oyó que un par de miembros de la junta contenían la respiración al reconocer a aquella estrella del cine. No era fácil que la gente de Los Ángeles se dejara impresionar por un actor de cine, pero alguien del nivel de Jonny Blaze todavía provocaba cierta agitación.

Entró un empleado a la sala y le tendió a Phoebe un grueso fajo de documentos. Eran correos electrónicos que había pedido a todas aquellas personas que no podían estar presentes en la reunión. Había al menos una docena de testimonios. La última persona en entrar fue April, su jefa.

Phoebe cuadró los hombros y se enfrentó a la Junta. Había siete miembros presentes, todos iban vestidos de manera muy formal. Ella dijo su nombre y les entregó una copia de su licencia.

Jeff esperó a que hubiera terminado antes de levantarse.

—Señora Kitzke, no está permitido traer testigos a las vistas.

Phoebe le ignoró.

—Estoy al tanto de la normativa de las audiencias. Sin embargo, como es mi competencia la que está siendo cuestionada, no tengo otra manera de defenderme. Mis antiguos clientes podrán hablar de mi conducta. Y también tengo algunos correos. No son solo de clientes sino también de empleados de compañías financieras que explican que siempre he buscado la manera de encontrar los préstamos adecuados a los mejores precios.

Jeff la fulminó con la mirada.

—Todo eso son tonterías.

—No, es la verdad.

April se aclaró la garganta.

—He traído una declaración jurada, como me pediste, Phoebe —se volvió hacia la mesa—. El error en la documentación fue mío. Phoebe lo descubrió y quiso corregirlo, pero no hice caso. Tenía miedo de perder mi trabajo, así que mentí.

La presidenta de la Junta, una mujer de aspecto firme de unos cincuenta años, dejó las gafas en la mesa y miró fijamente a Jeff.

—Yo misma he investigado a Phoebe Kitzke. Parece que es un motivo de orgullo para nuestra profesión. ¿Por qué motivo querías presentar cargos contra ella y revocar su licencia?

Justo en aquel momento, se abrió la puerta de la sala. Todo el mundo se volvió. Phoebe se quedó boquiabierta al ver entrar a Maya con el elegante traje que había comprado para su entrevista de trabajo. La seguían una docena de personas: C.J., Thad y los niños, Eddie y Gladys, Andrea y Martin y... ¿Era la alcaldesa Marsha?

—¿Cómo...? —le preguntó a Maya moviendo los labios.

¿Cómo habría convencido a todas aquellas personas para que fueran a Los Ángeles por ella? ¿Y cómo habrían conseguido llegar tan pronto? Maya se encogió de hombros y sonrió.

Phoebe volvió a prestar atención a los miembros de la Junta.

—No sé por qué me está haciendo esto Jeff. Tuvimos una relación que terminó muy mal, así que, a lo mejor, es algo personal —sacudió la cabeza—. Pero eso no importa. Lo que quiero que sepan es que adoro mi trabajo. Siempre me he entregado en un cien por cien, porque es así como soy. Mis clientes me importan más que ninguna otra cosa. Más que yo misma.

Miró a las personas que tenía tras ella, a sus amigos, que, en cierto modo, eran también su familia.

—Y no puedo decir que no haya disfrutado cada minuto.

Se volvió de nuevo hacia los miembros de la Junta.

—Estoy aquí porque no pienso renunciar sin luchar. Soy buena en mi trabajo. Hago una labor importante. Me importa, soy honrada y me preocupo por lo que hago.

Tenía muchas más cosas que decir, pero de pronto defenderse dejó de parecerle importante. Se acercó a Maya.

—El traje es realmente magnífico —susurró.

Su amiga la miró fijamente.

—Muy buen discurso. He visto una nueva y mejorada versión de ti misma.

—Una conducción de ganado puede hacer milagros.

—Sí, eso he oído.

Phoebe esperó mientras la Junta deliberaba. Se había apoderado de ella una gran calma y tenía la sensación de que no podían decirle nada que llegara a afectarla. Si le permitían conservar la licencia, la trasladaría a la zona de Fool's Gold. En caso contrario, se mudaría allí y encontraría otra manera de ganarse la vida. No tenía la menor duda de que aquella pequeña comunidad la ayudaría a levantarse. Quizá aquella era la razón por la que nunca se había comprado una casa. En el fondo, siempre había sabido que Los Ángeles no era su hogar. El hogar que había estado buscando era una ciudad pequeña con un corazón suficientemente grande como para dar la bienvenida a cualquier alma que lo necesitara.

Tardaron cinco minutos en retirarle los cargos. Se sintió aliviada, pero no particularmente contenta, ni siquiera cuando la presidenta de la Junta le pidió a Jeff que se presentara en su despacho para darle una explicación. Phoebe saludó a sus amigos, dio las gracias a todo el mundo por haber ido y les prometió invitarles a comer para celebrarlo.

Cuando se fueron sus clientes, Gladys y Eddie corrieron hasta ella para felicitarla C.J. y Thad las siguieron.

—Me alegro mucho por ti —dijo C.J.—. Eres una persona increíble. Quería darte las gracias por lo que me dijiste al principio de la conducción de ganado. Me dijiste que Lucy y Tommy necesitaban un hogar —ensanchó la sonrisa—. Thad y yo vamos a adoptarles. ¿No te parece maravilloso?

Phoebe le apretó la mano.

—Vas a ser una madre maravillosa.

C.J. negó con la cabeza.

—Estoy segura de que cometeré muchos errores, pero los niños han prometido que tendrán paciencia conmigo. De momento, vendrán a casa en acogida hasta que hayamos completado todo el papeleo.

Thad le guiñó el ojo.

—Conozco gente en las altas esferas. Puedo mover algunos hilos.

—¡Bien por ti!

Phoebe se dirigió con el grupo hacia el aparcamiento subterráneo.

—¿No vas a preguntar por él? —Maya se detuvo al lado de su coche y sonrió—. Sé que te estás muriendo de ganas.

Phoebe negó con la cabeza. Si hablaba de Zane, empezaría a echarle de menos. Y si le echaba mucho de menos, no sabía lo que podía pasar.

—Todavía no —susurró—. Este es un momento para la alegría y no quiero llorar.

La sonrisa de Maya desapareció.

—¡Oh, Phoebe! Sabía que te gustaba, pero no tanto.

Phoebe tragó saliva.

—Le quiero y no sé si él me quiere a mí.

—Necesitas una copa. Sígueme al restaurante. Después de comer y celebrar tu victoria, tú y yo vamos a ir a tomar una copa.

Lo último que le apetecía a Phoebe era una celebración, pero sabía que debía estar muy agradecida por todo lo que había pasado aquel día. No solo había conservado la licencia, sino que había descubierto que eran muchas las personas que apreciaban lo que había hecho. Habían reconocido su ayuda. Aquello debería ser más que suficiente.

Y lo sería, se dijo a sí misma. Al cabo de un tiempo. Era solo que, en aquel momento, le apetecía estar con Zane más que ninguna otra cosa.

¿La llamaría?, se preguntó mientras recorría las dos manzanas que la separaban del restaurante. ¿Seguirían en contacto? ¿Quedarían cuando se mudara a Fool's Gold? ¿El tiempo que habían pasado juntos significaría algo para el? ¿Estaba pidiendo la luna?

Aparcó detrás de Maya y esperó a que el aparcacoches le tendiera un ticket. Pero no fue un joven con chaqueta roja el que le abrió la puerta, sino un vaquero alto y atractivo el que alargó la mano hacia la manilla del coche.

Phoebe no sabía qué pensar. No podía pensar. No podía respirar. Lo único que podía hacer era mirar sin creerse lo que estaba viendo.

La puerta se abrió y Zane le tendió la mano.

Phoebe la aceptó y salió.

—¿Qué estás haciendo aquí, en Los Ángeles?

—Estoy aquí porque tú estás aquí.

¡Dios santo! Estaba guapísimo. Phoebe quería pasarse horas mirándole. Quería deslizar las manos por sus fuertes brazos. Quería reír, y llorar, e implorar, y suplicar.

–Me he enterado de lo que ha pasado –le dijo él–. De toda la gente que ha ido a apoyarte. Y no me sorprende.

Phoebe sonrió.

–Cuando me han llamado, estaba un poco asustada, pero, después, todo ha ido bien.

–Siempre te dejas llevar por el corazón.

–No sé hacer las cosas de otra forma.

Zane sonrió.

–No es ninguna sorpresa –su sonrisa desapareció–. Te amo Phoebe. Estás loca, eres preciosa y me haces sentir cosas que ni siquiera sabía que existían. Me has mostrado muchas posibilidades. Por primera vez en mi vida quiero hacer algo más que limitarme a pasar la existencia.

Sus palabras la hicieron desear flotar, volar incluso.

–Yo también –susurró, mirándole a los ojos–. Yo también te quiero.

Zane le enmarcó el rostro con las manos.

–Eres la mejor persona que he conocido nunca –tragó saliva–. Quiero casarme contigo, Phoebe. Me encantaría que vinieras al rancho conmigo, pero si necesitas vivir en una ciudad más grande, vendré a Los Ángeles y dejaré a Frank a cargo del rancho.

Phoebe se arrojó a sus brazos. Él la envolvió con ellos y la estrechó contra él.

–No quiero vivir en una gran ciudad –le susurró al oído–. Quiero vivir en el rancho y aprender todo sobre la cría de ganado y las cabras de cachemir, quiero tener hijos. Y cuando queramos divertirnos un poco, iremos a cenar a Fool's Gold. O podemos invitar a nuestros amigos a cantar alrededor de un fuego. ¡Ah! Y quiero aprender a hornear pan. Y a lo mejor decoro el cuarto de estar. Pero nada más. No habrá más cambios, te lo juro.

Estaba mintiendo, pensó Zane feliz mientras inclinaba la cabeza para besarla. Aquella mujer pondría su vida del revés y él estaba deseando que lo hiciera.

Se separó de ella.

–Esto no tiene nada que ver con ese terreno. Lo sabes, ¿verdad? –volvió a besarla–. Aunque te agradezco lo que hiciste –sonrió con timidez–. Reilly me enseñó el contrato que había firmado con Jonny Blaze y me dijo que sería un estúpido si no aceptaba esa tierra y te daba las gracias. Supongo que tenía razón.

Phoebe le miró a los ojos.

–¿Eres capaz de dar ese paso? ¿De reconciliarte con el pasado?

Zane asintió.

–Quiero olvidarlo, Phoebe. Tú me has demostrado lo que es el verdadero amor. No puedo cambiar lo que era mi padre, pero puedo dejar de estar enfadado y comenzar a compadecerle. Fue él el que se perdió todo.

–¡Oh, Zane!

Zane volvió a besarla, la estrechó contra él y deslizó las manos por su espalda. Cuando profundizó el beso, fue consciente de los vítores, las palmadas en la espalda y los silbidos. Seguramente, Chase había llegado al restaurante y había llamado a la cuadrilla de Fool's Gold para que observara el espectáculo. Zane imaginaba que querían terminar de aprovechar lo que habían pagado por la excursión.

Se apartó ligeramente, tomó las manos de Phoebe entre las suyas y posó una rodilla en el suelo. Se quitó el sombrero y dijo:

–Phoebe, ¿quieres casarte conmigo?

Phoebe abrió los ojos como platos. De pronto, se le llenaron de lágrimas.

–Sí, quiero casarme contigo.

La alegría, mezclada con el amor, inundó el corazón de Zane. Sacó una cajita que llevaba en el bolsillo.

Mientras Maya había estado ocupada preparando la reunión, Zane había pasado algún tiempo en Rodeo Drive. En la tienda de Tifany's tenían una bonita colección de sortijas.

Había elegido un diamante perfecto, redondo, sobre una banda de platino que simulaba el trenzado de una cuerda.

Le deslizó el anillo en el dedo y ella exclamó:

—¡Es precioso!

—Me alegro de que te guste. Ahora, intenta mantenerlo alejado de los mapaches.

—No me lo quitaré nunca. Jamás —le miró a los ojos—. Te quiero de verdad, Zane.

Zane no lo dudó ni por un segundo y sabía que jamás lo dudaría. Phoebe y él estarían juntos durante el resto de sus vidas. Iba a ser una auténtica locura, pero estaba deseando ver qué les iba a ocurrir a continuación.

<u>ÚLTIMOS TÍTULOS PUBLICADOS EN HQN</u>

Siempre una dama de Delilah Marvelle

Las chicas buenas no... mienten de Victoria Dahl

Un viaje por tus sentidos de Megan Hart

De repente, el último verano de Sarah Morgan

Trampa a un caballero de Julia London

Amor en cadena de Lorraine Cocó

Algo más que vecinos de Isabel Keats

Antes de la boda de Susan Mallery

Todas las estrellas son para ti de J. de la Rosa

Reflejos del pasado de Susan Wiggs

Amor en V.O de Carla Crespo

Siempre en mis sueños de Sarah Morgan

Tú en la sombra de Marisa Sicilia

Enamorada de un extraño de Brenda Novak

El retrato de Álana de Caroline March

www.ingramcontent.com/pod-product-compliance
Lightning Source LLC
Chambersburg PA
CBHW011925300726
48970CB00008B/2571